옮긴이 최하나

서울대학교 지리교육과를 졸업하고 출판사 편집자로 일하며 틈틈이 번역을 하고 있다.
옮긴 책으로 『파리vs뉴욕-두 도시 이야기』가 있다.

상속의 법칙 나는 세상에서 가장 연약하고 용감한 딸입니다

초판 1쇄 발행 | 2014년 1월 7일

지은이 클레어 비드웰 스미스
옮긴이 최하나
발행인 이대식

편집 김화영 나은심 최하나   **마케팅** 임재홍 윤여민 정우경   **디자인** 모리스

주소 서울시 종로구 평창길 329(우편번호 110-848)
문의전화 02-394-1037(편집) 02-394-1047(마케팅) **팩스** 02-394-1029
전자우편 saeum98@hanmail.net
블로그 saeumbook.tistory.com

발행처 (주)새움출판사
출판등록 1998년 8월 28일(제10-1633호)

한국어출판권ⓒ (주)새움출판사, 2014
ISBN 978-89-93964-67-7 03840

The
Rules of Inheritance

상속의 법칙

나는 세상에서 가장 연약하고 용감한 딸입니다

클레어 비드웰 스미스 지음

최하나 옮김

새움

나의 어머니 아버지께.
저에게 물려주신 모든 것, 고마워요.
고마워요. 고마워요.

한국의 독자 여러분께

✦

　사랑하는 사람을 잃은 슬픔, 『상속의 법칙』을 쓰겠다고 마음먹었을 때 저는 이 슬픔에 대한 처방적인 글을 써야겠다고 생각했습니다. 당시 저는 호스피스 4년차로, 이 슬픔을 겪고 있는 사람들에게 상담을 해주고 있었습니다. 그런데 너무나 많은 사람이 엘리자베스 퀴블러 로스(미국의 정신의학자로 호스피스운동의 선구자)가 『상실 수업』에서 말한, 슬픔을 극복하는 다섯 단계(부정-분노-타협-절망-수용)에 집착한다는 사실에 충격 비슷한 것을 받았습니다. 각 단계를 자신에게 어떻게 적용시켜야 하는지도 이해하지 못한 채 말이지요.

　실제로 원고를 집필하기 시작하면서 제 의도는 좀더 명확해졌습니다. 이 다섯 단계가 얼마나 유동적인지, 그리고 슬픔을 극복하는 데 엄격한 공식 같은 건 존재할 수 없다는 걸 보여주는 것. 저는 독자들에게, 사랑하는 사람을 잃었을 때 느끼는 슬픔은 지극히 보편적인 감정이지만, 그럼에도 그 감정은 각 개인의 독자적인 것이라는 점을 말하고 싶었습니다.

　그런데 글을 써나가다 보니, 제 이야기를 사례로 드는 것이 가장 효과적인 서술방법이라는 생각이 들었습니다. 저 스스로 그런 슬픔을 지난하게 겪어왔고, 그 길 위에 있는 수많은 사람을 만났기

❖

때문에, 제 이야기가 저의 의도를 명확히 비춰주리라 확신했습니다. 이 다섯 단계를 순차적으로, 또는 역행하거나 건너뛰거나 어떤 단계에 갇히거나 하는 모습들을 가장 적나라하게 보여줄 수 있을 테니까요.

하지만 저는 이 뒤죽박죽인 과정에도 '법칙'이 있다고 생각했기 때문에 '상속의 법칙'이라는 제목을 택했습니다. 사랑하는 사람을 잃었을 때 분노와 슬픔, 혼란을 느끼지 않는 사람은 없을 테니까요. 단지 이 불변의 감정 법칙을 어떻게 따를 것인지, 그것은 각자의 몫이겠지요. 저로 말할 것 같으면, '법칙 파괴자'입니다. 언제나 그랬어요. 저는 법칙에 따라 흘러가는 이 세상을 사랑하지만, 이상하게도 어떤 법칙에 마주치면 그걸 구부리고 깨뜨려서 어떻게든 다르게 적용시키는 법을 찾곤 합니다.

아마도 제 아버지께 물려받은 습성인 것 같습니다. 아버지는 굉장히 용감한 분이셨고, 저에게 무엇보다 중요한 걸 가르쳐주셨습니다. 법칙이 있든 없든, 제 인생을 꾸리는 건 전적으로 저의 몫이라는 걸. 그래서 저는 새로운 도전을 마주할 때마다 거의 항상 가장 용감한 길을 택합니다. 제 아버지라면 그렇게 할 테니까요. 그게 바

＊

로 아버지가 평생 몸소 저에게 가르쳐주신 것입니다.

　이 한 권의 책이 지금 이 글을 읽고 있는 한국의 독자 여러분께 실질적인 도움이 되길 바랍니다. 제가 이 책을 쓰면서 가진 바람이라면 그게 전부입니다. 슬픔과 고독 속에서 어두운 길을 걸어갈 때, 저는 그 무엇보다도 책에 의지했고, 저에게 가장 깊은 위로를 준 건 앞서서 거친 길을 지나온 사람들의 이야기였습니다. 이 책을 읽고 단 한 분이라도 슬픔 속에서 덜 외롭게 걸어나올 수 있다면, 저는 가슴 깊이 행복할 것 같습니다.

2014년 1월
클레어 비드웰 스미스

차 례

III 타협

IV 절망

V 수용

엘리자베스 퀴블러 로스 Elizabeth Kübler Ross, 1926~2004
인간의 죽음에 대한 연구에 일생을 바쳐 미국 시사주간지《타임》이
'20세기 100대 사상가' 중 한 명으로 선정한 정신과의사.
죽음을 앞둔 환자와 가족들이 인간적인 마지막 삶을 누릴 수 있도록
의료적·심리적·종교적 도움을 제공하는 호스피스운동을 세계 최초로 불러일으켰다.
국내에 소개된 저서로『인생수업』,『상실수업』등이 있다.

부정

부정은 은총입니다. 그것은
인간이 감당할 만큼만 허락하는 신의 방식입니다.

엘리자베스 퀴블러 로스

젊은 시절의 엄마

I
엄마 잘 가

1996년, 열여덟

전화선을 타고 흐르는 아빠의 목소리가 지직거린다. 올해 이 대학 신입생이 된 나는 지금 하울랜드 기숙사 계단 끄트머리의 전화부스 안에 있다.

클레어, 엄마가 다시 입원했다.

오늘은 화요일. 이틀 전만 해도 엄마는 여기 있었다. '학부모 방문 주말'을 맞아 날 만나고 돌아간 엄마가 왜 입원을 했다는 건지⋯⋯ 갑자기 머리가 어지럽다.

클레어, 내 말 듣고 있니?

나는 긴 한숨을 토해냈다.

응, 아빠.

그러니까⋯⋯ 어떻게 말해야 할지 모르겠다만⋯⋯ 의사들이 그러더라. 더 이상 할 수 있는 게 없다고. 암세포란 녀석들이……
너무 멀리 와버렸다는구나.

무슨 소리예요?

'너무 멀리 와버렸다'는 말이 맘에 들지 않는다. 바다 한가운데서
조난된 배나 연상시키는. 엄마의 입원에 대해 늘어놓는 아빠의
목소리가 더 이상 귀에 들어오지 않는다. 지난 주말의 희미한 영
상만이 머릿속에서 빨리감기로 되풀이될 뿐이다.

엄마는 금요일에 도착했다. 우리는 먼저 구불구불한 산길로 드라
이브를 나갔다. 오렌지색, 황금빛 또는 선홍빛으로 타오르는 버
몬트의 가을 숲은 엄마뿐만 아니라 나에게도 아직은 '이국적인'
풍광이었다. 그래서일까. 엄마와 나 사이에 낯선 침묵이, 단 한 번
도 존재하지 않았던 공간이 모습을 드러냈다.

내가 대학에서 보낸 두 달은 나의 일생을 통틀어 엄마와 떨어져
지낸 시간을 합한 것만큼이나 긴 시간이었다.

엄마는 한껏 쾌활한 척하며 그 새로운 거리를 좁히기 위해 최선
을 다했고, 나 역시 강의 내용이나 룸메이트인 크리스틴 얘기를
하며 그 간극을 메우기 위해 안간힘을 썼다. 그날 밤에는 시내의
이탈리안 레스토랑에서 저녁을 먹었다. 엄마는 와인을 두 잔 주
문하더니, 내게도 한 잔을 허락했다. 레스토랑 안에는 두세 명의
다른 학생이 부모님과 시간을 보내고 있었는데, 갑자기 아무런
이유도 없이 우리 모두가 다 가엾게 느껴졌다.

토요일에는 캠퍼스 안, 흰색 목조건물들과 뉴잉글랜드 엽서에나 나옴 직한 완만한 푸른 언덕 사이를 거닐었다. 엄마와 학생식당 계단에 앉아 있는데, 크리스토퍼가 낡은 오토바이에 한쪽 다리를 걸치고는 발로 차면서 시동을 거는 게 눈에 띄었다.

내가 짝사랑하는 아이야, 그런데 여자친구가 있대. 내가 말했다.

물론 그렇겠지. 물끄러미 크리스토퍼를 바라보던 엄마의 대꾸에 나는 고개를 돌려 엄마를 바라봤다. 그런 남자애들에 대해서는 다 안다는 눈치였다.

오후에는 쇼핑을 했다. 엄마는 셔츠 하나와 하이킹부츠 한 켤레를 사줬다. 몇 달 후, 나는 그때 엄마에게 잘해줬다는 듯이, 엄마가 와준 것에 진심으로 고마워했다는 듯이 그 셔츠에 집착할지도 모른다. 내 일상으로 돌아가기 위해 엄마가 빨리 가버렸으면 하는 생각을 전혀 하지 않았던 것처럼.

주말이 흘러가는 사이, 엄마는 좀 과하다 싶을 만큼 나에게 관대했다. 엄마를 무시해도, 렌트카 안에서 담배를 피워도 내버려뒀다. 둘째 날 밤에는 내 친구들을 불러서 저녁을 사줬다. 내 삶에 끼고 싶어서 안달이 난 사람처럼 보였다.

하지만 나는 그제야 막 엄마 없이 살아가는 법을 터득하고 있었는데…… 왜 굳이 엄마를 다시 끼워주고 싶었겠는가.

일요일에 엄마 차가 멀어지는 걸 지켜보며 나는 입술을 꼭 깨물었다. 혀끝에서 피맛이 감돌았다.

그게 이틀 전이다.

나는 다시 전화기 너머에서 아빠가 하는 말에 주파수를 맞췄다. 호스피슨가 뭔가에 대해.

잠깐, 잠깐만. 뭐라고요? 내가 다시 물었다.

엄마가 오늘 아침 안방에서 쓰러졌다고. 그런데 이 아빤 아무것도 할 수 없더구나.

난 애틀랜타의 침실에 있는 긴 이브생로랑 잠옷 차림의 엄마를 떠올렸다. 다 늙은 아빠가 엄마를 다시 침대에 눕히려고 몸을 수그리는 모습도.

그렇지만…… 엄마는 바로 이틀 전에 여기 있었단 말야.

나도 알아, 나도…….

몇 달 후, 엄마가 세상을 떠난 다음에 아빠는 내게 고백할 것이다. 엄마는 오직 나를 보러 오기 위해 마지막 에너지를 남겨두었던 거라고. 그러니까 내가 여기서 잘 지내는 모습을 확인하고 나서야 마침내 떠날 수 있었던 거라고. 아빠의 그 말을 듣는 순간, 나는 좀더 엉망이었어야 했다고 후회하겠지.

의사들이 호스피스를 권하더라.

호스피스가 뭔데?

아무런 대답이 없다. 잠시 침묵이 흐른다.

집에서 죽음을 맞이하는 거라는구나.

아빠가 마침내 대답하는 순간, 모든 것이 동작을 멈춘 듯 너무나 고요해졌다. 휴게실에서는 아이들이 웃고 있고, TV가 켜져 있고, 유리잔들이 부딪치고…… 하지만 아무 소리도 들리지 않는다. 나는 벽에 붙은 포스터가 뜯겨질 때까지 모서리를 움켜쥐었다. 찢어진 조각들이 바닥으로 사뿐히 내려앉는다.

아빠는 몇 번 더 전화를 걸었다. 처음에는 엄마가 집으로 왔으며, 간호사가 돌봐주고 있다고. 그다음에는 엄마가 차츰 좋아지고 있으니 걱정 말라고, 나는 그저 학교생활에만 충실하면 된다고.

엄마랑 통화하고 싶어.

지금은 안 돼. 엄마가 잠들었거든.

두 번 다, 엄마는 자고 있다.

주말에 크리스틴과 나는 기숙사 남자애 둘과 뭉쳐서 뉴욕에 갔다. 둘 다 이름이 '데이브'인데, 그중 한 데이브는 부자아빠를 둔 덕에 빨간색 고급 지프차를 끌고 다닌다. 그 데이브가 맨해튼 시내에서 급회전 실력을 뽐내는 바람에 나는 안전바를 꼭 붙들고 있어야 했다. 또 다른 데이브는 무정부주의자다. "정부 따윈 꺼져버려!" 같은 말들을 하면 나는 가만히 고개를 끄덕여주었다. 동조해서라기보다는 무서워서였지만 반박하기는 더 무서웠다.

그날 밤, 부자의 아들 데이브는 우리를 빌리지의 어느 재즈바로 안내했다. 우리는 담배연기가 자욱한 조그만 바에서도 구석으로 우르르 몰려가 자리를 잡았다. 그렇게 바에 가거나 한밤중의 대도시를 배회하는 일, 정말 처음 해보는 일이었다. 나는 흥분과 두려움을 동시에 느꼈다.

어느 순간 부자 데이브가 갑자기 몸을 기울이더니 열띤 목소리로 속삭였다. 대박! 세실 테일러잖아!

홀 건너편으로 한 늙은 흑인 남자가 음악에 맞춰 발을 구르는 모습이 보였다. 그날 밤 나는 그를 몇 번이고 훔쳐봤다. 그의 허약한 체구와 깊게 주름진 손등에서 눈을 뗄 수 없었다. 그는 나와 같은 공간에 있으면서도 다른 세계에 속한 사람 같았다.

밤이 깊어 우리는 시내 바로 외곽 누군가의 아파트로 쳐들어갔는데, 어쩌다 보니 무정부주의자 데이브와 한 침대에 눕게 되었다. 그는 키스를 하며 거칠게 내 셔츠를 벗겼다. 그러고는 숨을 몰아쉬며 이렇게 된 바에 상부상조하는 게 좋지 않겠냐고 내 귓가에 속삭였다. 나는 문득 겁이 나서 그에게 등을 돌리고, 그가 툴툴대는 소리를 뒤로한 채 잠든 척했다. 그리고 오늘로 남자애들과 놀아나는 건 끝이라고 다짐했다. 무정부주의자 데이브는 최근 몇 달 사이 내가 같이 잔 여섯 번짼가 일곱 번째 남자였다. 그 순간에야 나는 이런 관계가 나한테 전혀 득 될 게 없다는 걸 어렴풋이 깨달은 것이다.

일요일 밤, 집에 전화를 걸었더니 드디어 아빠가 엄마를 바꿔주었다. 엄마의 목소리는 거칠었다. 엄마는 지금 누워 있다고 했다.

엄마는 내 뉴욕 여행 얘기를 듣더니, 재즈음악가였던 첫 번째 남편 진과 뉴욕에서 살던 시절 얘기를 해주었다. 그때 한 달간 세실 테일러의 소파에서 기거했다면서. 나는 둘째 날 밤 무정부주의자란 녀석과 한 침대를 썼다는 말은 생략했다.

人

2주 동안 엄마로부터 어떤 소포나 편지도 오지 않았다. 입학 후처음 몇 달간은 우편함에 항상 뭔가가 있었다. 엄마는 그렇게라도 우리가 늘 연결되어 있어야 한다고 주장하고 있었던 것이다. 엄마는 내가 이 대학을 선택한 것에 기뻐하면서도, 내가 너무 멀리 떨어져 있는 것에 대해서는 불안해했다.

말버러대학은 애틀랜타의 우리집과는 한참 떨어진 버몬트주 남부의 산 정상에 자리잡고 있다. 겨우 250명뿐인 학생 대부분은 글을 쓰거나, 미술을 하거나, 음악을 한다. 그리고 엉망인 부모와 복잡한 가정사를 가지고 있는 데다 자신이 누군지 잘 모르는 듯했다.

나는 스물다섯 명을 수용하는, 납작하게 웅크린 2층짜리 남녀 공동 기숙사 하울랜드에서 생활하고 있다. 욕실마저 남녀 공용이라서, 한밤중에 샤워라도 할라치면 발끝으로 복도를 지나가야 하고, 차가운 플라스틱커튼을 때리는 물소리에도 몸이 움찔거린다. 룸메이트인 크리스틴만 근처 소도시에서 온 유일한 이 지역 출신이며, 나머지는 대부분 코네티컷의 부유한 교외지역이나 무분별하게 팽창하는 캘리포니아 출신이다.

여러 모로 나는 말버러대학에 제격이다. 다소 심술궂은 교외의 10대 소녀처럼, 약간은 특이하면서도 어느 만큼은 평범한 덕이다. 애틀랜타의 고등학교에서 나는 '시인'으로 통했다. 남자친구나 엄마의 암에 대해서 길고도 불안으로 가득 찬 시구를 쓰면서 많은 시간을 보냈다. 나는 카멜 라이트를 피우며, 약간은 무모한 면이 있다.

나는 현재 열여덟 살이고, 큰 키에 비쩍 말랐다. 내 옷장은 백화점 남성복코너에서 무더기로 사들인 하얀 브이넥 티셔츠로 채워져 있다. 여기에 청바지와 밀리터리부츠, 티셔츠 밖으로 비치는 검정색 브래지어 차림을 즐긴다. 머리칼은 어깨선을 한참 지나는데, 선홍빛으로 염색을 했더니 파란 눈이 더 도드라져 보인다. 대학에 입학하기 2주 전에는 문신 아티스트의 소파에 누워서 코에 시술을 받았다. 지금 나는 그가 만들어낸 구멍에 작은 은빛 액세서리를 달고 있다. 난 이 모든 게 나를 말버러에서 돋보이게 해줄 거라 믿었지만, 그저 이곳에 제격인 학생이 되었을 뿐이다.

지금까지는 말버러 생활이 맘에 든다. 애틀랜타 고등학교 친구들의 드라마에서 벗어난 것도, 엄마의 암이나 단출한 우리 가족의 생계를 책임지기 위해 애쓰는 아빠의 안쓰러운 노력에서 벗어난 것도 너무나 맘에 든다. 단풍을 보는 것도, 언덕을 지나 도서관에 가서 몇 시간이고 20세기의 시를 읽는 것도 다 너무나 좋다. 그리고 내가 약간 창피해하는 것처럼 보일지는 모르지만, 사실은 학생식당에서 저녁식사 후 접시를 닦는 일도 마음에 든다. 다른 학생들이랑 같이 일하는 것도, 맘껏 화를 낼 수 있는 것도 정말 좋다. 나는 일하면서 맥주를 마시거나, 부츠로 쓰레기통에 들어갈 캔을 짓밟는 것으로 새 친구들에게 강한 인상을 주려고 애썼다. 아무리 그래도 아무도 넘어오지 않았지만.

또 한 주가 지나갔다. 이제 아빠는 매일 전화해서 엄마의 상태에 대해 업데이트해준다.

아빠, 나 집에 갈까? 나는 매번 묻지만 아빠의 대답은 한결같다.

아직은 괜찮아. 네 엄마랑 얘기해봤다. 당분간은 학교에 있어라.

나는 수긍했다. 뱃속에서 피어오르는 의심덩어리를 애써 무시하면서.

나는 학교에서 그럭저럭 잘 살고 있다. 월요일 아침이면 늘 시학詩學 수업에 지각하고, 학생식당에서 일할 때는 캔을 짓밟고, 한밤중엔 휴게실에 누가 있든 함께 위스키를 마신다. 그사이 날이 차가워지기 시작했다. 떨어진 나뭇잎이 무더기로 캠퍼스를 굴러다닌다.

강의에 집중하려고 끙끙거렸지만 쉽지 않았다. 문화사 리포트가 잘 써지지 않았다. 단락을 구성한다든지, 논제를 뒷받침할 문장을 써나가기가 좀처럼 잘 되지 않았다. 계속 비슷한 말만 늘어놓다가 결국 아무 내용도 없는 문장을 쓰고 있는 것이다. 그러다가 어느 날 밤 글쓰기 조교들이 일하는 강의동을 찾아갔다. 위층에서 등록을 하고, 게시판에 가능한 가장 늦은 시간대인 밤 11시에 내 이름을 써넣었다.

기숙사로 돌아오니 아빠가 전화했었다는 메모가 방문에 붙어 있다. 나는 아래층의 전화부스로 향했다. 체념한 듯 기운 없는 아빠의 목소리가 들린다.

엄마 병세가 조금도 나아지지 않는구나. 여기 의사들 말이, 자신들은 더 이상 할 수 있는 게 없다는구나.

갑자기 이 전화부스가 싫어진다. 내가 지금 앉아 있는 이 작은 금속의자가, 내가 항상 손으로 뜯어내는 이 거지 같은 포스터가 싫다.

아빠가 다시 말을 이었다. 대신 워싱턴DC에 있는 한 병원에서 네 엄마를 수술하겠다는 의사를 찾았어. 그래도 해봐야 하지 않겠니?

나는 그저 듣고 있었다. 아무 말 없이. 이젠 뭘 믿어야 할지 모르겠다. 엄마는 5년 전부터 계속 아팠다. 처음 엄마가 결장암 진단을 받았을 때, 내가 열네 살이었을 때부터 우리 가족은 수술과 화학요법과 여기저기서 찾아낸 대체요법 사이를 오가는 위험한 줄타기를 계속해왔다.

다음 주 추수감사절에 집으로 오는 비행기 티켓은 워싱턴DC로 바뀌났다.

이 말 뒤로도 나는 뭔가를 더 들었지만, 아빠의 말들은 파도처럼 일렁이며 내게 와 부서질 뿐이었다.

전화를 끊고 나는 방으로 돌아와서…… 침대에 처박혔다, 곤충처럼.

얼마 있다가 시계를 보았다. 11시가 다 됐다. 나는 책을 챙겨서 글쓰기센터로 갔다. 위층에서 한 줄기 빛이 새어나온다. 그쪽으로 향하는 내 발걸음에 층계가 삐걱거린다.

조교는 'Michel'이라는 선배다. 프랑스계 캐나다인이라 '미셸'이라고 부른다(성경에 등장하는 천사장 미가엘은 남자 이름에 많이 쓰이는데, 영미권에서는 마이클Michael, 프랑스어권에서는 미셸Michel로 불린다―옮긴이). 내가 그 이름을 소리내 두세 번 발음해봤더니 그가 나를 의아하게 쳐다보았다.

대화를 나눈 적은 없지만 나는 그를 학생식당에서 본 적이 있다. 그의 키, 턱선, 푸른 눈이 유독 눈에 띄었다. 그는 잘생겼지만 스스로는 별로 의식하지 못하는 것 같다. 그는 팔꿈치가 닳아빠진 낡은 코트를 입고 있다. 그 코트는 뭐랄까, 분명 돈 있는 집 애들이 자선바자회에서 산 것 같은 분위기는 아니다. 그 코트는 정말로, 그에게는 최선인 것이다.

나는 그의 맞은편에 앉아서 탁자 위로 리포트를 내밀었다. 부끄럽다. 나도 내 리포트가 형편없다는 걸 안다. 게다가 그는 저녁 내내 리포트들을 읽었을 테니 지금쯤은 틀림없이 집에 가고 싶을 것이다.

그가 내 리포트를 읽는 동안 나는 가만히 앉아서 창밖의 눈과 주차된 차들을 바라봤다. 엄마 생각이 난다. 언제 엄마를 다시 볼 수 있을까. 어떤 또 다른 병원에 우리는 다시 익숙해지게 될까. 갑자기 눈물이 흐른다.

미셸이 내 리포트에서 눈을 들어 미간을 찌푸린다. 그러고는 아무 말이 없다.

우리 엄마는 암에 걸렸어요. 내 입에서 불쑥 말이 튀어나온다. 워싱턴DC의 병원에 입원할 거래요. 그래서 전 추수감사절에 그리로 가야 해요, 집이 아니라. 아빠 말이 엄마가 죽을 것 같대요.

나도 내 말소리가 어떻게 들릴지 잘 알고 있다. 유치한 데다 목은 잠겨서…… 왜 이 남자에게 이런 얘길 하고 있는 건지…… 그래도 입 밖으로 내뱉고 나니 기분이 나아진다.

미셸은 내 리포트를 탁자에 내려놓는다. 리포트는 그렇게 거기 머물 것이다, 잊힌 채로. 다음 주에는 어떻게든 끝내 제출할 수 있겠지.

우리 아빠는 1년 전에 자살했어.

그는 그렇게 뱉어버렸다, 어떤 감정도 없이. 그저 내가 그런 사실조차 모르고 말을 이어가는 걸 참을 수 없다는 듯이.

그의 입에서 나온 문장이 우리 사이의 공기 속에 떠 있다. 강의실 안에 전기가 흐른다. 우리가 서로를 어루만져주고 있는 것 같다.

우리 아빠는 자살했어. 미셸이 다시 말한다.

이후 우리의 대화는 연기처럼 피어올랐다. 우리는 몇 시간이고 자리를 지키고 앉아서, 센터가 문을 닫고도 한참이 지난 시간까지 얘기하고 또 얘기를 들었다. 미셸은 자기 아빠에 대해, 나는 우리 엄마에 대해. 이따금 갑자기 어색해져서 시선 둘 곳을 찾아 강의실 구석을 헤매기도 했다. 그러다 또다시 아무 거리낌 없이 강의실을 낯선 에너지로 가득 채웠다.

우리 아빠 생일이야. 바로 지금, 오늘 밤.

자정이 다가오자 그가 말했다. 낡은 벽시계의 초침이 째깍거리는 소리가 들린다. 우리는 함께 그 초침이 새날로 넘어가는 걸 지켜봤다.

이제 내 생일이야. 아빠 생일이랑 내 생일은 하루 차이야. 우리가 다른 시간대에 살았을 때, 여기가 11시고 거기가 자정일 때 아빠가 전화를 걸곤 했어. 그 한 시간 동안 우리는 생일을 공유한 거지.

나는 할 말을 잃었다. 아무 말도 생각나지 않는다.

이번에는 미셸이 울기 시작한다. 눈물이 그의 스웨터 위로 뚝뚝 떨어진다. 이제 남자가 다 된, 내겐 이방인 같은 소년이 운다.

그는 누구에게도 이런 얘기를 한 적이 없다고, 단 한 번도 아빠의 자살 때문에 울어본 적이 없다고, 지난 1년 내내 단 한 번도 없었다고 털어놓았다.

나는 아무 말도 하지 않았다. 타인의 잠금장치를 해제시키는 우리 안의 힘에, 순간 나는 말을 잃었다.

우리의 이야기는 밤새도록 이어졌다. 언젠지 모르게 우리는 텅 빈 학생식당으로 자리를 옮겼다. 학생식당은 학생들이 밤중에도 시리얼이나 우유를 먹을 수 있도록 항상 열려 있었다. 우리는 그릇에 그래놀라(납작귀리에 견과류, 꿀, 건포도 등을 첨가한 시리얼의 일종 - 옮긴이)를 채운 다음, 이 '충전제'를 앞에 놓고 마주앉았다.

미셸은 아빠한테 전하지 못해 후회가 되는 모든 말을 털어놓았다. 그러면서 나는 우리 엄마한테 절대 같은 실수를 하면 안 된다고 단호하게 말했다.

당장 네 엄마에게 이런 얘기를 해야 해. 다시는 기회가 없을지도 몰라.

그는 푸른 두 눈을 내게 들이대며 몸을 기울였다.

알았어요. 나는 고개를 끄덕였다.

미셸 맞은편에 그렇게 앉아 있으니까 정말로 그래야겠다는 생각이 들었다. 자신감이 생겼다. 할 수 있을 것 같았다. 힘이 솟았다. 그 어느 때보다 의지가 충만해졌다. 어제까지만 해도 엄마 몸속의 암이란 놈은 우리에게 들이닥친 '재앙' 같았다. 어떤 저항도 할 수 없는. 하지만 미셸 덕분에 이제 나는 앞으로 닥칠 일에 당당히 맞설 수 있을 것 같다.

몇 시간 후 새벽 동이 틀 때, 나는 지난밤을 되새기며 뜬눈으로 침대에 누워 있었다. 미셸의 조언, 그의 세심하고 절박한 말들이 공중을 떠돌다 나를 뒤덮더니 사뿐히 내 입속으로 들어왔다. 하지만 여전히 난 중요한 걸 간과하고 있었다. 내가 그 순간 얼마나 많은 걸 깨달았든, 엄마가 정말 죽을 거라는 사실은 깨닫지 못했던 것이다.

人

그후 2주 동안, 미셸과 나는 떼려야 뗄 수 없는 사이가 되었다. 문을 따고, 문턱을 넘어, 우리는 뭔가를 열어보았던 것이다. 하지만 제한선이 있었다. 더 깊숙이 들어가기 위해서는…….

나는 그 무정부주의자놈에게 느낀 혐오감 때문에 솔로로 지내겠다고 다짐했었다. 나는 그 다짐을 지키기로 했고, 미셸과의 두 번째 데이트 때 그 사실을 알렸다. 하지만 바로 후회했다. 내가 원하는 건 그저 그의 목에 머리를 묻고, 내 머리칼에 그의 손길이 닿는 걸 느끼는 것뿐이었다.

어느 날 오후, 미셸이 시내에 있는 아파트로 나를 초대했다. 그는 4학년이라 캠퍼스에 살지 않았다. 그는 오래된 낡은 차를 끌고 늦은 아침에 나를 데리러 왔다.

브래틀버러 시내는 캠퍼스에서 산을 빙 돌아 20분 정도 가면 나타나는 산기슭에 있다. 우리는 이따금 벌목 트럭이 지나가면 속도를 늦춰가면서 앞좌석에서 한가로이 수다를 떨었다. 그사이 밀폐된 공간에서는 예기치 못한 친밀감이 피어올랐다.

미셸은 시내 중심가의 고층빌딩에 산다. 아직 열여덟 살인 내 친구들 중에는 아파트에 혼자 사는 경우가 별로 없다. 미셸의 아파트는 오래된, 퀸사이즈 침대가 떡하니 버티고 있는 커다란 원룸이다. 우리는 방 한가운데 어색하게 섰다. 나는 뭔가 대화거리가 될 만한 것을 찾아 열심히 두리번거렸지만, 미셸의 목덜미 근육이나 턱선, 귀 뒤로 살짝 삐져나온 머리칼만 눈에 들어온다. 그리고 그의 슬픈 두 눈과 도톰한 입술…….

잠깐 걸을까?

그의 말에 우리는 다시 거리로 나섰다. 메인스트리트를 따라 걷다가 시내의 유일한 서점을 발견하자마자 안으로 들어갔다. 새책과 헌책을 함께 파는 곳이었다. 나는 이 책 저 책 만지작거리며, 여기저기 둘러보며, 어떤 책을 뽑아들어야 그의 시선을 끌 수 있을지 한참 고민했다.

반면 미셸은 아무런 망설임 없이 이런저런 책을 뽑아들었다. 나는 항상 들고 다니는 작은 수첩에 얼른 그것들을 적었다. 미셸은 글을 쓴다. 이미 단편소설은 수십 개쯤 썼고, 장편 하나는 마무리작업 중이다. 그는 글을 쓰는 데 관해서는 굉장히 까다롭다. 수술실에서 뭔가 빠뜨리지 않을까 노심초사하는 외과의처럼 단어 하나하나에 신경을 쓴다.

애니 프루E. Annie Proulx. 그는 나에게 엄마에 대해 충고할 때와 같은 단호한 어조로 그 이름을 입에 올렸다. 몇 년 후, 나는 그의 첫 장편을 애니 프루에 견주는 서평을 보게 된다. 아마 그건 뜻하지 않게 그가 얻은 최고의 찬사가 되겠지.

엄마는 어느새 이 오후의 말없는 감시자가 되었다. 엄마의 위태로운 생명이 우리가 같이 시간을 보내는 계기를 제공해주었지만, 동시에 엄마는 우리 사이에 성적 긴장감이 고조될 때마다 다시 등장하곤 했다. 커피숍에서 미셸의 손이 내 등허리에 잠시 머문 순간, 둘 다 급격히 얼어버렸다. 그가 손을 치운다. 우리는 동시에 숨을 내쉬었다.

그러니까, 워싱턴DC에는 언제 간다고 했지? 그가 물었다.

우리는 커피숍을 나와서 프라이스초퍼로 갔다. 미셸은 하루 지난 빵이나 찌그러진 수프캔으로 장바구니를 채운다. 나는 한 번도 이런 마트에 와본 적이 없는데…… 문득 그에게는 집세를 내줄 사람도, 아빠가 내게 준 것처럼 장볼 때 쓸 수 있는 신용카드도 없다는 생각이 들었다.

돌아가는 길에는 장바구니를 번갈아 들며 강을 따라 걸었다. 장바구니를 바꿔들 때는 그나 나나 손이 스치지 않도록 조심했다. 도중에 다리가 하나 보였다. 우리는 잠시 멈춰서 다리 아래 가로놓인 콘크리트 기둥 위에 나란히 앉았다.

선배는 뭐 하면서 살고 싶어요?

나는 작가가 될 거야.

선배는 이미 작가잖아요.

아직은 아니지.

그는 나에게 되묻지 않았다. 나도 그와 같은 걸 하고 싶지만, 결국 그에게 말하지 못했다.

그의 아파트로 돌아와서 우리는 플라스틱 우유박스에 앉아 수프와 빵을 먹었다. 어느새 일어날 시간이었다. 기숙사까지 차를 얻어타기로 한 친구가 이미 와서 기다리고 있었다.

우리는 현관 앞에서 잠시 주춤했다. 우리는 조심스럽게 다가섰다. 그리고 그가 한번에 나를 안았다. 그는 너무나 크고, 넓고, 따뜻하다. 그의 품 안에 몸을 묻고 잠들고 싶다. 우리는 한참을 그렇게 서 있었다. 나는 고개를 더 깊숙이 파묻고, 그의 체취를 들이마시고, 그의 목에 입술을 갖다 댔다.

그렇게 나는 그의 목에 키스했다. 나도 어쩔 수 없었다.

그가 살짝 물러섰다. 지금 내게 키스해도 되는지 묻는 것이다.

하지만 나는 조심스럽게 그를 밀치고 현관을 나섰다.

다음 날 나는 워싱턴DC로 떠났다.

人

병원에서의 첫날 밤, 미셸의 충고가 머릿속을 떠나지 않는다. 나는 병원 침대 끄트머리에 가만히 앉아 있다. '학부모 방문 주말' 이후 처음 본 엄마 얼굴은 정말 최악이다.

엄마는 한때 굉장한 미인이었다. 어깨까지 내려오는 밝은 금발머리에 우아하고 기품 있는 자태로 50대까지만 해도 남자들이 한 번쯤 돌아보게 만들었다. 그런데 지금, 엄마의 얼굴은 창백하고 볼은 푹 꺼지고 늘어진 데다 코에는 인공관이 달려서 침대 시트 밑으로 연결되어 있다. 팔의 피부는 빨랫줄에 걸린 너덜너덜한 걸레처럼 매달려 있다.

엄마는 일주일 전쯤 수술을 받았다. 결장을 완전히 제거하고, 대장을 복부 바깥으로 연결해서 '결장루 주머니'라는 걸 만들었다. 이제 배설물을 배출하는 새로운 통로가 생긴 것이다.

그 주머니는 침대 한편의 고리에 걸려 있다. 나는 그걸 발로 차지 않으려고 주의를 기울이고 있다.

엄마가 손을 뻗어서 자신의 머리를 만져본다.

엄마 머리 잘랐잖아.

내 말에 엄마는 짧은 머리칼을 만지작거리며 고개를 끄덕였다. 그러고는 술에 취한 것처럼 불분명한 목소리로 불쑥 물었다.

엄마 못생겼지?

아니야, 그냥 좀 달라진 거지 뭐.

엄마는 손을 다시 침대 시트 위로 늘어뜨리고 눈을 감았다.

순간, 격통이 일었다. 정말로 이렇게 엄마를 잃게 될 거라는 자각이 나를 짓눌렀다.

내가 태어났을 때 엄마는 마흔 살이었다. 엄마는 30대 후반에 아빠를 만났고, 그 전에 이미 두 번 결혼한 이력이 있었지만, 아기를 낳은 적은 없었다. 나는 이제 겨우 열여덟 살이지만, 엄마가 왜 날 키우는 데 모든 에너지를 바쳤는지 알 것 같다. 엄마는 그렇게, 나에게 넘치게 쏟아부으면서, 어떻게든 과거의 실수들을 지우려 했던 것이다.

엄마, 이 말은 해야겠어.

엄마가 눈을 뜨고, 천천히, 내 눈을 바라본다.

엄마랑 단 한 번도 그 얘기를 나눈 적이 없다. 엄마가 죽는다면…… 어떻게 될지…… 엄마가 처음 진단을 받은 지 4년이 지났다. 그런데도 엄마랑 그 얘기를 한 적이 한 번도 없다. 어디서부터 시작해야 할지 모르겠다.

엄마, 이것만은 알아줘…….

입은 뗐지만 그다음 말이 나오지 않는다. 엄마가 꼭 알아야 하는 게 뭐지? 미셸의 말들이 귓속을 울린다. 하지만 그건 그의 말들일 뿐, 내 것이 아니다.

엄마, 난 절대 멈추지 않을 거야.

마침내 감춰졌던 말이 터져나오면서, 눈물이 눈가에서 작은 별들처럼 솟아나온다. 내가 무슨 말을 하는지 나도 잘 모르겠다. 단지 엄마가 내가 가지고 있는, 내 삶의 열정을 알아줬으면 좋겠다. 절대 사라지지 않을, 어떤 것도 무너뜨릴 수 없는 내 열정을. 나는 침대 뒤로 보이는 형광등 금속고리를 빤히 바라봤다.

엄마 얼굴을 못 보겠다.

엄마도 알지. 엄마는 고통이 선연한 두 눈으로 나를 향해 고개를 끄덕이며 답했다.

나는 얼마간 그렇게 두서없는 말들을 늘어놓았다. 내가 잠시 숨을 고르는 사이, 엄마는 내 말들이 다 끝났다고 생각했는지 눈을 감고 베개에 몸을 기댔다.

나는 가만히 앉아서, 숨이 찬 것처럼 입으로 숨을 들이쉬며, 기다렸다.

마침내 엄마가 다시 눈을 뜬다.

클레어.

이제 엄마가 날 달래주겠지. 그런데……

저 요강 좀 이쪽으로 놔줄래?

엄마는 머리맡 탁자 위에 있는 작은 플라스틱통을 가리켰다. 이미 얼굴은 하얗게 질렸지만, 난 고개를 끄덕였다.

엄마를 돕는 과정은 난감하다. 엄마가 침대 시트를 치우고 엉덩이를 들어올리면, 요강을 아래로 밀어넣어야 한다. 내가 제대로 하고 있는 건지 모르겠지만, 어쨌든 엄마는 볼일을 보고 있다. 플라스틱통을 때리는 오줌소리가 들린다.

그사이, 엄마의 입에서 신음소리가 흘러나왔다. 그 소리는 한기가 되어 나를 덮쳤다.

그렇게 하루하루가 지나갔다. 병원 복도를 계속 걸어다니다 보니, 병원 구조까지 외우게 됐다. 사실 난 여기에 좀 재능이 있다. 열네 살 때부터 병원에 드나들었으니까. 이 병원에는 다 죽은 정원이 하나 있다. 나는 추운 그곳에 몇 분씩이나 서서 담배연기를 공중으로 내뿜다가, 콘크리트 화분에 꽁초를 던지고 부츠 끝으로 비벼끄곤 했다.

보통 나는 엄마 병실에서 의자에 등을 기대고 몇 시간씩 앉아 있다. 그럴 땐 엄마의 결장루 주머니를 건드리지 않기 위해 한껏 주의를 기울여야 한다. 한번은 TV에서 테니스 경기를 중계했다. 엄마는 비쩍 마르고 갈라진 입술을 벌린 채, 맥없이 경기를 지켜봤다. 엄마는 한때 테니스라면 사족을 못 썼다. 매년 여름 엄마의 팔뚝은 더욱 탄탄한 구릿빛으로 변했다. 물론 밤마다 엄마는 그날그날 컨트리클럽에서의 경기 내용을 일일이 설명하면서 자신의 백핸드 자세에 대한 불만을 토로하곤 했다.

팸 이모가 갑자기 병실에 들어오는 바람에 나는 회상에서 깨어났다. 팸 이모는 엄마의 여동생이다. 엄마와 이모의 관계는 경쟁

심으로 가열되어 언제나 복잡미묘한 양상을 띠어왔지만, 지금은
둘 다 그런 건 한쪽으로 제쳐둔 것 같다.

엄마는 이모를 보더니 희미하게 미소를 지었다. 이모 역시 환한
미소로 화답했다. 이모는 마치 아무 일도 없다는 듯이 엄마를 대
한다. 나는 그게 질투나고 또 화난다.

어머, 언니. 너무 건조하다. 내가 뭣 좀 발라줄게.

이모는 작은 바셀린 튜브를 하나 꺼내더니 엄마의 갈라진 입술
에 발라주었다. 엄마는 입술에 힘을 주고 또 한 번 힘겹게 미소
를 지었다.

어머, 이 발 좀 봐. 이건 아니지, 잠깐만.

이모는 어느새 침대 시트를 들춰보고는 로션통을 꺼내서 엄마의
두 발에 부드럽게 바르기 시작한다. 엄마는 눈을 감는다.

나는 의자에 앉아서 이 모든 상황을 조용히 지켜봤다. 나도 이모
처럼 하고 싶다. 하지만 난 그게 안 된다. 사실을 말하자면, 엄마
의 몸이 역겹다. 끔찍하다.

엄마가 여기저기 멍들고 상처난 과일처럼 안에서부터 썩고 있다
는 생각을 떨칠 수가 없다. 엄마를 만지는 것조차 두렵다. 미인이
었던 엄마, 그 탄탄한 구릿빛 몸이 그립다. 수술자국과 결장루 주
머니는 진저리가 난다. 갈라진 입술과 각질로 뒤덮인 발 따위도
싫다. 이 사람은 우리 엄마가 아니다.

잠시 후 간호사가 엄마를 목욕시키러 왔다. 간호사는 엄마가 침대에서 일어나는 걸 도와주면서, 엄마가 딛고 설 수 있도록 바닥에 수건을 깔아준다. 그러고는 엄마의 환자복을 벗겨서 구석으로 던졌다.

이제 엄마는 옷을 다 벗었다. 몸은 구부정하고, 피부는 축 늘어졌다. 척추뼈가 등허리까지 툭 튀어나왔다. 간호사는 엄마의 몸을 스펀지로 문지른다. 나는 의자에 앉아서 무릎만 더 세게 껴안을 뿐이다.

간호사가 따뜻하게 적신 수건을 건네자 엄마는 그걸 다리 사이에 끼웠다. 엄마가 내 표정을 살핀다.

여기가 엄마가 사는 곳이란다, 클레어.

무슨 말인지 모르겠다. 나는 입을 꼭 다물고 이 순간이 사라지기만을 마음속으로 빌었다.

집에 가고 싶다. 그런데 집이 어딘지 모르겠다.

엄마를 되찾고 싶다. 그런데 엄마는 벌써 떠나버렸다.

이따위 것들은 하나도 기억하고 싶지 않지만…… 분명 기억하게 되겠지.

人

그다음 날, 아빠와 나는 암병동에서 좀 떨어진, 창문 하나 없는 회의실에서 열린 '추수감사절맞이 가족식사' 자리에 갔다. 나는 다른 가족들이 그네들이 사랑하는 사람들이 아직 살아 있어서 얼마나 감사한지에 대해 늘어놓는 사이, 칠면조 고기를 뜯어서 일회용 접시에 담았다.

여기 이렇게 좋은 의사들이 있다는 게 참 감사해요. 누군가 말한다. 우리 아빠가 진단을 받고 2년이 지났는데도 계속 살아 계시다는 게 감사해요. 또 다른 이가 말한다. 모두가 눈가에 눈물이 가득한 채로 서로를 향해 고개를 끄덕인다. 결국 모두 손을 잡고 기도하자는 말까지 나왔다.

짜증나.

소리 지르고 싶다. 아무것도 감사하지 않다. 이 가여운 저녁도, 엄마의 결장루 주머니도, 길고 긴 투병생활도, 이모의 동정 어린 시선도, 아빠의 위로도…… 다, 다 짜증난다.

나는 테이블을 거칠게 밀어내고 회의실 문을 쾅 닫았다. 모두가 다 이해한다는 듯한 시선을 주고받겠지. 쟨 10대잖아. 그따위 말들을 하면서.

불쌍한 것.

짜증나.

다 짜증나.

갑자기 모든 게 다 싫다. 나도, 아빠도, 의사들도, 이 병원도 그리고 추수감사절 저녁을 보내려고 모여앉은 저 가족들도. 나는 주먹을 꽉 쥐었다. 손톱이 손바닥을 파고들 때까지, 붉고 작은 반달들이 손바닥에 선명하게 박힐 때까지.

텅 빈 복도에 공중전화기가 보인다. 나는 미셸의 아파트 전화번호를 눌렀다.

두 번째 신호에 그가 받는다.

안녕. 내가 말했다.

안녕. 그의 들뜬 목소리에서 안도감이 묻어난다.

힘들어요.

알아.

우리는 잠시 그렇게 말없이 있었다. 내 머릿속에는 그에게 키스하면 어떨까 하는 생각뿐이다.

며칠 있으면 볼 수 있겠네.

네, 일요일이면.

전화를 끊고서도 온기가 남은 수화기를 내려놓지 못하고 한참을 서 있었다. 그도 이러고 있겠지.

내가 다시 나타나자마자 팸 이모는 그래도 우리가 이렇게 추수

감사절을 같이 보낸다는 것에 감사해야 한다고 훈계를 늘어놓는다. 난 이모가 싫다.

나중에 엄마한테 이 얘길 해야지. 나는 엄마한테 안 좋은 것까지 모조리 다 말한다. 열여섯 살 때 내가 임신한 줄 알았을 때도 엄마한테 털어놓았었다. 우선은 예전에 집에서 함께 보낸 추수감사절, 엄마의 장난기가 돋보였던 만찬에 대해 얘기해야겠다.

엄마, 예전에 칠면조에다가 독립기념일 폭죽 꽂았던 거 기억나?

엄마는 대답 대신 나를 빤히 바라본다. 무표정하던 엄마의 얼굴에 아주 잠깐 미소가 스쳤다.

다시 옛날로 돌아갔으면 좋겠어.

내가 말하는 순간, 엄마의 얼굴에서 미소가 사라지고…… 두 눈에 눈물이 고인다.

나는 입술을 깨물고 창밖을 바라봤다. 너무 화가 난다. 엄마도 싫다.

드디어 일요일이다. 공항 검색대에서 멀어지는 아빠의 모습을 보니 이제야 자유를 되찾은 것 같다.

人

그날 밤, 나는 도착하자마자 미셸에게 전화를 걸었지만 그는 받지 않았다. 이튿날 학생식당에서도 찾아봤지만 그는 어디에도 보이지 않았다. 밤에야 그는 전화를 받았다.

여보세요.

수화기 너머로 음악소리가 들린다. 누군가의 웃음소리도.

안녕, 나예요.

아, 응. 그의 어조가 달라졌다. 더 무심한, 쌀쌀한 말투.

나 왔어요.

응, 그래.

나는 선배가 엄마에 대해 물어보길 기다렸지만 그는 아무것도 묻지 않는다. 째깍, 시간이 흐르는 사이, 그도 나도 아무 말도 하지 않았다.

저……. 마침내 내가 입을 뗐다. 좀 바쁜가 봐요.

응, 미안. 이따가 얘기하자.

나는 당황해서 전화를 끊고, 내 방으로 돌아와서 침대에 가로누웠다. 이토록, 지금 이 순간만큼 외로웠던 적이 있었던가.

다음 날, 학생식당에 가니 미셸이 보인다. 저기 케이트라는 여자애랑 같이 앉아 있다. 맨해튼의 '좀 사는 집' 출신이라고 들었는데…… 게다가 내가 부러워마지않던 세련된 콧날까지…… 딱 봐도 벌써 둘이 잔 것 같다. 순간, 수치심이 밀려왔다.

혼란스럽다. 가슴이 아리다. 그뿐이다. 나의 세계로 걸어들어오는 게 미셸에게는 어떤 일이었는지, 내 슬픔이 그가 감당하기에 얼마나 벅찼을지…… 그런 건 한참 후에나 깨닫게 되겠지. 지금은 그저 내가 이렇게까지 처절하게 혼자라는 사실만이 머릿속을 채울 뿐이다.

일주일쯤 지났을까, 어느 날 오후 미셸이 내 방으로 찾아왔다. 그는 예전에 내게 준 자신의 단편소설을 돌려달라고 했다. 그 소설에는 한 남자와 한 여자가 등장한다. 그들은 같은 산을 반대편 절벽으로 오르며, 번갈아 서로의 사진을 찍어준다.

나는 그걸 그에게 돌려줬다. 그리고 거의 동시에 후회했다.

人

얼마간, 엄마에게는 아무런 변화가 없었다. 아빠는 거의 매일 전화해서 시시콜콜한 얘기들을 전했다. TV에서 뭘 봤는지, 의사들이 어떤 새로운 것들에 대해 알려줬는지, 엄마가 내가 보고 싶다고 말했다든지 하는. 정말 엄마가 그렇게 말했는지 아빠가 지어낸 건지 의심스럽긴 하다. 아빠는 또 이번 크리스마스휴가는 한 달 내내 워싱턴DC에서 보내야 할 거라고 말했다.

나는 요즘 케이티랑 어울려 다닌다. 케이티는 발바닥에 별 문신을 했다. 그러니까 그애 말에 따르면, 항상 별 위를 걸어다니는 셈이다. 케이티는 피부가 창백한데 어수선하게 굵은 머리칼에다 까맣게 염색을 해서 더 도드라진다. 그녀는 기숙사 조교라서 방도 혼자 쓴다. 그래서 난 설거지가 끝나면 보통은 그리로 가서 같이 담배도 피우고 음악도 듣는다.

케이티는 크리스토퍼랑도 친하다. 내가 입학 첫 주부터 반했던, 학부모 방문 주말에 엄마한테 몰래 소개했던. 크리스토퍼 역시 거의 매일 밤 놀러 와서, 우리 셋은 그렇게 앉아 시간을 보냈다. 하지만 난 크리스토퍼에게 너무 자주 눈길을 주지 않으려고 애썼다.

크리스토퍼는 오르지 못할 나무다. 그가 학생식당에 있을 때면 모든 여자애의 눈길이 그의 행동을 좇는다. 잘생긴 데다 미셸과는 달리 스스로도 그걸 잘 안다. 키도 크고, 헝클어진 금발머리에 반짝이는 눈, 재빠른 손을 가진 재즈음악가다. 엉덩이에 바지를 걸쳐입는 모습도 멋지다.

크리스토퍼의 여자친구는 이번 학기엔 완전히 캠퍼스를 떠났다. 스페인인가 남아메리카 어딘가로 가버렸다고 한다. 그리고 갑자기 그가 여기저기 모습을 드러냈다. 하울랜드 휴게실 소파에 대자로 드러누워 있기도 하고, 부자 데이브의 침대에서 가부좌를 틀고 있기도 하고, 찰리 파커(미국의 색소폰 연주자 - 옮긴이)의 연주에 박자를 맞추기도 하고…… 내가 우편물을 가지러 갈 때면 우체국 벽에 몸을 기대고 있기도 했다.

말도 안 돼. 내가 크리스토퍼랑? 나도 알고는 있다. 하지만 떨쳐버릴 수가 없다. 우리는 계속 마주친다. 생각해보면 나랑 같은 기숙사에 사는 데이브나 케이티랑 친해서인 것도 같다. 그래도 뭔가 있을지도 몰라. 어쨌든, 크리스토퍼는 이제 저녁이면 내 방문 앞에도 나타난다. 한 손에는 위스키병을 들고, 셔츠 소매에 담뱃갑을 숨긴 채.

내가 방문을 열어주면 그는 한쪽 구석에 자리를 잡는다. 우리는 별로 말을 나누지는 않는다. 그저 음악을 듣고, 담배를 피운다. 때때로 밖에 나가서 눈을 맞으며 서 있거나 밤하늘을, 거기 있는 별들을 올려다본다. 거기 별들은 그와 나, 엄마의 죽음, 그 너머의 미래…… 그 모든 것처럼 비현실적으로 아름답게 빛나고 있었다.

우리는 엄마에 대해서는 단 한 마디도 하지 않는다. 크리스토퍼도 분명 알고는 있을 텐데 말이다. 그리고 우리는 스킨십도 전혀 하지 않는다. 내 머릿속에는 온통 그 생각뿐인데 말이다. 사실 난 내가 왜 이렇게 그걸 원하는지도 모르겠다. 그냥 외로워서? 아니면 엄마가 죽어가고 있으니까? 스킨십을 하면 그런 건 다 잊을 수 있을 것 같아서?

나는 왜 크리스토퍼가 자꾸 내 방에 오는지도 모르겠지만 물어볼 엄두가 나지 않는다. 대신 밤이면 밤마다 방문을 열어 그를 들일 뿐이다. 그날도 그런 밤이었다. 어느덧 그가 돌아가고 나는 다시 혼자 남아, 구석의 오래된 안락의자에 앉아 그 말을 입 밖으로 내뱉었다.

엄마가 죽었다.

엄마는 아직 죽지 않았다. 지금 워싱턴DC의 병원 침대에 누워 있다. 하지만 이 말을 내뱉는 게 어떤 기분인지 알아야겠다.

엄마가 죽었다.

엄마가 죽었다.

엄마가 죽었다.

내가 뱉어낸 말들이 갑자기 살아나더니 방구석으로 달려든다. 나는 그들의 눈에 띄지 않게 숨을 죽이고 두 팔로 내 몸을 감싸 안았다.

人

드디어 크리스마스휴가다. 폭풍처럼 밀려든 리포트들을 해치우고, 짐을 싸고, 방을 휙 둘러보고, 문을 쾅 닫고, 공항까지 가는 버스를 타러 서둘러 나왔다. 이제 가고 싶지 않은 곳으로 가기 위해 비행기를 타야 한다.

워싱턴DC는 여전하다. 엄마도 여전하다. 힘없는 잿빛 얼굴에 지친 모습. 우리 엄마가 아닌 것 같은 모습.

이제 엄마는 퇴원해서 워싱턴DC 바로 근처에 있는 이복언니네 집 서재의 병상에 누워 있다. 아빠는 첫 번째 결혼에서 세 아이를 낳았는데, 그중 하나인 캔데이스 언니가 버지니아주 교외에서 남편, 아들과 함께 살고 있다.

아빠랑 나는 위층 손님방에서 자고, 엄마는 간호사들과 각종 병원기구, 똑똑 떨어지는 링거액과 핑크빛 플라스틱요강과 함께 아래층을 차지했다.

나는 겨우 몇 살 아래인 조카 브라이언의 방에서 담배를 피웠다. 우리는 밤늦게까지 비디오게임을 하거나 주방에서 저녁 먹고 슬쩍해온 레드와인을 마시면서 놀았다.

첫째 날 엄마랑 다시 얘기를 해보려고 했지만, 엄마는 이곳에 존재하지 않는 것 같았다. 엄마는 이미 이 세상에서 나가버린 것만 같다. 나는 엄마한테 학교나 최근에 써낸 리포트들, 크리스토퍼, 결국은 산을 덮어버린 눈에 대해 얘기했다. 예전 같았으면 엄마가 한껏 귀 기울여 들었을 이야기들, 이제 엄마는 고개만 끄덕일 뿐, 더 이상 반응하지 않는다.

그런 엄마를 보고 위층 방으로 돌아와서, 아무도 듣지 못하게 베개에 얼굴을 묻고 울음을 쏟아냈다.

며칠 후 아빠가 드라이브를 시켜줬다.

클레어, 상황이 좋지 않다는 건 알고 있지?

나는 창밖을 바라봤다. 우리 아빠는 일흔다섯 살이다. 거의 항상, 사람들은 아빠가 내 할아버지라고 생각했다.

엄마는 죽을 거야. 아빠 목소리는 차분하다.

난 아무 말도 하지 않았다. 차에서 내리고 싶다. 아니, 이 순간, 이 모든 상황으로부터 벗어나고 싶다.

하지만…… 갈 곳이 없다.

집으로 돌아와서, 문간에 서서 잠든 엄마의 얼굴을 바라봤다. 엄마가 그립다.

아빠가 오늘 밤은 나더러 엄마를 보라며 아기모니터를 건넸다. 피곤하다고, 좀 쉬어야겠다고 말했지만, 실은 내가 엄마랑 좀더 시간을 보냈으면 하는 거다.

엄마는 적어도 한 번은 깰 거야. 그러면 그냥 곁에 앉아서 다시 잠들 때까지 토닥여주면 돼. 그저 겁먹어서 그러는 거니까.

그날 밤, 나는 브라이언과 또 비디오게임을 하고 와인을 마셨다. 그러다 하루종일 주머니에 넣어뒀던 작은 흰색 알약을 삼켰다.

그게 뭐야? 브라이언이 물었다.

퀘일루드(향정신성의약품의 일종 ─옮긴이)랑 비슷한 거라고 할 수 있지. 내가 답했다.

어디서 났어?

아빠한테서. 나는 대답과 동시에 와인을 쭉 들이켜 알약을 내려보냈다.

브라이언은 어깨를 으쓱하고는 다시 게임기의 플레이버튼을 눌렀다. 점수 올라가는 요란한 소리가 다시 시작된다. 오늘 밤 내가 엄마 당번이라는 건 이미 잊은 지 오래다.

몇 시간이 지나고 나서야 나는 손님방 침대로 기어들어갔다. 침대 옆에 아빠가 설치해놓은 아기모니터가 보인다. 거기 달린 작은 야광등도. 눈이 감기기 전에 마지막으로 그 불빛을 본 것 같긴 한데…….

몇 시인지 모르겠다. 새벽 서너 시쯤, 나는 눈을 떴다. 엄마가 숨죽여 우는 소리가 들린다. 얼마나 오랫동안 저렇게 울고 있었는지 모르겠다. 엄마의 나지막한 울음소리에 따라 모니터가 번쩍이는 것만 보일 뿐. 내려가야 하는데…… 사지에 샌드백이라도 달아놓은 것 같다. 뜨끈하게 늘어져서는 너무, 너무 무겁다. 나는 겨우 이불을 들춰내고 아래층으로 향했다.

엄마의 방 한구석에 조그마한 등이 켜져 있다. 나는 가만히 서서 그 불빛에 의지해 엄마를 바라봤다. 엄마는 웅크린 채 옆으로 누워, 두 팔로 배 근처를 감싸고 있다. 이불 밑에 감춰진 엄마의 몸이 한없이 작아 보인다.

한참 후에야 나는 발걸음을 떼 엄마의 침대 한쪽에 천천히 몸을 내려놓았다. 엄마는 내가 온지도 모르는 것 같다.

엄마?

엄마는 여전히 울고 있다. 나는 손을 뻗어 엄마의 머리칼을 어루만졌다. 그 퀘일루드 비슷한 것 덕분에 몸도 마음도 긴장이 풀렸나 보다. 이제 더 이상 엄마가 두렵지 않다.

엄마, 괜찮아. 괜찮아!

나는 엄마의 머리칼을 어루만지고 등을 쓸어주면서 계속 같은 말을 속삭였다.

괜찮아, 괜찮아.

엄마의 울음소리가 점점 나지막한 흐느낌으로 잦아든다.

괜찮아, 괜찮아.

나도 눈을 감고 머리를 엄마의 어깨에 가만히 기대었다.

엄마, 엄마가 그리워.

이제 엄마가 조용하다. 몸이 호흡에 따라 평온하게 오르락내리락할 뿐이다.

이 순간은 언젠가 내가 죄책감으로 질식해 죽는 걸 막아주는 유일한 기억이 될 테지.

엄마, 엄마, 엄마. 나는 그렇게 나직이, 어쩌면 기도와도 같은 말을 되뇌면서…… 한참을 엄마 곁에 머물렀다.

다음 날 아침 눈을 떴을 때는 다시 위층 내 방이었다. 그리고 몇시간이 지나서야 어젯밤의 기억이 돌아왔다.

크리스토퍼는 크리스마스휴가를 보내면서 학교에 돌아가지 않겠다는 결심을 굳혔다고, 전화로 알렸다. 당분간은 뉴저지에 있는 삼촌 밑에서 일을 배우며 페인트칠로 돈을 모을 거라고, 그후에는 샌프란시스코로 건너갈 거라고 했다.

졸업은 안 할 거야?

그가 대답을 안 하니까 괜히 창피했다. 너무 순진한 여자애 같은 질문이었나.

학교로 돌아오던 날, 엄마는 아빠 차의 조수석에 앉아 있었다. 아빠는 엄마가 바깥세상을 잊어버렸을까 봐, 드라이브라도 시켜주려고 엄마를 병상에서 끌고 나온 것이다. 아빠가 꽁꽁 싸매준 담요에 싸인 엄마의 얼굴은 자동차 시트처럼 잿빛이었다.

나는 차 문이 열린 틈을 타서 엄마를 두 팔로 꼭 안아주려고 몸을 기울였다. 하지만 너무 어색해서 내 몸을 그저 엄마한테 바싹 기댄 꼴이 되었다. 엄마는 두 손으로 그런 나를 더듬어 어루만지며 말했다.

우리 딸, 엄마가 정말 많이 사랑해.

엄마의 목소리는 여전히 거칠었다.

나는 그게, 엄마를 볼 수 있는 마지막 순간이라는 걸…… 알지 못했다.

몇 달이 지나고 몇 년이 지나서 이 순간이 다시 떠오를 때면, 끝없이 소망하고 또 후회하겠지. 조수석에 앉아 있는 엄마를 아이처럼 번쩍 들어올려 꼭 껴안고, 내 머리를 엄마 품에 묻기를. 엄마, 엄마, 엄마. 아마 나는 목놓아 울겠지. 이 순간 그렇게 하지 않은 걸 후회하면서.

하지만 나는 그저 엄마를 어색하게 한번 안아준 후 내 차에 올랐다. 그러고는 숨을 한번 내쉬고, 담배에 불을 붙이고, 두 손을 운전대에 얹었다. 떠나겠다고, 학교로 돌아가겠다고 고집한 건 난데…… 그런데 막상, 이 순간 불안함이 엄습한다.

말버러까지 가려면 일곱 시간이 걸리는데도 나는 느지막한 오후가 돼서야 출발했다. 매사추세츠주를 지나 버몬트주로 들어서면서 수백 킬로미터를 남겨뒀을 땐 눈보라까지 시작됐다. 도로는 거의 보이지 않고 바깥에는 희미한 어둠이 깔렸다. 난 줄담배를 피우고 같은 노래를 계속 들으면서 시속 50킬로미터로 달렸다.

문득 눈보라를 뚫고 운전을 하기가 무서웠다. 눈이나 도로사정 때문은 아니었다. 이젠 나 혼자 해야만 한다는 사실이 날 두렵게 했다. 네 달 전만 해도 플란넬 침대보나 이층침대 머리맡에 달 전등 따위를 잔뜩 싣고서 엄마 아빠와 함께 지나온 길인데…….

애틀랜타에서 버몬트까지 가는 3일 동안 엄마는 내 차에 타고, 아빠는 혼자 어큐라를 몰고 고속도로를 안내했다. 여행의 마지막 밤, 급기야 나는 매사추세츠주에서 들른 어느 레스토랑 계단에 주저앉아 울음을 터뜨렸다. 엄마가 조용히 옆으로 와 내 등을 어루만져주었다.

내가 왜 이렇게 먼 학교를 골랐을까?

내가 울음 사이로 더듬더듬 말하자 엄마는 웃으며 내게 몸을 기댔다. 물론 그땐 엄마의 병이 재발하기 전이다.

왜냐하면 우리 딸은 용감하니까. 그리고 세상을 향한 야망과 갈망이 있으니까.

눈물이 뺨을 타고 흘러내렸다. 그 순간, 나는 집으로 돌아가고 싶었다. 애틀랜타로, 지하실 내 방으로. 통금시간이 있던, 함께 저녁을 먹던 그 어린 시절로 돌아가고 싶었다.

내가 울음을 멈출 때까지, 그렇게 계단에 앉아서 엄마는 내 등을 쓸어주었다.

지금 이 순간, 워싱턴DC의 병상에 잠든 엄마를 남겨두고, 한밤중에 눈을 뚫고 매사추세츠주를 지나는 사이, 그때가 떠오른다.

마침내 캠퍼스에 도착해서 쥐 죽은 듯 껌껌한 캠퍼스를 보자마자, 모든 걸 되돌리고 싶다는 생각이 밀려든다. 집으로 가고 싶다는, 엄마를 되찾고 싶다는……

人

2주가 흘렀다. 나는 터덜터덜 강의를 들으러 다녔다. 크리스틴은 극작가라는 새로운 남자친구랑 붙어다니느라 맨날 바쁘고, 크리스토퍼는 뉴저지주에 있고, 미셸은 케이트랑 반짝 관계가 흐지부지된 후로는 어디론가 숨어버려서 코빼기도 보이지 않는다.

1월 말 어느 오후, 아빠가 전화를 걸어왔다. 이런 전화는 이제 지긋지긋하다. 나를 찾아와서는 '니네 아빠한테 전화왔어'라고 쓰인 작은 포스트잇을 건네는 애들도, 기숙사 계단 아래 작은 공중전화부스도, 거기까지 가서 다시 아빠에게 전화를 걸어야 하는 것도 다 맘에 안 든다.

엄마가 의식이 없구나.

난 벽에 붙은 포스터를 또 괴롭혔다. 한쪽 귀퉁이를 잡아 뜯어서 손가락으로 만지작거렸다.

의사들 말이, 이제 며칠을 못 넘길 거란다.

손을 쫙 펴니 종이쪼가리가 바닥으로 떠내려간다.

엄마랑 얘기했었는데, 넌 계속 학교에 있는 쪽으로 결론지었어.

아빠는 숨을 고르고 내가 무슨 말이든 하기를 기다렸다.

하지만 난, 아무 말도 떠오르지 않는다.

그래도…… 우리 딸도 이제 성인이니까, 열여덟 살이니까, 우리 딸이 결정해야지.

나는 입으로 숨을 내쉬었다.

갈래. 그렇게 나는 전화를 끊었다.

벌써 정오가 지났지만 자정까지는 워싱턴DC에 도착할 수 있을 것이다. 읽던 책과 담뱃갑, 엄마가 학부모 방문 주말에 사준 셔츠 같은 것들을 가방에 쑤셔넣고, 크리스틴에게 메모를 남겼다.

눈 내리기 직전, 모든 게 은은하게 빛나는, 흐리고 쌀쌀한 날이다. 차가 산길을 돌아내려간다. 나는 액셀에서 발을 떼고 멋대로 가속도가 붙게 내버려두었다. 얼마나 더 가서 브레이크를 밟아야 할까.

엄마는 죽을 것이다.

엄마는 죽을 것이다.

더 크게 소리내본다.

엄마는 죽을 것이다.

아무 의미도 없는 말 따위. 나는 담배를 한 모금 길게 빨고, 커브를 지나 미끄러지듯 내려가는 차의 속도를 늦췄다.

엄마는 죽을 것이다.

그건 아무것도 아니야.

얼마 안 가 매사추세츠주로 접어들자, 평탄한 길이 이어졌다. 학부모 방문 주말을 마치고 집에 돌아가서 엄마가 얼마나 좋아했는지 아빠가 얘기했던 게 떠올랐다. 엄마는 한껏 들떠서 내 학교생활에 대해 늘어놓았다고 했다. 나는 작은 시계를 보고 시간을 계산한 다음 또다시 담배에 불을 붙였다.

오후 6시쯤에는 끊임없이 윙윙거리는 엔진소리에도 내 몸이 완전히 적응됐다. 그사이, 나는 딱 한 번 차를 세웠다. 기름을 넣고 화장실에 가느라. 담배는 이미 너무 많이 피웠고, 가슴은 미친 듯 쿵쾅거린다. 끝없이 지겨운 코네티컷주는 겨우 지나왔지만, 아직도 뉴욕주, 뉴저지주, 메릴랜드주가 남았다.

이제 조지워싱턴다리를 건넌다. 뒤로 맨해튼이 점점 멀어지는 게 보인다. 한때 엄마는 꽤 오랜 시간 저기 살았다. 그리고…… 그 엄마는…… 죽을 것이다.

죽음.

클레어, 네 엄마는 죽을 거야.

아무렇지 않아, 아무렇지도 않아.

이제 차는 뉴저지주로 들어가는 톨게이트를 지났다. 나는 액셀을 더 세게 밟았다. 하늘에서 서서히 빛이 사라지는 사이, 심장이 점점 조여온다. 이러다 과속으로 걸릴 것 같다.

아가씨, 지금 얼마나 빨리 달리고 있는 줄 아세요?

그럼요, 경찰관 아저씨. 그런데 우리 엄마가 죽을 것 같아요.

죽는다고요?

네, 죽는다고요.

지금 말입니까?

네, 지금요.

그냥 가세요. 경찰관 아저씨는 이렇게 말할 것이다. 엄마가 죽어 가고 있는 순간, 세상 속에 홀로 서 있는 이 용감한 여대생을 향해 동정심과 경외심 가득한 눈길로.

하지만 아무도 날 붙잡지 않는다. 난 계속 달릴 뿐이다. 속도계의 눈금은 부지런히 시속 150킬로미터를 가리킨다. 심장박동이 빨라졌다. 하지만 엔진 때문인지 숨이 차서인지 모르겠다. 담배를 너무 많이 피웠나 보다. 쿵, 쿵, 탁. 맥박이 느껴진다. 쿵, 쿵, 탁. 눈을 꼭 감고 숨을 깊이 들이마신다. 쿵, 쿵, 탁.

크리스토퍼가 사는 마을의 표지판이 보이기 시작한다. 멈추고 싶다. 그 생각뿐이다.

세 번째 표지판을 지나서 결국 나는 고속도로를 빠져나왔다. 주유소에 차를 대고 공중전화부스 앞에 섰다.

나는 한참을 그렇게 서서 해가 지는 걸 가만히 바라봤다. 날이 차서 입김이 새어나왔다. 결국, 나는 수화기를 들고 번호를 눌렀다. 크리스토퍼의 숙모가 받는다.

크리스토퍼 있어요? 나는 전화기에 대고 속삭였다.

그의 숙모가 그를 부르러 간 사이, 한참이 지났다. 전화를 끊을까? 다시 차로 돌아갈까? 그냥 계속 갈까? 그때 그가 전화를 받았다. 나는 내가 어디에 있는지, 왜 왔는지 말해주었다. 그러자 그는 근처 커피숍 이름을 대며 10분 후에 도착할 거라고 했다.

나는 고개를 세차게 저으며 그다음 전화번호를 눌렀다. 아빠에게 닿는 그 번호를.

아빠? 저 지금 뉴저지예요. 너무 피곤해서 친구랑 커피 한잔하고 갈게요. 갑갑해서요. 그래도 이제 세 시간밖에 안 남았으니까 금방 도착할 거예요.

아빠는 서두를 필요 없다고 했다. 별일 없을 거라고. 엄마는 여전히 의식불명이고, 아빠는 병원에서 그런 엄마를 지키면서 내가 천천히 오기를, 좀 쉬기를, 무사하기를 바라고 있다.

친구네서 자고 오는 건 어때? 엄마는 내일 아침에 봐도 되잖니.

결국 아빠는 내가 기다렸던 말을 내뱉었다. 죄책감이 흉곽을 타고 심장을 짓누른다. 쿵, 쿵, 탁.

나는 커피숍 주차장에서 자동차 보닛에 기대선 채 크리스토퍼를 기다렸다. 날이 차서 몸이 떨렸다.

얼마 후, 크리스토퍼가 차를 몰고 들어서는 게 보였다. 한 달 만에 보는 것 같다. 그가 차를 대고 내 앞에 와서 섰다. 우리는 커피숍에 들어가 마주보고 앉아서 커피를 주문했다. 서로 우리 엄마 얘기는 단 한 마디도 꺼내지 않았다.

크리스토퍼에게 어떤 기운이 있는 모양이다. 나는 그의 옆에만 가면 무력해진다. 조금만 잘못하면 크리스토퍼가 자리를 박차고 일어날 것 같다. 나는 가만히 앉아서 미동도 하지 않고, 조심스럽게 말을 골랐다. 그가 아직도 일어서지 않고 계속 거기 앉아 있다는 게 신기하다.

난 크리스토퍼의 두 손과 입술이 좋다. 약간 말려올라가서 두 눈을 한층 돋보이게 하는 속눈썹도. 그는 손으로 머리를 매만지더니 나를 보며 고개를 흔들었다.

클레어! 아주 작고도 다정한 목소리가 나를 불렀다.

그는 삼촌과 페인트작업을 하는 것에 대해 들려줬다. 우리는 말 버릇에 대한 얘기도 나눴다. 그는 엄지와 검지 사이에 담배를 끼우고, 내가 말을 할 때면 나를 지그시 바라봤다. 그는 담배를 말아쥐고 있는 모습조차 멋있었다. 이 모든 게 자연스러웠다. 나는 매우 편안했다.

두 번 리필한 커피잔이 다 비워졌다.

원한다면, 오늘 밤 우리 삼촌 집에서 자고 가도 돼.

원한다.

나는 앞으로 이 순간을 다시 떠올릴 것이다. 끊임없이, 계속해서.

늦은 1월, 차디찬 밤, 워싱턴DC에서 세 시간 떨어진 뉴저지의 커피숍, 거기 앉아 있는 크리스토퍼와 나.

이 순간은, 끝없이, 반복될 것이다. 크리스토퍼와는 비교도 안 되게 나를 한없이 무력하게 만들겠지. 내 속의 모든 것이 후회, 증오와 뒤범벅되어 쏟아져 나오겠지. 바로 이 순간 때문에. 뉴저지의 커피숍에 앉아 있는 크리스토퍼와 내가, 바로 그 범인이다.

다시 돌아갈 수 있다면, 내 두 볼을 꼬집고 고개를 가로저을 수 있다면, '고맙지만 괜찮아'라고 말할 수 있다면, 나한테는 눈곱만큼의 관심도 없는 별볼일없는 녀석을 뒤로하고 일어설 수 있다면…… 그러면 난 뭐든 줄 수 있을 것 같다. 내 몸뚱이도, 친구들도, 일도, 아니 우리 아빠까지도. 되돌릴 수만 있다면, 다시 운전대를 잡고 엄마에게 갈 수만 있다면…….

하지만 나는 고개를 끄덕이고, 크리스토퍼를 따라 그의 삼촌 집으로 갔다.

삼촌네 집에 도착하자, 그는 부엌 찬장에서 유리잔 두 개를 꺼내더니 보드카를 가득히 따랐다. 그러고는 오렌지주스를 따서 각각의 잔에 아주 살짝 부었다.

색깔 내려고. 그는 능글맞게 웃으면서 말했다.

우리는 식탁에 앉았다. 나는 잔을 들고, 보드카를 마시며, 가만히 있었다.

우리가 비틀거리며 위층으로 향했을 때는 이미 한참 늦은 시간이었다. 취한 내 발걸음에 계단이 삐걱거렸다. 계단 꼭대기에 이르러서 우리는 난간에 기대어섰다. 내 몸이 가볍게 흔들거린다.

잘 자, 클레어.

잘 자, 크리스토퍼.

그는 왼쪽 방으로, 나는 오른쪽 방으로 들어갔다.

먼 훗날, 이 기억들은 나를 괴롭힐 것이다. 한밤중에 침대에 누워 이 순간을 떠올리면, 단 하나의 욕망이 나를 사로잡겠지. 바로 여기 계단 꼭대기에 서서 나를 향해 외치며 실컷 때려줄 수 있기를. 그 방에 들어가지 마. 가지 마.

하지만 그녀는 멈추지 않는다. 나는 멈추지 않았다.

나는 그 방에, 뉴저지의 낯선 집 어느 평범한 손님방에 들어가서 속옷과 티셔츠만 남겨두고 다 벗었다. 그러고는 이불 밑으로 기어들어가서, 암흑과 빙빙 도는 그 방을 남겨두고 눈을 감았다.

얼마나 지났을까, 눈을 떴을 때 방은 여전히 어두웠지만 노란 불빛이 바닥을 타고 흘러들어왔다. 복도의 불빛을 등지고, 크리스토퍼의 삼촌이 문가에 서 있었다.

그가 내게 전화기를 건넸다.

새벽 3시.

난 여전히 취했다.

아빠의 목소리가 들린다. 저 먼 곳에서, 희미한 체념의 목소리가.

아빠가 정말 미안해. 엄마가 저세상으로 갔어.

엄마가 죽었다.

2
부자 아빠와 예쁜 엄마, 우리 가족의 행복은 완벽했다

1992년, 열넷

나는 지금 우리 동네 K마트의 화장품코너에 서서, 두 개의 매니큐어병을 들고 어느 것을 훔칠지 고민하고 있다. 하나는 입안을 얼얼하게 만들 것만 같은 강렬한 산딸기색이고, 다른 하나는 엄마의 스웨이드 하이힐을 연상시키는 진한 자두색이다.

산딸기색으로 결정했다.

한 번 더 주위를 둘러보고, 이쪽에 아무도 없는 것을 확인한 다음, 후다닥 그 병을 핫팬츠 주머니에 쑤셔넣었다. 순간, 병이 이미 거기 숨겨져 있던 립스틱에 '탁' 부딪치면서 가슴이 '찌릿'했다.

불룩해진 주머니를 감춰보려고 셔츠 밑단을 힘껏 잡아당겼지만 심장은 여전히 콩닥거린다. 이 낯익은 흥분감에 난 요즘 미칠 것만 같다. 이 스릴이 간만에 담배를 한 모금 빨거나 금주 때문에 꼭지가 돌아 있다가 간신히 한잔할 때와 맞먹는다는 건 한참 후에야 깨닫겠지만.

나는 부러 고개를 숙이고 마트 출입구로 향했다. 이렇게 하면 원하는 걸 찾지 못해 실망한 것처럼 보이겠지. 슬쩍 고개를 들어보니 20대인 듯한 계산원 한 명만 지루한 얼굴로 앉아 있다. 자신의 형광오렌지색 손톱을 만지작거리고 있는 게, 나는 안중에도 없는 것 같다.

스르륵, 문 통과 성공! 뜨뜻한 플로리다의 바람이 에어컨으로 시원해진 내 살갗을 때리는 순간, 안도감이, 또 다른 흥분감이 몰려온다.

안 걸렸다!

주차장을 지나 엄마 아빠의 레스토랑으로 돌아가는 사이, 최근의 '슬쩍' 건들이 한꺼번에 떠올랐다. 어떻게 시작된 건지, 어쩌다 이 지경까지 오게 된 건지는 분명하지 않다. 처음에는 그저 껌 한 통이나 펜 한 자루 정도였는데, 요즘에는 순 화장품이다. 그것도 한 탕에 10~15달러까지 해치운다.

엄마의 출장뷔페 가게, 아니 최근에 카페로 바뀐 곳의 입구가 보인다. 엄마의 카페는 K마트와 대각선상으로 쭉 늘어선 가게들 사이에 있다. 문을 열고 들어서니, 엄마는 주방에서 두 손을 가정식 파테pâté(짓이긴 고기나 간을 요리한 프랑스 전통요리로, 거위 간 파테가 가장 유명하다－옮긴이) 그릇에 푹 담그고 있고, 아빠는 책상 앞에 앉아 와인 카탈로그를 정독하고 있다. 엄마가 손질 중인 거위 간에서 나는 비린내가 가게 안에 진동한다. 나는 카운터로 가서 엄마 옆에 기대섰다. 엄마가 웃으며 말을 건넨다.

딸, 왔어? 숙제는 다 했어?

응.

거짓말이다. 손도 안 댔는데. 수학은 이미 낙제라 오늘 오후에도 고린 선생님한테 방과후 지도를 받아야 했다. 고린 선생님은 사향 면도로션에 피망과 크림치즈 섞인 냄새가 나긴 하지만, 친절한 데다 내게도 대단한 인내력을 보여준다.

아빠가 도와줬지?

엄마가 얼굴 여기저기 붙어 있는 머리카락을 불어 넘기며 다시 물었고, 난 또 한 번 고개를 끄덕였다. 이건 사실이다. 아빠가 도와준 건 분명하다. 아니 적어도 아빠가 노력하긴 했지. 아빠는 엔지니어 출신이니까 수학사랑은 대단하지만 인내력은 고린 선생님에 한참 못 미친다.

자, 이제, 클레어! $5x-4=26$이면, x는 얼마지? 가게 한편 사무실의 책상 앞에 앉아서 아빠는 내게 거의 애원하다시피 말했다.

도무지 모르겠다.

난 수학이 싫다.

x가 싫다.

바로 그때 K마트로 가고 싶은 강한 충동이 일었고, 결국 난 연필을 책상에 내동댕이치고 의자를 뒤로 뺐다. 아빠는 문가로 돌아서는 나를 무성의하게 불러댔지만, 아빠가 엄마한테 이를 일은 없다는 건 기정사실이었다. 아빠 역시 엄마한테 혼나는 게 무서울 테니까.

잘했어. 아빠가 네 숙제 도와주면서 얼마나 뿌듯해하시는지, 너도 잘 알지?

엄마의 말에 나는 다시 한 번 고개를 끄덕였다.

우리 딸, 엄마 머리 좀 귀 뒤로 넘겨줄래?

내가 미소로 답하며 엄마를 향해 몸을 숙이자, 엄마는 파테가 잔뜩 묻은 두 손을 양옆으로 치웠다. 나는 조심스럽게 엄마의 풍성한 금발머리를 넘겨주었다. 엄마는 그야말로 아름답다. 키도 크고 늘씬한 데다 타고난 밝은 금발이 완벽하게 어깨까지 내려온다. 엄마는 잘 웃고, 초록빛 눈은 언제나 반짝인다. 가끔은 엄마가 『스위트밸리 하이』 시리즈의 쌍둥이가 어른이 된 모습이 아닐까 하는 생각이 든다(『스위트밸리 하이』는 미국의 하이틴소설 시리즈로, 주인공인 쌍둥이는 남자아이들의 인기를 한 몸에 받는 매우 예쁜 10대로 그려진다-옮긴이). 엄마가 좀 괴짜 같다는 점만 빼고.

엄마는 요리사다. 아빠를 만나기 전에는 뉴욕에서 푸드스타일리스트로 활동했다. 그러니까 방송이나 지면 광고에 실릴 음식이 한층 먹음직스럽게 보이도록 샌드위치나 푸딩 같은 걸 층층이, 예쁘게 쌓아올리는 일을 했다. 지금은 차고에 처박혀 있는 엄마의 포트폴리오는 새러리Sara Lee(미국의 대형 식품회사-옮긴이) 칠면조 가슴살 날것을 익힌 것처럼 색을 덧입히거나 고급 크리스털 유리그릇에 부케처럼 새우칵테일을 디스플레이해놓은 사진들로 가득하다. 현재 엄마는 주기적으로 호화로운 만찬을 주최하고, 레스토랑이나 메뉴 같은 것들에 집착 증세를 보인다.

엄마 아빠의 유럽 신혼여행 내내 엄마는 일기를 썼는데, 새 신부의 감상 따위가 아니라 엄마와 아빠가 먹어치운 음식들이 기록되어 있다. 이탈리아에서 마신 와인 종류나 프랑스 최고의 치즈들, 아일랜드에서 알아낸 숙취해소법(기네스 맥주 500밀리리터에 제대로 설익은 계란 곁들이기) 같은 것들 말이다.

1년 전쯤, 엄마는 친구들의 부추김에 드디어 출장뷔페 사업을 시작했다. 처음엔 그저 재미삼아, 아빠와 내가 볼보 뒷좌석에 놓인 미니 키시파이나 버섯튀김 접시 같은 걸 조심스럽게 옮겨준다든지 겨우 거드는 수준이었다. 그런데 어느 순간, 엄마와 아빠는 장소를 빌리더니 벽을 허물고 전문 주방기기를 들여놓기 시작했다. 그렇게 해서 단출한 우리 식구는 지금 본격적인 레스토랑 사업을 하고 있는 것이다. 아빠는 와인을, 엄마는 음식을 담당하고, 나는 보통 금전등록기 뒤에 서서 버튼을 만지작거리거나 장부를 끄적인다.

있잖아, 아빠는 정말 괜찮을 거야.

엄마가 양손을 다시 파테 그릇에 넣은 채 말했다. 엄마 머리는 이제 완전히 귀 뒤로 묶였다.

나도 알아. 고개를 끄덕이고는 있지만, 엄마가 이 얘기는 더 이상 안 꺼냈으면 좋겠다.

우리 모두 괜찮을 거야.

엄마의 말은 계속된다. 단호하고 침착한 목소리로. 내가 겨우 열네 살이긴 하지만, 난 엄마가 확신시키려고 하는 게 단지 나뿐이 아니라는 걸 잘 안다.

2주 전, 부모님은 내게 아빠가 암에 걸렸다는 사실을 털어놓았다. 엄마 아빠는 심각한 목소리로 전립선암이 뭔지, 아빠가 어떤 수술과 방사선치료, 호르몬치료를 받게 될지 설명했다. 그러고는 아빠가 피폭될지도 모른다나 어쩐다나 하면서 내가 알아들을 수 없는 농담을 했다.

아빠는 정말 괜찮을 거야. 그날도 엄마는 이렇게 말했다.

그런데 또 한 번 이를 꽉 물고는 이 말을 반복하는 것이다. 나는 멍하니 주머니 속 매니큐어병을 만지작거리며 고개만 끄덕였다.

人

아빠는 일흔한 살이다.

사람들은 보통 우리 할아버지인 줄 알지만, 나는 더 이상 굳이 수정해주지 않는다. 아빠는 가끔 그걸로 장난을 치기까지 한다. 언젠가 식당에서 어떤 노부인이 우리에게 다가오더니 물었다. "어머, 손녀랑 같이 오셨나 봐요?" 그러자 아빠는 의자에 등을 기대고는 껄껄 웃으며 대답했다. "아뇨, 내 손자의 숙모랍니다." 그 노부인이 뭔 말인지 아리송한 표정으로 서 있는 걸 보며, 아빠와 나는 테이블 사이로 시선을 맞춘 채 한참 히죽였다.

내가 태어났을 때 아빠는 쉰일곱이었다. 엄마는 마흔이었고.

우리 아빠 제럴드 로버트 스미스Gerald Robert Smith는 미시간주에서 1920년에 태어났다. 4형제 중 하나로 태어나서, 여름이면 블랙베리를 따러 다니고, 한창 자랄 때는 신문배달도 했으며, 진주만공습 바로 다음 날 공군에 자원입대했다. 곧바로 전투기 조종사 훈련을 받은 아빠는 B-24를 몰고 유럽으로 날아가서 독일 곳곳에 폭탄을 투하했다. 1944년 아빠의 전투기가 격추되면서 독일군에 생포되어 6개월간 포로수용소에 갇혀 있다가 종전을 맞이했다.

아빠는 전쟁얘기 늘어놓는 걸 무엇보다 좋아하지만, 그걸 듣고 있는 게 나로서는 고역이다. 전쟁은 내게 2차원적인 개념일 뿐이다. 들어가고 싶지도 않은 수업시간에 소리내 읽어야 하는 역사 교과서 속 몇 페이지처럼 말이다.

아빠 인생에 진짜 흥미로운 이야기는 따로 있다. 가령 아빠의 또 다른 가족에 대한 것이라든지.

전쟁이 끝나고, 스물넷의 우리 아빠는 미시간의 고향 집으로 돌아왔다. 간신히 안다고 할 수 있는 아내와 그가 집을 비운 사이에 태어난 아들에게로 말이다. 그는 대학을 마치고 두 아이를 더 책임지게 되었으며, 이후 온 가족을 데리고 남부 캘리포니아로 이주했다.

아빠는 그곳에서 기계공학자로서의 일에 푹 빠져들었다. 베르너 폰 브라운Wernher von Braun 같은 이들과 함께 작업하기도 했다. 베르너 씨로 말할 것 같으면, 독일계 로켓공학자로서 내가 평생토록 마주치게 될 이름일 터였다. 그렇게 아빠는 20년간 지구를 돌아다녔다. 가족들은 패서디나의 작은 집에 남겨둔 채, 세계를 바꾸겠다는 남자들과 담배연기 자욱한 회의실을 지키고 있었던 것이다.

내가 20대가 되면, 다들 내 나이의 두 배쯤 되는 이복형제들은 그들이 제대로 알지 못했던 한 남자에 대해 이야기하겠지. 밤늦게 들어와서는 아침이면 제일 먼저 집을 나섰던 남자에 대해. 그런 사람, 아내에 대해서도 제대로 알지 못했던 남자, 그들이 말하는 이 남자는, 우리의 동일한 아버지는 내가 한 번도 만나본 적이 없는 사람이다. 그래서 나는 때때로 그들이 아빠를 향한 내 헌신에 의문을 품을 때면 이 사실을 상기시켜줘야만 했다.

1970년대 초에 아빠는 가족을 데리고 다시 플로리다로 이주했다. 바로 거기서 아빠는 결국 아내 헬렌과 이혼했고, 거기서 그의 아이들은 대학에 들어갈 만큼 성장했다.

아빠는 한 번 더 결혼했는데, 이번에는 1년도 채 못 넘겼다. 나는 그녀의 이름조차 모른다.

1975년이라는 시간이 굴러가고 있을 때쯤 아빠는 애틀랜타에 살고 있었다. 그는 이미 다 자란 세 아이와 두 번의 이혼경력, 그리고 자신이 평생 꿈꿔온 것보다도 많은 돈을 벌어주는 아주 잘 굴러가는 철강사업체를 가지고 있었다.

1975년은 또한 따사로운 6월의 어느 아침, 그가 멕시코에서 산 우스꽝스러운 파란색 정장을 입고 맨해튼에 있는 우리 엄마 집의 초인종을 울린 해다. 그 정장의 스티치는 꼭 데님 같았고, 바탕은 화려한 빛깔의 꽃으로 수놓아져 있었다.

엄마 아빠를 둘 다 잘 아는 친구들이 소개팅을 주선했는데, 둘이 처음 만나기로 돼 있던 그날 밤 엄마가 아빠를 바람맞혔다. 엄마는 그날 롱아일랜드에 갔다 왔다고 한다. 한 친구와 딸기를 따러. 집에 돌아왔을 때쯤 애틀랜타에서 왔다는 어느 연상 사업가와의 소개팅 약속이 엄마를 기다리고 있었지만, 그건 곧 죽어도 나가기 싫을 만큼 내키지 않는 자리였다.

엄마는 서른일곱 살이었고, 맨해튼에 17년째 살고 있었다. 수십 명의 친구가 있었고, 각종 파티와 전시회 개막식에 다녔다. 빌리지에서 대마초를 피우기도 하고, 화요일 밤이면 담배연기 자욱한 재즈클럽에서 다리를 꼬고 앉아 마티니를 홀짝이곤 했다.

엄마는 익살스럽고 재치 있었으며, 항상 모험을 맞이할 준비가 되어 있었다. 그 푸른 눈과 금발머리, 그토록 균형 잡힌 얼굴과 평온한 미소를 가진 그녀는 너무나 아름다웠다. 하지만 6월 초의 그날 밤 28번가에 있는 그녀의 작은 원룸에서 잠자리에 들었을 때, 그녀는 자신의 인생이 막 바뀌려 한다는 것을 전혀 알지 못했다.

아빠는 쉰다섯 살이었고, 막 전성기에 접어들고 있었다. 두 번의 이혼을 겪고, 다 큰 세 자녀가 있음에도 불구하고, 혹은 아마도 그 때문에 그는 어느 때보다도 행복했다.

그는 어디를 가든 일등석을 탔다. 워싱턴DC에 있을 때는 워터게이트호텔에, 뉴욕에서는 플라자호텔에 투숙했고, 스튜어디스들에게 윙크를 날리며 스카치 온더록을 텀블러로 주문했다. 정장에 모자를 쓰고, 고급 레스토랑에서는 후한 팁을 남기곤 했다.

그는 바람맞는 데 익숙지 않았다. 그래서 다음 날 아침 9시에 엄마 집의 초인종을 울린 것이다. "누가 감히 뉴욕에서, 일요일에 정오가 되기도 전에 벨을 누르는 거야?" 엄마는 나중에 그 느닷없던 첫 만남에 대해서 이렇게 기록했다. "당신이어야만 했어요It had to be you(마침내 운명적 상대를 찾는다는 내용의 팝송 제목으로, 영화 〈해리가 샐리를 만났을 때〉의 주제가다–옮긴이), 그 노래 가사처럼. 그때 내가 머리도 채 못 말리고 문을 열어 당신에게 물었잖아요. 블러디메리(보드카와 토마토주스를 섞어 만든 칵테일로, 해장술로 애용된다–옮긴이) 한잔하겠냐고. 당신이 거기 응해줘서 얼마나 다행인지!"

나는 그 찰나의 순간을 상상해봤다. 젖은 머리로 현관에 서 있는 엄마. 푸른 멕시칸 레저슈트(1970년대 미국에서 유행한 캐주얼 정장 스타일–옮긴이)를 입고 문턱에 서 있는 아빠. 서로에 대해 몰랐던 그 순간은 단 한숨에 무색해졌다.

두 사람은 사인오브더도브Sign of the Dove 레스토랑으로 갔다. "아주 비非 뉴욕적인 레스토랑이었어요. 아주 예쁘고 밝았거든. 그런 데 가본 게 몇 년 만이었는지." 엄마는 이렇게 회상했다. "그보다 더 아름답고 환하고 푸를 수는 없었어요. 그 싱그러운 꽃향기와 굴, 피렌체식 달걀, 몽라셰 와인 한 병…… 그것들 때문에 그날 밤 애틀랜타에 있는 당신의 풀장으로 수영하러 가자는 초대에 넘어갔다니까요."

그들은 그날 오후 애틀랜타로 날아가서 엄마가 그 전날 롱아일랜드에서 따온 딸기로 칵테일 다이키리daiquiri를 만들었다. 그러고는 아빠의 풀장에서 수영을 하고, 물속에 다리를 걸친 채 카멜 담배를 피우며 밤늦도록 얘기를 나눴다. 풀장 바닥에서 조명이 반짝이고 있었다.

그와 그녀는 세 달 후 케이프코드에서 결혼했고, 나는 그로부터 2년 뒤에 태어났다.

그다음 10년은 작은 우리 가족에게 더없이 행복한 시간이었다. 아빠는 엄마를 뉴욕에서부터 홱 낚아채서 애틀랜타의 근사한 주택가에 있는 큰 집에 데려다놓았다. 엄마의 모든 빚을 갚아주고, 크림색 알파로메오를 한 대 사주고, 모든 백화점에 엄마 이름으로 된 거래계좌를 열어주었다.

내가 한창 클 때, 우리 가족은 그랜드케이맨Grand Cayman에서 겨울 연휴를 보내고 여름은 멕시코나 유럽에서 지냈다. 엄마 아빠가 호화스러운 파티를 열면 애틀랜타의 상류층이 상당수 참석하곤 했다. 나는 사립학교에 들어갔고, 엄마들이 모는 메르세데스벤츠나 사브를 번갈아 타고 다녔다. 그리고 매년 전문 스튜디오에 가서 사진을 찍어 남겼다.

이것이 영원하지 않을 수 있다는 걸, 그럴 수도 있다는 걸, 난 상상도 하지 못했다.

1987년 주식시장이 곤두박질쳤고 철강산업도 같은 길을 걸었다. 아빠의 회사는 망했고, 아빠는 파산선고를 했다. 그 모든 수치스러움에서 벗어나려는 방편으로 우리는 플로리다의 작은 마을로 이사했다.

데스틴Destin은 관광객들에게 '세계에서 가장 운 좋은 어촌'으로 알려져 있다. 지협에 자리하고 있어서 12,000명에 이르는 인구는 촉타왓치만과 멕시코만 사이에 낀 저지대의 땅덩어리에서 살고 있다.

밤이면 작은 청개구리들이 내 침실 창에 지그시 배를 댔고, 스패니시모스Spanish moss(뿌리 없이 다른 나무에 붙어서 자라는 관엽식물로, 미국 남동부에서 주로 볼 수 있다-옮긴이)는 나무들 사이로 거의 소리가 들릴 정도로 한껏 이파리를 늘어뜨렸다. 우리는 만을 따라 길게 쭉 뻗은, 인적이 드문 인디언트레일Indian Trail 가에 있는 집에 살았다. 집들은 모두 만을 따라 늘어서 있었기 때문에, 길 건너 이웃이라곤 빽빽하고 무성한 숲뿐이었다. 그러니까 말라비틀어진 나무와 이끼, 발밑에서 꿈틀거리는 도마뱀이나 정오의 가혹한 햇빛을 피해 숨어 매달린 주머니쥐가 유일한 친구였던 셈이다.

열넷, 그러니까 중학생 시절 애틀랜타에서의 생활은 그렇게, 완전히 다른 세계로 사라져갔다.

人

레스토랑에서 집으로 오는 길, 나는 조심스레 주머니에서 매니큐어병을 꺼내 슬며시 쥐었다. 손을 허벅지에 바싹 붙인 채로. 엄마 아빠가 우연히 돌아본다 해도 그걸 볼 수 없도록. 그러고는 그걸 찬찬히 살폈다. 그 빛나는 외양과 안에 그득한 액체라니! 이건 상이야, 이 매니큐어는. 그런데 무슨 상이지? 그걸 잘 모르겠다. 나는 그걸 슬그머니 주머니에 도로 넣고 엄마 아빠가 하는 말에 다시 귀를 기울였다.

아직도 배 아파?

아빠가 엄마를 돌아보며 물었다. 엄마는 한 손으로 옆구리를 누르고 있었다.

음, 배보다는 옆구리가 좀. 아무래도 지난주에 테니스 치다가 살짝 삐끗했나 봐요.

엄마는 나를 향해 몸을 돌려 물었다. 딸, 저녁에 뭐 해줄까?

나는 어깨를 으쓱해 보였지만, 실은 엄마가 매니큐어병을 알아챘을까 봐 심장이 두방망이질했다.

내일 학교 갈 준비는 다 한 거지? 숙제는 더 없고?

네! 다 준비됐어요.

나는 막스브루너주니어중학교 8학년이다. 매일 아침이면 학교버스 뒷좌석에서 책에 얼굴을 파묻는다. 버스가 북쪽의 포트월턴비치를 향해 데스틴다리를 건널 때만 빼고. 하루 중 내가 가장 좋아하는 시간이다. 학교와 집 사이에 걸쳐 있는 그 순간. 왼쪽으로는 멕시코만이 거친 물결 속에서 아침 햇빛을 받아 반짝이고, 오른쪽으로는 얕은 갈색의 촉타왓치만을 육지가 부드럽게 떠받치고 있다. 꽤 이른 아침임에도 따스한 공기가 머리칼을 흔든다. 나는 태양을 향해 머리를 기울인다. 순간, 기어가 바뀌면 끈적한 좌석 쪽으로 다시 몸이 튕기고 버스는 경사로를 굴러 학교로 다가간다.

나는 학교가 싫다. 아침마다 버스에 올라서 내 방과 내 책, 부두 아래 내 산책로가 있는 집으로 돌아올 때까지의 시간을 헤아렸다. 나는 엄청나게 키가 크고 비쩍 말라가지고는 매가리가 없는데다 치아교정기와 수그러들 줄 모르는 여드름을 달고 있다. 여자애들은 짓궂었고 남자애들은 내가 진지한 타입이라 여겼다. 나는 이런 것을 모조리 다 일기장에 쓰거나, 엄마한테 가정수업 시간에 나를 놀린 여자애들에 대해 투덜거렸다. 그러면 엄마는 부드럽게 내 머리를 쓸어넘기고 내 턱을 들어 눈을 맞추며 말했다.

엄마를 믿어. 다 금방 지나가버릴 거야.

나는 엄마를 믿고 싶다. 엄마는 언제나 자신감을 북돋워주었다. 하지만 그게 종종 내 삶을 아주 약간 악화시키기도 했다.

괜찮고말고. 이게 엄마의 대답이었다. 내가 큰 소리로 엄마의 커다란 스웨터를 입어도 될지 물었을 때. 그 스웨터에는 1990년대 초 패션계의 과감함을 드러내듯 들쑥날쑥 여기저기 작은 천조각이 매달려 있었다. 결국 그다음 날 학교에서 애들이 '누더기인형'

이라고 놀리는 바람에 나는 최대한 눈에 띄지 않기 위해 살금살금 숨어다녀야 했다.

안 돼. 또 한번은, 그러니까 베스트프렌드 토냐의 엄마한테 가서 파마하겠다고 졸랐을 때, 엄마는 이렇게 답했다. 나는 토냐와 그 애 여동생들이 어질러진 부엌에 얌전히 앉아 있는 모습을 셀 수 없이 지켜봤다. 토냐 엄마는 조심스럽게, 그애들의 머리칼을 촘촘히 컬로 꼬아서 거품이 일게 화학약품을 바르곤 했다.

그건 싸구려라니까. 엄마가 반대하는 이유였다.

그날 밤 저녁식사 시간, 엄마가 토냐에 대해 물었다.

요새 토냐 놀러 안 오네. 괜찮은 거야?

그럼! 나는 어깨를 으쓱했다.

실은, 하나도 안 괜찮다. 토냐는 최근에 다른 패거리랑 어울려 다닌다. 주말이면 바비인형을 가지고 노는 것보다는 쇼핑몰에 놀러가는 데 더 심취한 여자애들이랑. 나는 아직 완전히 전자를 버리지 못했다.

2~3주 전에 싸운 후로는 토냐와의 사이가 예전 같지 않다. 토냐는 레이건이라는 남자애를 혼자 좋아한다. 그런데 그날 학교 끝나고 나랑 같이 집에 가기로 해놓고는 막판에 레이건이랑 운동장에서 만나기로 했다고 털어놓았던 것이다.

레이건은 우리보다 한 학년 위인데, 나는 그애에 대해 안 좋은 소리를 좀 들었다. 대개는 여자애들이랑 키스를 하고 다닌다거나 샌드위드sandweed 같은 걸 피운다는 얘기였다. 토냐가 그애를 좋아한다고 했을 때, 난 정말 화가 났었다.

넌 절대 대통령이 될 수 없을 거야. 난 토냐에게 말했다. 이 말이 그애를 기분 나쁘게 한다는 걸 잘 알았으니까. 토냐는 4학년 때부터 쭉 최초의 여자 대통령이 되겠다고 말했고, 나는 정말로 그애가 그렇게 될 거라고 생각했었다. 토냐는 내가 아는 이들 중에서 가장 계획적인 사람이었으니까.

엄마가 저녁식사 후 내 방으로 왔다. 우리만의 이야기를 나누기 위해 엄마와 나는 침대에 등을 대고 누웠다. 이건 우리만의 의식이다.

토냐랑 정말로 괜찮은 거야?

아니.

그럼 엄마랑 얘기 좀 할까?

아니.

알았어.

그애, 새로운 베스트프렌드가 생겼어.

정말 속상하겠구나. 엄마가 이렇게 말하면서 한쪽 팔꿈치로 몸을 살짝 세우며 나를 바라봤다. 나도 엄마를 향해 눈을 들었다.

응. 그리고 내 친구 제이미도 있잖아, 이젠 걔도 나한테 말을 안 해. 걔네 둘은 내가 아예 없는 것처럼 굴어. 그러니까 막, 나를 싫어하는 애들이 똘똘 뭉쳐 있는 것 같아.

엄마가 한숨을 쉰 후 말했다. 괜찮아질 거야, 우리 딸.

언제?

그건 엄마도 잘 모르겠네. 하지만 괜찮아질 거야.

토냐랑 다시 친하게 지낼 수 있을까? 그렇게 물으며 나는 엄마를 쳐다봤다.

글쎄, 안 될지도 모르지. 하지만 인생이 그렇게, 항상 그렇게…… 답답한 건 아니야. 알았지?

그렇겠지 뭐.

나는 다시 등을 대고 누워서 천장을 올려다봤다.

엄마 봐봐. 갑자기 엄마가 다시 말했다.

나는 눈물이 그렁그렁한 눈으로 엄마의 예쁜 얼굴을 향해 시선을 돌렸다. 엄마는 삐져나온 금발머리 한 가닥을 귀 뒤로 넘기며 말했다.

다 금방 지나가버릴 거야. 이 세상은 브루너중학교보다 훨씬 큰 곳이란다. 네 기분을 상하게 하는 그애들? 걔네들은 절대 그걸 모를 거야. 걔네는 여기서 자라고, 여기서 살다가, 여기서 결혼하고, 여기서 아이를 낳겠지. 걔네들 세상은 무리지어 다니면서 겨우 누굴 괴롭히기나 하고, 그게 다잖아.

엄마는 견고한 눈빛으로 다시 말했다.

그런데 우리 딸은? 낚아야 할 더 큰 물고기들이 있지. 엄마 눈에는 우리 딸에게 다가올 멋진 일들이 보여.

나는 고개를 끄덕였다. 나는 엄마를 믿고 싶다.

엄마도 다시 등을 대고 누웠다. 우리는 조용히 천장을 올려다봤다. 서로의 팔이 스쳤고, 나는 졸음이 왔다. 나는 내가 어른이 되면, 꼭 우리 엄마처럼 되고 싶다고 생각했다. 나도 딸을 낳을 거고, 밤이면 그애와 침대에 바로 이렇게 누워 있을 거라고.

人

엄마는 코네티컷주의 뉴케이넌에서 네 자매 중 둘째로 태어났다. 첫째 필리스Phyllis 이모가 제일 예뻤고, 막내 패멀라Pamela와 페넬러피Penelope 이모는 이란성쌍둥이였다. 우리 엄마 샐리 이디스 채터턴Sally Edith Chatterton은 이름의 첫 알파벳이 자매들과 다르다는 차이점을 훨씬 넘어선 별종이었다.

엄마는 수준 있는 동네의 커다란 하얀 집에서 자랐다. 할아버지는 불경기에 맞서 싸운 분이었고, 할머니는 자포자기에 대해 단호했다. 질투심을 연료 삼아 경쟁에 내몰린 네 소녀는 부모의 인정을 받기 위해 서로를 공격했다.

최우수! 할아버지는 엄마를 이렇게 불렀다.

페니(페넬러피의 애칭) 이모는 통통하고 빨간 머리에 주근깨가 있었고, 패미(패멀러의 애칭) 이모는 예쁘진 않았지만 딱히 결점이 없었고, 필리스 이모는…… 아, 필리스 이모는…….

엄마의 언니인 필리스 이모는 서른 살에 죽었다. 고양이가 할퀸 상처 때문에 패혈증으로 죽었다고 하는데, 실은 알코올중독자였다. 그녀에 관한 이야기는 모조리 다 누구나 즉시 잊어버릴 법한 것들이었다. 이야기가 오고간 그 방의 문턱을 지나는 순간에 이미 그 속사정들이 뒤범벅될 정도였다.

엄마의 성장 과정에 대해서는 이해할 수 없는 부분이 많다. 꼬집기, 드레스 훔치기, 은밀한 보복, 불이 꺼진 뒤에 수군수군 오가던 가시 돋친 말들, 부모를 차지하려는 경쟁 등. 나는 단지 그 여파만 보았을 뿐이다.

엄마는 일찍 집을 나왔다. 뉴케이넌에서 몇 시간 거리인 엔디콧 주니어대학에 들어간 것이다. 엄마는 학교에 도착하기도 전에 향수병으로 엉엉 울었지만, 트렁크에서 짐을 풀자마자 눈앞에 있는 여대생 패거리에 투신해서 자신의 능력을 뽐냈다. 바로 준비된 미소를 날리며 이 새로운 생활양식에서 자신의 길을 개척하는 능력을. 엄마는 학과의 여왕이었다. 단 한 번도 데이트 상대가 없었던 적이 없다. 금발머리에 마당발인 그녀를 모두가 사랑했다.

엄마는 이 기숙학교에서 로드아일랜드디자인학교로 직행했다. 그리고 같은 회화 전공인 낸시와 베너핏가街의 한 아파트에서 함께 살기 시작했다. 그녀들은 그곳에서 골목 도처의 젊은이들에게 추파를 던졌다. 그들을 보지 않는 척 마티니를 홀짝이면서 깔깔거렸다. 그러다 엄마와 낸시 둘 다 학교에서 짝을 만났다. 재밌는 건, 엄마가 '밥'이라는 남자의 첫 데이트 상대였는데, 결국 그는 낸시와 결혼했다는 것이다.

1958년, 엄마는 화가이자 음악가이며, 오토바이를 몰고 다니는 진을 만났다. 그리고 일말의 주저함도 없이 그에게 모든 걸 걸었다. 사실 진에 대해 처음 들은 건 내가 고등학생이 되어서였다. 그때 난 엄마 얼굴에 스친, 신비로울 만치 낯선 표정을 보았다. 엄마는 어떻게 졸업 직전 그 하룻밤에 그에게 푹 빠지게 되었는지, 어떻게 몇 달 후 맨해튼으로 건너가게 되었는지 얘기해주었다. 두 사람이 맨해튼에서 첫날밤을 보낸 곳이 바로 재즈음악가 세실 테일러의 소파 위였다.

그들의 결혼생활은 5년 만에 끝났다. 둘 다 너무 어렸고, 그걸 미리 알아차리기에는 너무 미숙했다. 엄마는 맨해튼에 계속 머물렀고, 진정한 뉴요커가 되었다. '이곳이야말로 내가 있어야 할 곳'이라고 느꼈던 것이다. 엄마는 30대 초반에 다시 결혼했지만, 이번 결혼의 '유통기한'은 겨우 1년이었다. 그렇게 엄마는 서른일곱 살이 되었고, 머리힐 근처의 엘리베이터도 없는 아파트에서 다달이 근근이 살아가고 있었다. 그리고 바로 그 즈음 어느 따스한 6월 아침에 우리 아빠가 예기치 않게 초인종을 울린 것이다.

그다음 날 가정수업 시간에 내가 가만히 앉아 있는데, 토냐가 옆으로 지나갔다. 우리는 4학년 때 처음 만나서 급속도로 친해졌다. 서로의 가족이 더할 나위 없을 만큼 달랐지만, 그런 건 우리에게 아무런 상관도 없었다. 결국 탄로나고 말았지만, 토냐는 데스틴 같은 곳에 처박혀 있을 그런 여자애들과는 달라 보였다. 항공사를 운영할 거라고, 그 거대한 회사의 회장이 될 거라고…… 그애는 정말 그렇게 될 수 있을 것 같았는데…….

토냐는 어색하게 멈춰서서 내 앞에 놓인 산딸기색 매니큐어병을 내려다봤다. 이 병은 어느새 부적이 되어버렸다. 더 거대한 무언가의 상징처럼.

너 그거 어디서 났어?

훔쳤는데? 나는 토냐를 놀래줄 요량으로 그렇게 대답했다. 그애가 움찔하는 걸 보니 짜릿한 흥분이 내 몸을 관통해 지나간다.

네 것도 가져다줄 수 있는데……. 순식간에 내 의지와 상관없는 말들이 자연스레 나와버렸다.

토냐의 눈이 반짝였다. 정말? 그러다 다시 어두워졌다. 우리가 더 이상 친구가 아니란 걸 기억해낸 것이다.

물론! 제이미 것도 가져다줄 수 있어.

맘대로. 순간 토냐가 대답했다. 애써 자신의 욕망을 짓누르면서.

하지만 너무 늦었다. 계획이 확정되었다. 이제 그애를 되찾을 수 있다고, 내 마음이 말하고 있다.

매일 오후 나는 서클K 편의점 앞 교차로에서 학교버스를 내린다. 거기서부터 두 블록 거리에 엄마 아빠가 일하는 곳이 있기 때문이다. 버스 안 아이들은 날 놀렸다. 우리 엄마가 서클K에서 일한다고. 그럴 때면 나는 두 볼이 화끈거릴 만큼 씩씩거리며 도보를 향해 발을 내딛곤 했다.

제대로 아는 거라곤 하나도 없으면서.

애틀랜타에 살 때, 내 친구들은 외교관이나 변호사, 의사의 자녀들이었다. 다시 말하면, 아내는 미술관을 운영하고 남편은 우리 아빠의 와인저장고와 맞먹는 것을 소유한 부부의 자녀들이었다.

여기 플로리다의 친구들은 대개 한부모 가정 출신이다. 형제자매는 네댓쯤 되고, 젊은 부모는 하루종일 일하고 한밤에 귀가해서는 TV 앞에서 여섯 캔들이 맥주를 마셔댄다. 우리 엄마 아빠는 여기 그 누구의 부모와도 친구로 지내지 않는다.

사실 나는 이 가족들이 좋다. 우리집과는 사뭇 다른 모습에, 토요일 아침이면 이 가족들이 뿜어내는 활기에 난 푹 빠져버렸다. 하지만 지금, 서클K 편의점을 뒤로하고 걸어올라가는 이 순간, 모두가 다 싫다.

아무것도 모르면서.

28번도로를 걸어올라가면서 나는 '절도 계획'을 짜기 시작했다. 언제 갈지, 어떤 색을 고를지…… 그리고 생각했다. 어떻게 하면 토냐와 다시 친구가 될 수 있을까, 어떻게 하면 학교가 더 이상 고문의 장소가 되지 않을까.

레스토랑에 들어서는데, 내 몸은 이미 그 계획으로 달아오르고 있다. 여느 때처럼 엄마는 주방에, 아빠는 사무실에 있다.

우리 딸, 왔어? 학교는 어땠니?

밀가루를 체 쳐서 커다란 철제 볼에 받고 있던 엄마가 미소지으며 말을 건넸다.

좋았어.

숙제는?

없다고 할 수 있지.

왜 없는데?

버스에서 거의 다 했거든.

거짓말이다. 학교 수업에서 내가 얼마나 뒤처져 있는지, 엄마가 알아내는 건 시간문제일 뿐이란 걸 나도 잘 안다. 하지만 지금은 엄마의 환상을 지켜줄 테다.

엄마 케이크 만드는 것 좀 도와줄래?

아니, K마트 좀 갔다 올게. 『베이비시터 클럽』 시리즈가 새로 들어왔는지 보려고.

그래, 우리 딸. 돈 좀 줄까?

아니. 나의 두 번째 부정에 엄마는 무심히 고개를 끄덕이며 요리책을 훑어봤다. 그러고는 찾는 내용이 나올 때까지 페이지를 손가락으로 짚어 내려갔다.

K마트 안에서 나는 지금 몇 분째 의류코너에서 어슬렁거리고 있다. 어떻게 하면 눈에 안 띌지 나는 명확하게 알고 있다. 가게에서 한참을 여기저기 둘러보는 척하면, 그저 우유부단한 고객으로 보겠지.

마침내 화장품코너를 향해 발을 내딛는다.

다른 색깔들과 조합들을 놓고 심사숙고하느라 꽤 시간이 지났다. 그러고도 몇 분을 더 소비하고, 마침내 결정! 토냐 걸로는 연한 클래식핑크, 제이미 걸로는 진한 자홍색을 골랐다.

잘 고른 건지 따져보고 있는데, 뒤에서 한 남자가 나타났다. 낚시도구 박스 진열 상태를 점검하고 있는 것이다. 다행히 립스틱 두 개는 이미 주머니 속으로 들어갔다. 그런데 어쩌지? 여기 어울리는 매니큐어는 아직 못 골랐는데.

위험을 무릅쓰고 그 남자를 힐끗 쳐다봤다. 30대 중반에 옷차림은 수수하고 무표정한 얼굴이다. 그냥 고객일지도 몰라. 하지만 내 직감이 무언가 다른 것을 말하고 있다. 그냥 갈까, 그런 생각이 잠깐 들었다. 매니큐어는 일단 잊어버리고…… 그러나 이내 토냐의 얼굴이, 그애와 다시 친구가 되고픈 나의 간절함이 떠오른다.

갑자기 정말 번뜩이는 아이디어가 떠올랐다. 그냥 매니큐어병들을 손에 쥐고 다른 코너로 가는 거야, 여전히 둘러보고 있는 것처럼. 그러니까 내 말은, 이걸 사려고 한다 쳐도 어차피 이렇게 할 거잖아, 그치?

나는 그렇게 장난감코너로 가서, 날 주시하는 사람이 없는지 재빠르게 확인한 다음, 주머니에 매니큐어병들을 쑤셔넣었다.

툭.

툭.

됐어.

완벽해.

그럼에도 심장은 미친 듯이 뛰고 있다. 이제 나갈 시간이 된 것 같다. 나는 상점 앞쪽에 비어 있는 계산대로 무심한 듯 걸어나왔다. 그런데 문에서 겨우 몇 발자국 지났을 때, 누군가 내 앞을 막아선다. 그 남자다.

실례합니다. 그렇게 말하며 나는 그를 돌아 내 갈 길을 가려고 했다.

그가 움직이지 않는다.

이 사람은 일부러 내 앞길을 막았구나.

네가 아까 들고 있던 매니큐어병들은 어떻게 했니?

두 뺨이 화끈거린다. 심장은 폭발해 산산조각나서 리놀륨 바닥을 뒤덮고, 주머니 속의 매니큐어병들은 어마어마하게 자라나 마트 안의 모든 공기를 빨아들인다.

다른 진열대에 두고 왔는데요. 나는 더듬거렸다. 안 사기로 했거든요.

보여줘. 그가 말했다.

천천히, 나는 그를 데리고 다시 장난감코너로 간다. 내가 그렇게도 대담하게 그 작은 병들을 주머니에 쑤셔넣었던 그곳으로.

나는 한 선반을 가리키며 말했다. 저기다 놔뒀어요. 나는 어깨를 으쓱해 보였다.

순간, 그가 내 말에 거의 넘어온 것 같았다. 하지만 곧 그의 눈에 섬광이 스쳐 지나갔다. 그는 온종일 이 순간을 기다려온 것이다.

네 주머니 좀 볼 수 있을까?

부모님이 도착했을 때, 나는 매니저의 사무실에 앉아 있었고, 두 개의 매니큐어병과 이것들과 완벽하게 매치되는 립스틱들이 매니저 책상의 환한 곳에 가지런히 놓여 있었다. 엄마는 바로 울기 시작했다.

매니저가 우리에게 말한다. 경찰을 부를 수도 있었지만 그렇게 하지 않았다고. 엄마 아빠는 고개를 끄덕이며 그에게 고마워한다. 나는 바닥을 뚫어져라 쳐다본다. 그가 다시 말한다. 이제 나는 부모님의 감독하에만 K마트에 출입할 수 있다고. 나는 수치심으로 얼굴이 화끈거린다. 그후로 우리 모두 그 가게를 걸어나오기까지 몇 시간이 걸린 것 같다. 실제로는 이 모든 과정이 통틀어 20여 분밖에 안 걸렸지만.

부모님의 반응은 상상했던 것보다 더 심했다. 레스토랑 문을 일찍 닫고 우리 셋은 볼보를 타고 집으로 향했다. 오는 길은 고통스러울 정도로 조용했다. 앞좌석에서 엄마가 훌쩍이는 소리가 간간이 들려왔고, 아빠는 양손으로 가만히 운전대만 쥐고 있었다.

집에 도착하자 엄마는 나더러 내 방으로 가라고 부드럽게 말했다. 그래서 난 그렇게 했다. 나는 방문을 닫고 여전히 한쪽 어깨에 배낭을 멘 채로 침대 끄트머리에 앉았다. 어떻게 해야 좋을지 모르겠다. 비참하다. 마음이 무겁다. 난 쓸모없는 녀석이다. 바닥에 가방을 내려놓고 베개에 몸을 묻었다. 울음이 터져나온다.

밤이 되었다. 저녁식사 시간, 엄마 아빠가 힘겹게 그 얘기를 꺼내려 한다. 우리는 지금 부엌의 임스Eames 유리테이블에 앉아 있다. 창 너머 뒤뜰의 널따란 푸른빛이 만을 향해 재빠르게 사그라진다. 지는 태양을 배경으로, 살찐 펠리컨 두 마리가 부두 끝에 앉아서 조심스럽게 그들의 저녁식사를 지켜보고 있다.

내 잘못이야.

엄마 목소리다. 엄마는 자기 앞의 음식에 손도 대지 않았다.

플로리다 때문이니? 여기가 싫어?

나는 조용히 있었다. 만약 매니큐어병을 두고서 그대로 걸어나왔다면, 그랬으면 어땠을까? 그저 그 질문만 속으로 되풀이했다.

게리, 학교 시스템 때문인 것 같지 않아요? 애틀랜타의 학교들이 더 좋다는 건 잘 알지만, 아마도 브루너중학교가 생각보다 더 안좋은가 봐요.

아빠는 조용하다.

우리 딸! 아빠 때문이니? 무서워?

나는 마음속으로 끙끙거렸다. 엄마는 암 얘기를 꺼내려는 거다.

아빤 괜찮을 거야.

그 말에 난 엄마를 흘겨보지 않으려고 고개를 숙였다. 엄마가 테이블 위로 손을 뻗어 내 손을 잡는다.

우리 딸, 엄마 봐봐.

눈을 들었다. 아름다운 머리칼을 귀 뒤로 넘긴 엄마 얼굴에는 걱정이 가득 서려 있다.

레스토랑 때문이야, 그렇지?

이제 엄마는 한숨을 내쉬며 의자에 등을 기댄 채 양손에 얼굴을 파묻는다.

그런 건 다 아무 상관도 없다고 어떻게 말하지? 완전히 잘못 짚었다고. 그냥 나도 모르게 속에서 막 화가 나고, 그냥 사춘기라 끝없이 외롭고, 이런 게 영원할 것만 같고 그렇다고.

못해!

그래서 나는 거짓말을 한다.

나는 그렇다고 고개를 끄덕였다. 엄마가 일을 많이 해서 힘들었냐는 질문에. 아무리 열네 살밖에 안 됐어도, 이런 대답이 엄마의 가슴에 급속 펀치가 되리란 것쯤은 알고 있다. 하지만 나는 이것만이 엄마의 질문공세에 제동을 걸어줄 유일한 대답이란 것역시 잘 알고 있다.

저녁식사 후에 나는 또다시 방으로 보내졌다. 이번엔 방문을 열어뒀다. 부엌에서 엄마 아빠의 말소리가 들린다. 식사가 끝나고도 오랫동안 그들은 테이블에 앉아서 숨죽여 얘기를 나눴다.

나는 침대에 가로누워 수학숙제를 노려본다. 숫자들이 움츠러들 었다가 커지면서 페이지 위에서 춤을 추며 나를 조롱한다. 연습 문제지를 구겨서 쓰레기통에 던지고 싶은 충동이 인다. 그래서 그렇게 한다. 하지만 몇 분 후, 어느새 나는 그걸 다시 꺼내서 내 손으로 주름을 펴고 있다.

등을 대고 누워서 천장을 뚫어져라 보고 있는데, 엄마 얼굴이 비 친다. 엄마는 들어오기 전에 똑똑 문을 두드렸다.

딸, 얘기 좀 할 수 있을까?

나는 대답으로 몸을 한쪽으로 비켰다. 하지만 내 맘은 그게 아니 다. 그냥 매트리스 속으로 꺼지고 싶다. 사라지고 싶다.

에구, 우리 딸. 엄마가 내 옆에 누우며 말했다.

엄마가 얼마나 사랑하는지 알지? 엄마는 내 머리칼을 부드럽게 쓸어넘겨주었다. 하지만 난 여전히 눈을 내리깔고, 핑크색 침대덮 개만 바라보고 있다.

엄마가 된 게 내 생애 최고의 일이라는 걸, 우리 딸은 알까?

나는 눈을 들지 않았다.

하마터면 널 못 가질 뻔했어. 가끔 그걸 생각하면…… 항상 아이 를 갖고 싶었는데…… 그런데 말이지, 어느 순간 확신이 들더라. 내게 그런 일은 없을 거라고.

어느새 나는 엄마 말에 한껏 귀를 기울였다.

네 아빠를 만났을 때가 서른일곱이었잖니. 이미 너무 늦은 나이였어. 더군다나 네 아빤 훨씬 나이가 많고, 이미 아이 셋을 키워봤잖니. 그런데 어느 날 아빠가 그러더라. '샐리, 난 당신이 이 경험을 놓치길 원치 않아.' 그날 이후로 네 아빠를 훨씬 깊이 사랑하게 된 것 같아. 그후 엄마 아빠는 정말 열심히 노력했어. 그런데 말이지, 놀랄 만큼 쉽게 임신이 된 거야. 하지만…… 임신 몇 주 만에 유산을 하고 말았어.

이런 얘기는 한 번도 들어본 적이 없다. 그래서 난 아주 가만히 누워 있다. 조금만 움직이면 엄마가 말을 멈출지도 모르니까.

참담했어. 한 달을 침대 밖으로 못 나온 것 같아. 아빠랑은 2주간이나 말을 섞지 않았고. 그때 비로소 엄마는 얼마나 '엄마'가 되고 싶은지 깨달았단다. 그런데 얼마 후에 아빠가 다시 해보자고 설득을 하더라. 그래서 우린 다시 노력했어. 엄만 임신기간 내내 숨죽이고 지냈단다. 너를 잃을까 봐 두려웠어, 너무나…… 결국 우린 널 잃지 않았지.

엄마는 이제 나를 향해 고개를 돌리고 손으로 내 얼굴을 쓸어내린다.

네 엄마여서 좋았어, 클레어. 가끔은 이런 생각이 들어. 네 엄마가 된 게 내 인생에서 유일하게 잘한 일이라는.

엄마는 지금 울고 있다. 목소리가 굳어진 걸로 알 수 있다. 나는 여전히 엄마의 눈을 바라볼 엄두가 나지 않는다.

우린 잘 이겨낼 거야. 그치, 우리 딸? 엄마가 약속할게.

마침내 나는 엄마를 향해 눈을 들어 보일 듯 말 듯 고개를 끄덕였다. 엄마는 모로 누워 나를 끌어안았다. 우리는 하나의 쉼표 같은 모습으로 그렇게 오랫동안 누워 있었다.

人

다음 날 학교 복도에서 나는 토냐를 피해다녔다. 화장실에 숨어버리거나 가정수업을 빼먹을까도 잠깐 생각해봤지만, 난 이제 더는 문제를 감당할 여력이 없다.

수업이 시작되자 토냐가 내 책상 옆으로 지나가며 인사를 건넸다. 안녕.

안녕. 나도 인사를 건넨다.

무슨 일이 있었는지 토냐에게 말해주고 싶다. 그녀는 여전히 내 베스트프렌드잖아.

나 붙잡혔어, K마트에서 매니큐어 훔치다가.

토냐는 눈을 껌벅인다. 그애의 태도에 어떤 변화가 일었다.

어머, 괜찮아?

그럴 리가.

완전 짜증났겠다. 그애의 말에 난 우쭐해졌다. 공감해주다니, 고맙다. 다 잘 해결됐음 좋겠다는 말까지 속삭인다. 그런데…… 그 부드러운 말을 끝으로 그애는 제이미 쪽으로 가더니 내 책상에서 얼마간 떨어진 곳에, 제이미 옆에 앉았다.

수업이 끝나고 난 집으로 향했다. 엄마는 이제 더 이상 내가 방과후에 곧장 가게로 가는 걸 원치 않는다. 그러니까 엄마는 당분간 오후 근무만이라도 쉬기로 한 것이다.

굴껍데기로 포장된 진입로 위에서 스니커즈가 자박자박 소리를 낸다. 책가방 속의 수학책이 비현실적으로 무겁다. 현관문을 열고 들어서는 순간, 뭔가 잘못되고 있는 게 분명해졌다.

엄마는 우리의 공식 거실이라 할 수 있는 곳에, 평소엔 절대 앉지 않는 소파에 앉아 있다. 아빠도 그 옆에 앉아 있다. 사무실에 있을 시간 아닌가? 그런데 엄마가 울고 있다. 아빠는 엄마의 어깨를 감싼 채, 엄마를 향해 고개를 기울이고 있다.

오장육부가 시멘트처럼 딱딱하게 굳어간다. 거짓말을 하지 말았어야지, 그냥 사실대로 말했어야지. 엄마가 맨날 일만 해서 도둑질을 한 게 아니라고. 토냐 때문에 그랬다고. 다시 친구가 되고 싶어서 그랬다고.

엄마 아빠가 내 인기척을 느낄 때까지, 나는 좀더 현관에 서 있었다. 엄마한테 말해야 하는데, 엄마를 얼마나 사랑하는지, 사실은 엄마가 나의 베스트프렌드라는 걸, 엄마가 날 가져서 얼마나 행복한지…….

아빠가 먼저 고개를 든다.

클레어.

엄마도 고개를 들고는 울음을 멈추고 숨을 고른다.

클레어, 이리 와서 앉아봐. 아빠가 말한다.

두 발이 무겁다. 난 발을 질질 끌며 카펫 위로 걸어갔다. 엄마는 눈물을 훔쳐내고 있다. 그러다가 내가 맞은편 소파에 앉으려는 찰나, 나를 향해 손을 뻗었다.

이리 와서 같이 앉자, 우리 딸. 엄마의 목이 메어 있다.

가방을 마룻바닥에 떨구고 앉자, 엄마가 나를 끌어안았다. 엄마의 온몸이 뜨겁다. 엄마의 울음에 맞춰 엄마의 몸도 들썩이고 있다. 이제 나는 두려워졌다.

아빠가 몸을 숙여 한 손으로는 엄마를, 다른 한 손으로는 나를 안았다. 나는 엄마 품에 안긴 채 아빠의 눈을 올려다봤다.

클레어, 우리도 방금 알게 된 건데, 네 엄마가 결장암이라는구나.

3

이게 나란 걸, 나도 잘 안다

2002년, 스물넷

나는 《빅팬시 매거진Big Fancy Magazine》 태평양판 편집장의 어질러진 책상을 내려다보며 서 있다. 그녀 뒤로, 탁 트인 사무실의 바닥부터 천장까지 이어진 통유리 너머로 할리우드가 빛나고 있다.

요구르트 어떠세요? 나의 이 부드러운 제안은 온갖 짜증이 담긴 눈동자와 비웃음에 맞닥뜨렸다. 그렇다면 다시 한 번!

스무디는요?

편집장은 책상을 향해 고개를 숙인다. 그녀는 오십 줄에 다다른 싱글인데, 《빅팬시 매거진》의 LA 지사를 이끄는 사람으로서는 놀랄 만큼 너저분하다. 청바지에 잘 맞지도 않는 블라우스를 입고 있는 데다가, 금발머리는 어깨 너머로 힘없이 늘어뜨리고, 얼굴은 간밤의 이름 모를 파티에서 과하게 마신 칵테일로 한껏 부어 있다.

아니이이이. 그녀가 신음소리를 냈다.

잘 드시는 게 중요해요. 그녀에게 주의를 환기시킨다. 가슴속에서 부풀어오르는 공포심을 꼭꼭 눌러가면서. 이거, 뭔가 잘 안 되는 분위긴데……

편집장은 어떤 반응도 내보이지 않는다. 이제는 책상에서 고개도 들지 않는다.

매크로바이오틱macrobiotic(식재료를 통째로 섭취하는 자연식 - 옮긴이) 식당에서 주문하는 것도 괜찮을 텐데요.

아니면 그냥 스낵바 어떠세요? 제 책상에 천연 스낵바 한 박스 있는데.

이 모든 제안은 바로 내 전임자가 일러준 것들이다. 그녀의 최후의 날은 어제였다. 마지막으로 사무실을 걸어나가는 그녀의 얼굴에는 라이프타임 영화채널에서나 볼 수 있었던, 납치되었다가 막 풀려난 자의 표정이 서려 있었다. 심한 충격과 불신으로 가득 찬, 이제 자유를 인식조차 못하는 상태가 되어버린. 그녀의 표정을 경고 사인으로 받아들였어야 하는데.《빅팬시 매거진》에서 일하게 되었다는 사실에 그만 너무 흥분해버렸다.

아니! 편집장이 천연 스낵바에 대해 뚱하게 대답했다.

그녀는 이제 머리를 들어 컴퓨터 화면을 주시하면서, 자신을 기다리고 있는 신착 이메일들을 훑어본다. 그녀는 머리 빗질도 안 한 게 분명하다. 한쪽은 엉켜 있고, 반대쪽은 어제 미용실에서 한 드라이 흔적이 그대로 남아 있다.

좋아! 갑자기 그녀가 말했다. 스무디로.

그러고는 재빨리 내게서 시선을 옮겼다. 나 역시 편집장의 눈길을 따라 창 너머를 바라봤다. 저 멀리, 깊은 골짜기로부터 도시를 분리시켜주는 산맥을 배경으로 빌딩들이 퍼져 있고, 할리우드 표지판이 희미하게 보인다. 그 풍경 속으로 야자수들이 점점이 박혀 있다.

LA에서 산 지도 석 달이 되어간다. 이 도시는 지난 4년간 살았던 뉴욕과는 정반대인 것 같다. 야자수들, 탁 트인 대로, 대양의 공기와 안개 낀 일몰이 내 머릿속을 가득 메운다. 맨해튼이 그립다. 비좁은 인도와 우글거리는 사람들이, 이스트빌리지에 자리한 엘리베이터도 없는 내 아파트가, 바텐더 일과 매거진 인턴십이…….

뉴욕을 떠난다는 결심은 쉽지 않았다. 엄마가 돌아가신 후로 나는 촌스러운 버몬트를 떠났다. 하얀 목조건물들과 뺨이 불그스레한 동급생들을 뒤로하고 맨해튼으로 이사했다. 거기서 만난 첫 번째 친구는 셔츠도 입지 않는 길 건너의 한 노인이었다. 진주귀걸이를 한 그는 집 옆 동네 공원에서 나무토막으로 18미터짜리 구조물을 쌓아올렸다.

뉴욕이 정말 내가 사는 곳이라는 생각이 들기까지 꼬박 4년이 걸렸다. 그 소속감이 생긴 것은 내가 뉴스쿨의 마지막 학기에 인턴을 했던 《타임아웃뉴욕 매거진》에서 정식 채용에 응해보라는 제안을 막 받았기 때문이라는 건 언급할 필요도 없다.

그날 오후 나는 울었다. 이스트빌리지를 거쳐 빈티지 옷가게들과 작은 카페들을 지나 2번가를 따라 집으로 오는 길이었다. 나는 그 자리를 거절해야만 한다는 것을 잘 알고 있었다. 아빠한테 약속했으니까, 졸업하면 캘리포니아로 가겠다고. 아빠는 참을성 있게 기다리고 있었다. 내가 동행할 의사와의 진료 약속을 차곡차곡 쌓아두면서, 우리 둘만을 위한 당일치기 여행을 계획하면서.

하지만 바로 그때 《빅팬시 매거진》 사건이 일어나면서 갑자기, 이 일이 그리 나빠 보이지 않았다.

스무디를 애타게 기다리며 하이힐을 또각거리는데 이 생각이 떠올랐다. 그런데…… 내 신경을 갉아먹는 듯한 이 예감을 떨칠 수가 없다. 이 일자리를 택한 게 실수일지도 모른다는. 시계를 힐끔 보니 아침 9시 4분이다. 아빠는 지금쯤 병원에 도착해서 3일째 방사선치료를 받고 있겠지.

LA로 이사온 지 한 달 후에 아빠는 암이 재발했다는 걸 알게 됐다. 10년 전 아빠의 암이 발견되었을 때는, 바로 그달에 엄마가 결장암 4기 진단을 받았고, 당장 엄마 수술이 급하다는 이유로 아빠는 완치 가능성이 더 큰 전립선절제술 대신 방사선치료를 택해야만 했다.

방사선치료로 아빠는 10년간 암에서 해방될 수 있었다. 하지만 지난주 재향군인병원에서, 잔뜩 피곤한 표정의 의사 진료실에서 우리는 아빠의 인생이 다해간다는 말을 들었다. 긴장이 몰려왔지만, 우리는 책상 위의 서류더미를 뒤적이는 의사 앞에서 참을

성 있게 기다렸다.

아빠는 로빈슨메이백화점에서 산, 아빠가 가장 좋아하는 구김 없는 셔츠를 입고 있었다. 귀 주위에 덥수룩하게 자란 흰머리가 셔츠의 칼라를 은빛으로 빛냈다. 아빠는 언제나 늙어 보였지만, 아빠가 그 순간보다 더 늙어 보였던 적은 없다.

아, 여기 있네요. 의사가 마침내 서류더미에서 파일 하나를 끄집어내며 말했다.

자, 봅시다. 조직검사 결과, 맞죠?

이 남자가 아빠에 대해 전혀 기억하지 못한다는 사실이 분명해졌다. 나는 의사가 파일의 내용을 훑어보는 걸 주시했다.

음, 안타까운 소식을 전해드려야겠네요.

등골이 오싹해졌다. 아빠는 턱에 작은 멍울이 잡혀서 그게 암인지 알아보는 조직검사를 받은 것이었다.

결과를 보니, 악성이 확실하네요. 환자분 입안의 종양은 전립선 암이 전이된 것으로 보입니다. 게다가 확산 조짐이 보이고 있어요. 그래도 이렇게 오랫동안 버텨온 게 대단하십니다.

내 몸이 저절로 서서히 움츠러들었다. 아빠는 한숨을 내쉰다.

그래서요? 이제 어떻게 해야 하나요? 아빠가 이를 악물고 의사에게 물었다.

나이도 있으시고 다른 건강문제도 있어서 선택의 폭이 좀 제한적이네요. 방사선치료를 더 받으시는 게 지금으로선 최선입니다.

나는 의사의 말에 더 이상 집중할 수 없었다. 온몸이 얼얼해지고 있었다.

진료를 받으러 오는 차 안에서 아빠는 이런 상황에 대비한다고 나름 애쓰셨는데, 결국 아무런 효과도 보지 못했다.

클레어, 어떤 결과가 나오더라도 말이야, 우리는 감사하는 마음을 가져야 해. 이 아빠가 지금까지 이렇게 잘 살고 있잖니. 아무도 내가 네 엄마보다 오래 살 거라고는 생각하지 못했을 거야. 그런데 아빠가 여기 이렇게 있잖아.

나는 아빠의 말에 수긍했다. 감사해야 한다는 말만 빼고.

암은 이제 지긋지긋하다. 종합병원들도, 의사들도…… 방사선치료도 죽도록 지긋지긋하다.

아빠가 영원히 살아계실 거란 기대는 하지 않는다. 난 이미 서른 살 즈음엔 부모 없는 사람이 돼 있을 거라는 결론을 예상하고 있다.

하지만 아직은 아니다. 난 준비가 덜 됐다.

入

그야말로 기막힌 우연의 일치다. 아빠가 방사선치료를 시작하는 날 바로 《빅팬시 매거진》에서 일을 시작하게 되다니. 이 사실을 알게 되었을 때 난 이 일자리를 받아들일 수 없다고 우겼다. 난 아빠 곁을 지킬 거야.

농담이지? 네가 이 일자리를 놓친다면 네 엄마가 날 죽이려 들 게다.

아빠 말이 맞다. 엄마는 내 인생에 펼쳐질 일들을 잔뜩 그려봤을 것이다. 그런데 엄마가 제일 좋아하던 패션지 중 하나인 《빅팬시 매거진》의 일자리라니, 엄마를 한 방에 날려버릴 수도 있는 대사건이다.

아빠와 나는 이 문제를 놓고 얼마간 접전을 거듭했지만, 아빠는 이미 이 잡지를 들고 다니면서 누굴 만나든 자랑스럽게 내보이고 있었다.

내 딸이 여기서 일한다오. 아빠는 큰소리를 치며, 아카데미상을 거머쥔 여배우 사진으로 표지를 장식한 최신호를 흔들어 보이곤 했다.

그렇게 결론이 나버린 것이다. 월요일부터 금요일까지, 매일 아침 아빠는 로마린다의 병원까지 손수 운전을 해서 의사들의 방사선 공격을 입으로 받아내야 한다. 그리고 나는 일터로 나가 여덟 시간 동안 까다로운 편집장의 수발을 들어야겠지.

《빅팬시 매거진》 인사과에서 모든 서류절차를 끝낸 날, 나는 해변으로 차를 몰고 가서 거대한 태평양에 발을 담갔다. 그러고는 내 앞에 펼쳐질 멋진 인생에 대해 상상의 나래를 펼쳤다. 괜히 파리에 살면서 우간다를 여행하고, 이 세상에 숨어 있는 진정한 인류애가 담긴 이야기들을 발굴하고, 통찰력과 의의가 담긴 기사를 쓰는 모습을 그려보기도 했다. 어느 이름 모를 전기작가에게 말하는 내 목소리도 들려왔다. 내가 말이지, 스물넷에 《빅팬시 매거진》에서 일을 시작했는데 말이지, 거기서부터 모든 게 시작된 거야.

스무디를 기다리는 줄에 서 있는데 이런 생각들이 몽실몽실 피어올랐다. 편집장은 이미 내 이름도 까먹었겠지.

위층으로 돌아와서 나는 조심스럽게 그녀의 사무실로 걸어들어가 그녀의 책상 위에 스무디를 내려놓았다. 그녀는 나를 쳐다보지도 않고 한 모금 마시더니 숨이 넘어갈 듯 기침을 해댄다.

블루베리야? 그녀가 눈을 가늘게 떴다. 내 생각이 맞다면, 오늘 처음으로 그녀가 내 얼굴을 바라본 것이다.

땅콩버터맛 먹고 싶었는데.

그녀는 스무디를 한쪽으로 치우고는 컴퓨터 앞으로 돌아갔다. 이제 난 공식적으로 해고다. 내 추론에 따르면, 나는 오늘 남은 시간 동안 조용히 지시를 받겠지. 저 여자가 닫힌 사무실 문 너머에서 이메일로 업무지시를 할 테니까. 소문자에다 통명스럽고 짧은 문장으로.

그녀의 명령에 따라 오후에는 그녀의 하이힐 한 포대를 밑창을 갈아달라고 맡기고, 식료품을 사서 그녀의 집까지 배달한 다음, 보드카 한 병을 조심스럽게 냉장고에 쑤셔넣었다. 그녀가 말한 그대로 토씨 하나 안 틀리고 다 했다. 그런데 식료품점에서 제대로 된 브랜드를 산 건지 안심이 되지 않는다. 단백질바 하나만 잘못 골랐어도 금방 싫은 소리를 할 텐데.

한창 이 '업무'에 빠져 있는 와중에 아빠한테 전화가 왔다. 이제 막 그녀의 집 안으로 들어가려는 중, 양팔에는 식료품이 든 봉지들과 드라이클리닝한 옷이 한가득이다.

딸!

응, 아빠. 숨이 찼지만, 한껏 힘찬 목소리로 대답했다.

할리우드는 어때?

아빠도 알잖아, 빡빡한 거.

아빠는 킥킥 웃으면서 오늘 아침의 방사선치료에 대해 얘기하기 시작했다. 요새 아빠는 유난히 기분이 좋다. 간호사들과도 친하게 지내고, 담당 방사선 의사를 위해서는 매일 새로운 농담까지 준비한다.

나는 휴대폰을 어깨와 귀 사이에 끼우고, 사온 식료품을 편집장의 집 찬장에 채워넣는다. 그녀의 개가 컹컹 짖으며 내 발목 주위를 맴돌고 있다.

아빠 곁에 있지 못해서 미안해.

그러지 마, 우리 딸. 아빤 잘하고 있어. 의사가 오늘 그러더구나. 벌써 내 종양이 줄어들고 있는 게 보인다고. 이참에 확실히 해두마. 앞으로 몇 년은 더 이 늙은이를 돌봐야 할 게다.

다시 들려오는 아빠의 웃음소리에 난 미소지었다. 그런데 이 개가 의자 위로 던져놓은 드라이클리닝한 옷에 발톱으로 생채기를 내려 하고 있다. 휴, 하이힐 끝으로 슬쩍 밀어서 쫓아냈다.

아빠, 나 가봐야 될 것 같아. 이따 전화할게.

전화를 끊고 마지막으로 집 안을 둘러본다. 작은 원룸에 낮인데도 빛이 잘 들어오지 않는다. 편집장이 이 집에서 파자마를 입고 늘어져 있는 상상을 해보지만, 사흘간의 경험으로 미루어보건대, 그녀는 여기 있는 시간이 거의 없을 것이다.

이제 난 집으로 향한다. 페어팩스대로를 쭉 지나 할리우드대로에서 우회전한 다음, 그라우맨스차이니즈극장과 별무늬가 새겨진 도보에서 눈을 붙이고 있는 부랑자들과 섹스숍들과 야자수들을 지나, 이바대로로 좌회전을 해서 언덕 꼭대기까지 올라가면, 남자친구 콜린과 같이 살고 있는 아파트가 나온다.

人

콜린과 함께한 지는 6년째다. 내가 뉴욕에 머물렀던 꼬박 4년 동안 우리는 같이 살았다. 사실 콜린은 내가 LA로 이사온 이유 중하나다. 그는 배우 일을 하고 있기 때문에 여기 오면 일거리를 찾을 기회가 더 많을 거라고 생각했다.

콜린! 아파트 입구에 발을 들여놓으면서 그를 불렀다. 콜린은 거실에서 담배를 피우며 CNN을 보고 있다. 그는 항상 CNN을 시청한다.

응. 콜린은 돌아보지도 않고 대답한다. 나는 하이힐을 벗어던졌다. 이 일자리를 구하자마자 거금을 주고 마련한 검정색 아이작미즈라히 하이힐. 내가 이걸 매일 신는다는 걸, 회사에서 그 누구도 알아채지 못하길 바랄 뿐이다.

오늘은 어땠어? 콜린이 여전히 TV에 시선을 고정한 채 물었다.

나는 부엌으로 걸어가 냉장고에서 맥주 한 병을 꺼냈다.

그럭저럭…… 콜린에게 대답을 하는데 한숨이 나온다. 그 여자한테 스무디를 잘못 대령했어.

그래서?

그래서는 뭐, 그 여자가 그후로는 나한테 말도 안 걸더라.

재수없는 년이네.

콜린은 이런 말을 하는 데 능하다. 그는 항상 화가 나 있다. 그 분노가 태생적인 건지, 아니면 7년 전 누나가 살해된 데 기인한 건지 도무지 알 수가 없다.

나 밖에 있을게.

응. 콜린이 다시 돌아보지도 않고 대답했다.

나는 현관과 거실을 구분해주는 두 개의 기둥 사이로 걸어나왔다. 느지막한 오후의 태양을 받아 마룻바닥이 빛나고 있다. 프랑스식 창 너머로 저 멀리 고속도로에서 차들이 돌진하는 소리가 들린다.

나는 밖으로 나와서 자그마한 뒤뜰로 향하는 낡은 나무층계에 쪼그리고 앉았다. 뜰 한가운데 나무 한 그루가 서 있다. 그 나무에 만개한 꽃들이 오렌지와 바닐라 향기로 공기를 채운다. 한 이웃사람이 말하기를, 이런 나무들은 하와이에서밖에 못 봤다고 했다. 이런 사소한 정보 덕분에 나는 LA가 아주 약간 좋아졌다.

맥주병에서 응결액이 똑똑 난간으로 떨어진다. 나는 도시의 풍경을 멍하니 바라봤다. 캐피틀레코드빌딩이 보이고, 그 뒤로는 야자수 사이에 미로처럼 뻗어 있는 낮은 빌딩들 속에 할리우드가 자리하고 있다. 이른 저녁 공기가 따스한 수영장처럼 부드럽다.

한숨이 나온다. 이런 삶은 내가 상상하던 게 아니다. 콜린과의 관계도, 다 늙어서 이제는 내게 의지해야 하는 아빠도, 이 이상한 도시도, 따스한 체온을 곁에 두고도 밤새 잠 못 들게 하는 이 쓰라린 외로움도……

뉴욕을 떠나던 아침이 떠오른다. 환하고 뜨거운 월요일이었다. 우리는 홀랜드터널을 지나 뉴욕을 빠져나와서, 5일간 농촌의 평야지대와 옥수수밭, 텅 빈 기다란 사막지대를 건넜다. 콜린이 운전대를 잡은 동안, 나는 조수석에 몸을 기댄 채 빠르게 지나쳐가는 도로를 마주보며, 우리가 향하는 곳에 대해 상상했다. 하지만 어떤 모습도 선뜻 그려지지 않았다.

캔자스에서 우리는 오리 일가족을 덮쳤다. 엄마오리와 솜털이 폴폴 날리는 새끼오리들이 2차선 고속도로를 횡단하고 있었던 것이다. 그 속도에서는 멈출 수가 없었다고, 콜린이 해명했지만, 그 문장을 머릿속에서 몇 번이고 반복했지만, 덮쳐오는 그 메스꺼움을 피할 수는 없었다.

그게 벌써 세 달 전이다. 이제 더 이상은 그 메스꺼움이 오리들 때문이 아니라, 나와 콜린 때문이란 걸, 우리 사이에 급속하게 자라나고 있는 거리감 때문이란 걸 부인할 수가 없다.

6년은 너무 길지, 우리 나이에 6년을 함께한다는 건. 난 그렇게 단정지었다.

우리는 엄마가 돌아가시고 몇 달 후, 내가 열여덟 살이었을 때 만났다. 내가 애틀랜타로 돌아온 직후였다. 그러니까 대학을 잠깐 그만두고 옛집으로 돌아왔을 때. 그때 아빠는 위층의 손님방에서 잠을 청했다. 도저히 엄마와 함께 쓰던 침실에서 잠들 수 없었을 테니까.

친구들이 정상적인 대학생활을 이어가는 동안, 나는 카페에서 서빙을 시작했다. 콜린은 그곳의 바텐더였다. 어느 날 밤, 고등학교 때 친구들이 카페에 놀러 와서 테라스에 자리를 잡았다. 나는 서빙해야 하는 테이블들을 뒤로하고 친구들의 의자에 기대서서 시시덕거렸다. 그런데 홀리가 갑자기 몸을 낮추며 말했다.

저기…… 저 남자애, 자기 누나를 죽였다는 애 아냐?

나는 홀리의 시선을 따라 고개를 돌렸다. 그녀가 바라보는 곳에 콜린이 있었다.

큰 키에 풍성한 금발머리와 짙은 눈. 콜린은 그 카페에서 나와 가장 교류가 없는 사람이었다. 그는 항상 마감시간까지 남아 다른 직원들과 어울려 맥주를 마시거나 그날의 수입을 계산했다. 그리고 가게 문을 닫은 다음엔 다 함께 새벽까지 영업하는, 신분증 검사도 하지 않는, 길 건너 촌스러운 피아노바로 몰려갔다.

콜린 말이야? 내 물음에 홀리가 똑같은 말을 되풀이했다. 쟤가 자기 누나 죽였다는 애잖아.

맞아, 신문에서 봤어. 이번에는 로라가 그를 곁눈질하며 말했다. 그들의 표정은 진지했다. 그들은 열심히 콜린을 주시했다. 그사이 콜린은 바 뒤쪽에서 술을 따르거나 행주로 카운터를 닦았고, 나는 내 친구들을 얼빠진 표정으로 바라봤다.

뉴스에 온통 그 얘기였잖아. 로라의 말에 홀리가 생각났다는 듯이 나를 쳐다보며 말했다. 아, 너 그때 여기 없었구나.

난 엄마가 돌아가신 직후, 친구 리즈와 6주간 유럽에 있었다. 그 정도면 이런 큰 이슈의 사건을 놓치기에 충분한 시간이지, 뭐.

그들이 전해준 얘기에 따르면…….

콜린에게는 크리스틴이라는 누나가 있었다. 그녀는 스물한 살의 대학생이었는데, 봄방학을 맞아 집에 왔다. 그래서 약 6주 전, 내가 유럽에 있을 때, 크리스틴은 콜린과 부모님이 살고 있는 교외의 부유한 저택에 혼자 있었는데…… 오후 3시 누군가 그 집에 들어가 그녀를 수차례 칼로 찔렀다. 그리고 채 한 시간도 지나지 않아 집에 돌아온 남동생 콜린이 그녀를 발견했다. 피가 낭자한, 더 이상 숨을 쉬지 않는 그녀를.

콜린은 즉각 용의자가 되었다. 그의 어두운 눈매, 과속이나 과음을 하는 평소 행실, 누나의 살해현장에 도착한 절묘한 시각. 이 모든 것으로 인해 그의 사진이 신문에 실리고, 이런 기사 제목이 붙었다. "지역 소녀 살해사건에서 용의자로 떠오른 남동생."

일주일도 안 돼서 콜린의 누명은 벗겨지고, 그의 누이 살해사건은 그해 봄 애틀랜타 곳곳에서 발생한 연쇄 난도사건 쪽으로 가닥이 잡혔다. 그후 새로운 용의자가 체포되고, 기소되고, 신문에 대서특필되었다.

친구들이 이야기를 이어가는 사이, 내 시선은 점점 콜린을 향해 갔다. 그렇게 로라와 홀리는 그 사건을 낱낱이 파헤쳤지만 내 귀에는 더 이상 아무것도 들리지 않았다. 나는 전혀 새로운 호기심으로 콜린을 지켜볼 뿐이었다.

그는 바를 정리하고 있었는데, 그의 몸짓에는 내가 좋아하는 침착함 같은 것이 배어 있었다. 그는 병들을 닦아내고, 싱크대를 헹구고, 얼음통을 비웠다. 일하는 사이사이 얼굴이 찌푸려지거나 눈빛이 어두워지기도 했다.

내 눈은 완전히 그에게 고정되었다. 난 우리가 공유한 '상실'의 경험에 매료되었다. 그는 잘 알겠지. 한밤중에, 그 누군가가 완전히 떠난 건 아닐 거라는 소망에 기대 깨어 있는 게 어떤 기분인지.

살인이나 폭력은 그다지 내 머릿속에 들어오지 않았다. 그런 것들은 내 경험의 영역과 너무 동떨어진 것들이었다. 내게는 내가 거주하고 있는 그 동일한 외로움의 세계에 살고 있는 사람만 보였다.

그후의 일은 순식간이었다. 우리는 어두컴컴한 바에서 서로 기대어, 아무 감각도 없을 때까지 연거푸 술을 들이켜며 그 여름을 보냈다. 그런 밤이면 함께 침대에 엎어지기도 했다. 세포 하나하나가 슬픔을 토해내는 게 어떤 건지 따위는 설명할 필요도 없었다. 그해 가을, 우리는 한밤중에 뉴올리언스로 달아났다. 그리고 거기서 사랑에 빠졌다. 유리조각들과 병들이 나뒹구는 좁은 골목에서 술에 취해 비틀거리다가 철제 발코니에 앉아 새벽을 맞았다.

몇 달 후 우리가 헤어질 시간이 왔다. 그러니까 나는 버몬트의 학교로, 콜린은 뉴욕으로 돌아가야 했다. 둘 다 차마 발길을 떼지 못했다. 나는 결국 버몬트에서 한 학기도 채우지 못하고 학교를 그만두고는 뉴욕으로 건너가서 그가 사는 이스트빌리지에 합류했다.

거의 6년이라는 시간이 흐른 지금, 맨 처음 우리를 서로에게 끌리게 했던 바로 그것들이 우리를 갈라놓고 있다. 이제 우리 관계에서 남은 건 찢기고 깨진, 삭막하고 생명을 잃은 것뿐이다. 이젠 슬픔이 지긋지긋하다. 술이 지긋지긋하다. 어둠이, 고독이 지긋지긋하다. 우리 사이의 접착제였던 그 모든 것이……

人

다음 날 아침 눈을 떠보니, 콜린은 여전히 잠들어 있다.

할리우드로 이사온 지 몇 주 안 됐을 때, 콜린은 근처 클럽에서 도어맨 일자리를 구하고, 잘 가르친다고 소문난 연기학원에도 등록했다. 지금 그는 낮에는 공부를, 밤에는 일을 하고 있는 것이다. 그의 짙은 눈매와 도톰한 입술을 보면 그의 성공을 믿어볼 만도 하지만 그의 자아도취가 역겹다. 내 친구들은 모두 그를 '쓰레기'라고 생각한다.

조심스럽게 옷을 입고 바지의 버클을 매만진 다음, 머리를 틀어 올린다. 엄마가 지금의 나를 보면 어떨까, 가끔 생각한다. 하지만 엄마에게 마지막으로 보여준 내 모습, 코에 장신구를 하고 선홍색으로 염색한 머리에 군화를 신었던 대학 1학년 때 모습조차 엄마가 알아볼 수 있을지 의심스럽다.

출근길, 아빠와 대화를 나눈다. 우리는 각자 차 안. 아빠는 방사선치료를 받으러, 나는 또 다른 고된 하루를 맞이하러 가고 있다.

도착해보니 편집장이 그녀의 사무실에서 서류더미를 뒤적이며, 물건들을 가방 속에 쓸어담고 있다. 웬일이래, 이렇게 빨리 출근을 하고.

뭐 좀 도와드릴까요?

내일 뉴욕에 가잖아, 그러니까 뭐든 날 도와야겠지! 그녀가 날카롭게 쏘아붙인다.

오늘이 바로 태평양판 편집장이 뉴욕사무소에서 열리는 한 달간의 편집장회의에 참석하러 떠나는 날이라는 걸 새까맣게 잊고 있었다.

나는 책상으로 가서 늦어도 새벽 6시부터 나와 있었을 또 다른 어시스턴트 소피를 향해 고갯짓을 하고 이메일을 열었다. 소피는 항공사에 연락해서 편집장의 비행기 티켓을 비즈니스 클래스로 업그레이드시키려고 애쓰고 있다. 우리 둘 다 잘 알고 있다. 업그레이드에 실패하면, 그녀가 난감한 상황에 처하리라는 걸.

소피는 금발의 프랑스 여자애다. 둘 다 내게는 해당사항 없는 것이다. 또한 이 일을 하는 데 나보다 훨씬 유능하다. 그녀가 좋긴 하지만, 그녀의 존재는 날 위협하고 있다.

우리는 온종일 편집장의 여행을 준비한다. 비행기 티켓 업그레이드는 성공했고, 나는 마지막으로 그녀의 매니큐어와 페디큐어 예약을 성사시켰다. 그녀가 몇 주 동안 자리를 비울 생각을 하니 힘이 샘솟아서 할 일을 거뜬히 해치우게 된다. 당분간은 소피와 내가 이 사무실의 책임자라니!

근무시간이 끝나가는데 편집장이 우리의 영역에 급습해서는 내 책상 위로 화려하게 인쇄된 초대장 한 뭉치를 떨어뜨렸다.

내가 없는 동안 여기 이곳들엔 꼭 가도록! 나머지는 알아서!

그녀는 모든 종류의 할리우드 파티와 시사회, 그리고 개막식들의 수많은 초대장으로 가득한 두꺼운 서류철을 가리키며 말했다.

《빅팬시 매거진》의 존재감을 잘 유지하고 있으라고!

편집장은 흔치 않게 내게 눈을 맞추며 말을 건넸다. 나는 눈앞에 놓인 두툼한 카드더미를 내려다봤다. 매일 밤 적어도 몇 개씩 행사가 겹칠 텐데.

혼자 다 못 가겠으면, 소피도 좀 가게 하고.

아직도 그 이유가 분명하지 않다. 왜 내가 첫 번째 어시스턴트고, 소피가 두 번째였는지. 하지만 난 그저 고개를 끄덕이고 초대장들을 조심스럽게 쌓아놓았다.

마침내 편집장이 광풍처럼 최후의 지시사항들을 남기고 떠났다. 그녀는 엘리베이터에 올라타는 순간까지도 명령을 발포한다. 그녀가 무사히 자리를 뜨자마자 소피와 나는 빛나는 초대장들을 하나하나 확인하며, 그것들을 나눠서, 각자 어디를 갈지 정했다.

소피는 초대에 응하는 전화를 돌렸다. 그녀의 말투가 좀 건방지고 위압적인 느낌이 든다. 목소리가 한껏 고조되었다.

네, 여보세요! 《빅팬시 매거진》 참석 예약합니다. 네, 감사합니다. 그때 뵙죠.

그렇게 한 주가 기쁨의 환상 속에 지나갔다. 편집장이 사라진 사무실은 더할 나위 없이 아늑하다. 뉴욕에서 그녀로부터 푸념 섞인 전화가 걸려와도 다 괜찮다. 소피와 나는 매일 점심을 시켜 먹고, 책상에 음악을 틀어놓고, 심지어 같이 담배도 피우면서 여유를 만끽했다. 물론 만약을 대비해 사무실 전화를 휴대폰으로 돌려놓고.

금요일 밤에 나는 첫 번째 초대받은 곳으로 콜린을 끌고 갔다. 바로 영화배우 제이슨 리가 주최한 고트프리트 헬른바인Gottfried Helnwein이라는 사람의 전시회 개막식. 갤러리는 마을의 창고부지에 자리하고 있었다. 차에서 내려 초조하게 입구로 걸어가자, 문앞에 선 여자가 명단에서 내 이름을 찾는다.

아 네, 여기 있네요, 《빅팬시 매거진》. 그녀는 나를 향해 환하게 미소지으며 우리를 안으로 안내했다.

우리는 벽돌이 노출된, 동굴과도 같은 내부공간을 가로질러 곧장 바로 향했다. 이런 행사에서 뭘 눈여겨봐야 하는지 우리 둘다 잘 모른다. 게다가 내 존재감은 또 어떻게 알린담?

취하면 되지. 콜린은 빈정대며 바텐더에게 더블보드카 두 잔을 주문했다.

우리는 그 창고 안을 돌아다니고 칵테일을 마시며 파티 속으로 들어갔다. 헬른바인의 이미지들은 난해했다. 머리에 붕대를 감은 사람들과 바닥에 누워 꼼짝도 않는 아이들이라…… 한쪽 구석 에서는 한 무리의 사람들과 얘기를 나누는 제이슨 리가 보였다.

1분쯤 지났을까, 콜린이 슬쩍 나를 찌르더니 방 한가운데 놓인 벤치에 앉은 한 남자를 고갯짓으로 가리켰다. 믿을 수 없을 만큼 취한 데다가 분명 씻지도 않은 듯 보였다.

영화배우 닉 놀테였다. 바로 그달 이 남자는 음주운전으로 체포 될 것이다. 체포 사진에 지금 내가 보고 있는 저 너저분한 머리 가 보이겠지.

그렇게 우리는 족히 한 시간을 머물면서 누구에게도 말을 걸지 않고 술만 마셔댔다. 결국 헬른바인의 작품을 이해하는 건 포기 했다.

파티를 거듭하면서, 나는 조금씩 더 대담해지고 조금씩 더 취해 갔다. 이런 파티들은 콜린과의 관계에서 구세주가 되어주었고, 알 코올이 주입된 밤들은 우리가 이어진 유일한 시간이 되었다. 아 주 잠깐씩 우리가 서로에게 기대곤 했던, 이 세상에 서로를 이해 하는 건 오직 우리 둘뿐인 것만 같던 때가 눈가에 스친다.

소피와 그녀의 남자친구와 함께 스탠더드호텔의 옥상파티에도 갔다. 메르세데스벤츠 패션위크의 개막을 기념하는 밤인데, 담당자는 우리가 이 밤에 보게 될 놀라운 그 모든 의상에 대해 귀가 따갑도록 설명했다. 나는 술에 취해 고개를 끄덕이며 그가 말하고 있는 걸 알아듣는 척하는 한편, 테이블보 아래로 닳아버린 구두굽을 감추려 애를 썼다.

또 다른 밤, 우리는 선셋대로의 트렌디한 레스토랑에서 열린 프레더릭의 할리우드패션쇼에 참석했다. 혈관을 타고 흐르는 보드카에 취해 몸이 흔들린다. 내 머리에서 겨우 몇십 센티미터 떨어진 무대 위에서 옷을 제대로 걸치지도 않은 여자들이 걸어나오고 있다. 화장실에 갔다 오는 길, 영화배우 데이비드 스페이드가 술에 취해 비틀거리다 내게 부딪쳤다. 나는 그냥 고갯짓만 했다. 이 사람, 우리가 가는 파티마다 있는 것 같군.

나는 영화시사회는 가능한 한 다 이용하고 있다. 한낮에, 스튜디오부지에 차려진 이 컴컴한 영화관에 앉아서 실제 개봉일보다 몇 달이나 앞서 영화를 보다니! 아, 짜릿하다.

우리는 로데오드라이브에 문을 여는 고급 휴대폰숍의 오픈행사에도 참석했다. 소문에 따르면, 이곳의 휴대폰 서비스는 2만 달러에 달하는데, 휴대폰에 달린 버튼을 누르면 개인 전담비서에게 직속으로 연결된다고 한다. 그래서 세이셸에 있는 방갈로에서도, 말만 하면 몇 시간 안에 제일 좋아하는 나스 립글로스를 받아볼 수 있다나. 나는 크리스털 진열장 너머로 그 휴대폰을 뚫어지게 바라봤다. 영화배우 크리스천 슬레이터는 직접 휴대폰 하나를 들어 살펴보고 있다. 이런, 저기 데이비드 스페이드가 또 왔군.

《빅팬시 매거진》에서 온 클레어 스미스입니다. 매번 이런 행사에 갈 때마다 헤드셋과 메모판을 장착하고 문 앞에 서 있는 이름 모를 여자애들에게 이렇게 말을 건네면, 콜린과 나는 바로 안내를 받는다. 우리는 모히토와 마티니도 마시고, 은빛의 커다란 접시에서 회도 풍성히 담아다 먹는다. 영화배우 베네치오 델 토로와 키이라 나이틀리, 사진작가 애니 레보비츠, 그리고 수없이 많은 작가와 제작자, 할리우드 워너비스타들도 실제로 봤다. 이토록 화려하고 값비싼 세계가 있었다니!

LA에 대해 그간 소문으로 들었던 것들은 모두 다 사실이다. 영화배우들, 보톡스, 자동차들, 스모그, 교통정체, 호화로운 파티들…… 모두 다 이곳에 있다. 물론, 인생에서 이런 게 전부는 아니겠지. 여하튼 이 일을 하고 있는 지금 나는 내게 허락되리라고는 상상도 못했던 순수 할리우드 버전을 한껏 만끽하고 있다.

하지만 한 손에 술잔을 들고 어느 호텔의 옥상 난간에 기대서 있을 때면, 언제나 나도 모르게 아빠 생각이 난다. 45분가량 떨어진 아파트, 아빠는 거기서 물에 희석시킨 스카치 한 잔을 테이블 위에 준비해놓고 영화채널을 마구 돌리고 있겠지. 내가 여기 이곳, 바깥세상에서 내 인생을 살아갔으면 하는 아빠의 마음은 잘 알겠다. 하지만 이런 인생이란 게 과연 그만한 가치가 있을까?

파티 다음 날이면 나는 아빠를 보러 가기 위해 운전대를 잡는다. 그리고 아빠와 더 많은 시간을 보내야겠다고 혼자 다짐한다. 하지만 일에 치이다 보면, 주중에 아빠의 얼굴을 보기 위해 그 먼 곳까지 가기가 갈수록 힘에 부친다.

그래도 일요일은 꼭 아빠와 함께한다. 우리는 샌버너디노산맥이나 패서디나언덕을 지나 꽤 멀리까지 드라이브를 간다. 그럴 때면 아빠는 1950년대에 몸담았던 일터나 몇십 년 전에 또 다른 가족들과 살았던 집들을 가리켰다.

드라이브 도중에 나도 몰래 숨을 죽이게 될 때도 있다. 이제 이 남자, 나의 유일한 부모와 함께할 시간이 점점 고갈되고 있다는 걸 잘 아니까. 아빠는 구불거리는 산길을 지나면서 한 손으로는 느긋하게 운전대를 돌리고, 입으로는 당신의 인생사를 끝없이 풀어헤쳤다. 나는 이제 아빠와 함께할 때면 녹음기를 준비해서 몇 시간이고 아빠의 목소리를 녹음한다.

때때로 아빠는 내가 찾아가면 함께 기술적인 부분들을 해결하고자 한다. 아빠의 은행계좌에 내 이름을 추가로 올리고, 어떻게 가정경제를 꾸리는지도 이해시키고, 내가 아빠 대여금고 보조키를 잘 가지고 있는지도 재차 확인한다.

아빠, 요새 너무 병적이야. 나는 투덜거렸다.

병적인 게 아니라, 그저 우리 딸을 준비시키려는 거야.

아빠 아직 죽는 거 아니잖아.

나도 당장 그렇게 되지는 않길 바란다만, 혹여나 그렇게 되면 다 네가 해내야 하잖니.

방사선치료는 아빠를 갉아먹고 있다. 아빠는 입맛조차 잃었다.

뭐든 마분지 씹는 맛이 난다며 접시를 밀어낼 때마다 심장이 철렁거린다. 10월 아빠 생일에는 입맛이 돌아오면 쓰시라고 아빠가 좋아하는 음식들만 모아서 작은 쿠폰북을 만들어드렸다. 아빠의 입맛이 다시는 돌아오지 않으리란 건, 지금은 상상도 못할 일이니까.

밤늦은 시각, 잠들려고 뒤척일 때면 아빠 생각을 하게 된다. 아빠가 가버리면 난 완전히 혼자가 되겠지. 그런 상상을 할 때면 비명 소리가 새어나오고, 거대한 심연이 내 몸을 가른다.

아직도 엄마가 보고 싶다. 하지만 지금 이 순간 내가 의지하고 있는 사람은 아빠다. 나의 깊고도 어두운 비밀은, 엄마가 먼저 죽어 다행이라는 거다. 그렇지 않았다면 난 절대 아빠를 알 수 없었을 것이다.

아빠는 나이가 들면서 부드럽고 순해지셨다. 그리고 이제는 천천히 거북이처럼 걷는다. 힘들어도 최선을 다해 조심스럽게 발걸음을 내디딘다. 또 가끔은 〈뉴욕타임스〉에 나온 요리법을 따라 요리도 하고, 아빠가 미시간에서 자랄 때 할머니가 해주셨던 방법으로 복숭아통조림도 만든다.

아빠는 같은 단지에 사는 젊은이들과도 잘 지낸다. 현관 주변에는 내 도움을 받아 꽃도 심어놓았다. 아빠가 지금 살고 있는 아파트는 아빠의 누이에게 상속받은 건데, 아빠는 누이가 쓰던 1970년대식 녹색 가구들과 치렁치렁한 커튼을 치워버리고 검은 가죽소파와 검게 칠한 찬장을 들였다. 또 특이하게도 용암처럼 액체를 뿜어내는 램프들을 수집해서 거실 선반에 자랑스럽게 진열해놓았다. 그리고 모든 방에 엄마의 사진을 걸었다.

주말이면 대체로 아빠와 나는 그저 함께 영화를 본다. HBO채널에서 방영되는 건 뭐든. 〈토머스 크라운 어페어〉나 〈본 아이덴티티〉, 〈틴 컵〉 등. 아빠가 이렇게 누군가와 같이 있는 것 자체를 말할 수 없을 만큼 감사해하는 게 눈에 보인다. 그래, 4년이나 혼자 사셨으니까.

그리고 또다시 난 숨이 멎는다. 시간이 바닥에 엎질러져서, 아빠가 내 삶에서 서서히 빠져나가고 있어서, 그런데도 난 아무것도 할 수 없어서…….

이따금 나는 일을 그만두겠다고 말한다. 그럼 아빠 집으로 이사 올 수도 있잖아요. 그렇게 말하면서도 내 마음은 갈팡질팡한다. 그렇다고 콜린을 떠나는 게 두려운 건 아니다. 나의 20대니까, 나라는 사람을 내버리는 게 두려운 거다.

방사선치료를 받을 때마다 아빠는 조금씩 소모된다. 체중이 줄고, 피부는 볼품없는 잿빛으로 변했다. 의사들이 이제는 엉덩이에도 방사선치료를 시작해야 한다고 말했다. 암이 거기까지 퍼졌을지 모른다는 것이다. 아빠는 이를 악물고 눈썹을 추켜세우며 묻는다.

우리에게 남은 선택지가 뭐지?

일요일 밤 할리우드로 돌아오는 차 안, 끝없이 가라앉는 기분과 끔찍한 현기증이 가시지 않는다. 나는 라디오헤드를 들으며 담배를 꺼내 물었다. 담배연기가 선루프를 지나 부드러운 남부 캘리포니아의 밤공기로 흘러간다.

人

편집장이 뉴욕으로부터 소란스럽게 복귀했다. 즉각 수행되어야만 하는 다수의 지령과 함께. 심지어 돌아오기 며칠 전에는 더러운 세탁물을 커다란 박스로 보내는 바람에, 소피와 나는 사무실 한가운데 서서 그 내용물을 뒤적였다. 이런 걸 우리한테 보내다니, 믿을 수가 없다는 내 말에 소피가 담담히 대꾸했다.

난 믿을 수밖에!

그날 밤 나는 집에 돌아와서 콜린에게 이 얘기를 해줬다. 나는 이런 게 할리우드에서는 상식적인 행동이라는 것까지 애써 설명했다.

여기 사람들은 이런 거 처리해주는 어시스턴트들이 없으면 아무것도 못 할 거야.

재수없는 년이네. 콜린은 TV에서 눈도 떼지 않고 말했다.

이런 그에게 어떻게 반응해야 좋을지 정말 모르겠다. 우리 관계는 점점 더 악화되고 있다. 서로 거의 말도 하지 않는다. 우리 둘 다 끝내고 싶은 건 분명한데…… 단지 둘 다 어떻게 첫걸음을 떼야 할지 모를 뿐이다.

다음 날, 사무실에 들어서니 편집장이 잔뜩 화가 나 있다. 그녀가 돌아온 지 이제 겨우 이틀째인데, 벌써 난 내가 잘해낼 수 있을지 의심스럽다.

편집장은 관능적인 영화배우에 대한 커버스토리를 맡았다며, 완전히 스트레스 상태다. 그래도 전혀 안 불쌍하다. 월급에다 그 기사로 수천 달러는 더 받아 챙길 텐데…… 게다가 실제로 기사를 쓰는 것 아닌가. 쓰는 거, 이 일 시작하고 죽도록 해보고 싶었던 건데…….

하지만 이런 생각이나 하고 있을 시간이 없다. 편집장이 좀 이상하다. 문을 부수기라도 할 듯 세게 닫으며 사무실을 들락날락거리고, 나와 소피에게 갖은 주문을 해댄다.

관능적인 영화배우 인터뷰 외에, 편집장은 이번 주말에 집으로 가는 비행기 티켓도 예약해뒀다. 짐 싸는 것도 도와야 할 텐데…… 소피가 전화업무를 처리하느라 사무실을 지키는 사이, 나는 관능적인 영화배우들이 나오는 DVD를 들고 올 수 있는 한 많이 빌리기 위해 블록버스터 DVD숍으로 향했다.

일곱 편의 DVD를 빌려왔는데, 제일 인기 있는 것들 중 하나는 이미 대여된 상태라 못 빌렸다. 그래서인지 짜증이 가득한 편집장의 책상 위에 나는 DVD더미를 내려놓았다.

이걸 왜 지금 나한테 주는데? 직접 여행가방에 챙기라고?

그녀는 재빨리 자신의 아버지 집 주소를 읊었다.

페덱스로 부쳐. 내일 아침까지는 도착하도록.

나는 내 책상으로 돌아와서 DVD를 포장하며 시계를 힐끗 봤다. 아빠가 오전 방사선치료를 마치고 아파트로 돌아가고 있을 시간 이다. 지금 아빠 곁에 있고 싶다.

어? 편집장이 불쑥 내 책상 쪽으로 오고 있다. 손에는 메모수첩 을 들고. 그런데 그녀의 손가락이 어제 날짜 아래 내 필체로 적 힌 이름 하나에 마구 구멍을 내고 있다. 어제다, 어제 그녀가 전 화로 답신해야 하는 곳이 있었는데……

이 이름 보여? 크고 날카로운 그녀의 목소리가 들린다.

나는 졸아서 광고 간부들로 꽉 찬 파티션 쪽을 홀깃 훔쳐봤다. 그들은 컴퓨터 화면만 보고 있다. 아무 일도 없다는 듯이.

이 사람이 누군지 알아?

나는 한숨을 내쉬며 고개를 저었다. 그 사람이 누구인지 모르겠 다. 모든 이름이 한데 뭉개지기 시작한다. 배우들, 에이전트들, 제 작자들…… 모든 걸 제대로 정리하려면 백과사전이 필요할 것만 같다.

클레어, 니 일을 이해는 하고 있는 거니?

내 눈은 아래만 바라보고 있다. 그녀의 얼굴을 보는 것만도 무섭다. 그녀가 내 이름을 부르는 게 싫다. 그렇게 화날 때만 부르느니, 내 이름을 아예 입에 올리지 말았으면 좋겠다.

안 울 거야. 난 다짐한다. 안 울 거라고.

왜 이렇게 멍청하니?

그녀가 내 책상 너머 바닥으로 메모수첩을 던졌다.

재수없게 한심하네. 그녀는 이 말을 남기고는 사무실로 걸어들어가서 문을 쾅 닫았다.

두 눈에 눈물이 어리지만 키보드만 뚫어져라 바라봤다. 아무도 내가 울고 있는 걸 보지 못하게.

가만히 기다리고 있는데, 편집장이 또 요란하게 사무실에서 나와 엘리베이터로 향한다. 내 몸이 나도 모르게 움츠러든다. 그녀는 오늘 점심약속이 있고 오후에는 집으로 갈 거다. 그러니까 내일까지는 볼 일 없겠지. 엘리베이터 문이 닫히자마자 나는 길고 긴 숨을 내쉬었다. 그러고는 소피에게 밖에서 담배를 피우고 오겠다고 손짓으로 말했다. 소피가 고개를 끄덕인다.

나는 건물 밖에 기대서서 차들이 지나가는 걸 바라봤다. 메르세데스벤츠들과 BMW들과 아우디들. 야자수가 늘어선 길을 날아다니는 그들의 몸체가 아침 햇빛을 받아 반짝인다. 이 벽을 밀어내면 어떻게 될까? 그냥 이 사무실에서 걸어나가면, 다시는 편집장을 안 본다면? 담배를 길게 한 모금 빤다. 내가 내 인생에서 원하는 건 뭘까?

이건 아니야.

아빠에게 전화를 걸었다. 목소리가 잘 안 들린다.

아빠, 무슨 일 있어요?

응, 그냥 좀 피곤해서. 이게 정말 사람 잡는구나.

심장이 찢어진다. 아빠는 혼자 수프를 데워 먹고, 따뜻한 공기가 들어오게 문을 열어놓은 채 TV를 보고 있겠지.

그래, 결심했어.

나는 위층 내 책상으로 돌아가서 인사과에 연락했다. 내 채용을 담당했던, 꽤나 친절한 여자에게 잠깐 얘기할 시간 있느냐고 물었다.

5분 후, 나는 지금 작은 소파에 그녀와 마주앉아 있다. 그녀는 따뜻하게 웃으며 나를 맞이했다.

내 손이 덜덜 떨린다. 목소리가 흔들린다.

저…… 실은 이 일이 저한테 맞는지 잘 모르겠어요.

네?

그러니까 말이죠, 처음 고용되었을 때만 해도 전 제 일이 음……

에디터가 하는 일 쪽에 가깝다고 생각했는데요, 지금 제가 하는 일은 그런 게 아닌 것 같아요.

더 말해보세요. 그녀의 말을 신호탄으로 나는 그냥 막 다 쏟아냈다. 편집장이 나한테 얼마나 고함을 쳐대는지도, 내 주된 업무가 그녀의 개인적 심부름을 처리하는 것이라는 사실도, 더러운 세탁물이 담겨온 그 커다란 박스 얘기도, 편집장의 개를 산책시켜야 하는 고충도, 내가 아침식사를 잘못 갖다주면 그녀가 얼마나 화를 내는지도…….

마침내 말을 멈추고 소파 쿠션에 몸을 기대고 나니 몸속에서 공기가 빠져나가는 것 같다.

그녀가 다리를 꼬고 몸을 앞으로 기울이더니 숨을 골랐다.

이 여자 엄청 놀랐겠지. 이렇게까지 편집장에 대해 고자질할 만큼 배짱이 있는 사람이 있었겠어? 편집장을 자르고 나한테 그녀 자리를 줄지도 몰라. 소피가 내 어시스턴트가 되면, 절대 드라이클리닝을 맡기거나 냉장고에 보드카를 채워넣으라는 심부름 따위는 안 시킬 거야.

인사과 여자가 나를 쳐다본다. 그녀의 눈빛은 흔들림이 없다. 대신 목소리가 내가 알던 그 친근한 것에서 확연히 바뀌었다. 그녀는 그 목소리로 다음 문장을 천천히 말해주었다.

얼마나 많은 여자가 당신 자리를 원하는지 아시나요?

영화 속 한 장면 같다. 물속에 잠긴 것처럼 사지가 무겁고 반응은 더디다.

대화는 거기서부터 망가졌다. 인사과 여자는 내가 편집장의 개인적인 심부름을 함으로써 그녀가 편히 본 업무에 집중할 수 있다는 정형화된 답변을 내놓았다. 나는 어떤 대꾸도 할 수 없었다.

밖에서 한 번 더 담배를 짙게 빤 후 사무실에 돌아와 보니, 편집장은 이미 내 밀고를 보고받았단다. 그녀한테 전화를 하란다. 그녀가 자리를 비운 관계로 나는 그녀의 사무실, 그녀의 책상에 앉아 그녀에게 전화를 걸었다. 사생활 보호를 위해 사무실 문은 닫은 채로.

네가 그토록 심하게 불행한 줄은 몰랐어. 이 말을 건네는 그녀의 얼굴에 냉소가 떠 있는 게 그려진다. 나는 더듬거리느라 제대로 답할 수가 없다.

인사과에 네가 위반한 사항들도 알려줬어.

내가 위반한 사항들? 무슨 얘기를 하는 거지?

편집장은 나의 사소한 잘못들을 하나하나 열거하기 시작했다. 미리미리 출근하지 않는다든지, 전화를 받아서 메시지를 제대로 전달하지 못한다든지……

어떻게 나더러 내 일을 하라는 건지 이해가 안 되네…… 그래도 내가 친절하게 인사과에 30일만 더 달라고 했어. 이번 달 말까지 발전 가능성을 증명해봐.

마침내 전화를 끊었을 때는 몸이 덜덜 떨렸다. 그때 소피가 사무실로 들어왔다. 우리는 함께 창가에 서서 우리 앞에 놓인 이 도시를 바라봤다.

30일 좋아하네, 그냥 관둬버릴 거야.

너 미쳤어?《빅팬시 매거진》을 그만두는 건 아니지.

왜 안 되는데?

클레어! 소피가 또박또박 단호하게 말한다. 할리우드의 모든 어시스턴트는 지금의 너와 정확히 똑같은 대우를 받고 있어. 여기는 원래 이런 곳이야. 이 동네에서 크고 싶으면, 아니 어디서라도 성공하고 싶다면, 대가를 치러야지.

아니, 내 생각은 달라. 이런 식은 아니지. 이렇게는 아니야.

엄마를 잃은 대가로 배운 게 있다면, 인생에는 이런 상황보다 더 중요한 게 있다는 거다. 편집장의 사무실에 서 있는 사이, 저 멀리서 파리와 우간다를 향한 내 꿈이 사그라진다. 거 봐, 내 말이 맞잖아.

됐다 그래. 인생에는 더 중요한 것들이 있다고.

나는 소피를 거기 내버려두고 인사과로 가서 금요일이 마지막 출근이라는 통보를 했다.

그러고는 집으로 향했다. 차창을 내려 부드러운 남부 캘리포니아의 공기를 맞으니 야생의 해방감이 나를 덮친다. 지금은 한낮, 아무도 내가 어디 있는지 모르겠지.

나는 진입로에 차를 대고 아파트로 들어갔다. 그러고 그냥 서 있는데, 순간 아파트의 은밀한 공간에 몰래 초대받은 느낌이 몰려왔다. 나는 곧장 옷을 벗고 욕실로 걸어가서 뜨거운 물 아래 섰다. 살갗이 벌게질 때까지 온도를 올렸다. 그리고 울기 시작했다.

아빠는 이제 더 이상 《빅팬시 매거진》을 들고 다닐 수 없겠지? 그런데…… 다시 생각해보니, 이제 아빠는 그 어떤 것도 들고 돌아다닐 수 있을 것 같지 않다.

콜린, 그리고 우리 사이의 거리를 생각해본다. 아빠가 돌아가시면 내 인생이 어떻게 될지도. 몸이 바닥까지 가라앉고, 물이 나를 덮친다. 생각이 밀려온다. 내가 모든 걸 망쳐버린 거라고, 내 인생에서 해낸 거라고는 끊임없이 실수를 되풀이한 것뿐이라고.

집에 가고 싶다.

엄마를 되찾고 싶다.

지금까지 난 항상 최선을 다해왔다. 학교를 졸업하고, 캘리포니아로 이사와서 아빠를 돌보고, 《빅팬시 매거진》에서 일자리를 얻고…… 항상 그렇게 믿었던 것 같다. 내가 이 모든 걸 해낸다면, 잘 해낸다면, 엄마를 되찾을 수도 있을 거라고.

내가 그만뒀다고 하자 아빠는 애써 반가운 마음을 감춘다. 엉덩이 방사선치료는 의사들이 예고했던 것보다 훨씬 힘겨웠던 것이다. 아빠는 이제 잘 걷지도 못한다. 모든 게 정말로 산산조각나고 있다.

《빅팬시 매거진》에서의 마지막 날, 나는 사무실에 살짝 늦게 들어갔다. 편집장이 주말을 맞아 어디 가버려서 사무실은 잠잠할 터였다. 그런데 내가 들어서자마자 소피가 순전히 공포에 찬 눈길로 나를 쳐다본다.

왜? 무슨 일인데?

총편집장이 지금 비행기로 오고 있대. 한 시간도 안 돼서 LA공항에 도착할 거래.

총편집장으로 말할 것 같으면, 《빅팬시 매거진》의 왕이다. 그는 이 잡지사의 모든 다른 사람들 위에 선 두려움의 대상이다.

비벌리힐턴에 머물 거래. 도착할 때까지 세 가지를 준비해놓으라고 했어.

눈살이 찌푸려졌다. 오늘은 나의 마지막 날인데. 총편집장 따위, 그가 원하는 세 가지가 도대체 나랑 무슨 상관이람.

클레어, 네 도움이 필요해.

알았어, 알았다고. 편집장 따위는 상관없다. 하지만 소피를 곤란하게 하고 싶지는 않다.

그 세 가지가 뭔데?

방금 뉴욕에 있는 그의 어시스턴트랑 통화했는데, 그가 힐턴에 체크인할 때까지 안내데스크에 준비되어 있어야 하는 게 뭐냐면…….

소피가 앞에 놓인 메모장을 내려다본다. 그러니까…….

두구두구두구두구, 상상 속에서 드럼이 울린다.

그가 원하는 건…… 능력껏 가장 큰 애드빌advil(진통제의 일종-옮긴이) 한 통을 구해놓을 것. 그리고 가장 강력한 대형 니코틴 박스와 현금 500달러를 준비해놓을 것.

오 마이 갓! 정말이야?

나는 사무실을 비울 수가 없잖아, 클레어. 니가 해줘야 할 것 같은데, 45분밖에 없어.

어깨에 가방을 둘러메고 엘리베이터로 향하는데 소피가 다급히 내 이름을 부른다. 돌아보니 《빅팬시 매거진》 라벨이 정면에 조심스럽게 들러붙은 빳빳한 쇼핑백을 건넨다.

그거 다 여기 넣고 안내데스크에 주면 돼. 아, 참 여기.

소피는 내게 검은 클립 두 개를 건넸다.

스테이플러는 안 돼. 총편집장은 스테이플러를 싫어한대.

이후 45분간 난 시내를 질주했다. 약국에서 은행으로 달려가자마자 나는 소피에게, 소피는 다시 총편집장의 어시스턴트에게 급히 전화를 걸어야만 했다. 그때서야 총편집장이 얼마짜리 지폐를 원하는지 모른다는 사실을 깨달은 것이다.

이런, 이런, 이런. 소피가 다급히 말했다.

총편집장은 아직 비행기 안에 있으니까 어시스턴트 역시 짐작하는 수밖에 없단다.

그냥 5달러짜리 20장, 2달러짜리 50장, 그리고 100달러짜리 세 장, 이렇게 하자. 소피가 반복해서 말했다.

나는 또다시 얼굴을 찌푸리고 현금을 빳빳한 《빅팬시 매거진》 봉투에 쑤셔넣었다.

그리고 힐턴호텔 정문 밖에 차를 던져놓고는 발레파킹하는 남자애한테 바로 돌아오겠다고 말했다. 시간이 다 됐다. 오늘이 마지막 날이니까 이젠 신경 쓸 필요도 없는데, 여전히 난 시간을 못 맞출까 두렵다. 총편집장이 안내데스크 앞에 서서, 세 가지 물건이 담긴 봉투가 없다며 열을 내고 있을 것만 같다.

로비는 아직 조용하다. 난 가만히 쇼핑백을 건넸다. 총편집장님이 도착하면 꼭 좀 전해주세요. 금방 도착할 거예요. 데스크 직원은 고개를 끄덕이며 코 아래로 땀에 젖은 내 몰골을 훑었다.

나는 밖으로 걸어나와 차에 앉았다.

끝이다.

중압감이 덮쳐온다. 비행기가 하늘로 날아오를 때 의자 뒤로 몸이 젖혀지는 것처럼. 나는 잘 알고 있다. 당분간은 다시 일할 수 없을 거란 걸. 앞으로 몇 달은 아빠를 돌보는 시간이 될 거란 걸.

나는 잘 알고 있다. 아니, 잘 모르겠다. 어떤 일이 닥칠지 정말 상상이 되지 않는다.

힐턴호텔에서 차를 몰고 빠져나오는데 이런 생각이 들었다. 엄마 아빠가 아프지 않았으면, 내 인생은 어땠을까? 엄마가 돌아가시지 않았다면, 아빠의 암이 재발하지 않았다면, 스트레스를 주는 직장과 멀어져가는 남자친구 같은 보통의 걱정거리를 가진 그냥 평범한 스물넷이었다면 어땠을까?

그건 절대 알 수 없을 것이다. 이게 나란 걸, 나도 잘 안다.

人

주말, 끔찍한 일의 종말을 축하하는 대신 나는 아빠를 돌보러 가든그로브로 향했다. 전날 밤엔 콜린과 이런저런 얘기를 나눴다.

이제 어떻게 할 건데?

잘 모르겠어. 우선은 아빠를 돌봐야겠지.

그러고 나니 더 이상 할 말이 없었다. 서로의 목소리를 듣기 위해서라면 소리를 질러야만 할 것 같았다. 우리 사이에 놓인 협곡을 지나야 할 테니까.

토요일 정오가 다 돼서 아빠의 아파트에 도착하니 아빠는 아직 침대에 있다.

아빠! 내 목소리에 감출 수 없는 놀라움이 묻어난다. 정오가 다 됐는데, 아직까지 침대에서 뭐 해?

응, 애야. 내 다리놈들이 말을 듣지 않는구나.

아빠는 하반신을 덮고 있는 침대 시트를 매만졌다. 아빠의 목소리는 거칠고 지쳐 있다. 침대 옆에 오래된 플라스틱 우유병이 놓여 있다. 탁하고 누런 소변으로 반쯤 찬 게 보인다.

아빠, 얼마나 오랫동안 침대에 있었던 거야?

응, 어제부턴가, 얼마 안 됐어.

아빠, 괜찮은 거야? 공포가 내 숨을 빨아들인다.

응, 응, 괜찮아. 그냥 좀 휴식이 필요한 것뿐이지 뭐. 체력만 회복하면 돼.

나는 잠깐 주저하다가 소변통을 들고 화장실로 가서 변기에 조심스럽게 부었다. 냄새를 맡지 않으려고 숨을 참았지만, 빈 통을 들고 화장실을 나서는 순간 숨이 차는 바람에 재빨리 숨을 들이 마셨다. 아빠의 소변 냄새, 역하고 강한 냄새가 코를 찔렀다. 구역질이 난다.

좋아. 아빠, 이제 침대에서 일어나보자.

나는 몸을 숙여 아빠를 일으키고, 아빠의 한쪽 다리를 침대 옆쪽으로 내렸다. 또 나머지 한쪽도. 이제야 아빠가 앉았다. 힘겹게 숨을 내쉬며.

준비됐지?

잠깐만. 아빠는 허벅지 윗부분을 주무르며 잠깐 눈을 감았다.

나는 아빠 앞에 서서 가볍게 몸을 움직였다. 누군가 여기 있어야만 할 것 같은 느낌을 떨칠 수가 없다. 어떤 어른이, 나보다 더 경험 있고 더 책임감 있는 누군가가 나타나서 이 일을 도맡아줘야만 할 것 같다.

하지만 아무도 없다.

이제 준비된 거지?

아빠가 눈을 떴다. 나는 양손으로 각각 아빠 손을 잡았다.

하나, 둘, 셋! 그렇게 모든 힘으로 아빠를 들어올린다. 아빠는 침대에서 반쯤 나와 반쯤 섰다.

아아아아아! 그렇게 아빠는 힘을 내더니 매트리스 위로 풀썩 주저앉았다.

아빠, 왜 그래요?

못하겠구나, 애야.

무슨 말이에요?

너무 아파.

어디가요?

엉덩이가.

두려움의 가시가 피부 밑에서부터 솟아나온다. 아빠가 일어서지 못한다.

아빠는 일어서지 못한다.

아빠는 일어서지 못한다.

음, 애야, 지금은 그냥 여기 좀 누워 있을게.

하지만, 아빠, 뭔가 안 좋은 거잖아.

음, 뭐 나쁜 것도 아니란다.

그렇다고 아빠와 다툴 수도 없는 노릇이다.

결국 그날은 TV를 보며 보냈다. 나는 킹사이즈 침대의 반대편에 누웠다. 그러고서 우리는 영화채널을 돌려가며 봤다. 나는 식사로 수프를 만들고, 나만을 위해 와인을 한 잔 따랐다.

그날 밤 나는 손님방, 실은 '내 방'이라고 불러야 할 것 같은 곳에서 잤다. 1년 전쯤, 내가 뉴욕에서 날아왔을 때, 아빠는 이 방을 나만을 위해 다시 꾸며서 나를 깜짝 놀라게 했다. 사실 그 전달 나는 아빠에게 수업시간에 쓴 한심한 에세이를 이메일로 보냈다. 엄마를 잃은 후 이제 더 이상 돌아갈 내 방이 없다는 내용이 담겨 있었다. 다음 달 내가 찾아왔을 때 아빠는 '클레어의 방'이라는 표지판을 방문에 걸어놓았다.

아빠는 방 안에도 단조로운 손님용 홑이불 대신 깜찍한 솜이불과 커튼 세트를 갖다놓았다. 그리고 창고에서 낡은 봉제 동물인형들을 끄집어내서 방 한쪽 의자 위에 쌓아놓았다. 화장대 위에는 엄마와 내 사진이 담긴 액자를 올려놓고, 장신구를 넣을 만한 작은 박스도 사다놓았다. 나는 이 모든 광경을 보자마자 울음을 터뜨렸다.

나는 바로 그 방에서, 내가 《빅팬시 매거진》을 그만둔 주말에, 아빠의 다리가 더 이상 말을 듣지 않게 된 주말에 잠을 청했다.

다음 날 아침 나는 아빠를 침대에서 일으키기 위해 다시 한 번 힘을 써봤지만 아빠는 다리 통증이 여전히 너무 심하다고 했다. 일요일인지라 부를 사람도, 갈 수 있는 곳도 없었다. 우리는 전날을 재연해서 영화를 보고, 수프를 먹었다.

월요일 아침, 나는 그 우유병을 다시 비워냈다. 이번에는 최대한 오랫동안, 화장실을 완전히 벗어날 때까지 숨을 참기 위해 주의를 기울였다.

그리고 나는 다시 침대 한쪽에 앉았다.

음, 아빠. 이제 어떡하지? 여기 계속 있을 수도 없잖아. 의사선생님께 가야 할 것 같은데.

근데, 자동차까지는 죽어도 못 갈 것 같구나. 앰뷸런스를 부르는 수밖에 없겠어.

정말? 내 두 눈이 커졌다. 그럼 그냥 의사를 부르면 안 될까?

글쎄, 자동차까지도 못 움직일 지경인데 의사만 부르면 무슨 소용이겠니.

아빠는 손을 뻗어 침대 옆 탁자 위에 있는 전화기를 들더니 내게 건넸다. 나는 '비非응급상황 전화'는 생각도 못했다. 그냥 바로 911을 눌렀다. 5분도 안 돼서 구급대원 한 부대가 방 안을 채웠다.

아빠와 나는 진짜 응급상황은 아니라고, 그저 아빠의 다리가 말을 듣지 않는 거라고 애써 설명했다.

저, 아가씨 좀 비켜주시겠어요? 한 구급대원이 아빠 팔에 혈압측정기를 두르며 말했다. 또 다른 대원은 아빠 얼굴에 산소호흡기를 씌운다. 아빠가 뭐라고 말을 하지만 호흡기 때문에 들리지 않는다.

나는 욕실 쪽으로 물러나서 이 모든 일이 벌어지는 걸 바라봤다. 눈물이 뚝뚝 떨어진다.

이제 지긋지긋해. 더 이상 이런 건 싫어.

엄마가 있었으면.

누구라도 있었으면.

누구 저 좀 도와주세요, 제발.

나는 병원까지 그 앰뷸런스를 따라가려 했지만 고속도로 위에서 그들을 놓쳐버렸다. 겨우 뒤쫓아가서 황급히 주차를 하고 '응급실' 표지판이 붙은 문으로 들어갔다.

저희 아빠가 방금 입원했거든요. 앰뷸런스로 왔어요.

접수대의 여자가 내 이름을 받아적더니 자리에 앉아 있으라고 했다. 잠시 후 자동문을 지나 안내된 곳에는, 오래전의 익숙한 풍경이 펼쳐져 있었다.

아빠가 병원 침대에 누워 있다. 인공관들이 코에서부터 구불구불 늘어져 있고, 옆에서 각종 기계들이 자그맣게 삐삐 소리를 낸다. 침대 주위로 커튼이 느슨하게 쳐져 있다. 반대편 환자의 모습을 거의 그대로 내보인 채.

아빠?

아빠의 두 눈은 감겨 있다.

아빠?

아빠가 눈을 뜨고 희미한 미소를 보인다.

잘 찾았네.

나는 침대 한쪽에 앉는다. 울음이 나온다. 아빠 침대 끄트머리에 이런 식으로 앉은 게 백 번은 될 거다.

딸, 아빠는 괜찮을 거야. 그냥 다시 일어서기만 하면 돼.

아빠, 죽는 건 아니지? 그치, 아빠?

그럼, 우리 딸. 아직 아니야, 아닐 거야.

약속하는 거지?

얘야, 약속은 못하겠구나.

약속해줘. 나는 우겼다.

아빠는 내 손을 꽉 쥐고서 아무 말도 하지 않는다.

I

분노

충분히 안정을 되찾았을 때,
이젠 어떤 일이 생겨도 끄떡하지 않을 것 같은 때
분노는 비로소 모습을 드러낼 것입니다.

엘리자베스 퀴블러 로스

엄마와 나

4
나는 정말로, 내가 싫다

1997년, 열여덟

나는 애틀랜타의 친숙한 내 방 침대에 누워 있다. 차 한 대가 느릿하게 거리를 지나가는 소리가 들린다. 멀리서 잔디 깎는 기계가 돌아가고 있다. 엄마가 죽었다.

몇 달이, 아니 아마도 몇 년이 걸리겠지. 눈뜨자마자 드는 생각이 다른 걸로 교체되기까지는.

엄마가 죽었다.

그녀가 죽은 지 사흘이 지났다.

엄마가 죽은 지 사흘이 지났다.

여기 누워 이 말을 반복해서, 크게 내뱉는다.

나는 지금 이 뜨뜻하고 축 늘어진 몸뚱이를 꼼짝 않고 솜이불 밑에 누인 채, 지난 사흘을 머릿속에서 재연 중이다. 그건 정말 일어났던 일일까?

새벽 3시, 뉴저지에 있는 크리스토퍼의 삼촌 집으로 아빠의 전화
가 걸려왔다. 엄마가 돌아가셨다는 그 말을 듣고, 나는 다시 비틀
거리며 침대로 돌아가서 상처 입은 한 마리 짐승처럼 이불 밑으
로 몸을 웅크렸다.

크리스토퍼가 방문 앞을 서성였다. 집 안엔 다시 적막이 흘렀고,
바깥은 여전히 캄캄했다. 그가 문턱을 넘어 침대 위로 올라와서
아이를 대하듯 나를 끌어안았다. 내 어깨뼈가 작은 날개처럼 툭
튀어나와서 그의 가슴을 지그시 누른 순간, 나는 얇은 티셔츠만
입고 있단 걸, 다리에는 아무것도 걸치지 않았다는 걸 깨달았다.

그녀에 대해 말해줘. 그가 말했다.

나는 그에게 엄마의 금발머리와 웃음소리에 대해 얘기해주었다.
그리고 엄마의 뉴욕생활에 얽힌 시시콜콜한 것들, 엄마가 아빠
를 처음 만났던 날, 그때 아빠가 입고 있었던 우스꽝스러운 푸른
색 정장 등에 대해 말했다.

좀 지나 보니 크리스토퍼는 잠들어 있었다. 그는 새근새근 숨을
쉬고 있었고, 나를 안고 있는 팔은 힘이 빠져 무거웠다. 창 너머
로 빛이 하늘로 스며드는 게 보였다. 엄마가 죽었다.

몇 분 혹은 한 시간쯤 지났을까. 크리스토퍼가 움찔하더니 온몸
을 떨어 나를 놀라게 하며 눈을 떴다.

꿈에 죽은 물고기가 나왔어. 그가 잠에 취한 목소리로 말했다. 썩어서 고약한 냄새가 났어.

나는 그의 팔을 풀고 일어나 침대 한쪽에 앉았다.

미안해. 나는 그를 돌아보지 않고 말했다. 진심이었다.

나는 문밖을 나서며 한 번 더 사과했다. 이번에는 크리스토퍼의 삼촌에게. 나를 향한 그의 애처로운 눈빛에 죄책감이 일었다. 괜히 그의 마음에 짐을 지운 건 아닐까. 하지만 나는 사과 한 마디만 남긴 채 다시 차에 올라 워싱턴DC까지 남은 길을 달렸다.

도착하니 아빠는 수면제를, 앞으로 몇 주간 사용될 무수한 것들 중 첫 타자를 내게 건넸다. 그렇게 나는 위층 손님방에서 몽롱한 잠에 빠져들었다.

엄마가 죽었다.

엄마의 죽음은 사람들을 격한 충격에 빠뜨리는 부류의 죽음이 아니었다. 이건 응급상황이 아니었다. 예상할 수 없었던 것이 아니었다. 관계자인 우리는 준비된 계획에 따라 움직였을 뿐이다. 아무도 손목시계를 확인해가며 서류를 준비하거나 긴급전화를 하면서 서두르지 않았다.

그렇게 끝나버렸다.

人

아빠와 나는 그다음 날 애틀랜타로 왔다.

어제. 그게 정말 어제였나?

노스캐롤라이나의 한 주유소에서 아빠는 내게 안에 들어가서 얼음 두 컵을 가져오라고 조용히 시켰다. 그러고는 차 뒤의 트렁크를 열더니, 병원에 있던 엄마의 물건들로 가득 찬 여행가방들과 비닐봉지들 한가운데 숨겨놓은 스카치를 컵에 부었다.

차 안에서 아빠는 한 잔을 내게 건네고 천천히 다시 고속도로로 나아갔다. 우리는 그렇게, 조심스럽게 잔을 기울이며 도로를 달렸다. 나는 한 번도 스카치를 마셔본 적이 없었다. 그 독하고 쓴 맛 때문에 나는 삼킬 때마다 숨을 참아야 했다.

애틀랜타에 도착했을 즈음에는 날이 저물었다. 차가 가파르고 바닥이 갈라진 진입로로 들어서는 사이, 나는 언덕 위의 낡고 하얀 집을 바라봤다. 이 집에서는 겨우 몇 년 살았을 뿐이다. 임대한 거였지만, 플로리다에서 이사온 우리가 택할 수 있는 최선이었다. 엄마 아빠의 병원비가 장기 주택보다 우선이었으니까.

차가 차고에 완전히 들어서자 아빠는 시동을 껐다. 우리는 엔진이 식으며 내는 소리를 들으며 한동안 그대로 앉아 있었다. 마침내 누군가가, 아마도 아빠가 먼저 일어섰다. 우리는 차에서 천천히 나와 뒷문으로 향하는 계단에 올랐다. 아빠도 나도 몇 달 만이었다.

엄마의 핸드백이 엄마 책상 위에 놓여 있었다. 엄마가 내려놓은 상태 그대로. 나는 지나가며 그 가죽을 손으로 문질렀다. 내 몸이 유령처럼 집 안을 떠도는 것 같았다.

나는 천천히 이 방 저 방을 둘러봤다. 이 방은 저 방보다, 또 이 방은 저 방보다 더 고요했다.

부엌에 서서 나는 싱크대 위의 창에 비친 나를 보았다, 유령을.

창턱에 놓인 식물이 말라 있어서 나는 그 작은 화분을 수도꼭지 밑으로 가져가 물을 주었다. 그리고 냉장고를 열어 거의 텅 비어 있는 선반을 살펴봤다. 반쯤 마신 주스병들과 뚜껑이 말라붙은 조미료통들이 선반 여기저기에 놓여 있다. 냉동실에는 엄마가 넣어놓은 소스들과 저장식품이 있다. 한기가 환영幻影처럼 나를 덮쳤다.

아빠가 집 안 저쪽에서 문을 여닫는 소리가 들렸다. 소리가 사라진 정적만이 모든 걸 뒤덮었다.

별들아 잘 자. 공기도 잘 자고. 세상의 모든 소음도 잘 자렴.

나는 집 뒤편으로 발걸음을 돌려 엄마 방에 섰다. 복도에 켜진 전등이 그곳의 어둠을 희미하게 비춰주고 있다. 잠옷이 창가의 작은 소파를 덮었고, 탁자 위에는 책 한 권이 펼쳐진 채 놓여 있다. 물건들에 가볍게 손을 갖다 대니, 유령의 지문이 축축하고 하얀 얼룩을 남겼다.

그러다가 결국 아빠도 나도 거실로 향했다. 우리는 소파 쿠션에 몸을 묻었다. 그런데…… 아빠가 담배를 꺼내 무는 게 아닌가. 나는 깜짝 놀라 아빠를 쳐다봤다. 엄마는 집 안에서 담배 피우는 걸 절대 용납하지 않았기 때문이다. 아, 하지만 이제 상관없지. 결국 나도 담배 한 개비를 꺼내 물었다.

우리는 길고 가느다란 연기를 천장을 향해 내뿜었다. 아무 말도 없었다. 아마 오랫동안 아무 말도 없을 테지.

계단 앞에서, 잠자리에 들기 바로 전에 아빠는 내 손에 작고 푸른 알약 하나를 꼭 쥐어주었다.

잠드는 데 도움이 될 게다.

나는 물도 없이 그걸 삼킨 다음, 계단을 내려가 지하에 있는 나의 옛 방으로 갔다. 거기서 나는 꿈도 꾸지 않고 잤다.

엄마가 없는 나의 첫 사흘.

그리고 지금, 나흘째. 나는 위층으로 올라가고 있다.

아빠가 나를 위해 덥혀놓은 커피포트가 구석에서 소리를 내고 있다. 나는 부엌 창문에 서서 지난밤에 물을 준 화분을 살펴봤다. 조금 나아진 것 같다.

나는 커피를 한 잔 따라서 거실의 커피테이블에 앉아 있는 아빠에게 향했다. 아빠는 한 손에 수화기를 들고서 다른 손으로 엄마의 주소록 페이지를 넘기고 있다.

아빠가 전화를 건다. 게일 씨? 안녕하세요, 게리 스미스입니다.

수화기 너머의 여자가 뭔가 말하는 사이, 일시 정지.

아니요, 아니에요. 제가 전화를 건 이유는요, 샐리가…… 샐리가…… 샐리가…….

아빠의 목소리가 끊겼다가, 이어졌다가, 갈라진다. 아빠는 고개를 저으며 수화기를 내 쪽으로 밀었다.

여보세요? 나는 수화기에 대고 말했다.

저쪽에서 울음소리가 들리더니 여자가 목을 가다듬었다. 나는 게일이라는 사람을 기억하지 못한다. 엄마가 미술모임에서 만난 사람인 것 같긴 한데.

안녕하세요. 제가 딸인데요. 엄마가 사흘 전에 돌아가셨어요.

말이 쉽게 나온다. 아무 맛도 없다.

이후로는 내가 모든 전화를 돌렸다. 아빠는 주소록을 넘겨서 전화번호를 누르고는 수화기를 내게 건넸다. 이 일이 얼마나 쉬운지, 놀라울 따름이다.

안녕하세요, 앤 아줌마? 저 클레어예요. 샐리 스미스의 딸이요.

이따금 그들은 내가 말을 꺼내기도 전에 울음을 터뜨린다. 이 전화를 기다려온 것이다.

또 이따금은 내 입으로 말해야만 한다.

저 샐리 스미스의 딸 클레언데요. 저희 엄마가 사흘 전에 돌아가셨다는 거 전해드리려고 전화했어요.

엄마가 돌아가셨어요. 엄마가 사흘 전에 돌아가셨어요. 저희 엄마가 화요일에 돌아가셨어요. 엄마가 이번 주에 돌아가셨어요. 화요일에 엄마가 돌아가셨어요. 엄마가 돌아가셨어요.

오, 클레어. 그들은 이 말을 하고 또 했다. 오, 클레어.

그들은 엄마가 얼마나 멋진 여자였는지 내게 말해주었다. 얼마나 좋은 친구였는지도. 그리고 엄마가 얼마나 아름다웠는지, 얼마나 나를 사랑했는지, 얼마나 나를 자랑스러워했는지……

아무 느낌도 없다.

엄마가 죽었다. 우리 엄마가 돌아가셨다.

人

다음 날, 베스트프렌드 리즈가 스페인에서 건너왔다. 그녀는 몇 달 전부터 외국유학 중이었다. 우리는 몬테소리유치원 때부터 친구였다. 우리가 함께한 그 기나긴 역사 덕분에 리즈는 내게 친자매처럼 가까운 존재다.

지난달 크리스마스휴가 때, 리즈는 엄마한테 인사하러 워싱턴DC

까지 그 먼 길을 날아왔었다. 나는 두 사람이 서로를 대하는 모습이 부러웠다. 리즈는 엄마의 거무죽죽한 피부와 정맥주사를 무시할 수 있는 것 같았다. 그들은 오랫동안 끌어안고, 병상에 같이 누워 있었다.

그 주의 어느 밤, 리즈와 나는 머리를 밀자고 뜻을 모았다. 우리는 내 조카의 욕실에 서서 거의 아무것도 안 남기고 서로의 머리칼을 잘랐다. 그러고는 내가 먼저 TV에서 본 대로 내 머리에 바리캉을 갖다 댔다.

우리는 다시 서서 놀란 눈으로 거울 속 서로의 모습을 쳐다봤다. 리즈는 아름다웠다. 빡빡 민 머리도 그녀의 윤기나는 올리브 피부와 따스한 밤색 눈을 가리지는 못했다. 반면, 내 얼굴은 누렇게 떠 있었다. 내 겉모습은 적어도 내 속을 보여주는 데는 성공한 것이다.

그다음 날, 병상에 누워 나를 바라보는 엄마의 표정이 공허했다.

내 두 볼이 부끄러움으로 붉어졌다. 바로 지금처럼, 그 민머리로 엄마의 장례식에 참석할 일이 떠오른 지금처럼.

우리가 머리를 민 그 겨울밤으로부터 한 달이 흘렀다. 나는 문을 열자마자 리즈의 머리부터 확인했다. 그녀의 머리카락은 내 것보다 더 부드럽고 예쁘게 자라나고 있다. 나는 한껏 의식하며 손으로 내 머리통을 만져봤다. 내 머리는 꼭 거친 벨벳 같다.

오후에 아빠가 내게 돈뭉치를 건넸다. 아빠는 리즈더러 내가 엄마 장례식 때 입을 걸 찾아달라고 했다. 쇼핑몰에서 우리는 정처 없이 방황했다. 나는 리즈에게 뉴저지에서 있었던 일들을, 크리스토퍼와 그 썩은 물고기에 대해 얘기했다. 그녀는 내 손을 잡더니 아무 말도 하지 않았다.

이건 어때? 나는 앤테일러 매장에서 화려한 민소매 원피스를 들고 물었다.

리즈가 고개를 젓는다. 우리 둘 다 물러서서 거울에 비친 내 모습을 봤다. 내 눈을 돋보이게 해주기는 하지만, 파란색 실크 소재가 너무 밝다.

모두가 검은색을 입을 거라는 걸 난 잘 알고 있다. 이건 슬픈 죽음이니까. 이건 생을 충분히 경험한 자가 노년에 맞이한 죽음이 아니다. 뭔가 밝고 화사한 걸 입고 가서 그의 삶이 얼마나 축복된 것이었는지 대화를 나누는 그런 죽음이 아닌 것이다.

점원이 다가온다. 무엇을 도와드릴까요? 우리 둘 다 고개를 저으며 그녀와 눈을 마주치지 않으려 애쓴다.

그녀가 다그친다. 특별히 찾으시는 게 있나요? 혹시 대학 봄축제 때 입을 만한 거 찾으세요?

아니요. 리즈가 말했다. 나는 입을 꾹 다물고 있다. 우리는 이 점원과 거리를 두기 위해 다른 코너로 발길을 돌렸다. 그러자 그녀가 반대쪽을 가리키며 말했다. 저쪽에 보시면 완전 귀여운 원피스들도 있어요.

괜찮아요. 나는 그녀에게 등을 돌리며 말했다. 그럼에도 그녀는 포기하지 않고 다음 진열대까지 우리를 따라온다. 속에서 열이 나기 시작한다. 그녀가 그냥 가줬으면 좋겠다.

제가 도와드릴게요. 어떤 종류를 원하는지만 말씀해주시면……

툭. 내 안의 뭔가가 끊어진다.

엄마 장례식 때 입을 원피스를 보고 있어요.

나는 그녀를 향해 고개를 돌리며 말했다. 그 딱딱하고 날카로운 말들이 요란한 소리를 내며 우리 주위 바닥으로 떨어져내렸다.

점원의 얼굴에서 표정이 사라지며 살짝 구겨진다. 그녀는 어리다. 자신의 일에 최선을 다하는 것뿐이다. 그녀의 입이 열렸다가 닫힌다. 내게로 죄책감이 찾아오길 기다리지만, 나타나지 않는다.

죄, 죄송합니다. 마침내 그녀가 중얼거리더니 몸을 돌려서 계산대로 뒷걸음질쳤다.

내 안에서 뭔가가 퍼지고 있다. 거무죽죽하고 미끄덩한 뭔가가. 타르 같은 게. 분노 같은 게.

이후 곧바로 나는 원피스를 골랐다. 울로 만든 심플한 검은색으로. 계산대에서 그 점원은 자신의 손에 시선을 고정시킨 채 돈을 받고, 원피스를 접어서, 쇼핑백에 넣는다. 나는 용감하게도 가만히 고개를 들어 그녀를 봤다. 그녀는 감히 그러지 못한다.

잘은 모르겠다. 하지만 그저 내 두 눈으로 확인하기 위해 다른 누군가에게 억지로 내 고통을 입히는 게 이번이 마지막은 아닐 것 같다.

人

장례식은 요란하고 한심한 행사다. 실은 모든 게 한심하다. 무엇보다도 나 자신이, 빡빡 민 머리에 아빠 손을 잡고 교회 통로를 걸어가고 있는 나 자신이.

꽃향기가 진해서 구역질이 난다. 원피스가 생각했던 것보다 짧아서 아래로 잡아당겼다. 완전히 망했다. 아름다운 우리 엄마를 내가 가능한 모든 방법을 동원해서 끌어내리는 것만 같다.

나는 마치 내 결혼식인 양 아빠 손을 잡고 통로를 걸어나갔다.

시선을 바닥에 고정시키려고 했지만, 사람들의 표정을 안 볼 수가 없다.

수학 담당이었던 쿠삭 선생님이 보인다. 어떻게 오신 거지? 선생님을 한 번도 좋아한 적이 없는데. 게다가 수학은 거의 낙제였는데. 그녀 옆에는 내가 다닌 작은 고등학교의 교장선생님이 서 계신다. 내가 항상 좋아하던 분이지만…… 하지만 둘 다 여기 왔기 때문에 미워할 수밖에 없다.

엄마의 가장 친한 친구 두 분도 보인다. 둘 다 이름이 '앤'인데, 이

분들은 내 모습에 충격을 받은 것 같다. 빡빡 민 머리와 너무 짧은 검정 원피스, 급격히 감소한 체중과 눈 밑 다크서클까지. 자신들의 감정을 애써 감추지 않으시는 것은 인정을 해드려야지.

내 친구들은 무리지어 앉아 있다. 그들의 옷차림은 조잡하다. 교회 티셔츠에 검정 치마와 스타킹, 그리고 장롱 뒤쪽 어딘가에 숨어 있던 주름진 재킷들.

장례식이 끝나고 밖에서 나는 친구들과 담배연기에 갇힌 채 서 있었다.

나 샌프란시스코로 이사갈 것 같아. 내 말에 그들은 진지하게 고개를 끄덕여주었다.

入

이후의 날들은 흐릿하다.

아빠와 나는 외가 친척들과 함께하는 두 번째 장례식을 치르러 케이프코드로 향했다. 도중에 나는 기숙사에서 내 물건들을 챙기러 버몬트에 들렀다.

나는 입학 초기에 엄마가 보낸 편지들을 조심스럽게 골라내다가 휴지통에 대고 토악질을 했다. 그러고는 시내의 문신시술소로 차를 달려 어깨에 완벽한 새까만 원을 새겨달라고 했다.

며칠 후, 케이프코드에서 밴드를 떼어낸 다음 나는 그 자리에 생긴 까만 딱지를 긁어냈다. 피가 송골송골 맺히는 걸 보니 이때다 싶어서 손톱으로 더 세게 그 자리를 눌렀다.

매일매일 속에서 증오가 자라나 점점 더 깊고 짙어진다.

나는 케이프코드에 있는 이모네 집 한편에 몸을 웅크리고 엄마를 떠올렸다. 1월인지라 강한 바람이 처마를 때리고, 조용한 한기가 바다내음을 뒤덮는다.

엄마와 나는 매해 여름 여기 케이프코드로 여행을 와서 2주가량 외할머니 댁에 머물렀다. 밤이면 뒷방에 있는 손님용 퀸사이즈 침대에 누워서 창을 통해 들어오는 짠 바다내음을 맡으며 잠들곤 했다. 엄마와 이모들과 외할머니의 관계는 좀 미묘했다. 그래서인지 엄마는 내가 커가면서 친구처럼 내게 기댔다.

어느 날 밤 엄마는 나를 데리고 해변으로 산책을 갔다. 엄마는 울고 있었다. 외할머니랑 관련된 일 같았다. 우리는 모래언덕의 커브길에 앉아 갈대밭을 지나는 바람소리를 들으며 담배를 피웠다. 엄마가 담배를 피우는 건 한 번도 본 적이 없었던 터라, 나는 너무나 자연스러운 엄마의 모습에 놀랐다.

그후 몇 년이 흘렀다. 이제 그날 우리가 함께한 담배와 엄마의 울음소리만이, 엄마와 내가 성인으로서 맺을 수도 있었던 관계의 모습을 보여주는 유일한 힌트가 되었다.

케이프코드에서의 마지막 날, 침실을 향해 계단을 오르는데 창문으로 아빠의 모습이 보인다. 아빠는 진입로 쪽에서 차 트렁크를 열어놓고 서 있다. 곁눈질을 해보지만 아빠가 뭘 하고 있는 건지 잘 모르겠다.

나는 급히 계단을 내려가서 다가가며 아빠를 불렀다. 아빠는 고개를 들어 나를 보더니 한숨을 쉬고는 어깨를 폈다.

네가 안 좋아할지도 모르겠구나.

차를 돌아 트렁크 안을 들여다보니, 엄마의 유골로 가득 찬 비닐봉지가 놓여 있다. 아빠는 이모의 나무국자로 엄마의 유골을 작은 지퍼백에 옮겨담고 있었다.

아빠, 뭐 하는 거야?

내가 공포에 질려 바라보는 사이, 아빠는 또 한 국자를 퍼담는다. 광풍이 불어와 유골의 맨 위층을 쓸어간다. 엄마의 유골은 트렁크 안 여기저기, 아니 더 멀리 자갈이 깔린 진입로까지 흩날린다.

이것들을 좀 나우셋 해변으로 가지고 가고 싶구나. 지치고 체념한 듯한 아빠의 목소리.

나는 봉지 안의 유골을 내려다봤다. 색은 생각보다 어둡고, 뼈로 보이는 거친 조각들과 작은 파편들이 보인다.

나는 아빠가 지퍼백을 마저 채우는 걸 지켜보며 서 있다가 아빠가 집 안으로 들어가서 모자를 가져올 때까지 기다렸다.

나도 같이 갈래.

아빠는 나우셋 해변으로 차를 몰았다. 아빠가 엄마에게 청혼했던 바로 그곳으로.

연애한 지 겨우 두 달 만에 아빠는 엄마를 뉴욕생활과는 머나먼 애틀랜타로 데려갔다. 말 그대로 확 보쌈해간 것이다. 그리고 그해 여름의 끝 무렵, 아빠는 케이프코드 여행으로 엄마를 놀라게 했고, 바로 여기서 청혼했다.

그즈음 엄마가 아빠에게 남긴 편지에는 이런 내용이 있다.

> 당신이 월요일에, 그러니까 8월 4일에 우리 엄마를 보러 케이프코드에 가야 한다고 했잖아. 그러고서 우린 뒷좌석에 완벽한 바가 세팅된 차를 타고 워터게이트호텔로 직행해서 최후의 로맨틱한 밤을 보냈지. 물론 돌아오는 길에도 다시 들르긴 했지만. 뉴욕으로 갈 때 홀랜드터널에 진입하기 직전에 난 기절하는 줄 알았어. 당신이 은근슬쩍 티파니가 어디 있는지 묻는 순간, 샴페인 터지는 소리가 들렸다고.
>
> 오 마이 갓, 티파니 약혼반지라니! 한 번도 그렇게 정식으로 약혼해본 적이 없어서 당신에게 말했던 건데, 당신이 곧바로 들어줬잖아. 나는 버릇없는 애가 된 것도 같고, 이제야 항상 바라던 것들을 요구할 수 있는 여자가 된 것도 같았어.
>
> 다음 날 당신이 회의 때문에 뉴저지에 간다고, 3시까지 돌아오겠다고 하고선 오지 않을 때, 난 당신이 어디서 뭘 하는지 알았기에 심장마비에 걸릴 것 같았지만 최대한 침착하려고 했지.

금요일 아침에 케이프코드로 가서 당신이 우리 엄마한테 결혼을 허락해달라고 했잖아. 그때 엄마도 나만큼 긴장하셨던 거 알아? 당신이 심각한 말을 하려는 것 같아서 내가 자리를 피하려는데 엄마가 욕실까지 따라오려고 그러더라니까. 사실 난 당신이 너무나 자랑스러웠고, 우리 앞에 얼마나 멋진 일들이 기다리고 있는지 믿을 수가 없었어. 저녁 때 모두에게 우리가 약혼했다는 사실을 알렸을 땐, 그 어느 때보다 단단한 우리의 사랑이 느껴졌어.

그리고 여보, 1975년 8월 9일 토요일에 우리는 케이프코드에, 반지는 두 시간 거리인 보스턴의 외딴 공항에 있었잖아. 오후 1시면 문을 닫는다는 말에 혼이 빠져서 질주했던 거 기억나? 당신 운전 솜씨 최고였어. 내가 우리를 제지하려는 경찰은 다 추월하겠다는 계획도 짜놨었는데…… 사랑해요, 매사추세츠 경찰관 여러분. 그때 다 집에 계셨던 거죠?

마침내 성공! 트렁크에 반지상자를 던져넣고, 나우셋 해변을 향해 두 시간은 더 달렸던 것 같아. 내가 당신한테 청혼받고 싶은 곳이라고 살짝 힌트를 주긴 했는데, 거긴 어린아이였던 내게 설명이 필요없는 마법의 장소였어. 어른이 되어 내가 항상 돌아가고 싶었던 곳, 이제는 당신이 내게 청혼한 곳이기에 평생을 기억할 곳이야.

대답할 때 난 너무 떨렸어. 그런데 당신이 나한테 아무 말도 하지 말라고 하더니 혼자 시작하고 끝내더라. 당신이 그렇게 내게 한 마디도 말할 기회를 안 준 건 그때가 처음이었던 것 같아. 그리고 내가 다시 고개를 끄덕이자 당신이 내게 그 유명한 상자를, 세상에서 가장 아름다운, 흠잡을 데 없이 완벽하게 빛나는 다이

아몬드를 건넸잖아. 정말 최고였어.

바로 여기 이 해변이다. 이곳에서 나는 아빠가 부드러운 모래언덕 쪽으로 홀로, 힘겹게 걸어가는 모습을 보고 있다. 얼마나 지났을까, 해변의 풀숲 위로 아빠의 정수리만 가물가물 보인다. 이제야 알겠다. 엄마가 없는 우리는 얼마나 외로운지.

人

그후 아빠와 나는 애틀랜타로 돌아와서 거실에 갇혀 두 달가량을 보냈다. 그러다 어느 날 아빠는 결심한 듯 내게 유럽에 가서 리즈를 보고 오라고 했다.

계속 이렇게 집 안에서 담배나 피우며 멀뚱멀뚱 얼굴만 바라보고 지낼 수는 없잖니.

맞는 말이긴 하지만, 아빠를 혼자 내버려두는 게 내키지 않는다.

내 걱정은 말고. 아빠가 내 마음을 읽은 듯이 말한다.

리즈는 '산탄데르Santander'라는 스페인 북부 해안의 작은 도시에 머물고 있다. 대학교에 갈 예정이지만 우선 1년을 쉬고 있다. 아니, 실은 그저 스페인 홈스테이 가정에서 빈둥거리며 수업을 빼먹거나 그 집 큰아들과 자고 있는 것이다.

나는 마드리드까지 비행기를 타고 가 공항에서 리즈를 만났다.

그런데 비행기가 이 땅에 닿는 순간, 툭, 내 안의 뭔가가 끊어졌다. 밧줄이 풀리면서 세상 속에 내던져진 것이다. 처음으로 내 슬픔이 똑바로 보인다.

슬픔은 이제 다른 나라에 있다. 어느 다른 곳에.

리즈와 함께라니 거칠 게 없다. 원한다면 이 세상도 가질 수 있을 것 같다. 우리는 마드리드에서는 오후 한나절만 보내고 파리로 가는 밤기차에 올랐다. 객차를 빠져나와 담배를 피우기도 하고, 우리 또래로 보이는 잘생긴 스페인 남자애도 만났다. 우리 셋은 기차 벽에 기대 있다가, 언어장벽을 뛰어넘기 위해 애쓰다가 어색해지기라도 하면 서로 시선을 피했다.

파리, 바젤, 브뤼셀, 암스테르담, 그리고 로마에서 일주일을 보내고 다시 바르셀로나. 우리는 부모님의 친구들 집에 머물다가 호스텔의 이층침대에서 자기도 하고, 다시 부모님의 친구들 집으로 향하기도 했다. 이곳저곳의 바에 앉아서 수천 개비의 담배를 피워대고, 구겨진 지도를 놓고 머리를 맞대기도 하고, 남자애들과 노닥거렸다. 또 싸우기도 하고, 서로 신물이 나게 지겨워져서는 메아리만 울리는 텅 빈 거리를 아무 말 없이 걷기도 했다.

나는 거의 밤마다 악몽을 꾼다. 피로 가득한 욕조에 누워 있는 엄마, 좀비 같은 우리 엄마, 엄마가 계속 거듭해서 죽는다.

집에 있는 아빠에게 전화를 걸 때면 리즈는 내 머리를 부드럽게 쓰다듬어주었다. 나는 전화기에 대고 울음을 터뜨린다. 하지만 내가 울음을 참는 사이 들리는 아빠의 목소리는 기계적이다. 아빠가 걱정된다. 아빠는 외로운 걸까, 아빠도 슬픈 걸까?

그래, 클레어, 그렇단다.

人

우리는 바르셀로나에서 빌바오까지 올라가 산탄데르로 가는 버스를 탔다. 창가에 머리를 기대니, 탱크톱이 땀에 젖어 등허리에 딱 달라붙은 게 느껴진다. 여행을 시작한 지도 한 달이 지났다. 저기 우리집에서의 일상은 믿을 수 없을 만큼 먼 곳에 있다.

산탄데르에서 우리는 낮에는 상의를 벗고 모래해변에 누워서 깔깔대며 시간을 보냈다. 그러다 밤이 되면 음침한 바에 앉아서 우리가 손에 넣을 수 있는 가장 독하고도 역한 담배라는 이유로 두카도스를 피워댔다. 내 여행이 끝나간다. 며칠 후면 우리는 마드리드로 간다. 거기서 나는 다시 집으로, 애틀랜타로, 아빠에게로, 그 음울하고도 고요한 집으로 향하는 비행기에 오를 것이다.

집으로 간다는 생각만으로도 몸서리가 쳐진다. 여기 스페인에서는 쉽게 애틀랜타의 생활을 잊을 수 있었다. 이 이국적인 거리들이 나를 좀먹는 암흑을 진압해주었다.

아니, 여전하다. 밤에 리즈 옆에 누워 있으면, 한밤중에 그녀의 조용한 숨소리를 들으며 잠을 청할 때면······.

나는 내가 싫다.

나는 손톱으로 손바닥을 파낸다.

나는 정말로, 내가 싫다.

뜨겁고 굵은 눈물방울이 볼을 타고 흘러내린다. 나는 혹여 리즈가 깰까 가만히 누워 있다.

마지막 며칠은 오후가 되면 작은 카페 테라스에 앉아서 에스프레소나 맥주를 마시며 엽서를 썼다. 크리스토퍼에게도 몇 장 썼다. 이 엽서들은 지구를 반 바퀴 돌아서 해이트스트리트의 사서함에 이르겠지.

그렇게 카페에 앉아 있다 보면 나의 살갗은 외로움에 팽팽해졌다. 누군가의 손길이 그리웠다. 나는 목을 젖혀서 쇄골에서부터 턱까지 스트레칭을 했다. 저쪽 테이블에서 한 남자의 눈길이 느껴진다. 나는 고개를 돌려 바다를 바라봤다. 남자의 눈길이 나를 향한다. 내 빨간 탱크톱을 지나 흉골을 건너서 입술로 향한다. 내가 돌아보자 그가 고개를 숙이고 책에 표시를 하더니 자리에서 일어섰다.

그가 한 손에 커피잔을 들고 우리 테이블을 향해 걸어오는 걸 보고 나는 가방에 손을 뻗어서 카메라를 꺼냈다. 그리고 그에게 우리 사진을 찍어줄 수 있냐고 스페인어로 물었다. 리즈가 책에서 눈을 떼고 고개를 들었다. 그녀는 한창 열독 중이었던지라 우리 사이에 오고간 미묘한 몸짓을 전혀 눈치채지 못했다. 그가 영어로 대답한 다음 카메라를 받아 몇 걸음 뒤로 물러섰다. 리즈와 나는 서로에게 몸을 기댔다. 지난 한 달간 수백 번도 넘게 취했던 포즈다.

그의 이름은 알바로. 스페인 사람이고, 옥스퍼드에서 유학 중이란다. 꽤 부유한 집안 출신인 것 같다. 방학을 맞아 집에 왔다가 오늘 오후에는 햇빛 아래서 커피 한잔을 하러 나왔단다. 그의 풍성한 머리칼에서 빛이 난다. 짙은 두 눈은 오후의 햇빛을 받아 반짝인다.

오늘 저녁에 이 남자애랑 한잔하고 싶은 건가?

그런 것 같다.

몇 년 후, 산탄데르의 풍경 그 어느 것도 난 기억하지 못할 것이다. 이 도시의 구조나 크기, 거리의 모습 따위. 단지 알바로를 만났던 바만 내 기억 속에 남아 있겠지.

우리 셋은 바 위층의 작은 테이블에 자리를 잡았다. 거기서 나는 남자애들이 좋아할 만한 갖은 행동을 다 했다. 그의 속도에 맞춰 술잔을 기울이고, 커트 보네거트와 헤르만 헤세에 대해 얘기하고, 잭 케루악을 인용하기도 하고, 프랑스식으로 담배연기를 흡입하고(담배연기를 입으로 내뿜은 다음 코로 들이마시는 방식-옮긴이), 몸을 기울여 내 쇄골의 옅은 곡선이 더 두드러져 보이게 하기도 했다. 그러다가도 그가 나를 바라보면 시선을 돌렸다.

리즈가 화장실에 갔다. 순간, 그가 내게 키스한다.

그와 자게 될 것 같다. 사실 난 카페에서 가방에 손을 뻗었을 때,

손가락이 묵직한 카메라에 닿았을 때, 이미 알고 있었다. 카메라를 그에게 건넸을 때, 내 손이 그의 손을 스쳤을 때, 알았다. 이게 내 여행의 마지막 조각이 될 거란 걸. 나는 이 완벽한 이방인과 자게 될 거란 걸.

자신의 집에 가족들을 보러 가지 않겠냐고, 그가 키스를 하다 물었다. 나는 '오케이'다.

리즈가 걱정한다. 내가 취했다고.

새벽까지는 들어갈게. 나는 알바로의 컨버터블에 올라타며 리즈를 안심시켰다.

손을 흔들며 잠깐 그녀에게서 시선을 거두지 못했지만, 곧 자리를 고쳐 앉고 유리창에 들이치는 바람을 향해 고개를 들었다.

차 안에서 알바로와 나눈 대화라면, 시시콜콜한 것들뿐이다. 우리 앞에는 그저 어두운 도로가, 재빠르게 사라져가는 도로가 있었다. 알코올이 소용돌이치며 내 혈관 속을 흘러가고 있는데도, 난 지금 이 순간이 놀랍도록 생생하다. 내가 지금 뭘 하고 있는지 또렷이 알고 있다는 말이다. 내가 열여덟 살이라는 것도, 엄마가 죽었다는 것도, 내가 낯선 남자애의 차 조수석에 앉아 있다는 것도, 우리가 한밤에 드라이브를 하고 있다는 것도, 우리 앞에 희미하게 반짝이는 도시가 있다는 것도, 내가 지금 스페인 어딘가에 있다는 것도……

이 순간은 앞으로 문득문득 떠오르겠지.

비스케이만을 내려다보는 벼랑 위에 자리한 알바로의 집은 인상적이다. 아름다운 석재 외관에, 입구까지 이르는 여러 갈래 길은 조경에 공들인 티가 역력하다.

우리는 둘러본다는 핑계로 이 방 저 방을 찾아 비틀거렸다. 나는 알바로가 절대 겁나지 않는다. 얘는 어리고 서툰 구석이 있다. 틀림없이 유복한 환경에서 자랐을 것이다. 그래서 지금 내게 이렇게 뽐내고 있는 것이다.

그의 두 손이 내 허리에 닿는다. 내가 갑옷에 시선을 고정하자 그가 방패에 새겨진 가문의 문장을 가리켰다. 또 다른 방에서 나는 침대 위로, 알바로는 내 위로 쓰러졌다. 그건 몇 분 만에 끝났다. 그런데도 나는 채 끝나기도 전에 눈을 떴다. 그의 눈은 꼭 감겨 있다.

이 순간을 기억해. 나는 혼자 다짐했다. 이 다짐은 어쩔 수 없이 지켜질 테지.

이제 그건 끝나고, 우리는 가만히 누웠다. 그의 목과 어깨가 땀으로 반짝인다. 나는 다시 눈을 감았다.

몇 분 후에 일어나서 화장실에 가다가 콘돔이 찢어져 있는 걸 발견했다. 도로 방으로 가서 이 사실을 말했더니, 그의 얼굴이 걱정으로 울상이 되었다.

우리는 갑자기 다시 어린애가 되었다. 방금 전 우리가 누구를 흉내냈던지 간에, 그 사람들은 한순간에 사라져버리고, 옷을 반쯤 걸친 채로 두려움에 떨고 있는 두 10대만 남은 것이다.

어떤 순간들은 때때로 굉장히 단순해질 수 있다. 지금 이 순간, 어떤 것도 엄마의 죽음만큼 날 아프게 할 수 없다는 확신이 든다. 하지만…… 실은, 거짓말이다.

어떤 것도 날 아프게 할 수 있다.

두 눈에 눈물이 차오른다. 나는 그런 척해왔던 거다. 세상에서 가장 큰 아픔인 엄마의 죽음을 겪었으니, 다른 것들 따위는 아무렇지도 않다고, 그러니 이렇게 사는 게 나한테 걸맞다고…… 이제야 내 안에 있는 나를 향한 칼날이 느껴진다.

나는 눈물을 감추기 위해 고개를 한쪽으로 돌렸다. 반대쪽으로 알바로의 무거운 침묵이 느껴진다.

나, 처음이야. 그가 속삭인다.

나는 고개를 돌려 그의 얼굴을 마주했다.

그는 며칠 전에 2년을 함께한 첫사랑이 떠나갔다고 했다. 그의 목소리에는 기운이 없다. 그녀는 벌써 새 남자친구가 생겼다고 한다.

실은, 내 손이 네 카메라에 닿은 순간 알았어. 너와 자게 될 거란 걸.

우리 엄마가 죽었어. 몇 달 전에 돌아가셨어. 나도 우리가 자게 될 거란 거 알고 있었어.

우리는 밤새 이야기를 나눴다. 얼굴을 맞대고, 침대 위에 책상다리를 하고 앉아서, 부엌으로 자리를 옮겨 주스를 마시면서, 그의 차 안에서…… 머리 위로 투명한 별이 높이 떠 있었다.

오늘 밤이 미셸과 함께했던 그 밤과 얼마나 흡사한지 깨닫기까지는 한참이 걸릴 테지만…… 그걸 깨닫는 순간, 나는 서로의 마음의 잠금장치를 해제시키는 힘에 다시 한 번 놀라겠지.

리즈가 사는 아파트로 돌아오는 길에, 나는 컨버터블의 가죽시트에 몸을 기대고 만 너머로 붉게 핑크빛으로 떠오르는 첫새벽을 바라봤다. 중간에 우리는 차를 세웠다. 아직은 돌아가고 싶지 않았다. 여전히 할 말이 많이 남았다. 우리 앞에는 작은 도시가 잠들어 있었고, 이른 아침 햇빛 속에서 작은 불빛들이 반짝이고 있었다.

人

나는 애틀랜타의 집으로 돌아왔다. 뭔가가 달라졌다. 이제 난 더 이상 두렵지 않다.

아빠, 나 샌프란시스코로 갈래.

여기 있으면서 일자리를 찾아보는 게 좋을 것 같은데.

찾을 거야, 약속할게. 그런데 우선은 샌프란시스코에 가야 할 것 같아.

나는 간다. 그곳이 내가 있을 곳이 맞는지 알아야 한다. 도시만이 아니다, 크리스토퍼도.

이번엔 그레이하운드 버스를 탈 거다. 이제 내가 더 이상 뭔가를 두려워하지 않는다는 증거로. 아빠는 내가 한 번도 와보지 못한, 애틀랜타의 지저분한 구역에 자리한 터미널로 나를 데려다줬다.

정말 이렇게까지 하고 싶은 거니?

응, 정말.

비록 어제까지도 나는 대부분의 밤을 울면서 보냈지만, 그런 나지만…… 내 안엔 아빠에게 물려받은 고집이 살아 있는 것 같다.

어젯밤 나는 아무 이유도 없이, 아니 수만 가지 이유로 울었다. 그렇게 울다가 결국 위층으로 올라가서 아빠를 깨웠다. 아빠는 내 울음이 잦아들 때까지 등을 쓰다듬어주었다. 그러면서 내 기억 속에는 존재하지 않는 이야기들을 해주었다. 엄마에 대한, 들어본 적도 없는 시시콜콜한 이야기들. 아빠는 목이 쉴 때까지, 눈이 감길 때까지 계속 이야기를 해주었다.

지금 버스 안에서 창 너머로 아빠가 보인다. 아빠가 보고 싶어질 거라는 예감이 든다. 한 번도 그리워해본 적 없는 아빠 얼굴이 그리워질 것 같다.

애틀랜타에서 샌프란시스코로 가는 버스 경로는 일직선 코스로 56시간이 걸린다. 버스 안에서 기다랗고 흐릿한 창에 비친 내 얼굴을 바라본다. 머리카락이 점점 자라나면서 얼굴 주변으로 살짝 말려 올라가는 게 보인다. 이제 더 이상 그리 볼품없어 보이지는 않는다.

한밤중에 버스가 설라이나, 캔자스, 스토브파이프웰스, 캘리포니아 같은 곳에 멈춰서면 다른 버스로 갈아타야 했다. 새벽 3시 나를 둘러싸는 한기에 맞서 두 팔로 몸을 감싸며 담배를 피웠다. 버스를 타는 사람들은 이전에는 만나본 적도 없는 부류였다. 돌쟁이를 안은 어린 임신부들과 낡아빠진 짐가방들, 복장도착자(이성의 옷을 입는 데 집착하는 사람―옮긴이), 그리고 감옥에서 새겼음 직한 문신을 한 거친 젊은 남자들까지.

나는 자그마한 은빛 위스키통과 밀란 쿤데라의 『참을 수 없는 존재의 가벼움』을 가져왔다. 내가 선택한 내 모습은 전혀 새로울 게 없었다. 내가 '선택'을 했다는 사실 말고는.

샌프란시스코 버스터미널에 도착하니 크리스토퍼가 나와 있다. 순간, 나는 사랑에 빠졌다. 그와, 바람이 불어닥치는 이 회칠한 도시와. 우리는 기나긴 1분 동안 서로를 마주보았다. 그리고 그가 나를 안았다. 그를 보는 건 엄마가 돌아가신 밤 이후 처음이다. 네 달 전 그 밤 이후.

크리스토퍼가 몇몇 사람과 같이 살고 있는 아파트로 나를 데려갔다. 해이트 지역에서 딱 한 블록 떨어진 곳인데, 집 안은 좀 낡고 어수선한 느낌이다. 천장은 높고 바닥은 나무로 돼 있다. 우리는 같은 침대를 썼다. 내가 몸을 누일 만한 곳이 마땅치 않았기 때문이다. 우리는 서로의 공간을 넘어서지 않으려고 주의했다.

낮에 크리스토퍼가 일하러 가면 나는 거리를 쏘다녔다. 샌프란시스코는 숨은 구석 하나까지도 다 맘에 들었다. 나는 파출리와 마리화나 연기가 자욱한 곳을 돌아다니거나 인도의 집 없는 아이들이나 돈벌이 공연을 하는 음악가들을 지나쳤다. 그늘은 시원하고, 햇볕은 타는 듯 뜨거웠다.

여기선 숨을 쉴 수 있을 것 같다.

밤이면 크리스토퍼와 술을 마시러 다니면서 이 놀라운 신세계에 경탄했다. 엄마 없는 여자애로 살아가는 이 세계, 다 커서 샌프란시스코의 바에 앉아 있는 이 순간이 그저 놀라웠다.

엄마가 이런 나를 좀 봤으면.

나는 여기 도착한 다음부터 쭉 크리스토퍼에게 매달렸다. '너와 사랑에 빠졌다'는 말까지 했다. 그러면 그는 알 듯 말 듯 미소를 지으며 내 머리를 쓰다듬었다. 그리고 날 '클라'라고 불렀다.

어느 날 밤, 우리는 잤다.

그건 아무런 감정도 없는, 추한 것이었다. 우리는 침대에서 TV를 보고 있었다. 그가 내 다리 사이로 손을 넣었다. 난 내 두 다리를 벌렸다. 난 그저 그가 날 사랑하기를 너무나 간절히 원했다.

하지만 끝나기도 전에 후회가 밀려왔다. 뭔가가 채 끝나기도 전에 자기혐오에 빠지는 사람, 그게 나다.

다음 날 아침, 난 혼자 산책을 했다. 이제 어떻게 해야 하는지 잘 알고 있다.

크리스토퍼의 아파트로 돌아가 짐을 챙긴 다음 부엌으로 가서 그에게 말했다.

나 갈게.

그는 그저 고개를 끄덕인다.

그렇게 나는 문밖으로 나와 샌프란시스코로 걸어들어갔다. 그다음 사흘은 유스호스텔의 음침한 방에서 위스키를 마시거나 이탈로 칼비노의 책을 읽으며 보냈다. 외로움의 시간, 물론 이전에도 그런 순간들이 있었지만, 단 한 번도 이런 적은 없었다.

엄마는 이제 없다. 아빠는 일흔다섯 살이다. 그래, 나는 혼자다.

나는 깊고 깊은 이 순간을 포착하기 위해 카메라를 꺼냈다. 거친 흑백사진 속에서 나는 무릎을 가슴에 끌어당긴 채 벽에 기대어 있다. 손가락 사이에 담배를 끼우고, 한쪽으로 돌린 고개 뒤로는 머리칼이 짧게 자라나 있고, 문신이 보인다.

앞으로 이 사진을 마주할 때마다 나는 멈춰서서 다시 이곳으로 오게 될 것이다. 아무도 절대로 날 구해줄 수 없다는 사실을 처음 깨달은 이 순간으로.

다음 날, 나는 내리 56시간을 타야 하는 애틀랜타행 버스에 몸을 실었다.

크리스토퍼는 그다음 해에 딱 한 번, 한밤중에, 내가 그 일을 극복하고 한참이 지나서야 전화를 걸었다. (그 일을 극복할 수 있을까? 엄마가 죽은 밤에 그와 함께 있었는데?)

미안해. 그가 수화기에 대고 말했다.

아니야, 내가 원했던 거잖아.

5

나는 구속을 원한다, 사랑이 아니라

2000년, 스물둘

전화가 걸려왔을 때, 난 근무 중이었다.

여종업원 하나가 나를 향해 걸어오고 있다. 호기심에 가득 찬 표정으로. 오늘은 월요일, 그러니까 '천천히 돌아가는 날'이라는 뜻이다. 빈 테이블들이 널따란 레스토랑 여기저기에 흩어져 있다. 나는 바 뒤에 서서 대충 손님들을 살피며 마감까지 남은 시간을 계산하느라 수시로 벽시계를 쳐다봤다.

리퍼블릭은 유니언스퀘어에 있는 세련된 레스토랑으로, 각종 아시아요리를 전문으로 한다. 나는 여기서 뉴욕에서 거주한 기간과 똑같은 꼬박 3년을 일했다. 아래층에 있는 내 작은 사물함과 다른 베테랑 종업원들, 그들과의 다소 성가신 친밀함 덕에 이제는 여기가 집 같다.

나는 이쪽으로 오고 있는 여종업원에게서 고개를 돌렸다. 그녀가 내게로 오는 거라고는 생각지 못했으니까. 그저 바 한쪽 끝에서 창밖을 바라본다. 1월 말, 눈이 광장에 사뿐히 내려앉고, 차들이 흐린 불빛 사이로 흘러간다. 차들이 지나가며 눈 녹은 물을 튀기는 소리가 들린다.

엄마의 3주기가 이틀 전이었다. 그건 아직까지 불안한 꿈처럼 내게 남아 있다. 팔로 몸을 감싸며 서 있는데, 그 여종업원이 내 팔을 톡톡 두드리는 바람에 몸이 움찔했다.

너한테 전화 왔어.

나는 바 뒤로 걸어나가면서 한 웨이터에게 좀 봐달라고 고갯짓을 하고, 홀을 가로질러 전화기들이 놓여 있는 화강암 재질의 카운터로 갔다. 앞으로 1년은 더 이렇게 휴대폰 없이 살아갈 테지만, 그렇다고 근무 중에 레스토랑으로 오는 전화를 받는 게 편한 건 아니다. 게다가 지금 이 전화는 뭔가 불길하게 날 끌어당긴다.

나는 수화기를 들어 귀에 댔다.

여보세요?

콜린은 긴장한 목소리다. 그가 이러는 건 한 번도 들어본 적이 없는데.

그가 죽었어. 그 개자식이 자살했대.

누가 죽었는데? 공포가 내 흉골을 뒤덮는다.

대런, 그 개자식이 감옥에서 목을 맸대.

내가 지금 바로 갈게.

✦

나는 한 번에 두 계단씩 내려가서 탈의실로 직진해 사물함 자물쇠를 돌렸다. 미묘하게 찰칵, 소리가 들린다. 나는 급히 문을 열어젖히고 코트를 집어들었다. 지금은 '엔젤'이라는 웨이트리스와 사물함을 같이 쓰고 있는데, 우리는 중학교 시절을 떠올리며 문 안쪽을 패트릭 스웨이지, 조니 뎁, 커크 캐머런의 사진으로 도배했다. 문을 쾅 닫으니 그 사진들이 구겨져버렸다.

심장이 뛴다. 다시 문을 잠그려고 자물쇠를 돌리다가, 결국은 포기하고 마룻바닥에 내팽개치고는 발길을 돌려 다시 위층으로 뛰어올라왔다.

생생한 이 공포를 틀어막을 수가 없다. 온갖 생각이 폭포수가 되어 머릿속으로 떨어져내린다. 콜린이 있는 집으로 가야만 한다. 그런데 콜린이 대런의 죽음에 어떤 식으로 반응할지 전혀 모르겠다.

14번가에서 택시 한 대가 내 앞에 미끄러지듯 멈춰서자마자, 나는 무거운 가방을 끌고서 힘겹게 뒷좌석에 올랐다. 일하러 오기 전에는 학교에 있었으니까 아침부터 내내 집을 비운 터였다.

B대로랑 5번가 교차로로 가주세요. 나는 뒷좌석에 주저앉으며 입술을 깨물고 말했다. 택시는 14번가를 날 듯 빠져나가 2번대로

에서 급커브를 돌았다.

타이어가 젖은 아스팔트 위를 싱싱 달리는 사이, 창밖으로 번쩍이는 불빛 아래 맨해튼이 빠르게 스쳐간다.

아파트 문을 열고 들어서니, 콜린이 한 손에 담배를 끼운 채 테이블에 앉아 있다. 석상 같은 표정으로.

나는 마룻바닥에 가방을 떨구고 그에게로 가서, 두 팔로 그를 감싸안고 그의 목에 얼굴을 묻었다. 그리고 그렇게 가만히 있었다.

그 개새끼가 자살했어. 콜린이 내 머리칼에 대고 중얼거렸다.

무슨 말을 해야 할지 모르겠다. 직감적으로 잘됐다는 생각만 들 뿐이다.

대런은 애틀랜타 교도소에서 살인죄로 재판을 기다리고 있던, 서른 살의 수감자다. 그가 살해한 사람들 가운데 콜린의 누나가 포함되어 있었다.

人

뉴욕으로 이사온 주에 나는 스무 살이 되었다. 생일에는 담청색 원피스를 입었는데, 나는 어리고 마르고 생각보다 훨씬 예뻤다.

뉴욕은 즉시 내 모든 것이 되었다. 순식간에 날 무장해제시키고 내 모든 것을 빨아들인 것이다. 일주일도 채 지나기 전에, 뉴욕을 떠난다는 건 상상도 할 수 없게 돼버렸다.

당시 나는 높이 솟아오른 빌딩들의 무게에 치이고, 거대한 도보 행렬에 이리저리 휩쓸려 다녔지만, 재빨리 그 흐름에 몸을 맡기는 법을 터득했다.

콜린은 여기 나보다 두 달 먼저 와서 살고 있었다. 나는 딱 여름 동안만이라고, 9월에는 버몬트의 학교로 돌아갈 거라고 다짐했지만, 사실 그때 벌써 나는 아무데도 가지 않을 거란 걸 잘 알고 있었다. 맨해튼에 발을 들여놓은 순간, 떠난다는 생각조차 사라졌다. 급기야 가을에는 부랴부랴 뉴스쿨, 나의 대학생활을 마무리하게 될 그곳에 원서를 냈다.

첫해 여름, 나는 불면증으로 밤늦게까지 잠들지 못했다. 그럴 때면 도시의 불빛이 사라지면서 하늘이 뭔가 단조로운 색으로 어둑어둑해지다가 느지막하게 새벽이 떠오르는 걸 바라보곤 했다. 곧바로 난 알아차렸던 것 같다. 콜린과 같이 사는 건 아니라는 걸, 우리는 뭔가를 제대로 보기에는 너무 어리고 너무 망가져 있다는 걸.

그런 밤이면 엄마가 떠올랐다. 여기 오랫동안 머물렀던 엄마의 생활이. 그러다 내가 여기 있는 걸 엄마는 어떻게 생각할까 하는 데까지 생각이 미쳤다. 모든 거리를 걸을 때마다 엄마도 여길 걸었을까 생각했고, 가게나 바에 들어갈 때마다 엄마가 있는 모습을 그렸다. 나는 내 소심한 발자국이 먼지 덮인 엄마의 발자국 위로 흔적을 남기는 모습을 상상했던 것이다.

엄마는 내가 여기 있는 걸 내켜하지 않았을 것이다. 그 정도는 나도 알 수 있다. 뉴욕은 엄마가 알고 있는 그 딸에게는 너무 거대하고 너무 거칠었다.

뉴욕으로 이사온 밤, 나는 FDR 강변도로를 달렸다. 옆자리 조수석에서는 고양이가 짐가방에서 조용히 야옹야옹 울고 있었다. 급하게 흐르는 흙빛 강물을 따라 고층건물과 도미노설탕 공장을 지나자 앞에서 불쑥 로어이스트사이드가 모습을 드러냈다. '여긴 내가 있어야 할 곳이 아닌데' 하는 무거운 생각을 떨칠 수가 없었다.

아닌데, 나라는 여자애가 있어야 할 곳은 여전히 버몬트의 대학 교정이잖아. 제멋에 사는 귀여운 히피 남자친구와 2학년이 되기 전 여름을 함께 보내야 할 텐데. 커피를 마시고 숲에서 산책을 하면서. 유치한 시구가 적힌 자석을 냉장고에 붙여놓기도 하고 작은 메시지들로 내 얼굴을 붉게 만들 그런 남자친구와 함께.

하지만 운전대를 꼭 잡고 이스트빌리지로 향하던 그 밤, 나는 깨달았다. 그 여자아이는 영원히 잃어버렸다는 것을.

그 여자아이는 엄마가 죽은 그 밤에 사라졌다. 나는 앞으로 다시는 그애를 못 볼 것이다.

3년이 지났다. 엄마 없는 3년이. 이제 나는 돌이킬 수 없다. 몸에 문신을 새기고 종종 과음을 하는 사람, 정오에 그리니치빌리지에서 글쓰기 강의를 들은 다음 유니언스퀘어의 바텐더 자리로 튀어가는 사람, 이따금 알코올중독 남자친구를 두려워하는 사람,

그게 나다.

3년 사이 내 안에 슬픔은 어마어마하게 자라났다. 태초에 아무 느낌도 없었던 그곳에 슬픔이 거대한 고래처럼 자라나서 어디든 나를 따라다녔다.

그것은 빌딩을 쓰러뜨리고 차를 전복시켰다.

그것이 지나간 자리에는 길고 깊은 협곡이 파였다.

내 슬픔이 방 안을 채운다. 공간을 채우고 공기를 빨아들인다. 어느 누구를 위한 공간도 남겨두지 않는다.

슬픔과 나, 단둘이 남겨진 때가 많았다. 우리는 담배를 피우고, 소리내 울었다. 그렇게 멀리서 반짝이는 크라이슬러빌딩을 창 너머로 보기도 하고, 막연히 출구를 찾아 헤매는 광부처럼 무거운 발걸음으로 아파트의 황량한 방 안을 걷기도 했다.

내가 거리를 걸을 때면 슬픔이 내 손을 잡아준다. 비가 와서 택시가 안 잡힌다고 울음을 터뜨려도 슬픔은 뭐라 하지 않는다. 엄마가 나오는 꿈에서 깨는 아침이면 나를 안아주고, 한 손에 술잔을 들고 옥상 난간에 바싹 기대선 밤이면 나를 붙잡아주었다.

슬픔은 질투심으로 가득한 친구처럼 굴었다. 다른 누구도 자기만큼 날 사랑할 수 없다는 사실을 끊임없이 상기시키며.

슬픔이 내 귀에 속삭였다. 아무도 날 이해할 수 없다고.

슬픔은 소유욕이 강해서 자기 없이는 내가 어디도 가지 못하게 한다.

나는 레스토랑과 바에 슬픔을 끌고 다녔다. 우리는 화난 표정으로 구석에 앉아서 사람들이 추태부리는 걸 지켜보곤 했다. 나는 쇼핑할 때도 슬픔을 데리고 갔다. 같이 슈퍼마켓을 어슬렁거려 보지만, 뭔가를 많이 사기에는 둘 다 너무 텅 비어 있다. 슬픔이 나와 샤워를 할 때면 우리의 눈물이 비누거품과 마구 섞이고, 슬픔이 내 옆에서 잠들 때면 불필요할 만큼 오랫동안 달래주는 진정제처럼 따스하게 날 안아준다.

슬픔은 강하다. 난 거기 휩쓸려가고 있다.

人

유일하게 나를 붙들어주는 게 있다면, 콜린이다. 너무나 세게 꽉.

우리는 말 그대로 사랑에 빠졌다. 빠져버렸다. 깊은 곳, 꿈조차 꿀 수 없는 곳으로. 사랑은 아편처럼 우리를 집어삼켰다. 우리 둘만이 이 세상에서 같은 언어를 공유하고 있는 것처럼. 우리에게 사랑에 빠지는 것 외에 다른 선택은 없었다.

하지만 선택의 기회는 항상 있는 거잖아, 안 그래?

3년이 지난 지금 우리는 그 깊고 깊은 심연의 바닥에서 각자 조용히 출구를 찾아 헤매는 중이다.

콜린은 변덕스럽고 감정적이다. 늘 자신감에 차 있지만 왠지 모르게 적대적이고, 도전적이며, 은근히 공격적이다. 모든 사람을 의심하지만, 그것에 대해 미안해하지 않는다.

콜린은 절대 미안해하지 않는다.

그는 까다롭고 위협적이며 양보하는 법이 거의 없다.

콜린이 누군가의 약점을 발견했다면 그걸 물고 늘어지지 않을 수는 없는 일이다. 그럴 때면 그의 두 눈이 반짝이면서 입가에 작은 미소가 어린다.

콜린은 내게 뭘 입을지, 아니 보다 정확히 말하자면 뭘 입지 말아야 할지 명령했다. 그는 내 친구들을 비난했고, 그들의 모든 의도를 불순하게 봤다. 내게 애정을 베푸는 데도 인색해서 나는 자주 그의 포옹과 위로를 갈구해야만 했다. 콜린은 또 술을 너무 많이 마시고, 그럴 때면 폭력적으로 변했다.

나는 종종 콜린이 두렵다.

하지만 그럼에도 불구하고 나는 콜린에게 끌린다. 그는 아이를 사랑하듯 날 사랑해준다. 지독하게, 그리고 정당한 권리로.

10년 후, 나는 로스앤젤레스에 자리한 작은 클리닉의 심리치료사가 되었다. 어느 날 10대 때 아버지를 잃은 한 환자를 맡았는데, 어머니는 온몸이 망가지고 내 환자와 그녀의 자매들은 누구든 곁에 있는 아무 남자나 만나고 다녔다. 내가 이 환자를 만났을 때 그녀는 20대 초반이었고, 별볼일없는 연립주택에서 폭력적인 남자친구와 살고 있었다. 그는 밤마다 그녀의 목을 조르고 그녀가 가는 곳마다 따라다녔다. 그리고 어떤 친구와 어울릴지, 어디서 일할지, 어떤 옷을 입을지, 언제 귀가할지, 그가 정해준 사항들에 그녀가 순종하지 않으면 미친 듯 분노했다. 그녀는 매주 그를 떠날 거라고 말했지만 절대 그렇게 하지 않았다. 그녀에게는 내가 스물두 살에 필요로 했던 것과 똑같은 욕구가 있었다.

단지 사랑받길 원하는 게 아니라, 누군가의 소유물이 되고 싶은.

人

콜린은 대런에 대해 얘기하고 싶어 하지 않는다. 아니, 그 어떤 얘기도 하고 싶어 하지 않는다. 보드카에 소다수를 섞어 한 잔 더 따르더니 스테레오 앞으로 의자를 끌어당긴다.

이런 밤들이 내겐 가장 두렵다. 그의 몸속으로 조용히 분노가 쌓이고 있다. 안에서부터 불이 붙은 통나무들처럼. 나는 거실의 이불 속으로 들어가 몸을 웅크리고 다가올 알 수 없는 일들에 대비해 마음을 다잡는다.

이따금 콜린은 그냥 가만히 앉아서 몸도 못 가눌 정도로 흠뻑 마시다가 침대로 기어들어간다.

그렇지 않은 밤이면 콜린은 폭발한다. 언젠가 밤에는 거실의 합판 문을 주먹으로 내리쳐서 움푹 꺼진 자국을 남겼다. 그 자국은 그 아파트에서 우리에게 남겨진 시간 내내 거기 머물러, 우리와 함께 살고 있는 어둠을 끊임없이 상기시켜주었다. 또 언젠가 밤에는 물컵을 있는 힘껏 던지는 바람에 건식벽에 그대로 박혀버렸고, 그는 그 힘에 취해 바닥에 쓰러졌다.

때때로 그는 한밤의 공포를 겪는다. 정신을 못 차리고 침대에서 뛰쳐나와 소리를 지르고 자신을 둘러싼 방을 향해, 우리 가운데 있는 보이지 않는 침입자를 향해 맹렬하게 공격하며 우리 둘 다 겁에 질리게 만든다.

또 어떤 때는 자신의 운명적 죽음에 대해 큰 소리로 알 수 없는 선언을 한다. 처음에는 그런 그와 진지한 논쟁을 벌이거나 이따금은 그를 달래려 노력하기도 했다. 이제는 그저 그의 화를 돋우지 않기 위해 최선을 다할 뿐이다.

좀더 온순한 밤에는 문 앞에 그날 저녁의 빈 병들을 줄 세워서 우리에게 침입자의 존재를 알려줄 자체 경보장치를 만들어놓고 비틀거리며 침대로 향한다. 콜린은 문을 잠그는 것, 그리고 안전에 대해 병적이다. 후에 난 콜린과 헤어지고 몇 년 동안이나 모든 문을 잠그지 않고 열어두었다. 비로소 그렇게 할 수 있게 되었다는 이유만으로.

오늘 밤은 그런 밤들 중 하나다.

콜린이 갑자기 일어서서 건들거리며 문가로 향한다.

난 아마도 결코 완전히 이해하지 못할 것이다. 누이를 잃은 것이 그에게 어떤 의미인지. 나는 슬픔이란 건 알지도 모르지만, 그가 겪은 그런 종류는 모른다. 자신의 집 거실에서 누이가 피바다에 익사해 있는 걸 발견한 뒤에 찾아오는 그런 슬픔 말이다.

내 손으로 그 자식을 죽이고 싶었는데. 콜린이 말한다, 혀 꼬부라진 소리로.

나는 안다, 이 말이 진심이라는 것을.

人

콜린을 위로해주고 싶지만, 지금 그에게는 그 어떤 것도 위로가 되지 않을 것이다.

이런 밤이면 여기 갇힌 것만 같다. 갈 곳이 없어서는 아니다. 콜린은 내게 친구도 못 사귀게 하지만, 어쨌거나 나는 친구들을 사귀었다. 그가 근무 중일 때만 만난다는 원칙하에. 그는 내 친구들이 나를 빼앗아갈까 봐 두려운 거다.

그의 두려움은 타당하다. 내 친구들은 바로 그렇게 하려고 애썼다. 저녁자리가 끝날 때쯤이면 항상 여자 친구들 중 하나가 몸을 기울이며 내게 속삭였다. 걱정이 가득한 눈빛으로.

클레어, 그냥 헤어지면 안 돼?

나는 고개를 젓는다. 그녀들은 날 이해하지 못한다. 아무도, 그 누구도.

나 역시도.

콜린 곁에 있는 게 두렵지만 콜린을 떠나는 게 더 두렵다. 그게 진실이다.

어떤 점에서는 콜린은 내가 가진 전부다. 엄마가 죽고, 우리가 처분한 건 집뿐만이 아니었다. 우리가 갖다버린 건 엄마의 물건들만이 아니었다. 모든 것이었다. 며칠 내내 나는 엄마의 옷가지들, 아빠와 함께 우아한 장소에 갈 때면 입었던 멋진 최고급 디자이너의 원피스들, 파리에서 산 스카프와 아일랜드에서 산 스웨터를 정리했다. 서랍을 열고 닫으며 내 손길이 그 안을 배회하고 엄마의 숨결을 느끼는 사이, 내 뒤로는 처분될 엄마의 소지품더미가 커져갔다.

우리의 두 마리 개, 웰시코기종인 러셀과 로지를 위한 새 가정도 찾아야 했다. 엄마가 죽었을 때 녀석들은 각각 아홉 살, 열 살로 수명이 다해가고 있었지만 아빠도 나도 그애들을 맡을 수는 없었다. 이미 모든 게 해체되어버렸으므로.

늦은 밤, 콜린이 술에 취해 곯아떨어지고 나면 그 개들이 생각났다. 4학년 때 토냐랑 녀석들의 결혼식을 올려준 게 떠올랐다. 그애들을 버렸다는 사실에 눈물이 흘렀다. 아니, 나 또한 버려졌다는 사실에 눈물이 흘렀다.

아빠는 이제 캘리포니아에 산다. 하루도 아빠와 연락하지 않고 지나가는 날은 없다. 대개 늦은 밤, 학교에서 일하러 가는 길에, 태평양 연안은 아직 이른 시각에 우리는 통화를 한다. 아빠는 영화를 보거나 스카치를 마시면서 나를, 그리고 엄마를 그리워하고 있다.

아빠는 누굴 만난 일이나 오후에 인사하러 들르는 이웃 꼬마에 대해 얘기해준다. 테라스에 꽃을 심은 얘기도 하고, 조만간 내가 아빠를 보러 왔으면 좋겠다는 말도 한다.

아빠가 이런 말을 할 때면 뱃속에서 뭔가 뒤틀린다. 아빠와 함께 캘리포니아에 있어야 하는데…… 대신 졸업하면 거기로 이사가겠다고 약속해놓았다. 2년 후에.

한번은, 그러니까 내가 뉴욕으로 이사온 첫해 여름에 아빠가 날 찾아왔다. 그때 아파트 5층까지 올라오기 위해 아빠와 나는 층마다 쉬어야 했다. 결국 아빠는 주방에 앉아 가쁜 숨을 내쉬었다. 진이 빠져 붉어진 얼굴로. 그 직후 아빠는 폐기종 진단을 받아 더 이상의 여행은 포기해야 했다.

그 단 한 번의 방문 때, 아빠는 내게 뉴욕 구경을 시켜주며 엄마와 함께 갔던 곳곳에 나를 데려갔다. 우리는 P. J. 클라크에서 베어네이즈 소스를 얹은 버거를 먹었고, 아빠는 재키 오나시스가 들렀던 날 엄마와 앉아 있던 테이블을 가리켰다. 우리는 28번가에 있는 엄마의 낡은 아파트 앞에도 가봤다. 나는 25년 전 그날 아침의 아빠를, 우스꽝스러운 푸른색 양복을 입고 처음 엄마 집의 초인종을 울리던 그 모습을 애써 떠올렸다.

졸업하면 캘리포니아로 이사간다. 그게 지금 계획이다.

콜린 역시 가고 싶어 한다. 콜린은 지금 첼시의 한 클럽에서 도어맨으로 일하면서 연기수업을 받고 있지만 아무 배역도 맡지 못했다. 그는 캘리포니아에 가면 모든 게 바뀔 거라고 생각한다.

나는 일단 캘리포니아에 다다르면 마침내 달아나리라 생각한다.

지금으로선 그저 자잘한 자유를 찾는 수밖에 없다.

그중 하나가 학교다. 콜린은 내 글쓰기에 대해 무관심하다. 내가 쓴 걸 좀 읽어줘도 되냐고 조심스럽게 물어보기라도 하면 코웃음을 친다. 하지만 뉴스쿨에는 4년 내내 내 글을 봐주는 조앤 선생님이 있다. 우리는 스터디를 위해 따로 커피숍에서 만난다. 나는 그녀에게 보이기 위해 미친 듯이 글을 써대고, 부드럽지만 가쁜 목소리로 그걸 소리내 읽는다.

하지만 사실 나의 진짜 도피처는 일이다.

나는 리퍼블릭에서 4년간 일하게 될 것이다. 자리 안내에서부터 서빙, 그리고 결국은 바텐더 일까지. 메뉴를 통째로 다 외우게 될 테고, 새하얗게 윤이 나는 테이블들이 내 영혼에 각인되고, 수십 년을 함께할 친구들을 사귀게 될 것이다. 그러다 몇 년 후 별 네 개짜리 최고급 레스토랑에서 식사할 때조차 내 몸의 일부는 테이블 반대편에 서 있길 원할 것이다. 종업원들 사이의 유대감을 영원히 그리워하면서.

리퍼블릭의 문을 열고 들어서는 순간, 나는 온몸을 관통하는 편안함과 손에 잡힐 듯 뚜렷한 안도감을 느낀다. 그렇다, 여느 레스토랑 일자리와 다를 바 없다. 손님들은 짜증나고, 매니저들은 바보 같고, 종업원들 사이의 '드라마'는 TV쇼보다 훨씬 재미있다. 하지만 여긴 집과도 같다.

다른 웨이터들도 대부분 나만큼 오래 여기서 일했다. 우리는 한가한 시간이면 카운터에 몸을 기댄 채 이 얘기 저 얘기를 풀어낸다. 친구조차 되기 힘들 것 같은 사람들이 모여 있지만 우리는 서로를 허물없이 알아가고 있다.

웨이터, 바텐더, 안내원, 접시닦이 배역은 거식증에 걸린 모델, 전도유망한 배우, 야심찬 시나리오 작가와 괴짜 패션 전공 대학생들 사이의 유동적인 계층구조였다. 스캔들과 연애사가 있었고, 도난과 배신이 있었고, 우정이 일었다가 사라졌다. 그리고 이 모든 것은 뒷문간의 담배연기를 타고 피어올랐다.

나는 헤인즈라는 한 웨이터를 좋아한다. 그는 내 은밀한 생활의 일부다. 그 역시 배우로, 줄리아드인가 아니면 어디 대단한 데를 나왔다고 한다. 정기적으로 연극에도 출연한다. 무뚝뚝하고 심술궂지만 신랄한 유머가 매력적이다. 그도 날 좋아하는 것 같다.

우리는 심지어 일하는 스케줄도 맞췄다. 둘 다 근무시간보다 좀 일찍 와서 아래층 좁은 복도를 서성이며 담배를 피우거나 거리낌 없이 노닥거렸다. 이런 순간이면 난 다시 소녀가 된 것 같다. 더 이상 두려움에 질려 나가떨어진, 지난 몇 년간의 그 젊은 여자가 아닌 것이다.

늦은 밤 잠들려고 뒤척일 때마다 헤인즈가 떠오른다. 정말 그와 데이트를 하게 된다면 어떨까? 정말 다시 소녀가 되면 어떨까? 맘껏 웃고 떠들고, 슬픔에 갇히지 않은 채 세계를 거닐고, 내 앞에 놓인 모든 것을 그대로 받아들이면……

하지만 콜린이 알아채기라도 하면 어떻게 하지? 그 생각을 하면 내 심장은 미친 듯이 고동친다. 한번은 그가 예기치도 못하게 와서는 내가 카운터 뒤에서 에릭이라는 웨이터와 자지러지게 웃고 있는 걸 발견했다. 콜린은 내가 얼굴에서 그 미소를 지워내기도 전에 화를 내며 뛰쳐나갔다.

그후로 나는 일할 때도 조심한다.

人

가끔 나는 리퍼블릭의 누군가에게 우리 엄마에 대해 말하려고 했다. 엄마의 죽음을 말하지 않고서 어떻게 나 자신에 대해 설명할지, 나는 모르겠다.

늦은 오후 테이블들이 비어 있으면, 나는 바에 기대서서 옆에 있는 또 다른 웨이트리스와 한가로이 수다를 떨었다. 남자친구, 학교, 코카인을 하는 다른 종업원들이나 계산대를 지키고 있는 멀리사의 요상한 옷차림에 대해.

가끔은 대화가 깊이 흘러간다. 자라온 곳, 함께 사는 사람들, 향해 가고 있는 곳 등.

2년 전에 엄마가 돌아가셨어. 망설이다 말해버렸다.

하지만 곧바로 나는 알아차렸다. 이 말은 대화 중단 장치라는 걸. 상대방 역시 그만큼 끔찍하거나 슬픈 일을 겪어보지 않았다면, 그들은 무슨 말을 해야 할지 모른다. 보통은 서투르게 위로의 말 같은 걸 전하고, 얼마 지나지 않아 바에서 내가 일부러 손님에게 다가간다.

그러면 나는 그저 그 자리에 가만히 서서 슬픔의 품에 안겼다.

엄마 없이 어떤 사람이 되어야 할지 모르겠다. 더 큰 문제는 엄마 없이 어떻게 지내야 하는지도 모르겠다는 거다.

어느 날, 함께 점심을 먹으러 온 모녀의 주문을 받았다. 그들이 계산을 치르고 나서 나는 골목의 대형 쓰레기통 옆에 앉아서 흐느꼈다.

가끔은 엄마가 너무 보고 싶어서 숨 쉬기조차 힘들다.

나는 엄마 인생의 마지막 해에 집착한다. 내가 했던 말들과 하지 못했던 말들. 내가 했던 것들과 하지 못했던 것들. 끊임없이 병원에서의 그 특별한 오후를 재생시킨다. 팸 이모가 엄마의 다리와 발에 로션을 바르고 입술에 바셀린을 발라주던 그때를.

왜 내가 직접 해주지 못했을까? 다시 그때로 돌아갈 수 있다면 엄마가 누운 침대로 기어들어갈 텐데. 두 팔로 엄마를 안고 얼마나 사랑하는지 말할 텐데. 그렇게 영원히, 엄마와 나 둘이서……

그런 생각을 하며 몸을 웅크렸다. 오후, 난 혼자 아파트에 있다. 내 울음소리가 벽에 메아리친다. 나는 두 팔을 잡아뜯었다. 엄마를 되찾고 싶다. 아주 사소한 한 순간만이라도 되돌리고 싶다.

나는 매일 조금씩 침잠하고 있다. 내 안에는 깊은 수렁이 있어서, 너무나 깊고 넓은 슬픔의 호수가 있어서, 다시는 물가로 헤엄쳐 나올 수 없을까 봐 두렵다.

그저 그렇게 살아가면서, 9번가에서 터덜터덜 걸어 수업에 가고 밤늦게 퇴근하며 택시를 불러세우는 사이 나는 점점 빠져죽어 가고 있다. 수면의 빛은 점점 멀어지고, 가슴이 조여오고, 온몸이 납덩이처럼 무거워져서 바닥으로 천천히 가라앉는다.

엄마를 되찾을 수만 있다면 뭐든 할 거다.

어느 날인가, 나는 일이 끝나고 28번가로 향했다. 그 건물은 어떤 특징도 없었다. 자그마한 차양이 튀어나온 단순한 10층짜리 벽돌빌딩. 나는 그 문 앞에 한참 서 있다가 문을 밀고 들어갔다. 피곤해 보이는 도어맨이 데스크에서 보초를 서고 있었다. 낡은 팬이 퀴퀴한 바람을 일으켰다.

무엇을 도와드릴까요?

그와 눈이 마주쳤다.

아, 아니에요. 저 딱……. 내 목소리가 점점 사그라졌다.

'딱 1분이면 돼요'라고 말하고 싶었다. 눈을 감고 우리 엄마가 너무나 자주 왔던 이곳에 있어보게 딱 1분만. 매일 나는 맨해튼을 걸어다니며 엄마가 이 거리를 걸었을지, 한때 이 스페인식료품점에 들렀을지 되뇐다. 하지만 여기는…… 난 엄마가 여기 있었다는 걸 안다. 그러나 도어맨은 나를 의심스럽게 쳐다봤고, 마침내 나는 뒷걸음질쳐서 문을 밀고 나왔다.

보도에서 슬픔이 내 손을 잡고 집까지 나를 데리고 왔다. 나는 엉엉 울다가 작은 소녀처럼 얼굴이 빨개지고 땀에 젖은 채 잠들었다.

人

겨우 이틀이 지나고 또다시 전화가 걸려왔다. 대런이 죽은 밤에는 아무 일도 없었다. 콜린은 평소처럼 취해서 침대에 쓰러졌고 나는 담배를 피우고 일기장을 끼적이며 새벽까지 깨어 있었다.

주기가 있다. 한참 후에야 나는 이 주기의 존재를 똑바로 인식하게 되겠지만, 이 주기는 언제나 존재하고 있었다. 이런 밤들이 지나고 나면 누그러지는 시간, 즉 허니문시기가 찾아온다. 콜린의 강철 같은 통제가 살짝 풀어지면서 나는 왜 그렇게 필사적으로 그를 떠나려고 했는지 기억조차 못하게 되는 것이다.

두 번째 전화가 온 밤에 우리는 극장에 갔다가 이스트빌리지의 얼어붙은 거리를 따라 터덜터덜 집으로 돌아왔다. 온 세상이 얼어붙은 것 같은 맨해튼의 1월 하순 밤이었다. 며칠 전에 대설이 내린 터였다. 한때 부드럽고 향기로웠던 눈송이들이 거대한 결정체의 '산'으로 굳었고, 지나치는 차들이 거기다 진흙과 먼지로 줄을 새겼다.

집으로 걸어오면서 우리는 빙판길에 한 걸음 한 걸음 조심스럽게 발을 디뎠다. 이따금 넘어지지 않으려고 서로의 울 피코트를 향해 손을 뻗기도, 그러다 미끄러지기도 하면서. 그렇게 우리는 B대로를 따라 걷다가 우리 아파트건물의 묵직한 문 앞에 도착했다.

우리가 여기 사는 4년 동안 재개발이 서서히 진행되면서 결국은 C대로까지 온통 바와 히피 부티크로 뒤덮일 것이다. 하지만 지금 당장, 2000년의 B대로는 여전히 밑그림만 그려진 상태다.

우리 아파트 옆에는 불법 거주자들로 가득 찬 버려진 빌딩이 있다. 가끔 우리는 보도의 방수천막 아래서 자고 있는 노숙자들을 넘어 다녀야 했고, 창문에 가로막힌 싸우는 소리를 듣기 위해 목을 길게 빼곤 했다.

우리 건물은 단단한 벽돌 같은 걸로 지어졌고, 우리는 맨 꼭대기인 5층에 산다. 나는 이 계단에서 때로는 취해서 때로는 식료품 봉지를 들고 가다가 또 어떤 때는 아무 이유도 없이 넘어지곤 했다. 건물 지하에는 작은 델리가 있어서, 여름에 우리의 작은 창에 설치된 에어컨이 찌는 듯한 열기를 무찌르기에 충분치 않을 땐 담배나 여섯 캔들이 바스에일 맥주, 하겐다즈 아이스크림을 사러 가기도 한다.

옆집에는 우리보다 조금 나이가 있는 푸에르토리코 출신의 부부가 살았다. 아내는 절대 아파트에서 나오지 않았고, 남편은 하루 종일 재활용으로 돈을 벌기 위해 빈 병과 캔으로 가득 찬 어마어마한 비닐봉지를 들고 계단을 오르락내리락했다. 몇 년간 나는 그들이 이런 방식으로 집세를 냈다고 생각했다. 그런데 어느 여름날, 그들이 마침내 이사가고 나서 그 집 문에 껴 있는 집세전표를 살짝 엿봤다. 뉴욕의 집세통제법 때문에, 그리고 그들은 거기 너무나 오래 살았기 때문에, 그들의 집세는 고작 65달러였다. 같은 크기의 우리 집세는 1,450달러였는데 말이다.

층계를 터벅터벅 걸어올라가 꼭대기 층에 있는 우리의 자그마한 집으로 향하는데 복도 중간에서부터 전화벨 소리가 들렸다.

콜린은 손을 더듬어 키를 찾았지만 손가락이 너무 차가웠다. 전화기가 바로 안에서 징징거린다. 우리는 마침내 문을 밀치고 어두운 부엌으로 들어갔다. 콜린이 먼저 전화기에 손을 댔다. 무성의한 인사, 그리고 침묵.

줄리야. 콜린이 수화기를 내게 건네며 말했다.

나는 장갑을 당겨서 벗고 목에서 스카프를 풀고 있었다. 줄리가 왜 전화했지? 이틀 전에 통화했는데…….

줄리는 내 베스트프렌드 중 하나다. 그녀 역시 스물두 살이고, 조지아대학에 다닌다. 우리는 애틀랜타에서 같은 고등학교를 다

넜는데, 졸업 후 런던, 버몬트, 뉴욕, 아테네 등 전혀 다른 풍경 속에 살면서도 여전히 가깝게 지냈다.

그렇다 해도 전화통화는 몇 주에 한 번씩이고, 그사이 공백은 두 꺼운 손편지와 이따금 주고받는 이메일로 채우곤 했다. 그런데 왜 그렇게 기나긴 안부전화를 하고 겨우 이틀 만에 다시 전화를 한 거지?

나는 수화기를 귀에 갖다 댔다.

줄리?

콜린은 표정을 구기더니 거실로 사라졌다.

클레어?

그녀의 목소리는 이틀 전 창틀 여기저기를 떠돌다가 싱그럽게 내 려앉은 눈처럼 부드러웠다.

클레어, 너한테 할 말이 있어.

그러고 나서 곧바로 말해버렸다.

나 지금 병원이야. 백혈병이래.

이제 그녀의 목소리가 갈라지면서 거친 숨소리가 전화선을 타고 폭포수처럼 내 귀에 쏟아진다.

모든 게 멈췄다.

무슨 말이야? 이게 내가 할 수 있는 말의 전부다.

그녀의 설명은 안내책자처럼 펼쳐졌다. 뒤로, 앞으로, 거꾸로, 줄줄이 피할 겨를도 없이 흘러나왔다. 내 뇌는 그녀의 말을 곱씹으면서 어떻게든 잘 조합해서 이해해보려고 애썼지만, 불가능했다. 그 말들을 잘 주워담아서 맘에 드는 형태로 만든다는 건 불가능한 일이었다.

어제, 그녀는 의학 인턴십 도중 현미경을 들여다보다가 기절했다. 그래서 병원으로 실려가 곧바로 혈액검사를 받아보니 백혈구의 침입이 드러난 것이다. 그녀가 평생 쓰고도 남을 만큼 많은 백혈구가 그녀의 몸을 가득 메웠다. 수백만, 수조 개의 백혈구가 그들이 가는 길에 있는 모든 것을 파괴시켰다.

백혈병.

그 간단한 진단이 한 방에, 순식간에 모든 걸 바꿔버렸다. 화학요법, 방사선, 과도한 검사와 치료들, 중단된 대학생활, 완전히 뒤바뀐 인생……

나는 전화를 끊고 콜린과 소파에 앉았다. 우리는 각자 담배에 불을 붙였다.

줄리한테 가봐야 하는데……

몇 달 전 어느 날 밤 줄리와 나는 밤늦도록 전화통화를 했다. 콜린이 일하러 간 터라 집이 내 차지였기 때문이다. 그는 그 주에

유별나게 심통을 부리고, 평소보다 더 심하게 간섭을 했다. 나는 전화에 대고 울음을 터뜨렸다. 그녀는 내가 우리 관계에 대해 사실대로 말하는 얼마 안 되는 사람들 중 하나니까.

줄리 역시 이따금 자신의 남자친구에 대해 일말의 두려움을 느끼고 있었다.

우리, 조약을 맺는 거야.

그녀의 말에 나는 전화기에 대고 코를 훌쩍이며 고개를 끄덕였다.

만약 우리 둘 중 하나가 깨지기라도 하면 모든 걸 제쳐두고 같이 있어주는 거야. 그러면 그렇게 무섭지 않을 거야.

나는 다시 고개를 끄덕였다. 알았어. 그럼. 물론이지. 모든 걸 제쳐두고.

소파 위, 콜린의 곁에 앉아 있는 지금, 그날의 전화통화가 떠오르면서 줄리의 소식이 나를 덮친다.

줄리가 죽을 것 같아. 미처 손을 쓰기도 전에 이 말이 입 밖으로 튀어나왔다.

그후 몇 달간 나는 이 예언을 철회했다. 나는 다른 친구들과 함께 낙관적으로 생각했다. 사실 줄리는 죽지 않을 거라고.

하지만 줄리는 그렇게 된다. 물론 그녀는 그렇게 된다.

물론 줄리는 죽는다.

人

그다음 해 나는 다섯 번 애틀랜타로 날아갔다. 줄리가 화학요법, 방사선치료, 시험적인 줄기세포 이식 등을 겪는 동안 함께 있어주기 위해.

나는 다른 친구들과 몇 시간이고 대기실에 앉아서 시간을 죽였다. 그러다 짧은 방문시간을 할당받으면 두 손에 비닐장갑을 끼고서 예쁜 내 친구, 머리카락을 다 잃어버린 친구를 만나러 갔다.

줄리는 병원 침대에 창백하게 누워 있다. 나는 그녀의 손을 잡았다. 이제 거의 막바지다. 또다시 1월의 막바지. 줄기세포 이식은 효과가 없었다.

나는 주변의 누군가 죽는 걸 겪어본 적이 없어.

줄리의 말에 나는 소리내 울었다. 하지만 줄리는 침착하다. 그녀의 목소리에서는 경이로움이 느껴진다.

다음 날 다시 줄리의 병실에 들어섰을 때, 그녀는 혼수상태에 빠져 거칠고 가쁜 숨을 몰아쉬고 있었다.

그리고 그다음 날 밤, 그녀는 죽었다.

줄리의 죽음으로 나는 모든 의욕을 잃었다. 하지만 동시에 담대해졌다. 이게 바로 비극의 역할이야, 나는 이렇게 배워가고 있었다. 슬픔과 거친 자유는 내게 묘한 인내력을 부여했다. 나는 고립

무원에서 비바람을 맞고 서 있었지만, 고개를 빳빳이 들고 내 인생을 향해 발을 내디뎠다.

줄리가 죽은 후 나는 텅 빈 마음으로 뉴욕에 돌아와서 죽은 눈으로 하루하루를 보냈다.

집, 학교, 그리고 다시 콜린과 함께 사는 아파트로 귀가. 줄리의 병은 우리 관계에 불어닥친 재앙에 짧은 숨통을 틔워주었다. 그토록 위태로운 국면에서 나는 콜린의 억센 손아귀에 다시 한 번 감사했던 것이다.

하지만 이제 그녀는 떠났다. 어떤 것도 중요해 보이지 않는다. 겨울은 어느새 봄이 되고, 다시 여름이 되고, 난 방학을 맞아 리퍼블릭에서 추가근무를 한다. 그리고 때때로 거실 창가에 서서 방충망을 타고 들어오는 부드러운 미풍을 향해 고개를 기울였다.

人

몇 달이 훌쩍 지나갔다. 아무것도 변하지 않았다. 지금 살고 있는 이스트빌리지의 아파트도, 리퍼블릭에서의 일도, 뉴스쿨 수업도, 줄리의 부재도, 콜린을 향한 내 두려움도.

밤이면 그는 잠결에 몸부림쳤다. 어떤 밤에는 침대 밖으로 몸을 던져 어둠 속에서 그를 향해 돌진하는 유령을 공격하느라 자명종시계를 깨뜨리고 전등을 넘어뜨렸다.

어떤 밤은 좀더 뻔했다. 밥 딜런을 틀고 스테레오 앞에서 몇 시간이고 그냥 앉아 있는 것이다. 한 손에 잔을 들고서 한 치의 움직임도 없이.

어떤 날은 아무 일도 없다. 어떤 날은 주먹질을 하고, 발차기도 하고, 뭔가를 깨뜨리기도 한다.

그는 절대 나를 때리지 않는다. 절대, 단 한 번도.

하지만 여전히 나는 두렵다.

낮은 항상 평화를 가져온다. 정오가 다 돼서 일어나면, 햇살이 마룻바닥 깊숙이 들어와서 어두운 구석 곳곳을 환히 비추고 문가의 병들을 덥혀주었다.

언제부턴가 나는 케이프코드에 주기적으로 가고 있다. 포트어소리티 터미널에서 피터팬 버스를 타면 코네티컷, 로드아일랜드, 매사추세츠를 지나 케이프로 이어지는 새거모어다리를 건넌다.

터미널에는 항상 이모가 앞좌석에 할머니를 태우고 마중 나와서, 하위치포트 해변에 있는 옛 빅토리아풍의 이모 집으로 나를 데리고 간다. 처음에는 엄마를 배신하는 것 같았지만, 나는 점점 그들과 친하게 지내는 법을 배우고 있다.

나는 위층에서 크랜베리색 이불을 덮고, 짠 바닷바람을 맞으며 깊은 잠을 잔다. 그러다 밤이면 외할머니 옆 안락의자에 앉아서 할머니 손을 잡고 퀴즈쇼 〈제퍼디〉를 본다.

항상 네 생각을 했단다.

할머니가 내 팔을 쓰다듬으면서 말한다. 할머니의 손은 차갑고 푸석푸석하고, 피부는 종이처럼 흐늘거린다.

조심스럽게 바위 사이를 디디면서 방파제 위에서 한참을 산책하기도 한다. 그러면 엄마와 함께 걸었던 때가 떠오른다.

엄마, 나 보여?

엄마하고 콜린에 대해 의논할 수 있었으면 좋겠다. 엄마라면 콜린을 떠나는 걸 도와줄 수 있을 텐데.

다시 뉴욕, 어떻게 할지 고민하다 잠 못 이루는 날이 이어진다. 콜린은 일하러 갔다. 그냥 떠나버리면 어떨까? 문밖으로 사라져서 다시는 안 돌아오면······.

하지만 순간, 내 고양이 그리고 일기장과 엄마의 편지로 가득 찬 트렁크가 떠오른다. 그리고 새벽 2시의 이스트빌리지 거리와 내 은행계좌도. 물론 거의 항상 텅 비어 있지만.

콜린한테 그냥 떠나겠다고 말해버릴까? 아니, 그 생각만으로도 몸서리가 쳐진다. 콜린이 내 물건들을 창밖으로 던지고, 고양이를 벽에 내팽개치는 모습이 그려진다.

그가 정말 그렇게까지 할까, 잘 모르겠다. 하지만 안 하리라는 확신도 없다.

어느 날 밤, 콜린의 누이를 죽인 사람이 콜린이라고 밝혀지는 꿈을 꿨다. 잠이 깨서 숨을 몰아쉬며 흐느끼다가 정신을 차릴 새도 없이 그에게 꿈 얘기를 했다.

그는 이후 며칠간 말이 없었다. 하지만 나는 그의 결백에 대한 티끌만 한 의심의 씨앗을 거둘 수 없었다.

어느 날 오후에는 케이프코드에 있는 이모에게 전화를 걸었다. 이모가 전화를 받자마자 울음이 터져나왔다. 콜린에 대해 말하고 싶은데, 도와달라고 하고 싶은데…… 하지만 뭐라고 말해야 할지 모르겠다.

올해는 학교가 너무 힘들어요. 대신 이렇게 말해버렸다.

이런, 전화선을 타고 넘어가서 내 두 팔로 널 꼭 안아주면 좋으련만.

이모의 말을 듣자마자 엄마가 똑같은 말을 했던 기억이 떠올라서 말문이 막혔다. 열일곱 살 때 친구 몇 명과 대학을 방문한다고 1박2일 여행을 간 적이 있는데, 그때 엄마한테 전화해서 지겨워 죽겠다며 집에 가고 싶다고 했었다. 그때 엄마가 말했다.

이런, 전화선을 타고 넘어가서 내 두 팔로 널 꼭 안아주면 좋으련만.

人

며칠 후, 퇴근했을 때다.

요즘 난 늦게 다닌다. 리퍼블릭 문을 닫고 동료들과 한잔하러 가기 때문이다. 콜린이 대개는 허락하지 않는 행동이지만, 나는 요즘 선을 넘고 있다. 헤인즈도 무리에 섞여 있었는데, 우리가 레스토랑 밖에서 같이 시간을 보내는 건 처음이었다. 우리는 무릎이 닿도록 바로 옆자리에 앉아 있었다. 나는 그 스릴을 한껏 만끽하면서도 내가 그토록 달콤한 뭔가에 목말라 있었다는 사실을 깨닫지 못했다.

택시가 5번가에 서자, 나는 거나하게 취한 채 내려서 쿵쾅거리며 계단을 올랐다. 현관 앞에 도착한 다음, 열쇠를 꺼내서 구멍에 맞추는데 잘 들어가질 않는다. 애써봤자 긁히는 소리, 귀에 거슬리는 쇳소리만 날 뿐. 한참을 그러다 마침내 문고리가 돌아가면서 나는 비로소 문을 밀어젖힐 수 있었다.

그런데…… 문턱을 넘기도 전에 눈앞에서 문이 쾅 닫혔다. 어떤 남자가 크게 소리를 지르며 나를 공포 속으로 밀어넣었다.

널 죽일 거야! 분명치는 않지만 무시무시한 말이 들려온다.

누군가 안에 있어. 누군가 우리 아파트에 침입한 거야.

나는 복도를 지나 뒷걸음질치기 시작했다. 형광등이 때 묻은 벽과 지저분한 계단을 비춘다.

무섭다. 어디로 가야 하지?

1초도 안 되는 사이, 여러 가지 시나리오가 떠오르는데…… 결말은 다 똑같다. 허둥지둥 계단을 내려가다 지금 우리 아파트에 있는 누군가에 의해 살해당하는 내 모습이 보인다. 바닥에 푹 쓰러지는 내 몸뚱이가 보인다.

그런데 한 걸음을 더 내딛기도 전에 문이 열린다. 콜린이 눈을 비비며 걸어나오는 것이다.

나는 복도 중간쯤에서 얼어붙었다. 노란 불빛이 이 슬픈 공간 속에 놓인 우리 둘을 감싼다.

그가 바로 소리치는 그 사람이었다. 술 취해 잠들어 있다가 내가 침입자라고 생각한 거였다.

내가 바로 그 '유령'이다.

人

일주일이 지났다. 지금 난 친구 집을 봐주고 있다. 그녀가 집을 비운 사이 몇 시간째 이 아파트에 있다. 울다 지쳐 잠든 것 같은데, 깨보니 친구 침대에 몸을 웅크리고 있다. 이제 콜린을 떠날 방법을 강구해야 한다.

절대 이런 곳에 있지 마. 나는 아직 태어나지도 않은, 미래의 내 딸에게 장문의 편지를 쓴다.

설사 내가 떠나고 너 혼자 남겨지더라도 이 엄마보다 강한 여자가 되어야 한단다. 눈물이 볼을 타고 주르륵 흘러내린다.

나는 집으로 돌아와 소파에 앉아서 콜린이 샤워를 끝내기만을 기다리고 있다. 마침내 난 해낼 거다.

나는 그를 떠날 거다.

창밖으로 크라이슬러빌딩을 바라보며 고개를 젓고 있는데, 그가 옷장을 향해 주방을 가로질러 걸어왔다.

콜린! 그를 불러세웠다. 할 말이 있어.

그는 문가에 서서 후다닥 바지와 셔츠를 입었다.

나, 떠날게.

나는 말을 멈추고 마음을 다잡았다. 그런데…… 아무 일도 일어나지 않는다.

콜린은 바지 단추를 다 채우고 부엌으로 돌아갔다. 맥주를 한 병 꺼내는 소리가 들린다.

그가 문가에 다시 나타났다.

음, 그래, 얘기 좀 하자.

그는 내가 떠나고 싶어 하는 모든 이유를 차분히 듣는다. 나는 그가 내게 할 수 있는 것들과 없는 것들, 입을 수 있는 것들과 없는 것들, 친하게 지낼 수 있는 사람들과 아닌 사람들을 지시하는 게 지긋지긋하다고, 네가 무섭다고, 내가 슬프다고, 정말 너무나 슬프다고 말했다.

그는 들으며 담배를 피웠고 우리는 얘기를 나눴다. 얼마가 지났지만 어떤 끔찍한 일도 일어나지 않았다. 왜 내가 애초에 그토록 불안해했는지도 기억나지 않는다.

그리고 그렇게 모든 게 잠시 정상으로 돌아갔다.

몇 주 후 나는 케이프코드로 가는 버스를 타기 위해 좀 일찍 일어났다. 샤워하고 나왔더니, 콜린은 아직 자고 있는데 우리 휴대폰이 죄다 메시지로 깜박이고 있었다. 휴대폰의 통화내역을 확인해보니 콜린의 아버지였다.

심장이 쿵, 내려앉는다. 콜린의 엄마가 사고를 당하는 상상을 한다. 아니면 더 나쁜 거? 우리 아빠가 죽는 상상을 한다.

그에게 전화를 걸려고 버튼을 눌렀는데, 전화기가 이상한지 연결이 안 된다. 다시, 또다시 했더니 결국 신호가 가고 콜린의 아버지 목소리가 들린다.

괜찮니?

무슨 말씀이세요?

TV 좀 켜봐라.

나는 거실로 가서 리모컨을 더듬어 전원버튼을 눌렀다. 타닥, TV 화면이 살아난다.

두 번째 타워가 지금 막 타격을 입었다. 두 개의 거대한 연기기둥이 하늘을 향해 치솟는다.

6

엄마처럼은 '절대로' 되고 싶지 않다

1993년, 열다섯

조를 처음 만났을 때, 나는 쿠삭 선생님의 10학년 대수수업에서 뒤쪽에 앉아 있었다. 엄밀히 따지면 뒤라고는 할 수 없다. 모든 테이블이 원형으로 배치되어 있으니까. 그래도 교실 중앙에서 최대한 멀리 떨어져 있는 건 맞다.

내가 새로운 고등학교에서 유일하게 싫어하는 게 있다면, 쿠삭 선생님이다. 그러니까 선생님과 대수수업. 세라 쿠삭 선생님은 갈라진 머리칼에 과한 태닝을 하고 다니는, 30대 중반의 싱글이다. 농구코치이자 수학선생님인데, 서른이 된다는 게 얼마나 멋진 일인지 우리에게 알려주려고 갖은 애를 쓴다. 그리고 괴짜 천재들보다는 운동하는 애들을 더 예뻐한다.

쿠삭 선생님은 4년 후 엄마의 장례식에 올 것이다. 그녀의 존재가 나를 향해 자아내는 연민이 실은 내 삭발한 머리와 지나치게 짧은 원피스보다 더 최악이겠지.

이번 달에 입학한 거니까 난 여전히 어느 그룹으로 낄지 고민 중이다. 우리 학교는 10학년 전체가 37명밖에 안 되는 작은 학교로, 개성과 창의력을 계발한다는 철학을 내세우고 있다. 모의반상회나 독자적인 스터디모임도 있고, 미술수업은 엄청 많다. 머리를 파랗게 물들이고 다니는 애들도 있고, 학교에 맨날 잠옷을 입고 오는 애들도 있다. 3년 후, 나는 이 학교를 졸업할 때 맨발로 졸업식에 참석했다. 머리에는 꽃까지 꽃고서.

엄마는 금방 이 학교에 반해버렸다. 나는 처음에는 다소 의기소침했지만, 몇 년이 지나 이때의 경험을 돌아볼 때마다 경이로움과 감사함을 느꼈다.

어느 순간부터 조와 나는 쿠삭 선생님의 수업시간에 바로 옆자리에 앉았다. 우리의 우정은 천천히 쌓여갔지만, 둘 다 체육과 수학을, 결과적으로 쿠삭 선생님을 싫어한다는 걸 발견하기까지는 오랜 시간이 걸리지 않았다.

조는 파리에서 5년 동안 살다가 미국으로 이사온 지 얼마 되지 않았다. 양아버지가 거기서 UN에서 일했다고 한다. 조는 멋들어지게 헝클어진 머리와 호박색 눈의 소유자다. 열다섯 우리 또래의 애들이 보편적으로 예쁘다고 하는 얼굴은 아니지만, 어쨌든 내 눈에는 예쁘다.

조는 이국적인 매력도 있다. 밑단이 쫙 퍼진 청바지와 빈티지 느낌의 카디건을 입고 다닌다. 또 우리 반에서 가장 먼저 닥터마틴 신발을 보유했는데, 유럽에서 샀다고 했다. 그리고 조는 담배도 피우고 취해본 적도 있다.

조의 부모님은 이혼하셨다. 조는 양아버지를 싫어하고 언제나 부재중인 친아빠를 그리워한다. 그녀의 안에는 분노와 자기혐오가 가득 차 있고, 말을 할 때는 거의 대부분 조용히 속삭인다. 물론 이건 다 나중에 알아낸 것들이다. 학기가 시작될 때는 전혀 몰랐으니까. 하지만 사실 이미 보이는 것들이었다. 솔직히 그녀의 하트 모양 입술에서 새어나온 그 말들은 별로 놀랍지도 않았다.

조가 내성적인 편이라 우리의 우정은 천천히 나아갔다. 나는 항상 쉽게 친구를 사귀지만, 조와는 달랐다. 지켜야 할 규칙들이 존재했고, 조는 조심스럽게 다뤄야만 했다. 나는 그녀를 너무 강하게, 너무 급하게 밀어붙이지 않으려고 조심했다.

그러지 않으면 그녀는 바로 방향을 튼다. 입을 꾹 다물고, 머리카락으로 얼굴을 가리고, 갑자기 떠나버린다. 나는 그런 모습에 흥미가 일었고, 급기야 그녀에게 집착했다. 왠지 모르게 조는 나를 다른 모든 것으로부터 차단시켰다. 한 친구를 향해 이런 식의 감정을 느끼는 건 처음이다. 참을 수 없을 만큼 소유하고 싶고, 필사적으로 원하는.

아니, 친구에게 이런 애착을 느끼는 단계에는 이미 도달했었다. 같은 해에 전학온 리즈가 있었으니까. 하지만 나는 조를 갖기 위해 그녀를 내려놨다. 이게 그녀에게 얼마나 상처가 될지는 생각할 시간도 없었다. 그런 생각 따위는 들지 않았다.

최근 2년 사이, 그러니까 엄마 아빠가 암 선고를 받고 나서 내게 어떤 변화가 생겼다. 가슴속에 거센 파도가 일면서 시도 때도 없이 눈물이 맺힌다. 어둠이 거기, 내 가슴속에 살고 있는 것 같다. 조는 이런 게 어떤 건지 다 알 것만 같았다.

우리 가족은 재앙으로 가득했던 플로리다는 완전히 버리고 다시 애틀랜타로 돌아왔다. 그사이 2년간 엄마는 정신과치료도 받고, 상어연골 캡슐도 복용하고, 좀 요상한 예술치료도 받았다.

엄마는 몇 시간씩 지하실에 갇혀서 데쿠파주decoupage(나무·금속·유리 따위의 표면에 그림을 붙이고 그 위에 바니시를 칠하는 장식기법─옮긴이) 가면을 잔뜩 만들어냈다. 지치지도 않고 이것저것 요란하게 갖다붙인 다음, 날이 저물면 바깥에 조심스럽게 널어놓는다. 그리고 밤이 되면 소파에 앉아서 레드와인을 마시며 감상에 젖었다. 그사이 아빠는 부엌 식탁에 앉아서 엄마와 날 먹여살릴 길을 찾기 위해 각종 고지서, 서류들과 씨름을 해야 했다.

아빠가 방사선치료로 회복세에 접어들었다고는 해도 이미 일흔셋이다. 귀밑머리는 벌써 하얗게 센 데다 의자에서 몸을 일으키는 것조차 힘겨워 보인다. 아침이면 정장에 넥타이 차림으로 집을 나서지만 매번 면접에 떨어져 빈손으로 어깨를 늘어뜨린 채 돌아왔다.

나는 내 방으로 숨었다. 그냥 이 모든 것으로부터 사라졌으면 좋겠다.

人

올해, 엄마와 나 사이의 모든 게 변하고 있다. 어느 날 갑자기 내 소망은 '엄마처럼 되고 싶다'에서 '엄마처럼은 절대로 되고 싶지 않다'로 바뀌어버렸다. 물론 그렇게 의식적인 건 아니지만, 엄마도 나도 내가 멀어져가고 있다는 걸 어떤 식으로든 느끼고 있다.

나의 이런 태도가 엄마의 암 때문인지 아니면 단지 시기적절한 내 사춘기의 질풍노도 때문인지 판별하기란 어려운 문제다. 어찌 됐든 내게는 엄마에게 숨기는 비밀이 생겼다. 사실 너무 사소한 거다. 그저 말을 안 하는 것뿐이니까.

우리 딸, 오늘 학교에서 어땠어?

그럭저럭.

사실은 너무나 좋았지만 엄마에게 알리고 싶지 않다. 엄마에게 만족감을 주고 싶지 않다.

친구들은 좀 사귀었어?

으응.

엄마한테 친구들 얘기 좀 해봐.

응, 다음에.

이런 대답에 엄마가 상처받을 수도 있다는 건 중요치 않다. 내 대답이 몇 마디만 길어지면, 내 살갗 바로 아래서 끓어오르고 있는 분노가 뿜어져 나올 것만 같은데, 그 생각뿐인데…… 나도 어쩔 수 없다. 이런 분노는 새로운 녀석이다. 느껴본 적도 없고, 어디서 솟아나는지도 알 길이 없다. 도대체 정확한 근원지가 어딘지 모르겠다.

1년 반 전, 병원에 누워 있는 엄마를 처음 본 날 뭔가를 뺏긴 느낌이었다. 그때 나는 아빠 손을 잡고 살균처리된 기다란 복도를 지나 입원실로 향했다. 어슴푸레한 빛이 부드럽게 입원실에 내려앉았다. 엄마는 볼품없이 늘어진 머리를 베개에 기댄 채 눈을 감고 있었다.

엄마가 눈을 뜨고 내게 말을 건넸지만, 그건 엄마 목소리가 아니었다.

딸, 왔어?

엄마는 눈물을 머금은 채 내게 손을 내밀었다.

아빠가 뒤에서 쿡쿡 찌르고 나서야 나는 엄마가 아닌 그 여자를 안아주기 위해 한 발 앞으로 나아갔다.

그후로 1년하고도 반이 지났다. 여전히 나는 이 여자를 믿어도 될지 잘 모르겠다.

人

조는 예술가다. 그애의 연필은 노트 위에서 멈추는 법이 없다.

HB연필을 쥔 그녀의 타원형 손톱이 슬쩍 움직이기만 하면 나는 거울을 들여다볼 수 있다. 조의 연필심으로 명암까지 들어간 나의 완벽한 초상화가 분수와 소수가 헤엄치는 사이로 나를 노려본다. 그걸 보다 보면 최면에 빠져든다. 종종 꼼짝도 할 수 없을 것 같은 상태에 빠지고 만다.

우리는 10학년 첫 주에 처음 만났다. 그런데 핼러윈 때쯤에는 벌써 떼려야 뗄 수 없는 사이가 되었다. 조는 주말이면 거의 우리집에서 산다. 우리 둘이 내 지하실 방에 숨어 있으면, 가끔 엄마가 얼굴을 내밀고 브라우니나 프레첼 빵을 가져다준다. 엄마는 조가 예술가라고 좋아하지만, 나는 엄마와 조가 뭔가를 공유한다는 게 짜증날 뿐이다. 나는 나만의 조를 원한다.

조와 나는 학교에 좋아하는 남자애가 한 명씩 있다. 조의 상대는 에탄이다. 그도 전학생인데, 부모님은 이혼하셨고, 길고 덥수룩한 금발이 돋보이는 화가다. 그의 조롱하는 듯한 말투와 까칠함, 우린 거기에 푹 빠졌다. 내 상대는 헨리다. 헨리는 약간 내성적이지만 다정하고 그림 그리는 걸 좋아한다. 특이한 점은 이마에 항상 혹을 달고 다닌다는 것.

우연찮게도 헨리와 에탄 또한 베스트프렌드다. 나는 그애들과 방과후에 크로스컨트리 경주를 하고, 조는 그애들하고 3교시 미술 수업을 같이 듣는다. 우리는 밤마다 전화로 품평회를 했다.

조와 나는 아직 남자경험이랄 만한 게 없다. 나는 몇 번 키스는 해봤지만, 어색하고 서투른 경험일 뿐, 내가 기대하던 것과 너무 달랐다.

남자애들에 관해서라면 난 늘 한결같다. 항상 너무 쉽게, 너무 많은 걸 내어주고는 똑같은 보답을 기대하는 여자애, 그게 나다. 어떤 남자애가 처음이었는지는 기억나지 않는다. 처음엔 남자애들이 다 똑같아 보였다. 수염도 없고 털도 자라지 않았고 유약한 주제에 자기 아빠를 흉내내거나 반항하거나, 걔네들한텐 전혀 새로울 게 없었다. 어쩌면 평생 그럴지도.

그런데 갑자기…… 갓 6학년이 되었던 때 같다. 정확히 기억은 나지 않지만, 갑자기 걔네들이 마구 좋아져버렸다. 부드러운 속눈썹과 솜털이 자라난 볼, 살짝 부풀어오른 알통, 햇볕에 그을린 매끈한 이마에 땀으로 들러붙은 머리칼까지.

지금 그때로 돌아간다고 해도 난 절대 그들의 아름다움 발끝에도 못 미칠 것이다.

그리고 갑자기 통증이, 바로 이 통증이 급격히 차올랐다. 그야말로 너무 급작스러워서, 그 통증이 찾아오기 이전의 시간은 기억할 수도 없고, 온통 고통에 가려 아무것도 보이지 않았다. 그저 내 두 눈은 남자애들을 좇을 뿐이었다. 그들이 체육수업을 마치고 땀냄새와 사향내를 풍기며 지나가면 피부가 달아올랐다. 나는 한밤중에 매미가 창가에서 울어댈 때도 캐노피 침대에 누워 눈을 감고 그들을 좇아다녔다.

이런 식으로 조용히 그들을 좇는 것, 그게 내 방법이었다. 이렇게 고통스러운 3년의 중학교 생활을 마치고 고등학교에 들어선 것이다. 이따금 그들이 내 발자국을 눈치채는 것도 같았지만, 난 절대 확실히 모습을 드러내지 않았다. 그들이 가고 있는 곳이 어딘지, 내가 그들을 좇아 어디로 가는지도 잘 몰랐으니까.

하지만 내 몸의 어딘가는 알고 있었으리라. 그 길의 끝에 처음 다다른 순간, 나는 우리가 어디쯤 서 있는지 정확히 알고 있었으니까.

몸의 지각은 나의 지각에 앞선다.

내가 헨리를 알아보기 이전에 내 몸이 먼저 헨리를 알아챘다.

人

나는 매일 방과후 크로스컨트리 연습을 목이 빠지게 기다린다. 단지 헨리 때문만은 아니다. 달리는 게 좋다. 책상, 화이트보드, 점심도시락과 혼란스러운 우정 뒤로 하루가 저문 후의 달리기는 외침 같았다.

온몸이 활짝 열리고, 근육이 단단해지며 신나게 노래하는 게 느껴진다. 땀이 내 가슴에 생겨난 곡선을 지나 발밑의 딱딱한 포장도로까지 미끄러져내릴 때의 기분은 정말 최고다. 말로 표현할 수 없을 정도다. 단지 헨리의 뒤를 따라가는 게 아니다. 난 달린다.

나를 가장 먼저 사로잡은 건 그의 장딴지였다. 근육 잡힌, 거칠고 억센 털로 덮인 그의 다리. 그애 뒤에서 뛸 때면 그 근육들이 긴장했다 풀어지는 게, 부풀었다 가라앉는 게 보인다. 그러다 결국은 부드럽고 창백한 팔뚝의 속살과 목울대, 흐트러진 갈색 머리, 투명한 갈색 눈, 그리고 넓은 이마로 시선이 향한다. 그를 가지고 싶다. 그를 가두고 싶다.

실제로 하기 전에는 어떻게 하는지 모르는 그걸, 그와 하고 싶다.

하지만 우린 거기 근처에도 안 갔다. 지금 당장은 겨우 미미한 시작일 뿐이다.

시작은 다 무척 순수했다. 하지만 이쯤에서 조와 나의 길이 갈라지기 시작한다. 조는 미술시간에 에탄을 힐끗 보는 것만으로도 만족하지만, 난 내가 원하는 걸 똑똑히 본 이상 그걸 갖겠다는 생각을 떨칠 수가 없다.

나는 계획을 짰다.

최근에 알아낸 사실은 헨리가 항상 나보다 먼저 학교에 도착한다는 거다. 헨리의 아빠가 일하러 가는 길에 그를 데려다주기 때문이다. 그래서 나도 엄마한테 일찍 학교에 데려다달라고 했다. 이렇게 해서 나는 아침마다 사물함에 등을 기댄 채 무릎을 끌어안고 앉아서 은근슬쩍 헨리를 훔쳐볼 수 있게 되었다. 시간을 제대로 맞추면 적어도 15분은 우리 둘만 있을 수 있다. 10학년에게는, 긴 시간이다.

둘째 주, 나는 용기를 내서 그에게 숙제에 대해 물었다. 그가 살짝 내게 몸을 기울인다. 나란히 앉아 있다고 할 수 있을 만큼 가까이는 아니지만, 그래도 속삭이듯 얘기할 수 있는 거리다.

셋째 주, 우리는 이제 서로에 대한 얘기도 나눈다. 헨리의 부모님은 이혼하셨고, 그는 시내 반대쪽에 위치한 방 두 개짜리 아파트에서 아빠와 산다. 엄마도 근처에 살고. 형이 둘 있는데, 그중 한 형이 그에게 벨벳언더그라운드를 소개해줬다고 한다. 지금은 둘 다 같이 살지 않지만.

나는 그에게 우리 가족의 평화로운 삼각구도에 대해 털어놓았다. 절대 정삼각형이 될 수 없는, 그 이등변삼각형 구도에 대해서 말이다. 그렇다고 내가 그런 용어를 제대로 이해한다는 건 아니다. 다음 해는 되어야 기하학수업을 들을 테고, 그때도 나는 예각이나 등거리 같은 개념에서 헤매고 말 테니까.

얼마 지나지 않아 헨리와 나 사이에는 은밀한 우정이 생겨났다. 언제든 깨질 수도 있겠지. 수업 사이사이 복도에서 스칠 때는 그런 우정 따위는 존재하지도 않는다는 듯이 행동하니까. 하지만 어느 순간부터, 그러니까 겨울이 임박한 늦가을부터 우리의 우정은 전화로까지 발전했다. 여기는 더 안전하다. 내 속삭임은 이제 꾸불거리는 검은 선에 감싸인 채, 샌디스프링스를 넘고 시내를 지나 스머나에 있는 작은 방 두 개짜리 아파트에 도달한다.

하지만 헨리를 생각하며 잠드는 밤이면 조가 나오는 꿈을 꾼다. 흑백 꿈, 조의 호박빛 눈동자만 색을 띠는 그런 꿈.

人

여전히 나의 주말은 조와 함께다. 밤마다 통화도 계속하고, 영어 수업을 들으러 갈 때도 꼭 만나서 같이 간다. 동일한 인물들을 싫어하면서 그들을 향해 동시다발적으로 조롱과 비난을 보내는 것도 여전하다.

사실 우리는 모두를 싫어한다. 우리 눈에는 제대로 된 사람이 없다. 왜 그런 옷을 입고, 그런 차를 몰고, 그런 사람의 책을 사는 거지? 한밤중이면 우리는 아빠의 커다란 검정 링컨타운을 몰고 어두워진 애틀랜타 거리를 질주했다. 어딘가에 뭔가가 있는 게 틀림없으니까. 거기가 어딘지는 알 수 없지만.

조는 다 쓰러질 듯한, 그래도 뭔가 매력적인 집에 산다. 좀 너저분하기는 하다. 집 안에는 습기가 그득하다. 그 습기 때문인지 조와 조 엄마의 머리카락은 살짝 곱슬곱슬하다. 그러니까 거기서 많은 시간을 보내지는 않는다. 누구의 간섭도 받지 않고, 한밤중에 몰래 빠져나가기도 좋은 내 지하실이 있지 않은가. 가끔 동네가 조용한 날에는 도로 한가운데까지 걸어가서 온기가 남아 있는 아스팔트 위에 벌렁 누워 있기도 한다. 그러면 시원한 밤공기가 맨살에 와 닿는다.

조한테 엄마 아빠 얘기를 할 때도 있다. 하지만 의사선생님들과 병원들, 아빠의 나이나 엄마의 우스꽝스러운 상어연골 캡슐에 대한 나의 분노는 사실 나조차 이해하기 힘들었다. 부모님이 암에 걸린 게 부모님이 이혼한 것보다 정말 훨씬 안 좋은 걸까?

헨리와의 모호한 관계에 대해서도 시시콜콜 털어놓는다. 물론다는 아니지만. 내가 헨리 얘기를 꺼내면 조는 살짝 긴장한다. 그러다 내 얘기가 너무 나간다 싶으면 아예 입을 다물어버린다. 그래서 결국 내 비밀은 비밀로 지켜질 수밖에 없다. 이런 얘기를 나눌 수 있는 여자 친구가 있었으면 하는 마음은 굴뚝같지만, 조에게 헨리의 고백에 대해 털어놓지는 않았다. 헨리는 늦은 밤이면 내 생각을 한다고 말했다. 하지만 나는 그의 고백에 설렌다는 말을, 닫혀 있는 줄도 몰랐던 내 안의 어딘가가 열리고 있다는 말을 조에게 하지 못했다.

대신 조와 나는 우리 자신에 대해 얘기한다. 우리가 어떤 여성이 될지, 어떤 곳에서 살게 될지, 어느 익명의 대도시 아파트 마룻바닥에 어떤 발자국소리를 내며 살아갈지 함께 그려보곤 한다.

우리는 단 하나의 미래만을 얘기했다. 성인이 된 우리에게는 그녀의 미래도 나의 미래도 아닌, 공통된 단 하나의 미래만이 존재할 거라는 듯이.

人

어느 주말, 나는 조와의 토요일 단골 데이트를 헨리와의 데이트를 위해 희생시켰다.

헨리와 나는 함께 레코드가게에 갔다. 이 선반 저 선반 둘러보다가 우리의 몸이 가볍게 부딪치기도, 서로의 발걸음이 엉키기도 했다.

지금 이 순간, 헨리는 여전히 확신이 서지 않는 모양이다. 그는 친구로, 단지 친구로만 지내길 바란다. 나는 너무나 간절히 그를 원하는 마음에 숨을 쉬기도 힘든데.

요즈음의 나는 앞으로 다시는 맛볼 수 없는 가장 에로틱한 순간 들을 경험하고 있다. 차 문을 쾅 닫고 나면, 고요하고 무거운 공기 속에 우리 둘만 존재하는 그런 순간 말이다.

그다음 주, 헨리가 집으로 나를 초대해서 아빠를 소개하고 자신의 방을 보여줬다. 침대가 한가운데 놓여 있는 이 자그마한 공간에 함께 선 지금, 난 너무나 긴장된다. 벽에 걸린, 그가 그린 그림들을 하나하나 쓰다듬었다. 그리고 남자애 손으로 네 모서리를 깔끔하게 잡아당긴 부드러운 격자무늬 이불과 탁자 위에 쌓인 책들, 서랍과 창가의 블라인드를 하나하나 살폈다.

그러니까 여기가 헨리가 혼자 지내는 곳이구나. 내가 열리고 있음이 온몸으로 느껴진다.

우리는 집 뒤의 숲으로 걸어갔다. 칡으로 뒤덮인 참나무들 사이로 기찻길이 지나간다. 따사로운 봄 공기 속에서 울어대는 매미 소리를 들으며, 우리는 철로에 동전을 올려놓고 그걸 넘어서 숲속 더 깊은 곳으로 들어갔다.

쓰러진 나무 한 그루를 발견하고 우리는 거기 나란히 걸터앉았다. 우리의 숨소리만이 귓가에 울린다. 그의 팔이 나를, 내가 그를 감싸안았다. 하지만 그것만으론 충분치 않았다. 결국 그의 입술이 내 입술에 닿은 순간, 난 내 생애 처음으로 내 안의 통증이 이동하는 걸 느꼈다. 마치 내 안에 따스한 호수가 도사리고 있었던 것처럼.

기차가 굉음을 내며 지나간다. 어느새 우리는 바닥에, 잎사귀와 축축한 흙 사이에, 헨리는 내 위에…… 내 손가락은 그의 뜨거운 등을 헤친다. 내가 처녀성을 잃으려면 여전히 한 달이라는 시간이 필요하겠지. 하지만 지금 이 순간 그가 내게 와 닿는다. 그의 얼굴이 내 목에 파묻힌다. 그리고 저 위 나무 사이로 햇빛이 스며든다.

숲속의 풋내기들, 우리는 길을 잃었다. 괜찮아.

人

이제 조가 무대 오른쪽으로 퇴장할 타이밍이다. 여전히 나는 학교에서 조와 붙어다니고, 여전히 조는 주말 밤을 우리집에서 보내지만, 내 머릿속에는 온통 헨리 생각뿐이다.

학교 복도에서 헨리와 스쳐 지나가거나 영어수업 시간에 그와 마주앉으면서도, 내 손바닥이 그의 복부 곡선에 닿을 때의 그 부드러운 느낌을 모른 척하는 건, 스릴 넘치는 만큼이나 어려운 일이었다.

이제 우리는 주말마다 보고, 우리의 만남은 종종 야외로 향한다.

조지아의 봄 풍경은 그야말로 장관이다. 목련과 수선화, 가지를 축 늘어뜨린 버드나무와 꽃덩어리가 촘촘하게 매달린 등나무, 모든 게 싱그럽고 푸르다.

어느 날, 튤립꽃밭에서 내 엉덩이가 뭔가에 찔리는 게 느껴졌다. 두꺼운 뭔가가 파고들면서 격통이 일었다. 그건 아마도 나의 꽃을 따가는 신호였을까. 벌어진 내 두 다리 사이로, 어느 따스한 오후 헨리의 침대 퀼트이불 아래서……

그와 함께 있으면 아무 생각도 안 난다. 역시나 잘 안 된 구직면접을 마치고 귀가하는 아빠 얼굴에 비친 표정도, 엄마가 화학요법 직후 화장실에서 구역질하는 소리도, 쿠삭 선생님의 수업도, 조의 얼굴에 드리운 그늘도…… 다 생각나지 않는다.

어느 비 오는 날 크로스컨트리수업 후, 우리는 쏟아지는 비를 맞으며 꼭 안고 서 있었다. 또 어느 오후에는 에탄의 집 마당에서 함께 에탄을 기다렸다. 그때 우리가 앉은 풀밭 옆에는 인동덩굴 덤불이 있었다. 나는 헨리에게 꿀 빨아먹는 법을 알려줬다. 조심스럽게 수술 옆 부분을 빨면, 금빛 반투명의 진한 방울이 혀끝에 떨어진다. 그 달콤한 맛은 곧 우리의 입을 오가며 섞였다.

이렇게 봄이 지나간다. 매주 우리 둘만의 한 해가 흐른다.

어느 밤, 헨리와 데이트를 하고 집에 오니 거실에 엄마가 앉아 있다. 엄마 입에서 화이트와인 냄새가 난다.

이리 와 앉아봐. 엄마가 그렇게 말하고는 한참 나를 바라본다. 뭔가 알아내려는 거다.

헨리랑 섹스도 하니?

나는 충동적으로 거짓말을 한다. 아니. 나는 더듬거렸다. 양 볼이 화끈거린다.

거짓말하는 거 아니지?

나는 고개를 저었다. 아니야.

엄마한테 거짓말하는 건 새삼스러울 것도 없는데, 그런데도 메스 꺼움이 날 덮친다.

하지만 내 몸에 대해 내가 발견한 것들, 그건 내 거다. 엄마 게 아 니다.

엄마는 단지, 네가 아직은 그런 경험을 안 했으면 해! 엄마 목소 리가 단호하다.

나는 엄마 얼굴을 보지도 않고 서 있다가 걸어나왔다.

이후 며칠간 우리 사이에는 긴장이 흘렀다.

끝이 얼마나 가까이 다가왔는지 알았더라면, 우리 모두를 깜짝 놀라게 하며 그토록 빨리 올 것을 알았더라면······.

人

눈이 번쩍 뜨이는 각성의 시간은 오고야 만다는 것, 그것이 내가 아는 전부다. 마치 잠들어 있었던 듯 혹은 정신이 나갔던 듯. 아니, 실제로 난 그랬던 것 같다.

눈을 떠보니 학교 화장실에 서 있었다.

방금 들어왔는데 조가 보인다. 조는 어느 한 칸에 쭈그리고 앉아 있는데, 스웨터 소매를 걷어올린 탓에 부드럽고 허연 팔뚝이 드러났다. 그녀가 날 보더니 바로 다른 손에 쥐고 있던 걸 숨긴다. 확실하진 않지만 면도칼 같다. 나는 그애의 손을 낚아채서 끌어당겼다. 심장이 뛴다. 찢어진다. 하지만 그애는 날 밀쳐내더니 노여운 눈으로 쩨려보고는 그 칸에서 나와 문을 쾅 닫고 사라졌다.

조는 문을 닫아버렸다. 내가 어떤 말을 해도, 아무리 노력해도 그애는 내게 문을 열어주지 않았다.

밤에 전화기를 붙잡고 우리는 말없이 앉아 있을 뿐이다.

헨리와 함께했던, 내 몸과 헨리의 몸에 정신이 팔렸던 지난 몇 달 사이 그녀가 익사하고 있었다는 걸 알아채기는 어렵지 않았다. 나는 물속에 갇힌 그녀를, 그녀의 발목까지 올라온 매끄럽고 푸른 물풀들을, 산발이 된 그녀의 흑단 머리칼을 보았다.

나는 그녀를 실망시켰다.

나는 즉시 내 분노와 좌절감을 헨리에게로 돌렸다.

갑자기 그가 수업시간에 날 보는 것도, 그렇게 쉽게 내 안에 들어오는 것도 다 싫다. 이제 학교에서 나는 그를 완전히 무시한다. 조에게 나의 사랑을, 그애를 위해 어떤 것도 할 수 있다는 걸 증명하고 싶을 뿐이다.

나는 필사적으로 잔인해졌다.

이제 헨리도 아파하고 있다. 두 눈은 움푹 들어가고 날이 갈수록 더 간절해졌지만, 나는 지하실을 울리는 그의 전화를 받지 않았다. 우리는 한때 서로에게 사랑한다고 속삭였지만 이제는 그 말을 거둬들이고 싶다.

아니, 모든 걸 되돌려놓고 싶다.

人

학기가 거의 끝나간다. 여름이 바짝 다가서면서 조지아의 습도는 이제 하늘을 찌를 듯하다. 조를 따라 영어수업을 들으러 갈 때면 치마가 뒷다리에 쫙 들러붙을 정도다.

헨리와는 몇 번 더 만났다. 하루는 영어수업 도중에 같이 밖으로 나와서 공원까지 차를 몰고 갔다. 그리고 숲속 깊은 곳에서, 바닥에서 그걸 했다. 죽은 잎사귀들과 잔가지들이 살갗이 붉어질 정도로 내 등을, 척추를 파고들며 어깨뼈에 생채기를 남기고 허벅지 안쪽에 멍을 새겼다.

이 시간이 그와 함께하는 마지막 순간이다. 몇 주 후면 학교는 여름방학에 들어갈 것이다.

방학이 시작되고 한 달쯤 후 나는 조의 가족과 미시간으로 여행을 떠나기로 되어 있었다. 이번 여행은 조가 자해를 시작하기 훨씬 전부터, 헨리와 관련된 그 모든 것이 시작되기 오래전부터 계획된 것이었다.

조는 이제 내게 말도 잘 건네지 않지만, 나는 끝까지 해볼 거다.

우리는 원대한 미시간 여행 계획을 세웠었다. 한밤중에 슬쩍 나와서 시내구경을 가기로, 거기서 남자애들도 만나고 술도 마시고. 그리고 날마다 호숫가에 누워 있기로 했었다. 두 발은 따스한 흙빛 물에 담그고 기다랗고 앳된 목은 태양을 향해 내놓은 채로. 하지만 조는 완전히 기분이 풀리지 않았다. 그애는 여전히 마음을 열지 않는다. 이런 상황에서 뭘 기대할 수 있을지 모르겠다.

헨리와 나는 이 호수 여행 몇 주 전에 공식적으로 결별했다. 우리는 바로 얼마 전 그 짓을 했던 곳에서 멀지 않은 공원으로 갔다.

더 이상은 안 되겠어, 익사할 지경이야. 나는 그에게 말했다.

그의 눈에 눈물이 고이고, 목울대가 오르락내리락한다. 갑자기 가슴이 허전하다.

집으로 돌아와 엄마에게 이 소식을 전했을 때, 엄마는 안타까워했다. 하지만 엄마의 목소리에는 안도감이 묻어났다. 엄마는 결국 밤늦게 내 방으로 찾아왔다. 와인 냄새가 훅 풍겼지만, 어조는 차분하고 부드러웠다.

우리, 같이 별 볼까?

예전에 내가 천장 가득 붙여놓은 야광 별을 말하는 거다. 나는 숙제를 한쪽으로 밀어놓고 불을 껐다. 그러자 엄마는 내 곁으로 와서 누웠다.

내 기억이 닿는 순간부터 우리는 이렇게 함께 별을 봤다.

클레어, 너는 이 엄마가 네 나이였을 때에 비해 훨씬 현명하단다.

나는 엄마를 보지 않는다.

이제 너에게선 그 옛날 내 품에 안겨 있던 자그마한 아기의 모습을 더 이상 찾아볼 수 없구나. 엄마 눈엔 이제 어엿한 여자야.

엄마의 목소리에 울음이 묻어 있다.

앞으로 너무나 많은 것이 널 기다리고 있어. 우리 딸, 엄마를 믿어봐.

엄마가 내 손을 잡았다. 난 가만히 내버려뒀다. 그리고 엄마와 그렇게 누워서 별들을 올려다봤다. 나는 커서 엄마처럼 되고 싶은 걸까? 글쎄, 잘 모르겠다.

人

헨리는 내가 결별을 고한 후 매일같이 전화를 걸었다. 나는 그가 속삭이는 듯한 목소리로 남긴 음성메시지들에 코웃음을 치며 꾹, 삭제버튼을 눌렀다. 그는 이제 직접 그린 그림과 말린 꽃으로 가득한 편지를 우편함에 넣어놓기도 하고 내게 직접 건네기도 한다. 나는 조에게 이런 그가 우습다는 듯 얘기했다. 드디어 그애의 입가에 작은 미소가 어린다.

미시간으로 여행을 떠나기 전날 밤, 조와 나는 밤늦도록 그녀의 방에 함께 있었다. 다시 예전으로 돌아가고 싶어. 내 말에 조가 시선을 돌렸다. 창밖에서는 바람을 등에 업은 나뭇가지가 창에 생채기를 내고 있었다.

대화 주제가 헨리로 넘어갔다. 걘 뭐가 좀 모자라나 봐. 우리는 입을 모아 말했다. 내가 더 이상 자기를 사랑하지 않는다는 걸 왜 모르는 걸까?

우리는 계획을 짰다.

헨리와 마지막으로 통화한 게 2~3주 전쯤인 것 같다. 나는 그에게 전화를 걸었다. 방 저쪽에서 조가 다른 전화기를 들었다. 그의 목소리는 차분하다. 내가 전화를 건 데 대한 놀라움이 드러날까 조심스러워하는 눈치다.

나는 아직 너를 사랑한다고, 내일 아침에는 미시간으로 떠나지만 여행에서 돌아오면 우리 사이에 어떤 공백도 없었던 것처럼 꼭 붙어 있자고 말했다.

그의 뺨으로 안도의 눈물이 흘러내리는 소리가 들리는 것 같다.

조가 나를 향해 싱긋 웃는 걸 보며 가만히 수화기를 내려놓았다.

미시간까지는 차로 3일이 걸린다. 조와 나는 밴의 뒷좌석에 앉아서, 조와 아빠가 다른 남동생 드래머민이 성가시게 굴지 않도록 콜라병을 물려줬다. 그런데 조의 부모님이 오디오북을 틀었다. 우리는 얼굴을 찌푸리고 창밖으로, 저 멀리서 모습을 감추는 도로를 향해 시선을 돌렸다. 조의 머리가 내 어깨에 와 닿는다. 그녀가 나와 함께 두 다리를 쭉 뻗은 채, 내게 고개를 기댔다.

마침내 호숫가의 집에 도착했다. 조는 위층에 있는 할머니 할아버지 방으로 나를 데려가더니 전화기를 건넸다. 전화번호가 금세 떠오른다. 그토록 여러 번 눌렀던 번호니까.

농담이었어. 그가 받자마자 내뱉었지만 헨리는 단번에 이해하지 못한다.

그 문장을 반복하는 사이 목구멍이 부풀어오른다.

더 이상 너랑 같이 있기 싫어. 날 좀 내버려둬.

전화기를 다시 조한테 건네자 그녀가 딸깍, 전화를 끊었다. 그리고 우리는 아래층으로 내려와 호수로 향했다. 나는 해를 향해 얼굴을 들었다. 곁에서 조 역시 똑같은 포즈를 취하는 게 느껴진다.

人

미시간 여행에서 돌아온 직후, 나는 생리가 늦어지고 있다는 걸 깨달았다. 공포에 질려서 다시, 또다시 날짜를 세어봤지만, 계속 그 끔찍한 숫자만 나온다.

나는 침대 끄트머리에 앉아서 무릎을 가슴까지 끌어당기고 몸을 앞뒤로 흔들었다. 나는 내가 싫다. 그토록 잔인하게 굴었던, 그토록 제멋대로인 데다가 막무가내에 자기중심적이었던 내가 싫다. 모든 걸 되돌리고 싶다.

하지만 그 방법을 모르겠다.

결국 나는 위층으로 올라가서 소파에 앉아 있는 엄마에게 갔다. 너무 울어서 말도 잘 안 나온다.

나, 임신한 거 같아.

엄마는 내가 예상했던 노여움으로 나를 맞는 대신, 온몸으로 나를 달래주었다. 나를 꼭 안고서 내가 한참 우는 걸 그저 지켜보며, 귓가에 괜찮을 거라고 거듭 속삭여주었다.

내가 울음을 그치자 엄마는 주방으로 날 데려갔다. 그리고 병원에 전화를 걸어 진료 예약을 했다. 나는 거기 엄마 책상 옆에 서 있었다.

괜찮을 거야. 다 방법이 있단다. 그렇게 말하고서 엄마는 낮잠을 자라며 나를 아래층으로 내려보냈다.

깨어보니 세상이 따스하고 아련하다. 여름이 거의 끝나간다. 이제 곧 학기가 다시 시작될 텐데. 나는 그대로 침대에 누워 천장을 올려다봤다. 조와 헨리가 떠오른다. 얼마 후 몸을 일으켜 화장실로 향했다. 아, 생리가 시작되었다.

위층으로 올라가서 엄마한테 말했다. 이제 엄마가 울 차례다. 엄마가 울음을 그치고, 나는 엄마에게 기댔다. 그리고 우리는 오후의 TV를 시청했다. 그렇게 오랜 시간 우리는 아무 말도 하지 않았다.

人

가을과 함께 학기가 다시 시작되었다. 그날들은 저 멀리 흘러갔다. 헨리와 함께했던 그 시간들은 기묘한 꿈 같다. 이제 우리는 복도에서도 서로를 피할 뿐. 나는 대신 조에게 더욱 바싹 다가섰다. 내 어깨 위, 그애의 머리칼을 느낄 수 있을 때까지.

그해 가을, 조와 나는 마약에 손을 대면서 그걸 공급하는 남자애들과 문란한 시간을 즐겼다. 그리고 쿠삭 선생님의 수업을 빼먹을 때면 엄마 아빠가 사준 빨간색 낡은 사브에 기대앉아 선루프 너머로 담배연기를 피워올렸다.

엄마와의 관계는 가까워지기도 멀어지기도 한다. 어떤 때는 한밤중에 엄마의 침대로 가 어둠 속에 살며시 앉았다. 잠든 엄마의 품이 따스하다. 엄마가 잠긴 목소리로 무슨 일이냐고 묻는다. 새벽 2시인데 나는 아직도 잠 못 들고 있다.

아무 일도 아니야. 그냥 시 하나를 방금 완성했는데, 엄마한테 읽어주고 싶어서.

타닥, 엄마가 불을 켜며 침대에서 몸을 일으켜 침대헤드에 등을 기대고 앉는다.

좋아, 준비됐어.

다 읽고 나자 엄마가 가장 마음에 든 구절을 말해준다. 그리고 나를 한번 안아주고는 다시 이불 밑으로 몸을 뉘었다.

딸, 불 좀 꺼줄래?

타닥, 나는 불을 끄고 엄마 곁에서, 어둠 속에서 그렇게 엄마가 다시 잠들기까지 앉아 있었다.

고등학교 졸업반 가을, 엄마의 암이 재발했다. 몇 달간 엄마는 병원을 들락날락했다. 몇 차례의 수술과 화학요법, 의사의 진료와 함께 식탁 위에는 더 많은 청구서가 쌓여갔다.

아침에 학교 갈 준비를 할 때면 욕실에서 엄마가 구역질하는 소리가 들린다. 엄마는 창백하고 수척해져서 이제는 걸을 때조차 조심해야 한다. 그리고, 머리카락이 조금씩 빠지고 있다.

우리 관계의 파탄 국면은 다 지나간 것 같다. 나의 분노와 분개심은 어느새 누그러들었다.

나는 누그러들었다.

헨리와는 여전히 서로를 피해다니고, 조와의 우정은 더 이상 지속되지 않았다. 우리는 각자 그리 까다롭지 않은 다른 무리의 친구들에 섞여들어갔다. 가끔은 그애에게 전화를 걸어 엄마에 대해 말하고 싶지만…… 난 절대 그렇게 하지 않는다.

대학 합격 통지서가 날아온 날, 나는 주방에서 조용히 그걸 열어보았다. 종이 여기저기 흩어진 글씨를 읽는데 눈물이 차올랐다.

나는 딱 한 군데만 원서를 냈다. 버몬트 산자락에 자리한 자그마한 인문대학, 엄마와 아빠로부터 멀리 떨어진, 애틀랜타와 그게 의미하는 모든 것으로부터 멀리멀리 떨어진 곳.

엄마의 침실로 가서 엄마에게 통지서를 건넸다. 늦은 오후의 태양이 마룻바닥까지 미끄러져 들어온다. 엄마는 화장대 즈음에 서서 귀걸이 한 짝을 손에 쥐고 있었다. 엄마가 통지서를 받아들었다. 엄마가 통지서를 읽는다. 그리고 고개를 들어 나를 본다. 우리의 눈에 눈물이 흘러넘친다.

끝이 시작되었다.

타협

당신은 상실의 고통을 잊기 위해 뭐든 할 것입니다.
과거 속에 머문 채, 그 상처로부터 벗어날 방법이라면
무엇과도 타협할 것입니다.

엘리자베스 퀴블러 로스

아빠와 나

7

엄마, 나 보여?

2003년, 스물다섯

택시 한 대가 필리핀의 한 호텔 순환진입로에서 공회전을 하고 있다. 나를 기다리는 것이다. 나는 일행에게로 향하던 시선을 거둬들였다. 다소 뒤죽박죽인 이 베테랑 여행작가 무리와 함께 보낸 7일의 시간을 뒤로하고, 나는 짐을 택시기사에게 건넸다. 어느새 내 가방이 그 기사의 손을 거쳐 가볍게 뒷좌석에 안착했다.

로스앤젤레스 《스튜던트 트래블러》 잡지의 임무 수행차, 필리핀 관광위원회의 초청을 받은 저널리스트 그룹에 합류했건만, 7일간의 마닐라와 세부 투어를 마치고도 아직 기삿거리라고 할 만한 걸 하나도 건지지 못했다. 그래서 결국 다른 작가들이 LA로 돌아가는 비즈니스석에 편안히 몸을 실을 때 나는 가이드북에 살짝 언급된 어느 섬으로 향하고 있는 것이다. 말라파스쿠아로.

넓디넓은 필리핀이라는 나라는 태평양 한구석에 아무렇게나 흩어져 있는 7천여 개의 섬으로 구성된, 위험하기로 악명 높은 나라다. 이 여행을 떠나오기 전 친구들과 가족들은 저마다 한마디씩 우려를 표했다.

납치될 수도 있대. 이모가 말했다.

장티푸스 같은 병에 걸릴 수도 있어. 친구 루시도 말했다.

납치될지도 모른다니까. 리즈까지.

필리핀에 대해 많이 알아봤는데, 맞는 말들이긴 하지만 가능성은 희박하다. 다시 말해, 오히려 그게 더 굉장한 경험이다. 게다가 난 한 번도 아시아나 제3세계에 가본 적이 없는데, 필리핀은 둘 다에 딱 들어맞는다.

이 나라에는 서구 여행객이 거의 없는지라, 며칠간 나는 할리우드 유명인사들에게만 제공된다는 각종 서비스를 받았다. 또 어느 절을 가든, 어느 노천시장이나 번잡한 시내를 걸어다니든, 필리핀 사람들은 서로를 붙잡고 미친 듯이 날 가리켰다. 저 한가운데 있는 키다리 백인 여자애를 봐.

택시기사가 호기심 가득한 눈으로, 백미러를 통해 나를 들여다본다.

버스터미널로 가주세요.

내 단호한 목소리를 시동으로 택시가 4성급 호텔을 뒤로하고 달린다.

어디로 가시는데요?

III 타협

말라파스쿠아요.

말라파스쿠아요?

거울 속 그의 속눈썹이 올라간다.

가이드북에 따르면, 말라파스쿠아섬은 세부 북쪽 끝과 얕은 해협을 사이에 두고 마주보는 비사얀 바다에 위치해 있다. 거기까지 가려면 정글을 지나는 여덟 시간 코스의 버스를 탄 다음, 배를 이용해야 한다.

말라파스쿠아에는 공항이 없다. 심지어 차도 안 다닌다. 사실상 거의 아무것도 없다고 보면 된다. 동서로 1.6킬로미터, 남북으로 3.2킬로미터 정도 되며, 밤 10시면 전기가 다 끊기고 수돗물은 하루에 두 번 한 시간씩 나온다.

내가 그 섬에 가는 이유는 사실 딱 하나다. 환도상어와 스쿠버다이빙을 할 수 있는 지구상 단 두 곳 중 하나라는, 이틀 전에 기삿거리가 될 만한 걸 찾아 가이드북을 뒤적이다 발견한 사실이다.

　　보통의 환도상어는 크기가 3~8미터이며, 커다란 낫처럼 생긴
　　꼬리는 먹이를 기절시킬 때 사용한다. 환도상어는 대개 다이버
　　가 들어가기에는 너무 위험한 깊은 바다에 서식한다.

완벽해. 이 문구에서 떠오른 생각이다. 다이빙을 안 한 지 몇 년이나 됐는지도 모른다는 건 상관없다. 생각만으로도 가슴이 조여오고 숨이 가빠지지만, 그런 건 정말 상관없다.

가이드북에 따르면, 말라파스쿠아 해변 근처의 모나드숄은 매일 환도상어를 구경할 수 있는 지구상 유일한 장소다. 그들이 매일 아침 여기 출몰하는 것은 이 여울에 사는 놀래기들과의 공생관계 때문이라고 한다. 이 작은 물고기들이 그들 몸의 죽은 피부나 입안의 찌꺼기들을 먹음으로써 박테리아를 제거해주는 것이다.

내게 죽도록 공포를 불러일으키는 이 피조물, 그 상어들과 다이빙을 하는 것만이 내 안에서 끓어오르는 절망감에 대한 해독제로 보인다.

아빠가 돌아가신 지 정확히 두 달이 지났다.

人

네, 말라파스쿠아요. 나는 백미러 속 그와 눈을 맞추며 대답했다.

거긴 왜 가시는데요?

스쿠버다이빙하기 좋다고 해서요.

택시기사는 고개를 끄덕이면서도 심각한 표정으로 이내 다시 묻는다.

누구랑 가시는데요?

아, 그냥 저만. 나는 사실대로 말했다.

혼자 가는 거라고요?

네.

남편은 없고요?

네, 없어요.

친구도 없어요?

네, 저만 가는 거예요.

나의 안전에 대한 택시기사의 우려를 잠재우려는 마음에 이 마지막 문장을 한껏 활기차게 대답했지만, 별 효과는 없는 듯하다.

말라파스쿠아에 아는 사람이 있나요?

아뇨.

정말 혼자 가는 거라고요?

네.

이제 좀 성가신데…… 게다가 덕분에 괜히 초조해지고 있잖아.

제가 도와드릴게요. 버스터미널에 도착하자 택시기사가 말했다.

음…… 정말 감사한데요, 그러실 필요 없어요.

버스 제대로 타는지만 확인해드릴게요.

결국 나는 승복했다. 백미러 속 그에게 고개를 끄덕인다. 이 전투에서는 이미 승산이 없으니까.

그는 약속대로 택시를 주차한 다음 터미널 안까지 동행해주었다. 터미널은 후덥지근한 데다 사람들로, 모조리 필리핀 사람들로 꽉 차 있다. 덕분에 이 노천 터미널에 들어선 순간, 사람들의 시선이 일제히 나를 향한다. 어떤 사람들은 심지어 손가락질을 하기도 했다.

택시기사는 나를 데리고 매표소로 가더니 몸을 숙여 매표원에게 타갈로그어로 말을 건넸다. 내 귀에 들리는 단어는 '말라파스쿠아'가 유일하다. 매표원이 놀란 표정으로 나를 향해 미심쩍은 제스처를 취했지만, 택시기사는 그저 어깨를 으쓱하고는 같은 말을 반복했다.

다시 밖으로 나왔다. 나는 한 손에는 버스표를 쥐고, 다른 손으로는 배낭을 꼭 움켜쥐고 밝은색 통학버스 앞에 선 기다란 줄을 지나 택시기사를 따라갔다. 뱃속에 불안감이 엄습한다. 살면서 수없이 많이 여행을 해봤지만 이런 적은 없었다. 이렇게 혼자서는, 이토록 머나먼 곳까지는 결코 단 한 번도.

각각의 버스는 다양한 색깔로 거칠게 페인트칠되어 있고, 모두 술이나 구슬장식에 갖가지 장식품과 봉제 동물인형으로 치장되어 있다. 우리는 전면에 그래피티 스타일로 니키Nikki라는 글자가 새겨진 통학버스 앞에 멈춰섰다.

나는 애써 태평한 척 행동했다. 대다수의 승객이 동작을 멈추고 나를 지켜봤지만 나는 아무렇지 않은 듯 버스 통로로 발을 내디뎠다. 그러고는 가장 먼저 보이는 빈자리에 앉아, 눈에 덜 띄길 바라는 마음으로 살짝 몸을 숙였다.

그때 택시기사가 버스기사와 대화를 끝내고 통로를 지나 내게로 걸어왔다.

저기요, 여덟 시간 정도 걸릴 거예요. 세부 끝까지 가야 하니까요. 마지막 정거장까지 가세요. 거기 도착하면 말라파스쿠아까지 가는 배를 찾을 수 있을 거예요.

나는 고개를 끄덕였다. 너무 멍한 나머지 그에게 고맙다는 말도 못 할 것 같았는데, 그래도 가까스로 감사인사를 했다.

그가 가고 나서 나는 완전히 자리를 잡고 앉았다. 통학버스를 타본 게 얼마 만인지. 그래도 이 끈적거리는 좌석들과 작은 직사각형 창은 고통스러울 만큼 친근하다.

1분도 지나지 않아 버스가 덜커덩거리며 천천히 터미널을 빠져나가는데, 터미널 문을 통과하기 직전, 다 해진 옷차림의 필리핀 남자아이 둘이 훌쩍 버스에 올라탔다. 커다란 백미러로 버스기사가 보인다. 그는 번쩍이는 레이밴 선글라스를 후다닥 쓰더니 전면 유리 위쪽에 장착된 오디오에 카세트테이프를 쏙 집어넣었다.

갑자기 버스 여기저기 전략적으로 배치된 작고 앙증맞은 스피커에서 아바ABBA의 목소리가 울린다.

　춤을 춰요, 자이브를 춰요, 당신의 인생에서 가장 멋진 시간이에요. You can dance, you can jive, having the time of your life. 저 소녀를 봐요, 저 춤추는 모습을. 춤의 여왕을 찾아보세요. See that girl, watch that scene, diggin' the dancing queen.

음악소리가 너무 커서 아무 생각도 할 수가 없다. 기어의 굉음을 타고 버스는 가속도를 내며 돌진하고, 그에 따라 내 등이 출렁인다. 따스한 미풍이 반쯤 열린 창을 타고 넘어오는 사이, 햇빛이 시트에 내려앉는다. 나는 가만히 눈을 감고 머리를 기댔다.

이 여행으로 나 자신에게 뭘 증명해내려는 건지, 아직은 전혀 모르겠다. 곧 알 수 있겠지.

人

버스의 시간은 천천히 흘러간다. 정글을 통과할 때면 열대의 푸름이 어렴풋이 두 눈을 스친다. 버스는 기나긴 비포장도로와 커브를 돌아 언덕을 오르락내리락한다.

버스가 터미널을 막 떠나려는 순간 올라탄 두 남자아이는 검표원이었다. 그들은 버스가 험한 길을 통과하는데도 아랑곳하지 않고 버스 안을 날아다니며 요금을 받고 승객들과 노닥거렸다. 아주 가끔 그들과 눈이 마주치면, 나는 그들이 수줍게 고개를 돌려버리기 전에 최선을 다해 미소를 지어 보였다.

대개 나는 스치는 풍경을 바라보며 담배를 피우고 지난 두 달을 떠올렸다.

아빠는 화요일 저녁 7시를 넘어서자마자 돌아가셨다. 아빠가 마지막 숨을 거둔 순간, 난 아빠의 손을 잡고 있었다. 좀 있다가 나는 안뜰로 걸어나갔다. 푸근한 밤공기 사이로 아파트단지 풀장에서 아이들이 첨벙대는 소리가 들렸다.

아빠가 죽었다.

온 세상이 고요하고 텅 비어버렸다. 엄마가 죽었을 때처럼. 그때랑 똑같다. 이제 내가 정말로 혼자가 되었다는 사실만 빼고.

아빠가 돌아가시기 일주일 전, 결국 난 콜린과의 관계를 완전히 정리하고 내 모든 소지품을 아빠의 창고로 옮겼다. 그리고 이제 내가 아빠 아파트의 소유주가 되어버렸다. 아빠가 모든 걸 내게 일임한 터라, 나는 아빠가 돌아가시고 몇 주간 사회복지부나 재향군인국 등에 아빠의 사망을 통보하는 전화를 돌려야 했다.

끊임없이 나보다는 어른인 누군가가 나타나서 이 모든 걸 맡아주기를 기다렸지만, 아무도 나타나지 않았다. 결국 나는 혼자서 부동산 전문 변호사를 만나고, 장례식 준비를 해야 했다. 외로운 날들이었다. 나는 뜰에 앉아 끝없이 담배를 피우거나 아빠의 크고 둔한 올즈모빌을 몰고 해변으로 가서 우두커니 앉아 물을 바라봤다.

내 안 깊은 곳에서부터 공허함이 퍼져나왔다. 마치 내가 우주비행사라도 된 듯, 우주선에서 이탈해 차가운 암흑 속을 떠다니듯, 호흡이 기둥이 되어 피어오르고 전파소리만이 공간을 채웠다.

한때는 고래 같았던 또는 칼날 같았던 슬픔은 이제 내 안 깊은 곳에 갇힌 채 더 이상 밖으로 나아가지 않는 광활함이 되었다.

이래라 저래라 하는 어른이 더 이상 없었기에 나는 내 방식대로 지냈다.

장례식장에서 아빠의 유해를 싣고 집으로 향하던 날에는 차가 폭발할 듯 바이올런트 팜므Violent Femmes를 크게 틀어놓고 달렸다.

이게 영원히 네 기록으로 남겨질 거라는 걸 네가 알아줬으면 해.

I hope you know this will go down on your permanent record.

부동산 전문 변호사를 만나러 가는 날에는 세븐 청바지에 보잉 선글라스를 꼈다.

밤늦게 잠자리에 들어 정오가 되어서야 겨우 눈을 뜨고, 과음을 하고, 집 안에서 담배를 피워댔다.

장례식은 토요일에 치러졌다. 나는 담청색 리넨 원피스를 입고 작은 방의 연단에 서서 떨리는 목소리로 추도문을 읽었다. 참석한 사람은 스무 명도 안 되었다. 대부분 내 친구들이었다.

나는 베니스비치에 아파트를 하나 빌렸다. 더 이상은 아빠의 아파트에서 지낼 수 없었다.

베니스는 완벽했다. 내가 사는 아파트는 1920년대에 지어진 운하와 잘 어울리는 작은 동네에 있었다. 이탈리아의 베네치아를 복제하기 위해 지어졌다고 하는데, 실제로 그러했다. 밤이면 오리들이 꽥꽥거렸고, 비디오가게로 가는 길에 있는 작은 순백색 다리는 인동덩굴과 부겐빌레아꽃으로 덮여 있었다.

하지만 이곳에서도, 지난 두 달간은 무력감만이 나를 지배했다. 나는 가혹한 한낮의 태양을 피해 블라인드를 꽁꽁 치고 소파에서 대부분의 시간을 보냈다. 집 밖으로 나갈 어떤 이유도 찾을 수 없었다.

사실은, 살아갈 어떤 이유도 찾을 수 없다.

그럼에도 필리핀에서의 일주일은 놀랍게도 우울함의 안개에 갇혀 있던 나를 조심스럽게 세상 밖으로 끌어냈다. 며칠 전 마닐라의 한 야외시장에 서 있을 때, R.E.M.의 〈믿음을 잃고Losing My Religion〉가 옥외 스피커를 통해 크게 울려퍼졌다.

정말 오랜만에 나는 살아 있음에 감사했다.

人

차창 밖의 풍경이 변하기 시작한다. 버스가 해안가에 들어선 것이다. 마침내 고개를 들었더니, 내가 버스에 남은 유일한 승객이다. 한 검표원 남자아이가 나를 보았는지 내 맞은편으로 와서 앉았다.

어디 가시는 거예요?

그가 소심하게 물었다. 그렇게 우리는 택시기사와의 대화를 되풀이했다.

말라파스쿠아요.

거긴 왜 가시는데요?

음, 그냥요.

누구랑 가세요?

그냥 저 혼자 가는 거예요.

문득 이 모든 게 정교한 납치 시나리오일지도 모른다는 생각이 들었다. 하지만, 그렇다 해도, 이미 너무 늦어버렸다. 난 망했다. 어쨌든 솔직하게 대답한다고 더 해가 될 것도 없으니까.

혼자 간다고요?

네.

남편도 없이?

네.

친구도 없이?

네, 그냥 나 혼자.

말라파스쿠아에 아는 사람 있어요?

나는 고개를 저었다.

정말 혼자 가는 거라고요?

네, 정말요.

나는 제발 그가 이제 좀 이해하길 바라며 미소를 지어 보였다. 하지만 그의 질문은 계속된다.

어디서 왔어요?

또 시작이다. 거짓말을 해버릴까? 하지만 난 거짓말엔 젬병인걸.

미국이요. 결국 나는 마지못해 대답했다.

미국 어디요?

캘리포니아요.

아, 그럼 LA요?

네, LA요.

그제야 그가 고개를 끄덕이며 말한다. 그럼 말라파스쿠아까지 가는 배를 같이 찾아줄게요.

고마워요. 다행스러워해야 하는 건지 무서워해야 하는 건지 잘 모르겠지만, 난 대답을 해버렸다.

그때 갑자기 버스가 덜커덩거리더니 양옆으로 울창한 열대우림이 늘어선 주도로로 들어섰다. 오 마이 갓! 이제 시작인가 봐. 나, 정말 납치됐나 봐. 하지만 정말로 공포에 사로잡히기도 전에 나무들이 사라지며 환히 빛나는 거대한 대양이 우리 앞에 모습을 드러냈다.

버스가 나무 아래 정류소에 멈춰선다. 버스기사는 경쾌하게 뛰어내리더니 곧바로 담배에 불을 댕겼다. 그 검표원 아이를 따라 도로를 건너니 다 쓰러져가는 선착장이 보인다. 선착장 주위로 나무말뚝이 잔뜩 박혀 있고, 몇몇 뗏목이 물결에 흔들거린다. 그 옆으로는 심드렁한 표정의 남자들 한 무리가 그늘 속 카드테이블 주위에 앉아 있다.

저기요! 이 여자애가 말라파스쿠아에 간다는데요. 검표원 아이가 소리쳤다.

남자들이 고개를 들었지만 아무도 자리에서 일어서지 않는다.

저기요! 말라파스쿠아까지 데려다주실 분 없나요? 아이가 다시 외친다.

마침내 한 남자가 카드를 포개더니 의자를 뒤로 빼고 우리를 향해 느릿느릿 걸어왔다. 구릿빛 피부가 빛난다. 나이는 얼마 안 돼 보이지만, 얼굴의 깊은 주름이 태양빛을 받아 도드라졌다. 그가 나를 위아래로 훑어본다.

말라파스쿠아에 가고 싶으시다고?

나는 배낭을 꽉 움켜쥐며 고개를 끄덕였다.

지금 당장?

그러면 좋겠는데요. 나는 최대한 친근한 어조로 대답했다.

10분만 기다려요.

나는 다시 고개를 끄덕인다.

됐다! 검표원 아이는 진지한 표정으로 고개를 끄덕이며 외치더니, 나를 향해 활짝 웃고는 몽환적인 장식을 뽐내는 통학버스를 향해 바삐 걸음을 옮겼다.

이제 나는 작은 보트창고에 기대서서 여행의 다음 장이 펼쳐지길 기다리고 있다. 그런데 이상하다. 지도에서 말라파스쿠아는 세부에서 그리 멀지 않았는데, 지금 내 눈앞에 보이는 거라곤 탁 트인 대양뿐이다.

약속대로 10분쯤 지나자 보트운전사가 어디선가 또 다른 남자를 데리고 나타났다. 그들이 작은 배에 기어오르는데…… 어라? 성냥개비와 크리넥스로 만든 것 같은 뗏목이다.

선장이 로프를 던지며 닻을 팽팽하게 조이고는 나에게 올라오라고 손짓했다. 나는 잠시 망설였지만 이내 마음을 먹었다. 그래, 죽기 아니면 까무러치기지 뭐.

나는 비바람에 거칠어진 그의 손을 잡고 보트 위로 위태위태하게 발을 내디뎠다. 배 위에서 내게 허락된 공간은 두 선체 사이에 팽팽하게 걸린 작은 정방형 텐트뿐이었다. 그것도 가부좌를 틀고 앉아야 하다니! 곧이어 보트운전사가 손목을 휙 꺾어 닻을 올리자 배가 금세 물 위로 미끄러졌다.

내가 지금 뭘 하고 있는 거지?

이렇게나 세상 밖으로 멀리 나온 적은 없는데…… 아빠의 아파트, 아빠의 죽음, 소파 위에 갇힌 슬프고 외롭던 날들…… 그 모든 게 믿을 수 없을 만큼 멀리 있는 것 같다.

엄마, 나 보여?

아무 대답이 없다. 따스한 바람만이 선체를 뒤덮을 뿐이다.

얼마 후 선장이 내 옆으로 오더니 쪼그려앉아 말을 붙인다.

저기요!

아, 네? 그리고 우리는 잠시 저 멀리 대양을 바라봤다.

이름이 뭐예요?

클레어예요, 그쪽은요?

라파엘.

이윽고…….

말라파스쿠아에 아는 사람이라도 있어요?

속에서 짜증이 올라온다. 이번엔 제발! 나는 기계적으로 대답했다. 아뇨.

그럼 왜 가는 거예요?

그냥요, 그냥 가는 거예요. 아름다운 곳인 것 같아서요.

남편은 어디 있는데요?

남편 없는데요.

그럼 남자친구는요?

남자친구도 없어요.

아아, 그럼 정말 혼자 가는 거군요?

네, 혼자 가는 거예요.

선장은 얼마간 말이 없다. 내가 처한 상황을 파악하려고 머리를 굴리는 모양이다.

우리 이모가 해변에서 간이숙소 빌려주는 일을 하거든요. 그리로 데려다줄게요.

이런, 말라파스쿠아에 도착하면 어디서 잘 건지 생각도 안 해보다니.

고마워요. 이건 진심이다.

몇 시간 같았던, 실제로는 40여 분밖에 안 되는 시간이 흐른 뒤 마침내 작은 땅덩어리가 보였다. 말라파스쿠아다! 상상했던 것보다 크다. 그래봤자 책에서는 이쪽 끝에서 저쪽 끝까지 걸어가는 데 한 시간도 안 걸린다고 했지만.

보트는 바로 모래사장으로 미끄러져 들어갔다. 곧이어 대부분의 사람이 휴가지 광고판에서나 볼 법한 옅은 터키석 빛깔의 얕은 바다가 펼쳐졌다. 선장은 다시 내게 손을 건네 나를 보트에서 내려줬다. 나는 샌들을 벗어 손에 들고 따뜻한 파도를 헤치며 나아갔다.

우리 이모가 하는 데예요. 그가 저 멀리 해변에 초가지붕 오두막이 늘어서 있는 곳을 가리키며 말했다.

나는 한쪽 어깨에 배낭을 둘러메고, 한 손에는 샌들을 들고 그를 따라갔다. 발가락 사이로 느껴지는 모래가 따스하다. 해변에 부서지는 파도소리만이 내 귀를 적신다.

해냈어! 내가 닻을 올렸다고.

人

나는 몇 발자국만 걸어가면 바로 바다가 보이는, 쾌적하게 잘 꾸며진 작은 오두막에 짐을 풀었다. 그리고 이 섬의 유일한 다이빙

가게라는 '버블07'로 향했다. 늦은 오후지만 태양은 여전히 하늘 높이 떠 있는 것 같다.

다이빙 안전요원은 덩컨이라는 이름의 붙임성 좋은 영국 남자다. 나는 그에게 다이빙을 안 한 지 몇 년 됐지만 환도상어를 보는 코스를 예약하고 싶다고 말했다. 그러자 그가 눈썹을 추켜세우더니 의자에 등을 기댔다.

나는 그에게 부동산 전문 변호사를 만났을 때와 똑같은 표정을 지어 보였다. 그 변호사는 서류를 들춰보더니 왜 내가 훨씬 연장자인 이복형제들을 제치고 아빠의 유언집행인으로 지정되었느냐고 물었다.

덩컨은 몸을 앞으로 숙이더니 서랍에서 서류를 한 장 꺼냈다.

자, 여기요. 바로 여기다 당신의 생명을 내놓겠다고 사인하세요.

그가 윙크를 하며 말했다.

내일 아침이 되자마자 스쿠버다이빙을 시작할 거예요. 그러니까 새벽에 출발하는 거죠. 수심 25미터 지점까지 수직으로 내려가, 모랫바닥에 무릎을 꿇고 앉아서 상어들이 아침 청소모임을 시작하는 광경을 가만히 지켜볼 거예요. 50~60마리 정도가 모이는 걸 볼 수 있을 겁니다.

나는 꿀꺽, 침을 삼켰다. 그리고 기대감에 찬 표정으로 나를 바라보는 그를 향해 고개를 끄덕였다.

좋아요, 나도 갈래요.

나는 다음 날의 스쿠버다이빙을 위해 장비를 갖춰 입어보면서 가게에 도배된 사진들을 살폈다. 환도상어와 쥐가오리들의 어마어마한 몸체가 25미터 깊이의 푸른 바닷속에서 빛나고 있었다.

스쿠버다이빙을 마지막으로 한 게 10년도 더 된 것 같은데.

내가 열다섯 살 때까지 우리 가족은 항상 그랜드케이맨에서 크리스마스를 보냈다. 그건 우리 단출한 가족에게는 하나의 의식이 되어버려서, 아빠가 사업을 접고 플로리다로 이사간 다음에도 몇 년 더 우리는 꾸역꾸역 거기로 크리스마스를 보내러 갔다.

엄마 아빠는 매년 같은 콘도를 빌렸다. 그래서 우리는 12월마다 그곳으로 모여드는 다른 몇몇 가족과 함께, 야자수가 살랑거리는 따뜻한 모래해변에서 크리스마스를 기념했다.

매일 아침 엄마는 얕은 바다를 거닐자며 새벽녘에 나를 깨웠다. 바닷물은 너무나 투명해서 모래를 헤치는 발가락의 움직임까지 다 보였다. 엄마가 빵봉지를 가져온 날에는 빵을 잘게 찢어서 부드럽게 유영하고 있는 바다거북들에게 나눠주곤 했다.

엄마는 정력적인 다이버였다. 매일 아침 바다거북들에게 먹이를 주자마자 다이빙보트에 잠수장비를 싣고 사라져서는 점심시간이 될 때까지 나타나지 않았다.

나 역시 열네 살 때 다이버자격증을 딴 이후로 매일 아침 엄마의 다이빙 친구가 되었다. 우리는 손을 꼭 잡고 암초 사이를 부유해 9, 12, 15미터 아래로 내려갔다. 엄마는 노련한 다이버의 눈에만 보이는 온갖 것을 가르쳐주었다. 솔방울처럼 생긴 작은 말미잘이나 산호초 사이에 보호색을 띠고 숨어 있는 물고기들, 기다랗고 매끈한 뱀장어들이 컴컴한 틈새에 숨어 참을성 있게 먹이를 기다리며 턱을 열었다 닫았다 하는 모습 등.

그건 엄마와 함께한 최고의 순간들 중 하나다. 마스크 속 우리의 두 눈이 휘둥그레졌던 시간들, 호흡기로 입이 부자연스러운 중에도 서로를 향해 신나게 웃었던 순간들…… 수면 위로 떠오르는 물방울들이 보석처럼 반짝이던 날들이었다.

하지만 그건 10년 전 일이다. 내게 공황발작이 일어나기 전에, 내가 불안과 우울의 친구가 되기 전에, 심장이 미친 듯이 뛰면서 거대한 공포가 내 몸을 뒤덮기 전에.

어쨌든 난 덩컨이 내민 서류에 사인했다.

人

버블07을 나섰다. 이제 이 섬을 도보로 여행할 것이다. 이 섬에 존재하는 유일한 도로는 비포장이지만 시내를 곧장 가로지른다고 들었다. 그리고 덩컨의 말에 따르면, 말라파스쿠아의 인구는 몇백 명 정도라고 한다.

길가에는 판잣집과 오두막들이 늘어서 있다. 연기가 피어오르는 집들이 보인다. 벌거벗은 아이들이 문가에서 놀고 있다. 온 동네를 휘젓고 다니는 수탉들도 보인다. 나는 조금이라도 눈에 덜 띄었으면 하는 바람에 조심스럽게 걸어다니지만, 내 소망은 실현 불가능하다는 걸 잘 안다.

몇 분 후, 사람들이 나를 보기 위해 오두막에서 나와 모습을 드러내기 시작한다. 어린아이들은 뛰어와서 내 다리나 가방을 만져보고는 다시 잽싸게 달아난다.

갑자기 누가 내 이름을 부른다. 여자 목소리다. 허스키하면서도 매력적인.

클레어, 클레어!

여기 내가 아는 사람이 있을 수도 있나? 나는 목소리의 주인공을 찾아내기 위해 몸을 돌렸다. 마침내 내 두 눈이 짙은 피부의 건장한 여인을 찾아낸다. 그녀는 너른 얼굴에 깨진 이를 드러내며 활짝 웃고 있다. 눈가에도 환한 웃음이 가득하다. 이상하다, 단 한 번도 본 적이 없는 얼굴인데······.

클레어, 클레어! 말라파스쿠아에 온 걸 환영해.

나는 그녀를 향해 미소를 지으며 살며시 손을 흔들었다. 그런데 내가 다음 행보를 정하기도 전에 아이들이 가세하기 시작했다. 그들은 내 이름을 부르며 내 주위를 뱅뱅 맴돈다.

클레어! 클레어!

나중에 알게 된 바로는, 이 소식을 전한 건, 순식간에 내 이름을 여기저기 퍼뜨린 건 선장과 그의 이모였다. 하지만 지금 이 순간은 그저 내 인생에 가장 마법 같은 경험이다. 나는 이 상황에 그냥 나를 맡긴다. 나는 이렇게 필리핀 어느 섬 작은 마을의 좁다란 흙길 위에 서 있다.

클레어! 클레어!

클레어, 엄마가 미끄덩하고 뜨거운 내 몸뚱이를 처음 안은 날 내게 준 그 이름이다.

人

다음 날 덩컨의 말이 그대로 실현되었다. 새벽 5시 반에 창밖의 수탉들이 불협화음으로 날 깨운 것이다. 밖으로 나가보니, 여전히 어둡지만 버블07은 이미 불이 켜져 있다. 나는 수영복에 반바지와 탱크톱을 겹쳐입고 여전히 잠에 취한 채 다이빙가게로 향했다.

덩컨과 필리핀 남자아이 하나가 분주하게 잠수장비들을 다이빙보트에 싣고 있다. 나는 잠시 서서 어두운 바다를 내다봤다. 지금 이 기분은 뭘까?

아침 내내 엄마 생각이 났다. 엄마가 죽고 7년이라는 세월이 흘렀지만 나는 여전히 엄마가 나타나길 기다리고 있다. 엄마가 나타나서 내가 더 이상은 멀리 가지 못하게 제동을 걸어주길.

엄마, 나 보여?

해변을 향해 불어오는 부드러운 미풍 외에는 아무 답이 없다.

정신을 차려보니 어느새 덩컨의 작은 보트는 나를 앞에 태운 채 어둡고 거친 바다를 헤쳐나가고 있다.

차가운 공포가 나를 채운다. 엄마, 엄마, 엄마! 나는 끊임없이 외쳤다. 엄마, 어디 있는 거야?

아무 대답이 없다. 보트만이 계속 물살을 가르며 앞으로 나아갈 뿐이다.

덩컨과 그 남자아이는 내 뒤쪽 어딘가에서 미지의 깊은 바다로 배를 안내했다. 그러다 사방으로 육지가 완전히 시야에서 사라졌을 즈음, 마침내 덩컨이 배의 속도를 늦췄다. 그러고서 그는 놀라운 기술로 바다 한가운데서 작은 부표를 찾아내더니 배를 정박시켰다. 나는 덜덜 떨며 스쿠버다이빙용 잠수복을 급히 입었다.

엄마, 제발.

사위는 여전히 어둑어둑하고 바닷물은 불길한 기운을 내뿜는다.

덩컨은 어제의 지시사항들을 되풀이했다. 수심 25미터까지 쭉 내려간 다음 모랫바닥에 무릎을 꿇고 상어들을 관찰할 거예요. 50~60마리 정도가 모일 거고요.

심장이 세차게 뛴다. 나는 덩컨이 내 등에 무거운 산소탱크를 메어주는 대로 가만히 있다가 보트 끝자락에 가서 앉았다. 엄마가 내 곁에 있던 과거에 수없이 반복했던 동작 그대로. 그러고는 시커멓게 넘실대는 바다를 향해 거꾸로 뛰어들었다.

나는 사방으로 고개를 저으며 재빠르게 발을 저었다.

엄마, 어디 있는 거야?

덩컨이 내 옆으로 뛰어들어왔고, 우리는 부표가 있는 선까지 헤엄쳐갔다. 심장이 너무 빠르게 뛴다. 어떻게 해야 속도를 늦출 수 있는지 잘 모르겠다.

괜찮아요?

나는 덩컨의 물음에 고개를 끄덕였다. 하나도 안 괜찮았지만.

스쿠버다이빙의 주요 규칙 중 하나가 생각났다. 하강 속도에 상관없이 상승 속도는 날숨을 내뱉는 속도보다 빨라서는 안 된다는 것(감압병, 공기색전증 또는 폐가 급격히 팽창하는 것을 방지하기 위해서다-옮긴이). 그러니까 분당 4.5~6미터 정도로 천천히 올라와야 하는 것이다.

그럼 수심 25미터에서 수면 위로 올라오려면 한참 걸릴 텐데.

필리핀 대양 한가운데서 나한테 무슨 일이라도 생기면 어쩌지?

그 소식이 미국까지 닿으려면 얼마나 걸릴까?

누가 가장 먼저 그 소식을 듣게 될까?

그런 것에 신경 쓸 사람이 아직 남아 있나?

나는 마지막으로 거친 수면을 한 번 더 확인하고, 덩컨과 함께 부표에 연결된 로프를 붙잡고 하강하기 시작했다. 호흡기 때문에 입이 불편해서인지 숨이 너무 가쁘다. 통 속에 갇혀 있던 산소가 목을 타고 서늘하게 내려간다.

해류가 너무 강하다. 모랫바닥이 어디쯤 있는지 가늠해보려고 아래를 내려다봤지만 보이는 건 암흑뿐이다. 대신 저 밑에서 기다리고 있을 거대한 환도상어떼가 눈에 선하다.

기다려.

기다려.

기다려!

지금쯤이면 엄마도 도착했겠지. 내가 이렇게까지 멀리 왔잖아.

엄마, 나 여기 있어요. 나 안 보여요? 나 못 찾겠어요?

바로 그때, 내 눈에 덩컨의 얼굴이 들어온다. 엄마는 절대 오지 않을 거라는 걸, 난 그제야 깨달았다.

나는 덩컨을 향해 손가락으로 목을 긋는 시늉을 해서 이 다이빙을 취소하겠다는 신호를 보냈다.

말라파스쿠아로 돌아오는 길에 나는 또다시 키 근처에 앉아서, 덩컨이 준비해온 보온병에 담긴 따뜻한 커피를 마셨다. 수건을 몸에 둘러도 여전히 춥지만…… 그래도 감사하다. 내 두 뺨을 타고 흐르는 눈물을 볼 사람이 어디에도 없어서.

덩컨은 그 사건에 대해 관대했다. 이미 예상했을지도 모르지. 그래도 죄책감이 가시지 않는다. 내 슬픔을 처리한다는 한심한 구실로 죄 없는 이방인들을 괴롭힐 필요는 없었지 않은가.

앞으로 나는 이 여행 얘기를 수없이 많은 사람에게 들려줄 것이다. 클라이맥스라고 할 만한 아무런 사건도 없는 이 이야기를. 하지만 내게는 아니다. 내겐 지금이 바로 클라이맥스다. 바로 이곳에서, 이 위대한 태평양 한가운데 작은 보트에 앉아서 눈물로 흠뻑 젖은 얼굴을 하고서야 나는 평생을 기억해야 할 진실을 마주하게 된 것이다.

그 어떤 것도 그들을 되돌려줄 수 없다.

8

엄마가 다시 돌아올 거라 믿었다

1998년, 열아홉

나는 욕실로 들어가 작은 플라스틱막대를 대고 소변을 보고는 변기 뒤에 그걸 조심스럽게 올려놓았다. 그리고 청바지 지퍼를 올리고 다시 침실로 돌아와서 수화기를 들었다.

콜린이 전화기 너머에서 묻는다.

해봤어?

응.

그래서?

좀 기다려야 돼. 한 5분 정도.

아~.

1월 늦은 밤, 창밖으로 거대한 눈더미가 어둠 속에서 반짝인다.

콜린은 애틀랜타에, 나는 버몬트에 있다. 오늘은 엄마가 돌아가신 지 정확히 1년이 되는 날이다.

나는 말버러대학에 돌아왔다. 엄마가 죽고 생긴 1년의 틈을 메우기 위해 학업을 재개했다. 이번 학기에는 캠퍼스를 벗어나, 동기생인 트리샤와 함께 보조금을 받아 2층짜리 아파트에서 살기로 했다.

나처럼, 그녀도 시 전공이다. 우리가 처음 만난 주말에 그녀는 이렇게 선언했다.

우리는 앤 섹스턴Anne Sexton과 실비아 플라스Sylvia Plath 같다고 할 수 있지. (앤 섹스턴과 실비아 플라스는 초기 페미니스트 경향을 보인 미국의 여류 시인이다. '정신적 자매'로 불릴 정도로 깊은 문학적 교감을 나눴으며, 둘 다 자살로 생을 마감했다.—옮긴이) 네가 좀더 화려한 스타일이니까 앤이고, 난 더 우울한 분위기를 풍기니까 실비아를 맡을게.

하지만 이후 몇 달이 지나도록 우리는 더 우울한 역할만을 놓고 경쟁을 벌였다. 문을 꽉 닫고 똑같은 시간만큼 침실에 갇혀 있거나, 밤늦게 상대방의 문가를 지날 때면 울음을 터뜨리거나 하는 식이었다.

말버러로 돌아온 지 일주일도 안 돼서, 난 생리가 늦어지고 있다는 걸 깨달았다. 나는 날짜를 뒤로, 다시 앞으로 계산하고 며칠을 기다려본 다음에 결국은 월마트에 가서 테스트도구를 샀다.

밤이 되자마자 콜린에게 전화를 걸었다. 나는 콜린과 사귄 지 채 6개월도 안 됐을 때 복학을 이유로 애틀랜타를 떠나왔다. 엄마가 죽은 후 1년간 휴학했는데, 아빠나 나나 이제는 내가 다시 익숙한 일상으로 돌아갈 때라고 생각했기 때문이다. 아빠는 실제로 그 문구를 사용했던 것 같다. 익숙한 일상.

콜린과 내가 서로의 마음을 확인한 건 새해 전야 즈음이었다. 술김에 고백을 해버린 거다. 그다음 날이 되자 기억이 가물가물했다. 아니, 서로의 감정에 대한 확신은 그대로였다. 그저 실제로 입밖에 소리내 고백을 한 건지가 확실치 않았다.

하지만 어쨌든 내가 버몬트로 돌아왔다는 사실에는 변함이 없다.

애초의 계획은 그저 상황을 지켜보자는 것이었고, 그것은 여전히 유효하다. 콜린은 몇 달 후면 뉴욕으로 가서 배우가 되겠다는 꿈을 좇을 것이다. 사실 내 계산 속에는 뉴욕에서 말버러까지는 세 시간 반이면 된다는 것까지 포함되어 있었다.

나는 한참 딴 얘기를 하다가 무심코 그 말을 내뱉었다.

나 오늘 임신 테스트기 샀어.

뭐?

임신 테스트기 샀다고.

그건 나도 들었고. 그러니까 왜?

생리를 안 해.

정말 임신한 거 같아?

아니.

아직 테스트 안 해봤어?

아직.

그럼 지금 당장 해보는 게 어때?

지금 우리 전화하고 있는데?

괜찮아.

알았어, 기다려봐.

그러고 나서 나는 바로 욕실로 가서 테스트를 했다.

걱정하지 마. 나는 다시 수화기를 들자마자 이렇게 말했다. 괜찮을 거야. 내가 알아. 고등학교 때도 몇 번 해봤는데 항상 음성으로 나왔다니까.

고등학교 다닐 때, 특히 12학년 때는 매주 우리 중 하나가 임신 테스트를 했던 것 같다. 그럴 때면 우리는 루시의 집으로 몰려갔다. 루시는 부모님이 이혼하신 후 엄마랑 살았는데, 엄마가 늦게까지 일을 하셨기 때문이다. 그래서 루시의 집은 학교가 파하고 몇 시간가량 우리의 독차지였다.

나, 루시, 로라, 홀리, 그리고 사브리나.

우리 중 누가 가장 먼저 순결을 잃었는지는 기억나지 않는다. 사브리나였나? 아무튼 12학년 즈음에는 우리 모두 성적으로 왕성하게 활동 중이었다. 물론 그걸 아는 부모님도, 모르는 부모님도 있었고. 우리가 유난히 문란했다고는 할 수 없다. 그저 우리 모두 어느 정도 진지한 관계로 발전 중인 남자친구가 있었을 뿐.

그럼에도 우리는 유치하다고 할 만큼 아직 어렸다.

우리 중 하나가 임신한 것 같으면 모두 방과후 루시의 집으로 소집되었다. 그리고 공포에 질린 주인공이 홀로 욕실에 들어간 사이, 나머지는 루시의 침대에서 숨죽인 채 결과를 기다렸다.

루시는 방을 짙은 자주색으로 페인트칠한 다음 로버트 스미스의 포스터로 벽을 뒤덮었다. 그리고 주기적으로 긴 머리를 새까맣게 염색하고, 유령처럼 허연 얼굴을 잘도 유지했다. 몇 년 후, 그녀가 밝고 쾌활한 요가강사가 되었을 때, 나는 고등학교 때 내가 알던 루시와 눈부시게 변신한 그녀를 연결하는 데 종종 어려움을 겪었다.

루시네 욕실에서 양성 결과를 들고 나온 사람은 아무도 없었다.

콜린한테 이 얘기를 다 하고 나서, 다시 수화기를 내려놓고 홀로 욕실로 걸어갔다. 작은 플라스틱막대가 내가 5분 전에 놓았던 바로 그곳에 놓여 있다. 나는 임신 결과 창을 빤히 들여다봤다. 그런데 바로 거기, 양성 사인이 날 기다리고 있었다.

임신이다.

人

다시 시작된 말버러대학 생활은 일회전 때와는 전혀 다른 국면으로 펼쳐지고 있다. 화난 듯 부츠로 재활용 캔을 마구 짓밟아 찌그러뜨리고, 미셸과 크리스토퍼를 짝사랑하고, 엄마를 잃어버리고 있다는 사실에 신음하던 새내기 여대생은 1년 만에 수십 년의 세월을 겪은 듯 변해버렸다.

이미 닳고닳아 금방이라도 부서질 것 같다. 아무것도 하고 싶지 않다.

학생식당도, 하울랜드 기숙사 파티도, 예전의 룸메이트 크리스틴도 다 피하고 있다. 아무 생각 없이 수업에 들어갔다가 집에 오면 퀼트이불을 뒤집어쓰고 침대 구석에 몸을 웅크릴 뿐이다.

미셸은 작년에 졸업했고, 크리스토퍼는 샌프란시스코에 있다.

난 불면증에 걸렸고 정기적으로 공황발작이 나타나기 시작했다.

나는 매일 밤 새벽 서너 시까지 잠들지 못하고 담배를 피우거나 광적으로 맥박을 체크했다. 심장이 또다시 심하게 두근거린다.

쿵, 쿵, 탁.

쿵, 쿵, 탁.

이마에 순간적인 격통이 찾아온다. 호흡이 빨라지고, 공포로 꼼짝도 할 수가 없다. 사냥개처럼 한 시간 이상을 이렇게 뻣뻣한 자세로 앉아 있어야 한다. 어떤 사소한 움직임도 동맥류를 초래할 테니까.

숨이 가빠온다. 목구멍이 막히는 것 같다.

새로운 증상들은 피할 수 없는 죽음을 상징한다. 그것들은 나를 갉아먹고 있다.

바로 몇 달 전에는 결국 응급실에 찾아갔다. 내 생각에는 틀림없이 심장발작이었다. 하지만 의사들은 내 몸에 각종 모니터와 심전도계를 연결해 몇 시간이나 살펴보고도 아무 이상도 발견하지 못했다.

하지만 내게 아무 이상이 없는 게 아니다. 그 이상한 곳이 눈에 보이지 않을 뿐이다.

임신은 당장 내가 집중해야만 하는 실질적인 과제를 던져주었다.

내 생각에 6주 이상은 안 됐을 것 같다. 테스트를 해본 다음 날, 나는 빨래방에 갔다. 따스하게 햇볕이 쪼이는 곳으로 의자를 끌어당긴 다음, 거기 앉아서 건조기의 작은 회전 유리창 너머로 옷들이 빙빙 돌아가며 건조되는 걸 바라봤다.

나는 임신했다.

이 사실이 뭘 의미하는지, 아무리 머리를 굴려도 아무런 답도 나오지 않는다. 나는 이런 일에 대해 아는 게 없다. 엄마 생각이 난다. 고등학교 때 한번은 임신인 줄 알았었다. 그때 엄마가 있어 얼마나 든든했는지. 나는 두 팔로 배를 타이트하게 감싼 채, 옷들이 건조기 안에서 뒹굴 뒹굴 뒹굴 돌아가는 걸 바라본다.

낙태를 하게 될 거란 건 이미 알고 있는 사실이다.

사실, 낳을 생각은 단 한 번도 안 해봤다. 단 한 번도.

人

기억이 나지 않는다. 엄마가 낙태한 적이 있다는 얘기를 한 게, 내가 고등학교 때 임신인 줄 알고 공포에 떨던 그 순간이었는지 아니면 나중이었는지.

그때 엄마는 서른 살이었고, 뉴욕에 살고 있었다. 엄마가 임신 사실을 알았을 때는 어느 번지르르한 월스트리트 남자와의 짧은 관계를 막 끝냈을 때였다. 그는 집으로 전화를 해도 받지 않고, 사무실에 메시지를 남겨도 연락이 없었다.

결국, 한성깔하던 엄마는 그의 비서에게, 낙태를 할 예정이니 수표를 달라는 메시지를 남겼다. 그는 곧바로 큰돈을 내놨고, 엄마는 수술을 했다.

거기까지다. 그 외 다른 내용은 하나도 기억나지 않는다. 엄마가 그 결정을 하기까지 많이 고민했는지, 그 경험이 트라우마로 남았는지는 전혀 모르겠다. 엄마가 그런 것까지는 얘기하지 않았을지도 모른다. 아니면 기억에 남을 만한 게 별로 없었을지도.

세탁물이 돌고 돌고 돌아가는 걸 지켜보는 사이, 이 모든 생각이 떠올랐다.

낙태를 할 생각에 엄마와 더 가까워진 것 같은 기분이 든다. 내가 이상한 걸까?

엄마의 1주기를 기념해 엄마에게 편지를 쓴다.

　엄마!
　엄마 없이 어떻게 살아야 할지 모르겠어. 제발 돌아와줘.

나는 콜린에게 내 계획을 전했다. 콜린은 반대하지 않았다. 내가 만약 정반대의 선택을 했다면…… 그랬어도 콜린은 이토록 순종적이었을까? 어쨌든, 콜린은 내 의문에 상관없이, 이리로 날아와 함께 있어주겠다고 했다.

그다음 전화는 아빠 차례다.

내가 버몬트로 돌아온 바로 그 주에 아빠 역시 캘리포니아로 이사했다. 내가 아빠에게 이 사실을 털어놓자, 아빠는 5천 킬로미터 떨어진 그곳에서 한숨을 내쉬었다.

아빠가 내 손을 잡고 교회 통로를 걸어간 유일한 순간이 엄마 장례식이었듯이, 내가 아빠에게 임신했다는 말을 전하는 유일한 순간이 바로 지금이다.

음, 얘야.

아빠가 다시 한숨을 쉰다.

나는 버몬트의 아파트 부엌에 서서 손가락으로 전화선을 빙빙 돌려댔다. 누가 보면 나이 지긋한 아빠에게 낙태 계획을 털어놓는 게 아니라, 여고생이 좋아하는 남자애와 통화하는 줄 알겠다.

이틀 후, 나는 낡은 빨간색 사브를 끌고 가족계획클리닉Planned Parenthood clinic을 찾아갔다. 바깥공기는 사무치게, 극도로 차가웠다. 하늘은 티 한 점 없이 새파랗고, 도로는 시커먼 얼음으로 뒤덮여 있었다. 나는 차 안에서 담배를 피우며 포티셰드Portishead를 들었다.

> 어쩜 이렇게 엇나갈 수 있는 거지? 지금 이 순간부터? 어쩜 이렇게 잘못될 수 있는 거지? How can it feel this wrong? From this moment? How can it feel so wrong?

클리닉은 A자 형태의 고풍스러운 목조건물이었다. 대기실에는 안락한 소파와 뜨개질한 담요가 있어서 정말 오래된 거실 같은 분위기였다. 맘껏 편하게 있으라는 무표정한 접수원의 강권에, 나는 소파 끄트머리에 앉아 두 팔로 납작한 내 배를 꽉 조였다.

잠시 후 나는 위층으로 안내되었다. 거기서 날 기다리던, 우락부락하지만 친절한 나이 든 간호사는 우리 학교의 전문 간호사와 내가 이미 알아낸 사실을 다시 한 번 확인시켜주었다.

나는 임신했다.

간호사의 진료실에 앉았다. 간호사와 나 사이를 가로막는 책상은 없다. 우리는 의자를 바짝 당겨서 얼굴을 마주보고 앉았다. 한 번도 경험해본 적은 없지만 이런 게 심리치료 방식 아닐까 하는 생각이 든다.

그럼 어떻게 하고 싶은가요?

낙태할래요.

다른 선택사항들도 고려해봤나요?

아뇨, 전 낙태할 거예요.

입양도 하나의 방법이 될 수 있어요. 환자분이 낳길 원한다면, 생각하시는 것보다 훨씬 다양한 방법이 있어요.

낙태할래요.

알겠어요.

그녀의 눈가가 나를 동정하는 빛으로 주름졌다. 갑자기 그녀가 부럽다. 내가 그녀 자리에 있었으면 좋겠다. 그녀처럼 현명하고, 활기차고, 노련했으면. 그저 나 같은 이런 여자애 맞은편에 앉아 있었으면.

확실히 결정하신 거죠? 그녀가 다시 한 번 내 눈을 바라보며 말한다.

네.

왜 내가 이토록 낙태를 고집하는지 나도 잘 모르겠다. 그저 이것이 내 삶의 이야기에서 너무나 당연한 다음 장면인 것 같다.

열여덟에 엄마가 돌아가시고.

열아홉에 낙태를 하고……

마치 내겐 어떤 선택권도 없는 듯한.

하지만 우리에겐 항상 선택지들이 존재한다.

내가 실제 부모의 세계에 들어선 건 이로부터 10년이나 지나서였다. 그때 나는 내가 창조해낸 자그마한 피조물에 대한 사랑과 간절한 기다림으로 몸이 달았다. 그리고 그제야 나는 깨달을 수 있었다. 내가 만약 열아홉에 정말 아이를 낳았다면, 바로 그 아이가 나를 그 오랜 고통과 파괴의 시간에서 꺼내줬을 거라는 걸. 마침내 나 자신이 엄마가 되고서야, 내 아이의 솜털처럼 부드러운 머리에 내 볼을 대본 다음에야, 나는 내가 살아낸 그 시간들의 황량함을 깨달았다.

人

버몬트의 아파트 부엌. 나는 수화기를 들고 낙태클리닉 전화번호를 누른다.

어떤 여자가 받는다. 클리닉입니다. 아무 감정 없는 목소리.

안녕하세요, 저…… 임신을 했는데요. 낙태하고 싶어서요.

얼마나 됐죠?

6주요.

그리 오래되지는 않았네요. 그녀는 소리내 메모하듯이 말한다.

날짜를 잡고 그녀가 수술 절차를 상세히 설명한다.

누군가 동행해줘야 해요. 집까지 혼자 운전해서는 못 가요.

나는 수화기에 대고 고개를 끄덕였다.

수술하는 시간만 따지면 15분을 넘지 않을 거예요. 하지만 총 한 두 시간은 예상하셔야 해요.

나는 조용히 고개를 끄덕였다.

편한 옷으로 입고 오세요.

또 끄덕인다.

수술날 아침에는 아무것도 드시면 안 돼요. 물은 괜찮고요.

네.

통화가 끝날 때쯤에야 그녀는 수술시 마취를 하겠느냐고 물었다.

가벼운 마취니까 정신은 깨어 있을 거예요. 하지만 마취 효과는 그대로니까 아무것도 느끼지 못할 거고, 어쩌면 기억조차 못할지도 몰라요.

나는 잠시 망설였다. 마지막 문장이 맘에 걸린다. 기억조차 못할지도 몰라요.

아뇨, 마취 안 할래요.

이게 내 이야기의 일부라면, 기억하고 싶다.

人

약속대로 콜린이 날아왔다. 그를 다시 보게 되어 기쁘다.

우리는 차가운 공항 주차장에 서서 서로를 안았다. 겨우 한 달만에 다시 보는 거지만, 그사이 우리는 다른 사람이 되었다.

그사이 우리는 함께 뭔가를 창조했다.

몇 달 후면 콜린은 뉴욕으로 옮길 거고, 나 역시 여름에 그곳으로 합류할 계획이다. 바로 그 순간부터 모든 게 악화될 테지만 지금은, 지금 당장 우리는 이 세상에서 서로를 이해하는 유일한 두 사람이다. 아니, 세 사람. 지금 이 순간 우리는 세 사람이다.

우리는 내 침대 퀼트이불 밑에 딱 붙어서, 내 안에서 자라고 있는 아기에 대해서는 한 마디도 하지 않고 주말을 보냈다. 그리고 이제 더 이상 아무 상관도 없기에 술도 마셨다. 아니, 어쩌면 상관이 있기에 마셨을지도 모른다.

월요일. 춥고 우중충한 날이다.

우리는 버몬트와 뉴햄프셔를 가르는 강을 따라서 91주간州間 고속도로를 타고 북쪽으로 차를 몰았다. 그렇게 한 시간가량을 가는 사이 나는 차창에 이마를 기댔다. 차갑게 얼어붙은 창은 마치 내가 열이 나면 엄마가 이마에 얹어주던 수건 같았다.

클리닉은 정체를 알 수 없는 건물에 있었다. 주차장에는 차 한 대만 외로이 서 있을 뿐, 시위하는 사람은 하나도 찾아볼 수 없었다(낙태를 반대하는 사람들이 낙태클리닉 앞에서 종종 시위를 한다 – 옮긴이).

대기실에서 내가 한 뭉치의 서류를 채우는 사이 콜린은 이리저리 서성거렸다. 나무합판벽과 도서관처럼 깔끔하게 정돈된 책장을 배경으로 그의 실루엣이 도드라진다.

쿵, 쿵, 탁. 나는 내 가슴속에서 고동치는 소리를 무시하려고 안간힘을 썼다.

서류의 작은 칸들, 병력을 기입하는 곳에 나는 모두 ×표시를 했다. 기록할 게 없다. 어떤 일도 일어난 적이 없으니까. 앞으로의 내 산부인과 이력에 채워질 내용들, 그건 아직 잘 모르겠다. 그건 그저 앞으로의 일일 뿐이다.

　　임신 횟수 : ＿＿＿＿　　출산 횟수 : ＿＿＿＿

나는 작성을 끝내고, 전화에서만큼이나 실제로도 퉁명스러운 접수원에게 그 서류를 건넸다. 그러고는 콜린 옆 소파에 앉았다.

그렇다, 나는 두렵다.

하지만 그보다 더, 나는 외롭다.

1월의 쌀쌀한 월요일, 엄마가 돌아가시고 1년이 지난 날, 나는 지금 버몬트의 이 조용한 낙태클리닉에 앉아 있다. 나는 외롭다, 또렷하게.

人

수술실에 들어서니 간호사가 내게 바지와 속옷을 벗으라고 한다. 상의는 그대로 입고 있어도 된단다. 난 양말도 벗지 않았다.

수술대에 누워 두 발을 위쪽 고리에 걸고, 무릎을 딱 붙였다. 하반신에는 비닐시트가 덮이고, 여전히 난 스웨터와 셔츠 그 안에 브래지어까지 입고 있다. 이렇게 반만 옷을 걸치고 있는 게, 뭔가 수치스럽다.

간호사가 나를 내려다보며 말을 건넨다. 그렇게 오래 걸리지는 않을 거예요.

이 사람들, 간호사와 의사와 접수원 모두 아무 표정이 없다. 그들이 그럴 수밖에 없다는 걸 이제야 알겠다.

나는 그녀를 향해 고개를 끄덕였다.

콜린도 수술실에 들어오도록 허락되었기에 지금 내 곁에 서 있다. 하지만 그는 지금 그 어느 때보다 더 창백하고 어려 보인다.

간호사가 수술 과정을 찬찬히 설명해주었다.

의사선생님이 먼저 검경檢鏡을 삽입한 다음 가늘고 긴 튜브를 사용해서 자궁벽을 긁어내고 내용물을 빨아낼 거예요.

나는 고개를 끄덕이면서 '내용물'이란 단어의 의미를 생각했다.

수술 후 경련이 견디기 힘들 수도 있어요. 정말 마취 안 하실 거예요?

나는 다시 고개를 끄덕였다.

의사가 수술실에 들어온다. 나는 목을 길게 빼고 그를 스윽 쳐다봤다. 백발에 꽤 나이 들어 보이고, 두 눈은 피곤에 절어 있다.

몇 년이 지나, 이 글을 쓰는 지금 이 순간, 그에게 미안하다. 그런일을 시켜서.

人

간호사 말이 맞았다. 수술은 그리 오래 걸리지 않았다. 나는 의사가 도구를 사용해 내 안에서 뭔가를 긁어내는 사이, 이를 꽉 물고 눈을 꼭 감았다.

눈을 뜰 수가 없다. 나는 할 수 있는 한 세게, 힘껏 눈을 꼭 감았다. 지금 내 손을 잡고 있는 건 콜린이 아니라 엄마일 거라고 끝없이 되뇌면서.

그래 여기, 바로 여기다. 버몬트 낙태클리닉의 수술대에 누워서야 나는 엄마가 절대 돌아오지 않을 거란 걸 깨달았다. 앞으로 수없이 이 사실을 확인하겠지만…… 그 어느 때도 지금 이 순간만큼 강력한 각성제가 되지는 못하겠지.

어떤 것도 엄마를 되찾아줄 수 없어.

나는 어쩌면 이 일이 있기 전까지, 바로 지금 이 순간까지 줄곧 엄마가 다시 내게로 돌아올 거라 믿었다. 그게 얼마나 마법 같은 일일지라도 말이다. 그래서 아침 내내 초를 세고 있었던 것이다. 고속도로 위의 환하고 차가운 시간 속에서, 따뜻한 나무합판벽의 대기실에서.

엄마, 나 여기 있어. 바로 여기. 나 안 보여?

엄마, 아직 시간이 있어. 그러니까 잘 찾아봐.

제발 날 찾아줘.

이 일이 일어나게 내버려두지 마.

하지만 엄마는 여기 없다. 엄마는 시간 내에 오지 못했다. 아니,

아예 오지 않았다.

의사가 수술을 마쳤다. 경련이 일어난다. 세게 그리고 강하게. 온몸이 뒤틀린다. 나를 덮고 있던 비닐시트는 잔뜩 구겨지고, 스웨터는 땀으로 젖고, 한쪽 볼로 눈물이 흘러내려 수술대 위의 시트를 흠뻑 적신다.

나는 열아홉 살이다. 지금 막 낙태수술을 했다.

9
울음이 시작되던, 혹은 그치던 날들

나는 욕실로 들어가 작은 플라스틱막대를 대고 소변을 보고는 세면대 끄트머리에 그걸 조심스럽게 올려놓았다. 그리고 청바지 지퍼를 올리고 다시 침실로 돌아와서 소파에 앉았다. 남편 그레그가 맞은편에 앉아 있다.

해봤어?

응.

그래서?

좀 기다려야 돼. 한 5분 정도.

아~.

9월 이른 저녁, 가을을 알리는 시원한 바람이 우리의 시카고 보금자리 방충망을 뚫고 밀려든다. 이제 엄마가 돌아가신 지도 거의 12년이 다 돼간다.

정말로 임신한 건 아니겠지?

글쎄, 잘 모르겠어. 근데 내가 말했잖아. 정말 기분이 이상하다고.

그 밤, 우리는 시카고의 부유한 교외지역인 위넷카에 있는 그레그의 누이 집에서 함께 저녁을 먹었다. 클리블랜드에 사는 그레그의 형이 아내, 아기와 함께 놀러 온 김에 모두 세라의 집에 모인 것이다.

그날 밤 내가 고른 맥주병에서 요상한 맛이 났다. 쉰맛이 나는 것도 같고 비위가 약간 상하기도 해서, 나는 아주 조심스럽게 맥주를 홀짝였다. 그러면서 천천히 생리가 며칠 늦어졌는지 세고 또 세어봤다.

겨우 3일.

그레그와 내가 결혼한 지 이제 겨우 두 달이다. 더 이상은 조심하지 않지만, 그렇다고 특별히 임신하려고 노력하는 것도 아니다. 그저 난 임신이 쉬운 일이 아니라는 것만 알고 있다.

그렇기 때문에, 욕실로 돌아가서 임신 결과 창을 본 순간 나는 깜짝 놀랐다. 바로 거기, 양성 사인이 날 기다리고 있었다.

임신이다.

人

그레그와 나는 우리 엄마 아빠가 33년 전에 결혼식을 올린 케이프코드의 바로 그 교회에서 결혼했다.

뜨거운 7월의 여름날, 내 인생에서 상상할 수 없을 만큼 가장 행복한 날이었다. 더 이상 부모님 생각에 슬프지 않았다. 실은 엄마 아빠 생각은 전혀 나지 않았다.

내 앞에 서 있는 그 남자 생각밖에 없었다.

오하이오 출신의 그레고리 토머스 부스Gregory Thomas Boose. 짙은 갈색 곱슬머리에 연하디연한 푸른 눈의 그레그. 착실한 두 손과 허스키한 목소리를 가진 그레그. 내 아버지와 생일이 같은 그레그. 언제나 그저 자상하고 인내하며 감사할 줄 아는 그레그. 농장에서 자랐으며 한때는 은행가였고 지금은 작가인 그레그. 만난 지 1년 만에 내가 결혼하는 남자, 그레그.

이제 내가 임신한 아이의 아버지, 그레그.

월요일이 되자 그레그는 나를 데리고 병원에 왔다. 그리고 대기실에서 내가 서류를 작성하고 해당되는 항목들에 체크하는 사이, 내 곁에 앉아 있다.

　　임신 횟수 : ___1___　　출산 횟수 : ___0___

그레그는 눈을 돌리지 않는다. 그는 이미 알고 있다.

그는 나에 대해 모든 걸 알고 있다.

그리고 그 때문에 나를 사랑한다.

의사가 또 다른 임신 테스트기에 내 소변 샘플을 똑똑 떨어뜨린 다음, 작은 표시창을 보여준다. 역시나 양성 반응이 기다리고 있다. 그녀가 원형 달력의 숫자판을 몇 번 돌리더니 말했다.

예정일은 6월 6일이에요.

그레그와 나는 마주보며 미소지었다.

갑자기 내년 여름이 말도 못하게 멀리 있는 것도 같고, 너무나 가까이 다가와 있는 것도 같다.

人

그해 가을은 꿈에 취한 듯 몽롱하게 지나갔다. 매일 머리가 땡하거나 속이 메스꺼워져 퇴근을 해서는 소파에 앉아 아무 생각 없이 TV를 봤다. 그렇게 오후가 슬그머니 저녁으로 바뀔 즈음 현관문의 잠금장치가 딸깍, 열리는 소리와 함께 계단을 오르는 그레그의 발자국소리가 들려왔다.

나는 매일 엄마를 생각한다.

하지만 더 이상 예전처럼은 아니다. 12년의 부재로 엄마는 이제 내 인생에서 신화적 존재처럼 되어버렸다. 그래서 가끔은 엄마가 이 세상에 살았었는지조차 의심스럽다.

그럼에도 임신 사실을 안 후로는 항상 엄마 생각이 난다. 엄마에게는 이 경험이 어떤 의미였을까, 엄마도 구역질이 났을까, 엄마도 나처럼 두려웠을까, 엄마도 여자아이를 원했을까, 나처럼. 꽤 오랫동안 엄마를 그리워하는 나 자신을 허락하지 않았지만, 지금은 선택권이 없다. 가슴이 너무나 아리지만, 엄마가 아직 살아 계셨다면 어땠을까 하는 생각을 떨쳐버릴 수가 없다.

엄마는 내가 태어나기 전, 한 번 유산을 했다. 아빠 말에 따르면, 당시 엄마는 2주 동안 아빠에게 입을 닫았다고 한다. 그 상실감에 엄마는 몸도, 마음도 추스를 수 없었다. 하지만 이후 엄마는 비교적 빨리 다시 임신에 성공했고, 늦은 5월 내가 태어났다. 엄마는 남자아이가 태어날 거라 확신했다고 한다. 그게 엄마가 원한 거였는지는 모르겠지만.

엄마에게 물어볼 수 있다면 좋을 텐데.

엄마는 돌아가시던 해까지도 내 육아일기를 기록했다. 거기에는 내 출생시 몸무게와 옹알이뿐 아니라, 내가 교정기를 뺀 날과 첫 생리, 10학년 때 벤 홀콤이라는 남자애와 함께한 첫 공식 데이트까지 기록되어 있다. 육아일기장은 결국 내가 태어날 아기를 위해 사놓은 유일한 물건이 되었다. 나는 여백 페이지가 많은 두꺼운 걸 골랐다. 내 아이의 첫 경험들을 잔뜩 기록하기 위해서.

내 뱃속에는 분명히 사내애가 들어 있는 것 같아서 나는 육아일기장을 파란색으로 샀다. 여자애가 태어났으면 하는 마음이 너무 간절했기 때문에, 그렇게 좋은 일은 실제로 일어날 것 같지가 않았다. 그 모든 세월을 겪어낸 지금, 내가 다시 엄마와 딸의 관계 속으로 들어간다는 건 도저히 불가능해 보인다. 그러니까 그런 식으로 엄마를 되찾을 수 있다는 게 믿기지 않는다.

이미 난 너무 많이 실망했다.

人

12월과 함께 시카고의 기나긴, 고집스러운 겨울이 찾아왔다. 아파트 창밖으로 눈이 쌓이고, 방충망에는 얼음이 엉겨붙는다.

오늘은 첫 초음파검사를 받으러 가기 위해 그레그가 일찍 퇴근했다. 이제 나는 임신 15주차에 접어들었다. 우리는 모든 지인에게 이 소식을 알렸다. 처음 배가 불러오는 걸 기념해서 부엌 벽에 서서 옆모습으로 사진도 찍었다. 임신부요가도 시작했고, 아기 이름 후보도 모으고 있다.

그레그는 출근할 때의 양복 차림 그대로, 대기실에서 내 손을 꼭 잡고 있다. 나는 그의 어깨에 머리를 기댔다. 이 남자가 정말 내 남편이라는 게 믿기지 않는다. 자주 이런 의심이 든다. 단지 너무 순식간에 일어난 일이라서가 아니다. 정말이라고 믿기엔 분에 넘칠 만큼 좋은 일이라서, 그래서……

진료실에서 나는 검진대에 등을 대고 누워서 스웨터를 걷어올렸다. 간호사가 차가운 젤을 짜서 내 하복부에 문질렀다. 그녀가 막대기처럼 생긴 탐촉자로 내 살을 지그시 누르기 시작했다. 그 레그와 나는 서로를 마주보며 웃었다.

우리는 간호사에게 성별은 알고 싶지 않다고 미리 말해두었다. 만약 정말 남자애라면 그냥 별 생각 없이 만나서 곧바로 사랑에 빠지고 싶다. 잘 알지도 못하는 일로 실망에 빠져 6개월을 보내는 것보다는 그게 나을 테니까.

우리는 모두 스크린을 쳐다봤다. 거대한 어둠이 그 공간을 뒤덮고 있다. 간호사는 탐촉자로 내 복부를 더 깊게 누르며 원을 그린다.

어머나, 내 자궁이 비어 있잖아.

물론, 물론이지.

바로 그때 그녀가 탐촉자를 위로 옮기자 자그마한 형체가 스크린에 튀어나왔다. 빠르게 뛰는 심장박동 소리가 나직이 스피커로 흘러나온다.

이제 보이네요. 그녀가 우리를 향해 미소지으며 말했다.

그 형체는 꿈꾸듯 팔과 다리를 흔들며 인사했다.

우리도 손을 흔들어 인사했다.

그런데 내 얼굴에서 미소가 채 사라지기도 전에, 내가 신비스러운 우리 아기의 모습에 흠뻑 빠져들기도 전에, 간호사가 탐촉자를 재빨리 아래로 움직이는 바람에 아까의 그 어둠이 다시 스크린을 채웠다.

들어오기 전에 소변 보셨나요?

네, 바로 전에요.

음, 다시 한 번 소변 보고 오실래요?

네, 그런데 별 이상은 없는 거죠?

네, 아마도.

아마도요?

우선 이게 뭔지 확인해봐야 할 것 같아요. 그녀가 어둠을 가리키며 말한다. 환자분의 방광인 것 같긴 한데…… 우선 소변을 본 후, 다시 확인해보죠.

화장실에서 바지 단추를 끄르며 변기에 앉는데 손이 떨린다. 소변이 똑똑 떨어진다. 더 이상은 없다.

난 이미 알겠다, 뭔가 잘못됐다는 걸.

저곳으로 다시 돌아가고 싶지 않다. 저기서 날 기다리고 있는 그 어둠이 뭔지 알고 싶지 않다.

나는 화장실을 떠나기 전에 잠시 멈춰섰다. 모르는 순간과 아는 순간 사이의 시간을 어떻게든 연장시키고 싶을 뿐이다.

시카고에 산 지 2년이 되었다. 나는 아직 온기가 남아 있는 9월에 이사왔다. 그리고 첫 번째 맞이하는 주말에 그레그와 호숫가를 산책했다. 호수는 하늘과 경쟁이라도 하듯 고풍스러운 푸른빛을 뽐내고 있었다.

그레그와 처음 만났을 때 나는 로스앤젤레스에 살고 있었다. 당시 내가 움직이는 게 당연하다고 생각하긴 했지만, 나는 시카고에 아는 사람이 하나도 없었다. 시카고에서의 첫 가을은 외로웠다. 게다가 링컨공원 북쪽 끝에 자리한 당시의 아파트는 다 쓰러져가는 끔찍한 곳이었다. 내 인생 최악의 장소로 기억될 만큼.

사실 집을 알아보기 시작한 지 겨우 2~3일 만에 충동적으로 임대계약서에 사인한 터였다. 창턱은 다 벗겨지고, 옷장은 현관 옆에 놓인 어두침침한 것 하나밖에 없었다. 그리고 거실에는 볕이 잘 들지 않아서 한낮에도 불을 켜놓아야 할 지경이었다.

아래층에는 남자 대학생들이 어울려 살고, 위층에는 밤마다 술에 취해 다투기 일쑤인 요상한 젊은 커플이 살았다. 지하 세탁실을 이용하려면 그 남자 대학생들의 아파트를 지나야만 했다. 나는 아침에 그들이 방 여기저기서 한창 잠들어 있는 틈을 타 그들의 거실을 슬금슬금 지나가곤 했다. 맥주병들과 마리화나용 물파이프가 커피테이블에 흩어져 있고, 커다란 TV 화면에는 비디오게임이 일시 정지된 상태로 틀어져 있었다.

그해 가을, 친구를 사귀기 위해 부단히 노력한 덕에 좋은 사람들을 만나기도 했지만, 여전히 난 외로웠다. 그레그와 나는 절대 우리 관계에 대해 의구심을 품지 않았고, 이 상황을 잘 꾸려나가겠다는 우리의 약속 또한 흔들림이 없었지만, 내겐 힘든 시간이었다. 나는 로스앤젤레스가, 그곳의 태양이, 그곳의 친구들이, 운하위 자그마한 내 아파트가 그리웠다.

12월 어느 밤 집에 돌아와 보니, 아파트에 누군가 침입한 흔적이 보였다. 노트북과 카메라가 없어지고, 침실은 난장판이 되어 있었다. 나는 마룻바닥에 널브러진 크리스마스트리를 눈앞에 두고, 거실 한가운데 서서 떨리는 손으로 그레그의 전화번호를 눌렀다.

몇 분 후 그레그가 가장 친한 친구 타렉과 함께 도착했다. 두 사람은 경찰 조사가 끝날 때까지 충실히 자리를 지켜주었다. 그날 밤 그레그는 침대 옆 테이블에 망치를 놓은 채 날 꼭 껴안고 밤을 보냈다.

그 일이 있은 후로 나는 아파트 임대계약을 해지했고, 두 달 후 우리는 합쳤다. 우리는 훨씬 북쪽에 있는, 시카고강 끝자락에 자리한 아파트를 얻었다. 주방 창문으로 오리들이 흙탕물 아래 열심히 발헤엄을 치며 노니는 모습이나 오후에 조정팀이 강을 거슬러 올라가는 걸 볼 수 있었다. 우리는 침실 벽을 은은한 노란빛으로 칠하고, 거실의 벽난로 양옆에 있는 붙박이장에 각자의 책을 나란히 사이좋게 꽂았다.

그리고 몇 달 후, 그레그는 내게 청혼했다. 드레이크호텔에서 저녁 만찬을 즐긴 후, 그는 한쪽 무릎을 꿇더니 아빠가 엄마에게 선물한 바로 그 약혼반지를 내밀었다. 그레그가 살짝 다르게 다시 디자인하긴 했지만, 바로 그 반지였다. 내가 엄마와 함께한 시간만큼 엄마의 손가락에 머물렀던 바로 그 다이아몬드. 다음 날 우리는 곧장 자메이카로 향했다. 전 집주인을 상대로 한 소송에서 받은 보상금을 탕진하며, 따스한 옥색 바다에 누워 행복한 한때를 마음껏 즐겼다.

집에 돌아오자마자 나는 머릿속으로 결혼 계획을 짜기 시작했다. 그런데 사소한 것 하나하나가 다 날 주눅들게 만들었다.

그레그에게는 다섯 형제가 있다. 우리 가족이 작은 만큼, 그의 가족은 크다. 그는 클리블랜드에서 한 시간가량 떨어진, 오하이오 북동부의 풍요로운 농장에서 자랐다. 여름이면 친구들이 테니스를 치거나 호숫가에서 놀 때, 형제들과 해가 질 때까지 딸기를 수확하거나 옥수수와 호박을 나무상자에 채워 포장했다.

우리가 자란 환경은 서로 너무나 달라서, 부스 가족의 일원이 된 처음 몇 해간 나는 끊임없이 그의 예사로운 형제자매들과 나 자신을 비교했다.

내 삶이 비극과 불안함으로 점철되어 있다면, 부스가의 자녀들은 정반대의 삶을 살았다. 그들은 수석졸업생이거나 의사, 변호사, 교사로 성장했다. 하나하나가 다 완벽해 보였다. 위로 세 형제는 결혼해서 건강한 아이들과 커다란 집, 그리고 누구나 인정하는 커리어를 소유했으며, 그레그와 두 남동생 역시 매우 정상적이고 전혀 찌들지 않은 삶을 영위했다.

그레그의 어머니는 귀엽고 아담한 체구에 쇼핑과 잡지의 가십 읽기를 즐기신다. 그리고 주방에서 바삐 몸을 움직여 대가족을 위한 갖가지 요리를 정성껏 만들어내신다. 그레그의 아버지는 농장을 팔고 은퇴한 후 소일거리로 보조교사 일을 하시는데, 끝나고 돌아오면 거실에 몸을 기대고 신문의 토막뉴스를 큰 소리로 읽곤 하셨다. 이분들은 그야말로 누군가의 머릿속에나 있을 법한 모범적인 부모의 전형이다.

이 새로운 대가족의 한가운데로 들어와 결혼식을 준비하는 건 결국 내가 겪은 모든 상실에 직면하는 것과 같았다. 부모님의 부재가 이중삼중으로 다가왔다. 나는 매일 불안함과 슬픔에 휩싸여 울음을 터뜨렸다.

내게는 유머 있고 매력이 넘치는, 내세울 만한 엄마가 없다. 어색한 가족모임 자리에서 듬직하게 팔을 둘러줄, 세상 물정에 밝고 현명한 아빠도 없다. 물론 결혼식 비용을 대줄 사람도 없고, 심지어는 결혼식장에서 내 손을 잡고 걸어줄 사람도 없다. 나와 내 고집뿐이었다. 하지만 그 고집도 결혼 준비 내내 날 버텨줄 만큼 강하지 못했다.

결국 약혼 두 달 만에 난 자포자기했다. 그레그와 난 무턱대고 케이프코드로 날아갔다. 그리고 우리 부모님이 결혼식을 올린 바로 그 교회에서 스물다섯 명의 가족과 세 친구가 지켜보는 가운데 결혼식을 치렀다. 제일 큰 이복오빠가 내 손을 잡고 입장했고, 이모들은 결혼식 내내 기쁨의 눈물을 흘렸다. 이어 우리는 이모네 집 마당에서 바닷가재요리를 먹고, 모두 수영복을 입고 뱅크스트리트를 쏜살같이 지나서 따뜻하고 푸른 대서양으로 뛰어들었다.

그보다 더 완벽할 수는 없었다.

하지만 6개월 후 지금, 진료실에 누워 초음파검사 화면에서 반짝이고 있는 어둠을 바라보아야 하는 이 순간, 그날은 떠올릴 수도 없을 만큼 저 멀리 있는 것만 같다.

人

진료실에 돌아오니, 의사가 간호사의 자리를 대신하고 있다. 뭔가가 공식적으로 잘못되었다는 신호다.

음, 이렇게 하면 통증이 느껴지시나요? 의사가 탐촉자로 내 복부를 누르며 말했다.

나는 고개를 저었다.

의사가 탐촉자를 움직이니까 다시 아기가 눈에 들어온다. 거대한 어둠 밑으로 작은 형체가 보인다.

저, 아주 큰 낭종이 있는 것 같네요. 유피낭종이라고 부르는데요, 액체가 들어차 있습니다. 양성인 것 같아요.

의사가 내뱉는 하나하나의 문장이 진료실을 떠돌다 복도로 향해, 다른 산모들이 그들의 정상적인 초음파 결과에 미소짓고 있는 모든 방을 지나간다. 정신을 차리려고 애써보지만, 난 지금 스크린의 컴컴함 속으로 사라지고 있다.

의사는 알아채지 못한다. 아무도 알지 못한다.

왼쪽 난소에서 자라고 있는 것 같네요. 비정상적인 크기는 임신 호르몬에 기인한 것으로 보입니다.

그레그가 고개를 끄덕이고 있다. 그의 손이 스패너처럼 꽉 내 손을 조인다. 나는 계속 사라지고 있다.

의사가 탐촉자로 낭종 주변을 문지르며 그것의 크기와 형태 등을 간호사에게 읊었고, 그녀는 그걸 받아적었다. 그리고 마침내 의사가 말했다.

제거해야 할 것 같습니다.

人

차에 타니 울음이 마구 터져나왔다. 집으로 돌아오자마자 나는 침대 구석에 몸을 묻고 코트도 벗지 않은 채 흐느꼈다.

지난 몇 년간 내가 해온 모든 것, 평화와 안정과 희망을 찾기 위해 내가 했던 모든 일이 산산이 부서지고 있다. 이런 걸로 내가 이토록 쉽게 무너져내릴 수 있다는 사실이 충격적이다. 나는 눈을 꼭 감고 몸을 앞뒤로 흔들면서, 머릿속으로 부르고 또 간청했다. 엄마 아빠가 오기를, 와서 날 데려가주길.

엄마, 엄마, 엄마.

초음파검사실에서 의사는 이런 종류의 난소낭종은 너무나 흔하지만, 내 경우는 크기가 너무 커서 수술로 제거해야만 한다고 설명했다. 그러지 않으면 낭종이 터져서 아기를 잃게 될 확률이 높다면서.

수술은 지금으로부터 3주 후, 임신 18주차에 접어들면 하게 될 것이다. 의사는 아기가 좀더 크고 강해질 때까지 기다려야 한다고, 그래야 수술 후 생존 가능성을 높일 수 있다고 했다. 그리고 마취제를 투여할 거라고, 아마도 전신마취를 하게 될 거라고 했다. 그다음에는 바로 낭종을 제거하기 위한 개복수술이 시행될 거란다. 이어 그는 난소도 함께 제거해야 하는 상황이 발생할 수도 있다고 경고했지만, 내 귀에는 아무것도 들리지 않았다.

다 잘 진행된다면, 며칠만 병원에서 치료를 받고 퇴원해 집에서 쉴 수 있다고 했다.

너무 간단하게 들린다. 의사는 심지어 안심해도 된다는 듯 내 다리를 부드럽게 어루만져주었다. 그레그는 나를 향해 희망을 다짐하듯 고개를 끄덕인다.

하지만 나는 이미 진료실을 떠났다.

나는 스크린의 암흑을 타고 도주해서 달리고 달리고 또 달려 열네 살 때로 돌아왔다. 나는 쉬지 않고 달려서 엄마 아빠 둘 다 암에 걸렸다는 사실을 안 그때로 돌아갔다.

人

수술날 아침, 눈을 떴을 때 난 놀랍도록 평온하고 편안했다. 때때로 나는 완벽한 재앙 앞에서 가장 편안하다.

그레그의 어머니가 오하이오에서부터 와주셨다. 우리는 아침에 모두 함께 차를 타고 병원으로 갔다. 그레그가 내게 달콤한 키스를 건네고, 나는 그에게 결혼반지를 주었다. 그가 끼워준 이후로 처음 손에서 빼는 것이다.

그리고 이제 나는 혼자다. 바퀴 달린 병원 침대에 누워 텅 빈 복도를 지나간다. 태양이 리놀륨 바닥에 널따랗고 따사로운 길을 내주고, 나는 창밖으로 쌓인 눈과 주차된 차들을 바라봤다. 갑자기 엄마가, 바로 이 자리에 엄마가 있었던 모든 순간이 떠오른다. 바퀴 달린 환자용 침대에 누워, 수술용 가운을 입고, 홀로 떠밀려가던 엄마가.

엄마, 정말 미안해요.

간호조무사가 갑자기 침대를 뒤로 확 잡아당기더니 방향을 틀어서 수술실로 밀어넣는다. 미식축구경기장처럼 조명이 환하게 켜져 있고, 여기저기 작은 테이블 위에는 번쩍이는 수술도구들이 줄지어 나란히 정돈되어 있다.

악몽 같다.

이 환자용 침대에서 뛰어내려, 이 모든 사람과 여기저기 흩어져 있는 메스와 흡입기를 헤치고 그냥 도망가고 싶다. 하지만 나는 그저 간호사들이 지시하는 대로 수술대 끄트머리에 앉아 마취 전문의가 거대한 바늘을 내 척추에 꽂아넣도록 자세를 취했다.

임신도 하기 전부터 나는 자연분만을 원했다. 가급적 그 경험의 순간을 온전히 느끼고 싶었다. 하지만 지금 출산도 하기 전에 난 경막외마취를 받고 있다.

약물이 내 하반신에 퍼져나가는 순간, 나는 다시 테이블에 천천히 눕혀졌다. 이제 내 두 다리와 엉덩이는 시멘트처럼 굳었다.

한 간호사가 내 두 팔을 가죽끈으로 매 양옆으로 고정시킨다.

또 다른 간호사는 내 코와 입에 산소호흡기를 씌운다.

누군가가 내 가슴에 가죽끈을 채운다.

다른 누군가가 커튼을 쳐서 내 몸을 두 부분으로 분리시킨다.

두 눈에서 눈물이 흘러내려 고개 아래의 테이블로 떨어진다.

엄마, 엄마, 엄마. 어디 있어?

그레그와 첫 데이트를 하던 날, 나는 과연 내가 아이를 원하게 될지 잘 모르겠다고 말했다. 서로 얼굴을 보기 전에 이미 상당한 기간 편지를 주고받은 터라 그에 대해 꽤나 많이 알고 있었는데, 특별히 눈에 띄는 점이 있었다. 그레그는 아버지가 되길 원했다.

내가 그 말을 건네던 순간, 우리는 밀레니엄파크의 다리를 건너고 있었다. 5월 말, 여름이 이미 공식적으로 시카고에 내려앉았다. 우리는 손을 잡고 있었고, 곁을 스치는 모든 사람이 우리가 바로 그 순간 사랑에 빠져 있다는 걸 눈치챈 것만 같았다.

나…… 아이 갖는 거, 잘 모르겠어.

그 말을 꺼내기 전에 우리가 무슨 얘기를 나누고 있었는지는 기억나지 않는다. 아무 말 없었는지도 모르겠다. 하지만 갑자기 어떤 전환점이, 내 옆에 서 있는 그 사람과의 사이에 완전한 길이 열리는 게 느껴졌기 때문에 나는 그 말을 할 수밖에 없었다. 우리가 한 걸음 더 나아가기 전에.

그는 나를 바라보더니 미소지었다. 그리고 내 손을 꼬옥 잡았다.

이미 그때 그는 알았던 것 같다. 내가 마음을 바꾸게 되리란 걸. 처음부터 그는 모든 걸 알고 있었던 것만 같다.

나 무서워. 나는 간혹 우리가 너무 빨리 다가서고 있는 것에 대해 걱정했다.

그러면 그는 항상 이렇게 답해줬다. 괜찮을 거야.

그리고 나는 정말 괜찮아졌다.

그는 오늘 아침에도, 우리가 떨어지기 직전에 말해줬다. 괜찮을 거야.

의사가 개복을 시작하는데, 이 말이 떠올랐다. 내 하반신은 죽어버린 살덩이처럼, 내 것이 아닌 것처럼 느껴졌지만, 수술이 계속되는 사이 격렬하게 밀고 당기는 느낌이 일었다. 마치 트렁크가 되어버린 내 복부를 누군가 화난 듯 풀어헤치는 것 같았다.

나는 깊이 숨을 내쉬려 애쓰며 천장을 바라봤다. 두 팔로 내 몸을 감싸고 싶다. 하지만 내 두 팔은 끈에 묶여 있다. 시야가 깜박이더니 침침하게 흐려진다. 마취 전문의에게 이 사실을 말하자 그가 조절장치를 돌렸다.

환자분 몸에 수액을 더 넣어야겠어요.

다시 수술실이 눈에 들어온다.

이렇게 의식이 깜박깜박하는 사이 수술이 계속된다. 생각보다 훨씬 오래 걸린다. 뭔가 하나에 집중하는 것조차 힘겹지만, 나는 의식을 놓지 않으려고 안간힘을 썼다.

클레어 씨? 클레어 씨?

누군가 저 멀리서 내 이름을 부르는 소리가 들린다. 나는 겨우 의사 목소리란 걸 깨닫고 대답했다.

네? 내 목소리가 느릿하게 흔들거린다.

낭종 제거를 원활하게 하기 위해 종양외과의를 호출했어요. 예측했던 것보다 좀 크네요.

더 쑤셔대고 더 긁어대고······.

영원히 계속된다.

머리가 멍하다. 숨 쉬어, 숨 쉬어.

숨 쉬어!

클레어 씨?

의사의 목소리가 다시 들린다.

이제 봉합만 하면 돼요. 그녀가 칸막이 너머로 말했다.

간호사 하나가 오더니 핑크빛 콩팥 모양의 접시를 보여줬다. 그 안에 내 낭종이 있다. 자몽 크기의, 핑크빛의, 매끈해 보이는.

아기는 괜찮나요? 내 목소리가 내 것 같지 않다. 내가 병원에 있는 엄마를 처음 보러 갔을 때, 그때의 엄마 목소리 같다. 거칠고 혼미한······.

아기는 전혀 이상 없어요. 모니터에서 나는 심장박동 소리 들리세요?

나는 귀를 기울이고, 방 안의 다른 모든 소리를 꺼버렸다.

콩, 콩, 콩.

人

회복은 예상했던 것보다 훨씬 고통스러웠다. 수술하는 데만 온 신경을 쏟느라 정작 수술을 어떻게 버텨낼지는 생각할 겨를도 없었던 것이다.

5일간, 창밖으로 한겨울 눈보라가 몰아치고 도시가 새하얘지는 사이, 나는 병원에만 있었다. 복부가 너무 부풀어올라서 아기의 발길질도 느낄 수 없지만, 친절한 간호사가 하루에 한 번씩 아기의 심장소리를 들을 수 있게 은혜를 베풀어주었다.

나는 그 소리를 온몸으로 빨아들였다. 콩, 콩, 콩.

임신 중이라 복용할 수 있는 약은 기껏해야 타이레놀 정도였다. 그래서 나는 며칠간 절개 부위의 아픔을 자극하지 않기 위해 최대한 몸을 움직이지 않으며, 한쪽으로만 누워 있었다.

늦은 밤 그레그가 집으로 돌아가고 혼자 병실에 있으면 욕실의 형광불빛이 바닥으로 새어나온다. 그럴 때면 엄마 생각이 난다. 바로 이 밤과 똑같았을, 엄마가 보낸 무수한 밤이 떠오른다.

말년에 엄마는 최선을 다하지 않았다. 나는 그렇게 확신했다. 어쩌면 엄마는 아픈 걸 즐기고 있을지도 모른다고. 암환자로 살아가는 게 어쩌면 제정신으로 살아가는 것보다 쉬울 테니까.

하지만 이 1월의 눈 내리는 밤, 여기 병원 침대에 누워서 뜨거운 칼에 배를 찔린 듯한 고통을 느끼며, 나는 나의 무지 때문에 울고 있다. 그토록 경솔하게 자신의 엄마에 대해 단정지었던 그 소녀 때문에 오열하고 있다.

엄마가 돌아가시기 1년쯤 전 어느 밤, 거실로 걸어들어가니 엄마가 노트에 뭔가를 쓰고 있었다. 뭐 하느냐고 묻자 엄마는 나를 위한 일기를 쓰고 있다고 고백했다.

그후 엄마와 나는 그 일기에 대해 다시는 말을 꺼내지 않았다. 그런데 엄마가 돌아가시고 몇 주 후 어느 밤, 나는 그걸 찾는다고 온 집을 뒤집어엎었다. 내가 서랍을 헤치고 옷장을 쑤셔대는 사이 아빠는 말없이 지켜볼 뿐이었다. 결국 찾기를 단념하려던 바로 그때, 엄마의 니트바구니 바닥에서 뭔가가 만져졌다.

노란색 얇은 표지가 씌워진 스프링노트, 정확히 17페이지가 엄마의 꼬불거리는 글씨로 가득 채워져 있었다.

나는 그걸 내 방으로 가지고 내려와 침대 위에서 읽기 시작했다. 마지막 페이지를 덮을 때까지 나는 제대로 숨을 쉴 수 없었다.

　　1995년 12월 19일

　　드디어 어제 화학요법 장치를 제거했단다! 앞으로 일주일은 온전히 아무런 속박도 없어. 그 치료 때문에 엄마는 축 처져가고 있구나. 처지는 게 뭔지도 모르던 이 엄만데! 하지만 괜찮아. 덕분에 머릿속에서 이것저것 곰곰이 생각하는 시간을 가졌으니까. 평소의 나라면 절대 못했을 거야. 그렇게 살아왔다면 엄마 인생도 조금은 달라졌을까? 엄만 늘 너무 충동적으로, 즉흥적으로만 살아왔으니까.

클레어, 계획을 세우고 목표를 정하렴. 물질적인 것만을 말하는 게 아니야. 정신적인 면에서도 이건 중요한 일이란다. 너 자신을 깊이, 아주 깊이, 아무도 모르는 곳까지 알아가야 해. 그곳의 소리를 잘 들으려무나. 그게 바로 너 자신이니까.

엄마에게는 암이 그 역할을 했던 것 같아. 암이 찾아와서 세상에 보이는 내가 아닌, 진짜 내 목소리를 듣게 된 거지. 나는 관심을 원한다고. 엄마의 몸과 마음은 하나였는데, 그 둘이 다 안 좋은 상황에 처해 있더구나. 이제 모든 짐을 다 내려놓았으니까 진짜 내 모습이 나타나기만 기다릴 뿐이야. 이제 가만히 귀를 기울여야 할 것 같아. 딸, 절대 이 엄마처럼 자명종으로 암 같은 걸 얻지 말거라. 너의 내면에 진실해야 해. 네 안의 진짜 목소리에 귀 기울여야 해. 그걸 부정하면 언젠가는 대가를 치르게 될 거야. 요즘 엄마는 모든 병의 근원은 그런 게 아닐까 하는 생각이 든단다. 내 안의 목소리를 부정한 대가라는.

엄마의 일기장 마지막은 아래 글로 채워져 있었다.

생사의 갈림길에 있다는 걸 알았을 때, 이 엄마는 두 사람 혹은 세 사람으로 분열 중이었던 것 같아. 너무 외롭고 절망적이었어.

그렇다고 그 감정에 그대로 휩쓸려갈 수도 없었단다. 아무도 날 붙잡고 내 말을 들어주며 괜찮다고 말해주지 않았으니까. 그저 내 감정을 죽이고 암에 걸린 거지. 베닝고 선생님이 지나가는 듯이 "왜 이토록 멋진 여성이 암에 걸렸는지 모르겠군요"라고 말했을 때, 나도 모르게 이렇게 대답했단다. "관심이 필요했어요."

人

5월의 마지막 날, 출산예정일을 2~3주 앞두고 나는 서른한 살이 되었다. 이제 내 배는 어마어마하다. 결국 '남자아이'라는 추측이 더 확실해진 것이다.

6월 6일이 흘러간다. 그레그와 나는 기나긴 동네 산책에 나선다. 아직은 여름이 이 도시에 완전히 내려앉지 않아서, 나는 긴소매 옷을 입고 밤이면 솜이불 아래서도 몸을 떤다.

나흘 후, 잠자리에 들기 전 진통이 시작되었다. 수축이 강하게 규칙적으로 반복된다. 나는 소파에 앉아서 몸을 앞뒤로 흔들었다. 이상하게 기분이 좋다. 그윽하고 친숙한 느낌이다.

그레그는 나중에 병원까지 운전해가는 길이 영화 속 한 장면 같았다고 말했다. 뒷좌석에 나와 조산사를 태운 채 그레그는 시카고의 교통신호에 맞춰 가다 서다를 반복하며 정신없이 운전했다. 응급실에 도착해서 입원할 때쯤 8센티미터 정도 벌어졌지만, 모든 상황은 나쁘지 않았고 우리는 자연분만센터의 스위트룸으로 안내되었다.

수축이 파도처럼, 영원히 끝나지 않을 것처럼 밀려온다. 실제로는 몇 시간밖에 안 됐지만. 이 정교한 과정이 너무나 놀랍다. 절정 그리고 하강. 그 사이사이는 얼마나 고요하고 평화로운지. 경막외마취 따위는 생각조차 못했다.

이게 내 이야기의 일부라면, 나는 1분 1초를 다 온전히 느끼고 싶다.

人

마침내 6월 10일 자정 직전 마지막 순간이 찾아왔다.

내 생애 가장 힘든 일이다. 힘껏 힘을 주는 사이 엉덩이뼈가 열리기 시작한다.

내 몸이 반으로 찢어지고 있다.

내 몸이 찢겨져 열리고 있다.

나는 지금 한 아이를 낳고 있다.

그레그는 내 왼편에, 조산사는 오른편에 있다. 조산사가 퀸사이즈 침대에 누워 있는 내 앞에 서서 자세를 취한다. 모두가 기다리고, 모두가 힘내라고 외친다. 드디어 마지막으로 힘을 주는 사이, 마침내 일이 터졌다.

나는 엄마가 되었다.

그레그는 내 곁에서 두 손으로 아이를 안고 있다.

딸이야. 그레그가 울고, 이어 아기도 운다.

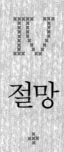

절망

절망을 난롯가로 초대해서 의자를 빼주고
당신 옆에 앉히세요. 달아나려 하지 마세요.
절망에 그대로 당신을 내맡기면, 절망은 상실에 빠진 당신 곁에서
자신의 역할을 다하자마자 바로 떠날 겁니다.

엘리자베스 퀴블러 로스

엄마 아빠의
신혼여행

IO

내가 더 좋은 딸이었더라면

1997년, 열여덟

나는 지금 동료인 라일리, 네이선과 함께 애틀랜타의 허름한 바에 앉아 있다. 우리가 서빙을 하는 길 건너 카페의 문을 막 닫고 나온 참이다. 라일리는 먹는 것보다 더 많이 담배를 피워대는 방랑소녀고, 그녀의 룸메이트 네이선은 좀 과하게 꾸미고 웃음기도 많은 흑인 게이다. 우리는 모두 미성년자지만 하나같이 손에 칵테일잔을 쥐고 있다.

사실 전에는 바에서 시간을 보낸 적이 별로 없다. 하지만 1년 안에 나는 이 어둑한 곳에 익숙해질 테고, 어떤 바텐더가 주문을 받을 때 은근슬쩍 눈을 피하며 내 나이 따위는 무시해버릴지 알게 될 것이다. 내가 좋아하는 주종이 뭔지, 내 주량이 얼마나 되는지도 정확히 알게 될 테고, 칵테일을 조심스럽게 흔드는 법과 하룻밤이 끝나고 계산을 치르는 법도 다 알게 될 것이다. 하지만 지금 당장은 그 모든 게 새롭다. 나는 그저 한번 들어본 적이 있다는 이유로 진토닉을 주문했다. 그러고는 바 끝자락에 휘청이는 내 젊은 몸뚱이를 기댄 채, 붉고 가느다란 빨대로 잔 밑에 가라 앉은 라임을 휘휘 저었다.

라일리와 네이선의 관계는 좀 특이하다. 별것도 아닌 이야기들, 음악밴드나 영화나 친구들에 대해서 몇 시간이고 지껄인다. 술 취했던 경험이나 곤란했던 일에 대해 끊임없이 이야기판을 벌이는 것이다. 나는 가만히 고개를 끄덕이며 그런 것들은 이미 다 안다는 듯 행동했다.

사실은 그들의 세계가 무섭다. 나는 이 친구들과 그런 얘기를 나눌 수가 없다. 그렇다고 내가 아는 것들에 대해 말하기도 두렵다. 얼마 전 죽은 엄마나 일시적으로 학교를 관둔 거나 집에서 혼자 TV 앞에 앉아 있을 늙은 아빠에 대해 얘기할 수는 없으니까.

나는 바를 쓰윽 한번 둘러보는 척하며 나머지 동료들은 뭘 하고 있는지 살폈다. 길 건너 카페에서 일한 지 2~3주밖에 안 됐지만, 이 바에 오는 건 벌써 밤의 일과가 되어버렸다.

라일라가 피아노 근처에서 머리가 벗겨진 피아니스트와 부끄러운 줄도 모르고 시시덕거리고 있다. 그녀는 한 발로 기대서서, 그가 하는 말에 무조건 웃음을 터뜨린다. 그녀 뒤쪽으로 다른 코너에서는 우리와 나이 차이가 별로 나지 않는 매니저가 다른 웨이터와 위스키를 마시고 있다. 그러다 한 명이 테이블에 술을 쏟고서 멋쩍은 듯 웃는다.

그리고 난 계속 이 바 안을 훑어본다. 콜린을 찾고 있는 것이다.

마침내 바의 반대편 끝에 그가 혼자 앉아 있는 걸 발견했다. 그는 양손으로 술잔을 꼭 쥔 채 허공을 바라보고 있다. 나는 잠시 그를 지켜보다가 문득 자리에서 일어섰다. 진을 마신 기운에 내 몸에서는 흥겨움이 흘러나온다. 나는 그대로 미끄러지듯 그에게 다가갔다.

나는 천천히 그의 옆자리에 앉았다. 그는 나를 가만히 보더니 다시 자신의 술잔으로 시선을 돌렸다.

우리에게 공통점이 있는 거 아니? 내 목소리가 꿀처럼 달콤하다. 진 덕분에 모든 게 수월하다.

그래? 콜린은 나를 쳐다보지도 않고 술잔만 기울이면서 내가 다음 말을 꺼내길 기다린다.

人

오늘 밤 좀 일찍 내 고등학교 친구 두셋이 카페로 놀러 왔다. 그런데 그애들이 신문에서 본 콜린을 기억해내고는 그의 누이 살해사건을 이야기해주었다. 나는 거기 흠뻑 빠져들어서, 그애들이 이야기를 전하는 내내 콜린을 바라봤다. 그 역시 나와 똑같은 고독의 세계 속에서 살고 있는 것 같았다.

그래, 우리의 공통점이 뭔데? 결국 콜린이 직접 물어본다.

나는 내 술잔을 내려다본다. 토닉에서부터 위쪽으로 계속 작은 거품이 일어난다.

우리 엄마가 1월에 돌아가셨어. 내가 말했다.

콜린은 아무 반응이 없다.

네 누이 얘기 들었어. 다시 내가 말했다.

그러자 콜린이 고개를 들어 내 얼굴이 붉어질 때까지 내 눈을 똑바로 바라보다가 다시 고개를 돌렸다. 바로 그때 바텐더가 나타났다.

너, 지금 마시는 게 뭐야?

진토닉.

내 대답에 콜린은 진토닉과 자기가 마실 보드카를 주문했다.

바텐더가 가버리자 우리는 다시 각자의 술잔을 기울였다. 그러다 콜린이 나를 바라보더니 말했다.

넌 치아가 참 예쁘구나.

나는 긴장해서 몸을 살짝 비틀다가 문득 우리 사이에 놓인 공간이 너무나 협소하다는 걸 깨달았다.

아, 고마워.

그는 이어서 우리 엄마에 대해 묻는다. 나는 시시콜콜한 것까지

다 그에게 털어놓지만, 다시 그의 누이 얘기를 입에 올릴 수는 없다. 우리는 그저 대화를 이어가며, 똑바로 앞을 응시한 채 술잔만 기울인다.

콜린은 텍사스에서 성장했지만, 몇 년 전 가족과 함께 애틀랜타로 이사왔다. 나이는 나보다 세 살 많으니까, 법적으로도 술을 마시는 게 허용된다. 그는 이 지역의 대학에 다니면서 부모님과 함께 살다가, 6주 전 학교를 때려치우고 한 친구의 집 소파에서 잠을 청하고 있다. 그러니까 누이가 죽은 이후 집에 들어가지 않는다는 뜻일 것이다. 하지만 여전히 그걸 소리내 묻기는 어렵다.

콜린과 내가 함께 아는 친구는 하나도 없다. 나는 그가 말을 계속하는 사이 힐끔힐끔 그를 쳐다본다. 그는 속눈썹이 놀랄 만치 길고 입술이 도톰하다. 그는 말하는 내내 두 손으로 잔을 꼭 쥐고, 가끔 느긋하게 목을 축인다. 콜린을 둘러싼 모든 것은 다 느긋하다.

바가 문을 닫을 때쯤 난 취해버렸다. 나뿐 아니라 라일리, 네이선, 콜린, 매니저, 그리고 매니저와 웃고 떠들던 웨이터까지 모두다. 라일라 역시 피아노 근처에서 비틀거리고 있다. 우리는 나란히 터덜터덜 길을 건너 카페 주차장으로 향했다.

나는 내 차 옆에 서서 각자 자신의 차에 오르는 모두를 향해 무표정하게 손을 흔들었다. 콜린은 낡은 포르쉐에, 라일라는 그녀의 엄마 것으로 보이는 스테이션왜건에 올라탄다. 나도 몸을 돌려 낡은 사브의 문에 손을 댔다. 그런데 손이 말을 듣지 않는다.

겨우 문을 열고 운전석에 털썩 앉아서 시동을 걸었다. 이렇게까지 취하도록 마셔본 적은 없는데…… 모두들 출발해 그들이 탄 차의 미등이 길모퉁이로 사라질 때까지 지켜보다가, 마침내 나도 기어를 넣고 천천히 페달을 밟았다.

새벽 4시, 애틀랜타의 거리는 텅 비어 있다. 집까지는 10분이면 된다. 나는 코발트빛 하늘을 배경으로 연신 녹색 불빛을 내뿜는 신호등을 따라 자유롭게 턴하며, 스테레오 볼륨을 높이고, 담배를 물고, 선루프를 살짝 열었다.

운전대를 잡으니까 정신이 되살아나고 차분해진다. 콜린의 두 눈이, 술잔을 움켜쥐던 두 손이 떠오른다.

나는 집에 도착하자마자 재빨리 진입로로 들어서서 밤공기를 적시는 등나무 덤불 아래 차를 댔다. 그러고는 집 안으로 들어가 말없이 엄마의 책상 옆으로 지나갔다. 엄마가 죽은 지 네 달이 지났지만 아빠와 나는 여전히 엄마 물건에 손도 대지 않고 있다.

책상 위에 아직도 놓여 있는 엄마 핸드백이 힐끗 보인다. 그 안의 냄새, 엄마 립스틱이나 화장솜 냄새가 떠오른다. 여전히 엄마 앞으로 우편물이 도착하고, 가끔은 엄마가 죽었다는 사실을 모르는 사람들에게 전화가 걸려온다. 엄마가 죽고 몇 주 후 욕실에서 보석함을 찾았다. 화학치료를 받는 사이 다 빠져버린 엄마의 머리카락이 가득 들어 있었다.

나는 내 방으로 돌아와 옷은 벗을 생각도 않고 침대에 드러누웠다. 방이 빙빙 돈다. 불을 끄기 위해 다시 몸을 일으키는 데 모든 에너지를 다 쏟아야 할 지경이다.

그런데 잠이 오지 않는다. 그저 누워서 천장을 바라본다. 10학년 때 붙여놓은 형광 스티커가 겨우 남아 있다. 꽤 오랫동안 저것들이 반짝이는 걸 바라보며 시간을 보냈는데…….

가끔 엄마는 잔뜩 취해서 내 곁에 누워 있는 걸 좋아했다.

우리, 별 보며 이야기 좀 할까? 엄마는 술에 취해 기분 좋은 목소리로 말하곤 했다.

무슨 얘기?

우리 딸 얘기라면 뭐든지. 남자애들 얘기도 좋고, 학교 얘기도 좋고…….

하지만 나는 쉽사리 입을 열지 않았다.

그러면 엄마는 이렇게 말했다. 딸, 엄마를 믿어봐.

나는 엄마한테 사소한 것들에 대해 말했다. 수업시간에 있었던 일이나 남자친구에 대해. 그리고 내가 대학을 먼 곳으로 가버리면 어쩌나 하는 얘기도. 그럴 때면 내 말투에는 잔뜩 걱정스러움이 묻어났었던 것 같다.

아이구, 우리 딸. 언젠가 엄마는 턱을 괴고 이렇게 말했다. 괜찮을 거야. 너는 이 엄마보다 훨씬 강해. 게다가 똑부러지고, 판단력도 뛰어나고.

나는 엄마를 믿고 싶었다. 엄마를 신뢰하고 싶었다.

똑부러지고 판단력이 뛰어나다? 지금의 나를 설명하기에 가장 부적합한 말들일 것이다.

엄마는 이런 내 모습을 기대하지는 않았겠지? 술과 카페와 너저분한 침대, 그리고 아빠와 나를 뒤덮고 있는 무겁고도 짙은 절망. 엄마는 이런 걸 절대 참을 수 없을 것이다. 양 볼로 눈물이 흘러내리지만 너무 취해서인지 눈물을 닦아낼 수가 없다.

새벽이 창을 타고 조심조심 새어들어오는 사이, 나는 의식을 잃었다.

人

나는 정오가 지나서야 눈을 떠 이불을 젖히고 위층으로 올라갔다. 아빠가 나를 위해 올려놓은 커피포트가 끓고 있다. 식탁에 앉은 아빠는 각종 청구서와 서류들을 잔뜩 펼쳐놓았다.

잘 못 잤어?

나는 고개를 *끄덕였다.* 응, 좀.

아빠와 나는 여전히 같이 시간을 보내는 방법을 강구하고 있다. 18년간 우리 가족의 구심점은 엄마였다. 아빠와 나는 단지 그 주위를 공전하는 행성이었을 뿐이다. 게다가 서로 멀리 떨어져서 한 번도 서로의 궤도 근처에 간 적이 없다.

엄마가 떠나자 우리 사이에 자리하고 있던 깊은 틈이 드러났다. 단지 아빠가 일흔다섯이고 내가 열여덟이라는 문제는 아니다. 우리가 서로에 대해 전혀 모른다는 것 이상의 문제다. 우리가 발을 내딛는 곳마다 새로운 공간이 생겨나고, 우리는 여전히 둘만의 지도를 그려가고 있다.

오랜 시간이 흐르고 아빠가 돌아가신 후에 나는 네 살 크리스마스 아침에 찍은 낡은 영상을 보게 될 것이다. 영상 속에서 나는 엄마가 딴청을 피우며 선물상자 여는 걸 발견하고는 기뻐 날뛰며 엄마 발치로 달려간다. 아빠는 그런 나를 번쩍 들어올려 이마에 흘러내린 머리를 쓸어올려주면서 우스꽝스러운 하이톤 목소리로 노래를 불러 내 주의를 딴 데로 돌리고 있다. 아빠가 나를 그토록 잘 이해하고 있었다는 사실에 난 울음을 터뜨릴 수밖에 없겠지. 그런데도 그토록 오랫동안 반대로 생각했다는 사실에.

밤에는 보통 아빠와 저녁을 먹고 소파에서 뒹굴뒹굴 뉴스를 보거나 영화채널을 여기저기 틀었다. 아빠는 커다란 텀블러잔에다 스카치를 마시고, 나는 냉장고의 와인을 몇 잔 따라 마신다. 그리고 우리는 머리 위로 안개가 자욱해질 때까지, 너무 졸리거나 따분해서 한 개비도 더 피울 수 없을 때까지 담배를 피워댔다.

요즘 나는 고등학교 친구들을 피하고 있다. 친구들과 같이 있는 게 왠지 불편하다. 엄마가 죽은 후로 난 그애들과 다른 행성에 외따로 떨어진 것만 같다. 그애들이 아무리 나와 멀어지지 않으려고 노력한대도 난 더 이상 그들이 알던 그 여자애가 아니다. 그래서 더더욱 콜린한테 끌리는 거고.

밤에 집에 있으면 아빠는 엄마 얘기를 해준다. 엄마 아빠가 처음 만난 시절에 대해. 그리고 기나긴 제2차 세계대전 얘기도. 전투기나 포로수용소 얘기는 커졌다 작아지며 내 귓가를 맴돈다.

엄마는 아빠의 전쟁 얘기를 듣는 데 일말의 인내심도 보여주지 않았다. 그래서 난 아빠의 얘기가 지루할 거라고 단정지었었다. 그런데 들으면 들을수록 그렇지가 않다.

사실은, 굉장하다. 딱 아빠가 전쟁 얘기를 꺼내는 그 말투처럼.

아빠는 한 손에 술잔을 들고 의자에 등을 기대 완전히 자리를 잡은 다음에, 마치 밧줄을 풀어내듯이 하나하나 얘기를 꺼낸다. 그날의 날짜에서 시작해 날씨, 당시 아빠의 나이까지. 그러고는 사이사이 생각나는 대로 세세한 것들을 끼워넣는다. 그러면 어느새 이탈리아의 베이스캠프에서 번쩍번쩍 거대한 B-24 리버레이터 폭격기 앞에 서 있는 스물네 살의 아빠가 멋지게 탄생한 홀로그램처럼 방 안을 둥둥 떠다니는 것이다.

글쓰기랑 똑같다. 아빠가 이야기를 풀어내는 방식은 자신의 존재로부터 그것들을 밝혀가는 거였다. 내가 시를 새로 쓰거나 어떤 이야기의 평범한 첫 문장을 시작할 때처럼.

잠이 안 오는 밤이면, 내 방 침대 매트리스에 그냥 누워서 어둠 속의 시곗소리에 귀를 기울인다. 그러다 위층 아빠가 자는 손님방으로 가서 슬그머니 문을 열면, 아빠가 가슴께까지 단정히 이불을 덮고 잠들어 있는 게 보인다.

아빠, 하고 어둠에 대고 부른다. 아빠가 나직이 코를 곤다.

아빠!

엉? 아빠가 깨어난다.

아빠, 나야.

응, 그래. 무슨 일이야?

잠이 안 와, 아빠.

아빠는 자신이 누운 자리 옆을 톡톡 두드린다. 이리 와서 앉아.

방문턱을 채 넘기도 전에 울음이 터진다. 아빠 옆으로 가서 털썩 앉는다. 아빠는 몸을 일으켜 앉은 다음, 울고 있는 내 등을 문질러주었다.

괜찮아, 우리 딸.

그렇게 우리는 한참을 앉아 있었다. 어둠이 오랜 친구처럼 다시 익숙해질 때까지.

잠시 후, 나는 입을 열어 가장 꺼내기 두려웠던 말들을 하기 시작했다. 새벽 2시, 여기 아빠의 방에서…… 그 말들을 들어줄 사람은 아빠밖에 없겠지.

내가 더 좋은 딸이었더라면 좋겠어.

아빠가 고개를 저으며 입을 열려고 하지만, 내가 막아버린다.

더 사랑스러운 딸이었더라면, 내가 엄마를 얼마나 사랑하는지 말했더라면…….

내 입에서 나온 말들이 이 방을 벗어나려는 작은 새처럼 조용히 날아간다.

아빠는 다시 고개를 저으며 말했다.

엄마가 학부모 방문 주말을 맞아 말버러로 갔던 거 기억나니?

나는 희미하게 고개를 끄덕였다.

거기서 돌아온 엄마는 정말 행복에 겨워하더구나. 너와 네 생활에 대해 얼마나 자랑스러워하던지. 비행기에서 내리자마자 네 엄마가 했던 말이 아직도 생생해. "게리, 차를 타고 그 학교를 떠나 매사추세츠를 지나오는데, 이 가을날이 얼마나 멋지던지. 단풍이 시작되는 눈부시게 화창한 일요일 오후였어. 라디오에서는 내가 너무나 좋아하는 러시아 오페라도 나오고." 그다음에 엄마는 이렇게 말했단다. "클레어가 그 학교에서 그런 친구들과 지낸다는 게 너무 좋은 거야. 한 손으로는 운전대를 잡고, 다른 손으로는 오케스트라를 지휘하는 흉내를 냈다니까."

그날은 엄마에게 중요한 날이었다. 많은 것을 의미하는. 내게도 그날은 많은 것을 의미한다. 바로 그때부터 지옥보다 더 험난한 날들이 시작되었기 때문이다.

아빠가 하는 말을 가만히 듣고 있는데, 또 눈물이 나온다.

난 몰랐어. 엄마가 정말로 죽을 거라곤 생각도 못했던 말이야. 더 좋은 딸이었어야 해.

말들이 마구 쏟아져 나온다.

아빠는 한숨을 내쉬었다. 엄마는 너에게 알리는 걸 원치 않았어.

더 사랑스러운 딸이었어야 해. 난 몰랐던 말이야.

아빠도 알아. 하지만 엄마가 너한테 그런 짐을 지우길 원치 않았던 거란다. 엄마는 네가 이 둥지를 떠나 대학이라는 세상으로 나아가길 원한 거야.

하지만 결국 난 못했잖아.

뭐를? 뭐를 못했어?

떠나지 못했잖아. 엄마가 죽고 다시 집으로 왔잖아.

아니, 자 봐봐. 엄마는 네가 엄마 때문에 대학을 못 가거나 대학 가서도 엄마 걱정에 시달리는 걸 원치 않았어. 자신의 상황이 악화되는 걸 느꼈던 것 같아. 그래서 네가 그런 걸 느끼지 못하도록, 어떤 식으로든 그것 때문에 부담을 갖지 않길 바란 거야. 우리 딸이 잘못한 건 하나도 없어. 아무 잘못도 없다고.

아냐, 난 엄마의 임종도 못 지켰잖아.

그래, 그렇지만 그거 아니? 네 엄마가 널 얼마나 자랑스러워했는지. 널 낳은 게 엄마와 엄마 인생에 얼마나 큰 의미였는지. 너는 네 엄마에게 일어난 가장 위대한 사건이었단다. 엄마가 널 안 낳았다고 생각해보렴. 이 아빠를 만나지도 않고, 결혼도 안 하고, 아이를 갖지도 못하고 암에 걸려서 죽었다면…… 그러면 엄마는 아무도 없는 거잖아. 하지만 엄마에겐 사랑스러운 네가 있었고, 이 아빠와 함께한 시간이 있었잖니. 엄마의 지난 시간들은 뉴욕에 그대로 머물러서 수많은 남자와 데이트하고 그 끝내주는 아파트에서 혼자 사는 것과는 비교할 수도 없을 만큼 죽여줬을 거야. 지금까지 18년이라는 세월을 살았고 또 앞으로의 날들을 생각하면 멋지지 않니? 우리 딸, 지금 가진 것들을 실컷 누리렴. 네 모든 것을 사랑하고 지나간 날들에 감사하면서 오늘, 내일로 나아가면 되는 거야. 그게 이 세상의 존재이유고, 우리가 지금 여기 살아가는 이유란다.

아빠는 푸른빛이 도는 작은 알약을 내 손에 쥐어주며 말했다. 자 여기, 이거 먹으렴.

이게 뭔지 모르겠다. 재낵스Xanax(신경안정제의 일종―옮긴이)일지도. 나는 아빠의 침대 옆 탁자에 놓인 물컵을 들어 그걸 삼키고 다시 내 방으로 내려와 잠들었다.

人

알코올과의 관계가 날이 갈수록 깊어지고 있다. 그 시원하고 투명한 액체는 내 혈관을 타고 흐르면서 긴장을 풀어주고, 나를 마비시키고 열어젖힌다. 평소 내가 꼭꼭 눌러놓았던 감정들이 되살아난다.

이제 나는 진에서 보드카로, 토닉에서 소다수로 주종을 바꿨다. 토닉의 단맛은 알코올향을 너무 가려버린다. 소다수를 섞어야 술이 겨우 목을 넘어갈 정도로만 희석된다. 그리고 이제는 카페 문을 닫고 길 건너 바로 향하는 그룹의 고정 멤버가 되었다.

라일라와 라일리와 네이선, 또 다른 웨이터 몇 명과 매니저, 그리고 콜린. 콜린은 항상 있다. 짙은 눈매와 차분한 손의 소유자. 자신의 누이를 죽인 사람. 우리 모두 저 멀리 있는 다른 바로 원정을 나간 밤, 내 차까지 다시 나를 태워다주는 남자. 나는 친구들과 약속이 있고, 친구들은 우리집 근처에서 내가 퇴근하기만을 기다리고 있다. 하지만 나는 콜린과 시동이 꺼진 그의 차에 앉아 얘기를 나눴다.

열린 차창으로 밤공기가 스며든다. 귀뚜라미가 울어대고, 미풍에 나뭇잎이 살랑거린다. 콜린이 몸을 숙여 내게 키스한다. 우리 둘다 기다려온 것. 내가 콜린에게 처음 다가간 그날 밤 이후로 지난 몇 주간 우리는 서로의 주변을 배회하기만 했다. 카페에서나 바에서 조심스럽게 춤을 출 때도. 우리 둘 다 너무 빨리, 너무 가까워지는 게 두려웠으니까.

그의 키스는 한 잔의 술 같다. 바로 뜨끈함이 내 온몸을 휘감는다. 내 몸이 열리는 게 느껴진다.

우리는 그렇게 차 안에서 가만히 서로에게 몸을 기대고 오래도록 앉아 있었다. 집에서 나를 기다리던 친구들은 이미 포기해버렸다. 나중에 집에 가보니 침실 창가에는 쪽지가, 마당에는 빈 위스키병이 놓여 있었다. 하지만 전혀 아쉽지 않았다. 어떤 것도 내 입술에 콜린의 입술이 닿은 느낌에 비할 수 없다.

이렇게 여름이 지나간다. 술 취한 밤의 끝자락, 컴컴한 차 안에서의 키스. 데이트랄 것도 없고, 서로의 부모님을 공식적으로 만나는 일 같은 것도 없다. 이 관계에 규칙이 있다면, 그건 아무런 규칙도 없다는 것, 그리고 이건 아무 관계도 아니라는 거다.

우리는 더 이상 어떤 것도 잃고 싶지 않다.

우리는 카페의 다른 친구들에게는 비밀로 하고 대개 서로를 피한다. 단지 항상 끝까지 자리를 지켜서 어두컴컴한 주차장까지 가는 길에 서로에게 몸을 기댈 뿐이다.

어떤 밤에는 나머지 친구들과 자리를 뜨기도 한다. 콜린한테 화가 나서, 아니 나한테 화가 나서, 아니 내가 뭣 때문에 화가 나는지도 모를 만큼 잔뜩 취해서. 엄마의 죽음은 어둠 속에서 무겁고도 알 수 없는 형체가 되어 나를 질질 끌고 간다.

몇 번은 같이 자기도 했다. 내가 원하는 선을 넘어서. 내 안의 콜린은 너무 거대하고 너무 실재적이라, 나는 콜린을 콜린은 나를 밀어내고 있다. 출발선 앞의 우리는 두려움에 떨고 있다.

나는 콜린이 무섭다. 그의 분노와 격한 성격 때문만은 아니다. 그가 날 아는 것 같아서…… 그게 두렵다. 그는 내가 가꿔온 나의 모든 것 너머를 바라본다. 선홍빛으로 머리를 염색하고 코걸이를 한 여자애 너머를, 내가 읽은 작가들과 내가 듣는 음악들과 손에 쥔 담배 너머를. 내가 그간 열심히 쌓아온 이 모든 것이 그의 눈 속에선 그냥 버려진다. 그는 극도로 단순화된 나를, 내가 오랫동안 잊어버렸던 내 모습을 들여다본다.

한 달이 흘렀다. 콜린과 나는 더 이상 만나지 않는다. 무슨 일이 지나갔는지는 모르겠지만, 어느 순간부터 우리는 카페에서 마주치지 않으려 했다. 나는 콜린이 없을 때만 뒤풀이에 가고, 콜린이 있는 날이면 다른 할 일을 찾는다.

나는 이런 결말을 반기는 걸까? 그래, 여기서 득이 될 만한 어떤 것도 기대할 수 없다. 나는 만나도 괜찮을 것 같은 부류의 남자애들과 내키지 않는 데이트를 하기 시작했다. 어느 밤에는 '채드'라는 키 크고 친절한 손님의 저녁초대에 응했다. 우리는 시내 레스토랑에서 마주앉았다. 그가 더듬거리며 내 미모를 칭찬한다. 잠시 후, 나는 그의 컨버터블에 앉아 그가 키스를 하는 대로 내버려뒀다. 메마르고 떨리는 그의 입술이 느껴진다. 콜린이 떠오른다. 그의 섬세한 키스가 나도 모르게 내 머릿속에 떠오른다.

나는 다시 고등학교 친구들과 어울려 다니기 시작했다. 같이 파티에도 가고, 허름한 아파트단지의 발코니에 기대서 길고 가느다란 담배연기를 내뿜기도 한다. 자기가 속한 밴드에 대해 지껄이는 어떤 남자애의 이야기에 귀를 기울이기도 하고. 그런데 지금 나는…… 어딘가 다른 곳에 있었으면 하는 생각이 든다.

어느 날 밤 카페에 출근해 보니 모두들 안절부절못하며 떠들고 있다. 라일리가 잔뜩 흥분해서 나를 한쪽으로 데리고 갔다.

어젯밤에 무슨 일 있었는지 들었어?

아니.

콜린이랑 라일라랑 경찰을 폭행한 혐의로 잡혀갔대.

뭐라고?

그다음 날까지도 나는 콜린을 볼 수 없었다. 그리고 마침내 그의 얼굴을 봤을 때, 광대뼈까지 내려온 푸른 멍이 검자줏빛 가지처럼 깊게 박혀 있었다. 그 부서질 듯 약하고 여린 살결에 내 손을 대고 싶지만…… 대신 나는 등을 돌리고 집으로 돌아오는 차 안에서 울음을 터뜨렸다.

그들은 한 친구 집에서 술을 마셨는데, 비번이던 어느 다혈질 경찰이 열이 올라 음악소리 좀 줄이라고 하자 콜린이 욕설로 대응한 것이다. 그 경찰은 콜린한테 총을 겨눴고, 콜린은 눈이 뒤집히고 라일라 역시 술에 취해 흥분해서 둘이 그 경찰 위로 올라탔다. 둘 다 총에 안 맞은 게 신기할 지경이다. 결국 그 사건은 수갑과 눈가의 멍, 가시지 않은 분노와 카페의 가십거리로 남았다.

그의 눈가의 멍을 본 순간, 상한 과일처럼 무른 그의 살결을 마주한 순간, 내가 그를 그리워하고 있었다는 걸 깨달았다.

하지만 그와 라일라 사이에 뭔가 있는 게 틀림없다. 지난 한 달 동안 내가 그를 피했다는 생각이 얼마나 어리석은 것이었는지. 나는 이제 둘 다를 피해서 매일 밤 팁 계산이 끝나자마자 자리를 뜬다.

어느 날 밤, 내가 문을 나서기 전 콜린이 내 팔을 잡아끌었다.

얘기 좀 할 수 있을까?

친구들하고 약속이 있는데.

나랑 딱 한 잔만 하자.

그가 무슨 말을 할지 알겠다. 이제 우리는 끝났다고, 지금은 라일라를 만나고 있다고 말하겠지. 내 몸이 유리처럼 느껴진다. 투명하고 깨지기 쉬운.

딱 한 잔만. 그의 말에 나는 결국 그가 계산대를 정리할 때까지 기다렸다.

내가 차를 운전해서 근처 바로 갔다. 테이블에 자리를 잡자마자 그가 장난기 어린 눈으로 나를 바라본다. 확, 짜증이 난다.

왜 여기 오자고 했는데?

너랑 한잔하고 싶었어. 그가 히죽거리며 대답한다.

콜린은 거만하다. 자신감이 과하게 넘친다. 그후로 오랫동안 우리는 한 개인의 본질이 얼마나 견고할 수 있는지, 또는 얼마나 쉽게 변하는지 같은 말도 안 되는 주제들을 놓고 몇 시간씩 격렬한 논쟁을 벌였다. 그럴 때면 그는 절대 양보하거나 물러서지 않았다. 물러서고 승복하는 건 언제나 내 몫이다.

웃긴다, 나 같게.

아니, 잠깐만. 그렇게 그의 손이 내 손을 가볍게 스치는 순간, 난 알았다.

나는 다시 자리에 앉는다.

네가 그리워. 내가 실수했나 봐. 두려워.

오장육부가 조여든다. 내 손목에 닿은 그의 손이 전류가 되어 내게 흘러든다.

바가 문을 닫은 다음 우리는 주차장의 내 차 안에 앉았다. 같이 담배를 피우며 올맨브러더스Allman Brothers의 음악을 들었다.

어디로든 가자. 내가 입을 열었다.

좋지. 어디로?

뉴올리언스 어때?

좋아.

정말이지?

그가 대답 대신 어깨를 으쓱하는 걸 보고 나는 시동을 걸었다.

그 전에 우리집에 들러도 될까? 챙길 게 좀 있어서.

그가 다시 어깨를 으쓱한다. 나는 액셀을 지그시 눌렀다.

내가 살금살금 집 안으로 들어가는 사이 콜린은 차에서 기다린다. 아빠는 자고 있다. 나는 내 방으로 내려가서 배낭에 이것저것 쑤셔넣었다. 속옷이나 티셔츠 같은 것들. 위층으로 올라가서 거실을 휙 둘러본다. 여름이 거의 끝나간다. 아빠와 나는 짐정리를 시작했다. 곧 이 집을 떠날 거니까, 아파트로.

일주일 내내 우리는 책장과 트렁크, 옷장 구석구석까지 뒤지느라 거의 기어다녔다. 게다가 유품 판매도 진행하고 있어서, 매일 아침 한 여자가 우리를 도우러 온다. 그녀는 모든 물품에 작은 스티커를 붙인다. 한쪽 구석에 자리잡은 엄마의 지갑더미와 이브 생로랑 드레스 컬렉션과 고이 보관된 요리잡지《구어메이Gourmet》에까지.

내가 달아나고 싶어 하는 건 우연이 아니다.

부엌의 조리대로 가서 레드와인 한 병과 잠이 안 올 때 아빠가 건네주던 작고 푸른 알약을 후다닥 챙겼다. 마음이 급하다. 콜린이 마음을 바꿀까 봐 걱정된다.

아니면, 내가 바꿀까 봐.

돌아가 보니 콜린은 머리받침에 몸을 기댄 채 눈을 감고 여전히 차 안에 있다. 우리는 밤새도록 교대해서 차를 몰았다. 뉴올리언스에 도착했을 때는 새벽이었다. 거리가 텅 빈, 도시의 드문 시각. 프랑스식 발코니에는 이슬이 반짝이고, 홈통에는 구슬이 방울방울 맺혀 있다.

콜린은 프렌치쿼터의 한 호텔로 차를 몰았다. 그가 차를 대고 체크인을 하는 사이, 눈가에 피로가 몰려왔다. 우리 방에는 부르봉가街가 내려다보이는 발코니가 있다. 나는 배낭에서 와인병을 꺼내고 창문을 열어 아침 공기를 맞으러 나갔다. 콜린은 커피메이커 옆의 텀블러잔 두 개를 집어들더니 발코니에 있는 철제 테이블로 와서 앉는다. 그러고는 조심스럽게 와인을 따 잔에 따랐다.

햇살이 지붕 너머에서부터 부서져내린다. 앞으로 평생 이 레드와인의 맛을 잊지 못하겠지. 나는 가만히 한 모금씩 마시면서 주변 건물들에 반사되는 따스한 햇살을 맘껏 들이마셨다. 콜린을 마주보기가 두렵다. 우리가 저지른 일을 믿을 수가 없다. 한밤중에 뉴올리언스까지 도망쳐온 걸 말하는 게 아니다. 우리는 사랑에 빠져버렸다.

II

나는 아빠라는 사람을 알지 못했다

1999년, 스물하나

나는 지금 체코공화국 트루브키에 위치한 작은 마을의 시장 집 무실에 앉아 있다. 왼쪽에는 아빠가, 오른쪽에는 우리의 통역이 자 가이드 미하엘이 앉아 있다. 5분 전에 한 비서가 우리를 이 방으로 안내했고, 우리는 지금 시장이 나타나기만을 초조한 마음으로 기다리고 있다.

우리는 일주일 전쯤 프라하에 도착했다. 나는 뉴욕에서, 아빠는 캘리포니아 남부에서 바로 비행기를 타고 날아왔다. 이번 여행은 겨우 몇 주 전에, 어느 늦은 밤 아빠로부터 걸려온 전화 한 통으로 시작되었다.

이 아빠랑 짧은 여행 어때?

좋아요, 어디로?

나는 아빠 말에 귀를 기울이면서도 실은 별 관심을 두지 않았다.

바텐더 일을 하고 막 퇴근한 터라, 코트를 벗고 스카프를 풀고 하루종일 들고 다닌 학교 가방을 비우는 데 정신이 팔려 있었다.

체코공화국.

그제야 나는 하던 일을 멈추고 아빠가 하는 말에 귀를 쫑긋 세웠다.

체코?

응, 왜? 안 될까?

안 되는 가장 큰 이유는 아빠가 몇 달 후면 여든이 된다는 것과 아빠의 건강이 하루하루 나빠지고 있다는 거다. 이번 여행은 지역을 떠나 아빠의 마지막 여행이 될 터였다. 그건 아빠도 나도 이미 잘 알고 있는 사실이다.

아빠가 거기 가고 싶어 하는 이유는 물어볼 필요도 없었다. 지난 몇 년간, 인터넷을 사용하게 되면서부터 아빠는 미친 듯이 제2차 세계대전과 관련된 아빠의 과거를 추적했다. 사라진 공군 전우들에 대해 찾아보고, 심지어 유럽의 전쟁 전문 역사가와도 연락을 주고받았다. 그런 식으로 아빠는 숨겨진 퍼즐조각을 찾아 1944년 12월의 공중전을 재구성하고 있었다.

프라하에 살고 있는 '미하엘'이라는 역사가는 그런 정보를 캐내는 아빠의 탐험에 중요한 수행원이었다. 아빠는 그와 몇 달에 걸쳐 이메일을 주고받았다.

미하엘이 그러는데 내가 직접 가야 할 것 같다는구나. 몇 명의 목격자를 포함해서 내가 만나봐야 할 사람들이 있대.

그거 굉장한 모험인데요.

아빠가 제2차 세계대전과 관련해서 발견한 사실들을 보고할 때면 나는 대개 건성으로 듣곤 했다. 그렇다고 내가 관심을 기울이지 않았다고 말할 수만은 없다. 제2차 세계대전은 사실 나와 너무나 멀리 떨어진 이야기였다. '제2차 세계대전'이라는 말만 들어도 먼지 쌓인 역사교과서의 한 장면이나 군사작전에 대한 고통스러울 만큼 지루한 설명이 떠올랐다. 내 평생 아빠의 이야기를 주의 깊게 들었지만, 딱 거기까지였다. 그건 이야기일 뿐이라는 것. 찬란한 뉴욕에서의 도시생활과 견주어보면, 제2차 세계대전은 실제 일어났던 일처럼 보이지도 않았다.

지금까지는 그랬다.

지금 여기, 작은 마을의 시장 집무실에 앉는 순간, 모든 게 바뀌었다. 이제 막 되살아난 아빠의 과거는 내가 상상했던 어떤 것보다 더 흥미롭다.

人

진주만공습 당시 아빠는 스무 살이었다. 미시간주립대 2학년생으로서 엔지니어링을 전공하며, 가끔 베스트프렌드 버니와 더블데이트를 즐기던 시절이었다. 진주만공습에 대한 보도가 라디오스피커를 통해 울려퍼지자마자, 아빠는 모든 걸 내려놓고 그날 오후 바로 자원입대했다.

아빠는 잘생긴 편은 아니었다. 하지만 지적인 데다 타고난 유머 감각까지 겸비해 제법 매력적인 남자였다. 게다가 대책없이 용감했다. 결국 이런 성격 덕분에 아빠는 육군항공단Army Air Corps에 배치되어, 번쩍번쩍 빛나는 거대한 폭격기 B-24 리버레이터를 조종하는 훈련에 바로 투입되었다. 비행기를 타본 적도 없던 아빠는 그렇게 비행의 모든 것과 바로 사랑에 빠져버렸다.

1944년 12월경, 아빠의 부대는 폭격 임무를 하나씩 수행해가며 몇 달째 이탈리아에 주둔해 있었다. 아빠의 전투기 이름은 '비소와 레이스Arsenic and Lace(1944년에 제작된 영화 〈비소와 낡은 레이스〉에서 따온 것으로 보인다-옮긴이)'였는데, 옷을 제대로 걸치지 않은 한 여자가 비행기 콧등을 장식했다. 다른 B-24 폭격기와 마찬가지로, 그 안에는 열 명의 남자가 타고 있었다. 아서 칼슨, 브루맨 프랜시스코, 밀튼 클라스펠드, 에드윈 호워드, 데이비드 브루어, 에이브러햄 에이브럼슨, 클리프턴 스튜어트, 모리스 골드맨, 존 모드로브스키, 그리고 우리 아빠 제럴드 스미스.

그 겨울 즈음에는 이 남자들 모두 마침내 자신의 임무에 능숙해졌다. 평온한 중서부 마을에서 온 애송이들은 몇 달 새 몰라보게 성장했고, 그들의 걸음걸이에는 새로운 자신감이 묻어났다. 그들은 전투기를 조종하며 폭탄을 투하했다. 그들은 세계를 구하고 있었다.

1944년 12월 17일, 한 번도 시도해본 적 없는 거대한 작전 수행이 예정되었다. 전숑 765폭격대대가 30대의 전투기로 무리지어, 이탈리아 베이스캠프를 출발해 독일의 오데르탈 석유정제소를 끝장내러 가는 것이다. 그들의 목표는 남은 히틀러 측 연료공급처 중 가장 생산적인 곳을 날려버리는 것이었다.

하지만 그날 그 거대한 임무의 장에 초대받은 건 이들만이 아니었다. 나치의 루프트바페 전투사령부 역시 이들을 저지하기 위해 강력한 대대를 보냈다. 한쪽만이 승자가 될 수 있는 게임, 하지만 그날의 승자는 미국인들이 아니었다.

아빠가 속한 대대는 그 정제소에 도달하는 것조차 실패했다. 사실 12월 17일은 제2차 세계대전 역사상 최악의 공중전이 펼쳐진 날로 기록되었다. 전체 대대 중 단 한 대의 B-24기만 강력한 루프트바페의 공격에서 살아남아 베이스로 귀환했다.

나머지 전투기들은 공중분해되어 체코의 한 시골마을로 추락했다. 거기 아빠가 탄 전투기도 포함되어 있었다.

전우들의 절반이 폭격으로 즉사한 순간, 아빠는 낙하산 탈출을 감행할 수밖에 없었다. 아빠는 아서 칼슨과 모리스 골드맨의 시체를 넘어가면서 불타는 폭탄투하실의 입구를 통해 뛰어내리는 길만이 유일한 생존 통로라는 사실을 재빨리 파악했다. 하지만 점프하면서 어깨뼈가 탈골되고 머리를 부딪히는 바람에 순간 정신을 잃었다. 다시 의식이 돌아왔을 때는 공중으로 추락하고 있었다. 아빠는 곧장 낙하산 줄을 잡아당겨 눈 내리는 대지로 천천히 떠내려갔다.

올로모우츠 마을 외곽의 들판에 착륙한 아빠는 곧 마을 사람들에 의해 어느 여관으로 이송되었다. 몇 시간 후, 독일 병사들 한 무리가 마을을 샅샅이 뒤져서 아빠를 포함해 추락한 미국 공군을 모두 찾아냈다. 독일군은 그들을 꽁꽁 얼어붙은 발틱해 끝자락의 포로수용소로 끌고 갔다.

아빠는 이후 여섯 달간 그 수용소에 있었다. 막사에서 네 명의 전우와도 조우해, 함께 톱밥으로 만든 빵에 의지해 연명했다. 딱 한 번, 독일 병사들이 수용소 뒤뜰로 질질 끌고 온 늙어 죽은 말 한 마리를 먹기도 했다.

1945년 5월 초, 아빠의 전투기가 격추되고 6개월이 지난 어느 날 히틀러가 자살하면서 전쟁은 끝이 났다. 독일 병사들은 그 소식을 듣자마자 달아났고, 아빠는 다른 몇몇 사람과 함께 수용소 사무실을 뒤졌다. 그리고 거기서 수감자파일을 찾아내 기념품으로 가지고 귀환했다. 그 파일에 끼워져 있는 수감사진 속의 아빠는 믿기 어려울 정도로 젊지만, 입술은 분노로 굳어 있다.

아빠는 미시간으로, 잘 알지 못하는 아내에게로, 그가 포로가 된 사이 태어난 아들에게로 돌아갔다. 그리고 기나긴 삶을 이어왔다. 온 세상을 여행하면서, 성공적인 엔지니어로서, 몇 번의 결혼을 겪으면서. 하지만 50년간, 체코공화국까지 찾아온 오늘의 여행이 있기 전까지 아빠는 대답 없는 무수한 질문을 끌어안은 채 살아왔다.

이런 부류의 질문에 대한 답을 찾는 건 극소수의 참전용사만이 누릴 수 있는 특권이다. 물론 아빠는 언제나 행운의 사나이였으니까……

人

프라하에서의 첫날 밤, 우리는 시내의 시끌벅적한 술집에서 미하엘을 만났다. 그리고 뒤편 테이블에 앉아 지도들을 겹쳐놓고, 신선한 맥주를 들이켜며 밤을 보냈다. 아빠는 소년처럼 흥분을 감추지 못하지만 나는 아빠를 보호해야 한다는 생각이 앞선다. 뱃속 깊은 곳에서부터 알 수 없는 불안함이 소용돌이친다.

미하엘은 30대다. 똑똑하지만 좀 괴짜 같다. 공항에서 처음 본 순간, 낡은 공군 패치가 부착된 조종사 가죽재킷을 입고 나와 아빠를 한껏 기쁘게 해주었다. 우리가 왔다는 사실에 흥분한 그는 신문사에서 일하는 역사가 친구도 데려왔다. 그는 가방에서 두툼한 보고서뭉치를 꺼내더니, 체코 악센트가 실린 하이톤 목소리로 2주간 우리가 방문할 곳들과 만나볼 사람들을 읊어주었다.

미하엘은 우리 아빠의 한계를 보지 못한다. 오히려 걸어다니는 영웅을 보고 있는 듯, 진정한 역사책이 살아 움직이는 듯, 아빠와 함께할 여정에 안달이 났다.

미하엘에게는 내가 보고 있는 게 보이지 않는 것 같다. 한없이 약하고, 몹시 지친, 유일하게 생존해 있는 나의 부모.

2주간 우리가 이 상황을 어떻게 헤쳐나갈지 잘 모르겠다. 넉 달 만에 만난 아빠의 상태는 어느 때보다도 더 안 좋다. 수척해진 데다가, 택시에서 내리거나 레스토랑에서 몇 걸음 걷는 것처럼 간단한 동작을 한 다음에도 몇 분씩이나 휴식이 필요했다.

그럼에도 난 입을 다물었다. 이토록 약해졌지만, 동시에 이토록 들떠 있는 아빠를 본 것도 처음이다. 아빠는 체코의 시골마을 지도를 손가락으로 짚어가며 미하엘과 몸을 맞대고 있다.

여긴 거 같아요. 바로 여기가 전투기가 폭격당한 다음에 내가 착륙한 지점 같아요.

아빠가 말하는 사이 나는 맥주를 한 모금 마셨다. 그런데 그 순간, 우리 앞에 닥친 사건이 얼마나 거대한지 서서히 자각되기 시작했다.

내가 계산을 좀 해봤는데……. 아빠는 이렇게 말하며 이것저것 분석하기 시작한다. 아빠에 대한 존경심이 살아난다. 아빠가 얼마나 똑똑한지 생각난 것이다. 동시에 아빠가 내 수학공부를 도와주느라 애쓰던 그 모든 순간이, 또 내가 그걸 얼마나 싫어했는지가 떠오른다.

아빠는 손가락으로 지도 위 여기저기를 가리켜가며 말을 이었다.

8킬로미터 고도에서 초당 4미터로 하강한 걸 감안한다면, 하강 시간은 대략 2천 초 정도, 즉 30분이 조금 넘을 거예요.

아빠가 빠르게 말을 잇고, 옆에서 미하엘이 고개를 끄덕인다.

8킬로미터 고도의 풍속은 시속 96킬로미터로 일정할 테고, 각도는 정서 방향에서 약간 남쪽으로 치우친 260도였고, 내 기억으로 지상에서의 바람은 별로 대수롭지 않았어요. 그러니까 평균 풍속을 시속 48킬로미터로 잡으면, 내 낙하산은 약 24킬로미터 떨어진 곳까지, 정동에서 약간 북으로 치우친 곳까지 흘러갔을 거예요. 우리 편대는 브라티슬라바(현재 슬로바키아─옮긴이)에서 동쪽으로 32킬로미터 떨어진 지점에서부터 우니초프의 다음 전환점까지 북서풍을 타고 가는 길이었어요. 그리고 그 항로는 올로모우츠에서 서쪽으로 16킬로미터 떨어진 지점을 지나갔고요. 만약 내가 올로모우츠를 지나 우니초프에 도달하기 전에 낙하산을 타고 빠져나왔다면, 내 낙하산은 올로모우츠 북쪽의 슈텐베르크 근처 46번도로쯤 착지했을 거예요.

좋아요, 그럼 거기를 가보죠. 마침내 미하엘이 말했다.

入

아침나절에는 프라하에서 관광을 한 다음, 우리는 작은 피아트를 한 대 빌려서 올로모우츠로 향했다.

체코의 시골 풍경은 푸른 들판과 옛 농가들로 평화로운 모습이다. 나는 앞좌석에서 벌어지는 아빠와 미하엘의 대화를 '음소거'한 채, 차창에 머리를 기대고 낯선 풍경을 응시했다.

나는 뉴욕에서의 내 삶을 되돌아봤다. 이렇게 멀리 떨어져 있으니, 그곳의 삶을 있는 그대로 보기가 훨씬 수월하다.

맨해튼에 산 지 이제 1년이 되었다. 나는 이스트빌리지에서 콜린과 함께 살면서, 리퍼블릭에서 일하고, 뉴스쿨에 다닌다. 이 모든게 제자리에 있는 것 같은데, 그럼에도 불구하고 뭔가가 빠져 있는 느낌이다.

나는 이제 스무 살인데 이미 늙어버린 것 같다.

매일 나는 학교 가는 길에 1번대로에 있는 쌍둥이아파트 사이의 작은 공원을 지난다. 몇몇 노부인이 매일 같은 벤치에 앉아서 알수 없는 유럽어로 대화를 나눈다. 그들의 말은 물살에 연마된 돌처럼 깎이고 다듬어진 느낌이다. 나는 그들을 볼 때마다 그들 중한 명과 자리를 바꾸고 싶다고 조용히 소원을 빈다. 내 앞에 놓인 모든 슬픔의 시간들을 건너뛰고 싶다고, 그 끝에 다다라서 뒤를 돌아보고 싶다고, 이미 다 끝나버렸다면 좋겠다고……

엄마를 그리워하는 마음을 어쩔 수가 없다. 아빠와의 남은 시간이 얼마나 되는지 걱정하는 마음을 거둘 수가 없다. 내 인생은이미 끝났다는, 이런 식으로는 안 된다는 생각을 떨칠 수가 없다.

내 일상에 활기를 불어넣어주는 거라곤 작문수업과 나를 일상에서 도피시켜주는 책들뿐이다. 그 외의 시간에 난 그저 학교에서 일터로, 다시 집으로 터덜터덜 왔다갔다할 뿐이다. 택시를 잡지 못해서 울고, 술에 취해서 울고, 엄마가 보고 싶어서 울고……그리고 콜린과의 관계에 갇혀서 운다.

아빠는 캘리포니아에서 거의 매일 밤 전화를 건다. 아빠 역시 외롭고, 슬픈 거다. 하지만 지금 우리는 여행 중이다. 이 모험이 아빠에게 얼마나 중요한지, 이게 아빠 인생에 얼마나 큰 의미인지, 이제 난 알겠다.

미하엘이 갑자기 지도를 봐야겠다며 차를 도로 한쪽에 세우는 바람에 나는 공상에서 깨어났다. 올로모우츠시에 거의 다 와서 그런지 앞좌석의 대화는 더 활기를 띤다. 미하엘의 기자 친구가 아빠의 방문에 대한 기사를 쓰면서, 당시 증인들을 찾는다는 내용도 덧붙였다고 한다. 덕분에 몇 명이 나타났고, 우리는 지금 그들을 만나러 가는 길이다.

한 시간이 지나고, 나는 지금 광활한 푸른 들판이 보이는 언덕에 서 있다. 저 멀리 아빠가 탔던 전투기가 추락하고 남은 잔해가 묻힌 오래된 공동묘지가 보인다. 우리는 지금 아빠가 오랫동안 간직해온 질문에 대한 답을 마주하고 있는 것이다. 전경을 훑어보던 아빠의 눈에 눈물이 맺힌다. 아빠는 55년 전 그날을 떠올리고 있겠지.

미하엘이 저쪽에서 노년의 남녀와 함께 서 있다. 나는 아빠가 이 순간을 홀로, 온전히 느낄 공간을 남겨두기 위해 그들 쪽으로 걸어갔다. 그리고 노부인을 향해 미소를 보냈다. 그녀는 아담하지만 옷을 너무 많이 껴입어서 실제 몸무게를 가늠하기 어렵다. 그녀 역시 나를 향해 미소짓는다. 나는 이 노부인을 보고 50여 년 전 열 살짜리 소녀의 모습을 상상했다.

전투기가 산산조각나 떨어져내리는 걸 바로 여기 서서 지켜봤어요. 미하엘이 들판의 끝을 가리키며 그녀의 말을 통역해준다.

그녀는 어린 소녀였던 그때 어떤 기분이었는지, 전투기들이 하늘에서 떨어져내리는 걸 보는 게 어떤 느낌이었는지 설명했다. 얼마나 무서웠는지, 그 모든 젊은 사내가 죽는 걸 지켜보는 게 얼마나 슬펐는지. 아빠는 조용히 듣고 있다. 난 아마도 평생 이 순간이 아빠에게 어떤 의미인지 완전히 이해하지 못할 것이다.

지금은 의사라는 노신사 역시 아빠의 전투기가 이 언덕으로 추락하는 걸 목격했을 때 열 살 정도였다고 한다. 이 사람들이 진짜 그 추락사건의 목격자였느냐는 일말의 의문에, 노신사는 한쪽에 '레건'이라는 이름이 박힌 무거운 손전등을 발견했다는 설명을 덧붙였다.

이에 아빠는 레건은 전투기 연합작전에 참여한 지상 총사령관이었다고 답했다.

노신사는 우리를 길 아래쪽 구석의 한 부지로 안내했다. 사건이 발발한 당시 거기에는 동네 술집이 하나 있었는데, '비소와 레이스'의 포탑 앞부분이 건물의 지붕에 수직으로 꽂혀 천장을 반쯤 뚫어놓았다고 한다. 그는 생맥주 밸브에 걸려버린 포탑을 직접 보았단다. 그리고 아빠와 같은 전투기를 탔던 데이비드 브루어의 유골이 술집이 있던 이 자리에서 멀지 않은 곳에 잠들어 있다고 알려주었다.

그들과 헤어지기 전, 노부인이 내 손에 작은 선물을 쥐어주었다.

손수 페인팅한 세라믹꽃병 미니어처였다. 비닐에 싸여 살짝 구겨진 리본으로 묶여 있었다. 나는 작별인사로 그녀를 안고, 다시 한 시간 이상 떨어진 자신의 집으로 데려다줄 버스에 올라타는 그녀의 모습을 지켜봤다.

그녀가 가버린 다음 나는 손바닥을 펴서 미니어처 꽃병을 내려다봤다. 이 작은 선물이 역사책 속에 서 있는 나를 깨워 다시 현실로 불러주었다.

人

그날 밤, 미하엘과 저녁을 먹고 아빠와 나는 호텔로 돌아왔다. 올로모우츠 최고의 호텔이지만 하룻밤 가격은 고작 40달러다. 그럼에도 우리 방은 거대한 사주四柱 침대와 화장대, 치렁치렁 화려한 커튼이 갖춰진 호사스러운 공간이다.

나는 아주 잠깐 창가에 서서 시내 중심의 로터리를 돌아나가는 차들을 지켜봤다. 분명히 금방 잠들기는 힘들 것이다. 그래서 나는 방을 나와 조심스럽게 복도를 지나 아빠의 방문에 살며시 노크했다.

안 피곤해, 우리 딸?

별로, 아빠는?

전혀! 흥분돼 죽을 지경인걸.

내 얼굴에 미소가 떠올랐다. 아빠, 나 금방 다시 올게.

나는 복도를 가로질러 자동판매기가 줄지어 서 있는 곳으로 갔다. 맥주캔을 파는 기계에 무거운 체코 동전을 몇 개 집어넣었다.

다시 아빠 방으로 돌아와서 시원하게 캔을 땄다. 우리는 창가의 작은 테이블에 자리를 잡고, 동시에 담배에 불을 붙였다. 의자에 등을 기댄 아빠의 얼굴에 만족감이 피어올랐다.

우리 귀염둥이, 너랑 함께여서 이 아빠는 정말 기쁘단다.

아빠, 나도.

네 엄마가 이런 일에 인내심을 발휘할 수 있었을지 잘 모르겠다니까.

나는 웃으며 고개를 가로저었다. 엄마는 지금쯤 프라하에서 쇼핑을 하고 있겠지 뭐.

아빠가 킬킬 웃는다.

엄마가 보고 싶어.

에구 우리 딸, 아빠도 그래.

우리는 이렇게 가벼운 농담을 주고받았다. 그러다 나는 맥주를 더 사러 복도에 나갔다 오고, 아빠는 담뱃대를 비웠다. 그리고 얼마간 시간이 흘렀을 때, 무슨 이유에서였는지 아빠랑 나는 서로의 비밀을 털어놓기 시작했다.

아빠, 나 고등학교 다닐 때 아빠 차 몰래 끌고 다녔던 거 알아?

링컨타운?

응. 엄마랑 아빠랑 잠들기를 기다렸다가 조랑 같이 차를 끌고 나갔었어.

면허 따기 전에? 아님 따고 나서?

따기 전이지.

아빠는 웃으며 고개를 젓는다.

한번은 기름을 넣어놔야 할 것 같은데, 해본 적이 없는 거야. 결국 조한테 잔뜩 기름목욕을 시켰다니까. 조한테서 기름 냄새가 진동을 하는 바람에 집에 와서 옷을 다 세탁해야 했어.

아빠는 여기서 웃음보가 터져서 급기야 맥주를 코로 들이켰다.

이제 아빠 차례다.

몇 주 전에 아빠 데이트했단다.

놀라움을 감출 수가 없다.

뭐라고요? 누구랑?

코스트코에서 만난 어떤 노부인이랑. 주말마다 냉동식품코너에 나와서 샘플 나눠주는 일을 하더라고.

아빠!

충격적이다! 하지만 동시에 너무 재미있다.

그래서 그 노부인을 어디로 데려갔어?

뭐, 그냥 저녁 먹으러. 그다음에는 그녀의 집으로 갔지.

그리고?

그리고 잤지.

오 마이 갓!

아빠가 나한테 이런 얘기를 하다니! 믿을 수 없다. 하지만 이제야 나는 아빠에게 나 말고는 대화할 사람이 없다는 걸 자각한다.

나는 맥주를 한 모금 마시고 다시 물었다. 그래서?

굉장했지.

미친 듯 웃음이 터져나와서 맥주를 삼키지도 못하겠다.

우리는 밤새 몇 시간이나 비밀과 이야기들과 추억을 나눴다. 그리고 내 방으로 돌아와서, 마침내 잠이 들었다가 깨어났을 때, 나는 아주 단순한 사실을 깨달았다.

엄마를 그리워하는 마음의 크기만큼이나 엄마가 먼저 죽었다는 사실이 다행스럽다. 그렇지 않았다면 나는 아빠라는 사람을 알지도 못한 채 아빠를 묻었을 것이다.

人

다음 날 아침 우리는 트루브키를 향해 출발했다. 미하엘의 설명에 따르면, 거기 톰 웨스트라는 사람을 위한 기념비가 있다고 한다. 이 남자는 바로 아빠의 전투기가 폭격당한 날 죽은, 아빠 대대의 전우였다. 우리는 지도를 따라가서 인적이 드문, 나무들이 조용히 줄지어 선 길가에 차를 댔다.

기념비는 담장이 높은 공동묘지의 중앙에 자리잡고 있다. 그런데…… 입구를 채 통과하기도 전에 왜 우리한테 여기 와보라고 했는지 이해가 됐다. 묘비들이 가지런히 늘어선 작은 공동묘지. 우리 셋은 안으로 향하는 통로에 잠시 멈춰서 이 광경을 그대로 받아들였다.

몇 주 후, 아빠는 다시 캘리포니아의 집으로 돌아간다. 그리고 며칠 밤을 잠 못 들고, 밤마다 우리가 바로 지금 보고 있는 이 광경에 대해 써나간다.

입구에 들어서자마자 미하엘이 내게 기념비가 보이느냐고 물었다. 그 말에 주위를 둘러보니, 저 멀리 벽에 아주 거대한, 공동묘지에서 가장 큰 것으로 보이는 조형물이 서 있었다. 그것은 바로 우리가 그곳까지 찾아간 이유였다. 높이 3.7미터, 너비 3미터 정도 되는 거대한 화강암 수직 벽이 배경을 이루고 있었다. 그 화강암은 아름다운 회색빛에 완벽에 가깝게 반짝반짝 잘 닦여 있었다.

화강암 벽 전면에는 놀랍게도 실물 크기의 공군 동상이 설치되어 있었다. 조종사 복장을 하고 하늘에서 하강 중인 모습이었다. 낙하산 줄은 위로 뻗어 있고, 두 발은 지면에 0.5미터 정도 못 미친다. 그는 그가 내려온 하늘을 바라보며 작별인사를 하듯 왼팔을 옆으로 쭉 뻗고 있다.

동상 바로 앞에는 똑같은 크기로 만들어진 한 쌍의 석판이 똑같은 문구를 새긴 채 놓여 있었다. 나는 자세히 보기 위해 체코어로 쓰인 석판을 지나, 영어로 쓰인 왼쪽 석판 앞에 무릎을 꿇었다. 그렇게 거기 새겨진 메시지를 읽는데 눈물이 흘러나왔다.

여기 최후의 출격을 떠났던 미국 영웅들이 영면해 있다.
방랑자여, 이 글을 읽고 모두에게 알려라.
"우리는 당신들을 위해 기꺼이 죽음에 뛰어들었습니다.
우리는 이제 자유입니다. 우리를 잊지 마십시오."

이 메시지를 타이핑하는 지금 또다시 눈물이 앞을 가린다. 이 문장을 몇 번이나 읽고서 무릎을 꿇은 채 하늘을 바라보던 그 순간이 똑똑히 기억난다. 그 가슴 아픈 헌사를 마주한 순간, 가슴 깊이 나를 채우던 감정들. 난 더 이상 그 어떤 말도 할 수 없었다.

갑자기 난 시간을 뛰어넘어 50년도 더 전으로 돌아가 그 남자들 앞에 섰다. 물론 그들은 마지막으로 본 모습 그대로였다. 그러다 어쩌면 지금 여기서 톰이 내 동상을 바라보고 서 있었을 수도 있다는 자각이 나를 다시 현실로 불러왔다.

그리고 우리가 두고두고 기억하게 될 가장 감동적인 순간이 찾아왔다. 기념비에서 신선한 꽃들을 발견한 것이다. 리본으로 간단하게 장식한 예쁜 데이지 꽃다발이 공군의 발치에 놓여 있었다. 아빠가 맞서 싸운 전쟁은 결코 잊히지 않은 것이다.

아빠는 천천히 자리에서 일어나더니 미하엘을 향해 돌아섰다.

이 사건에 대해 누군가와 얘기를 좀 나누고 싶은데요. 누구와 얘기할 수 있을까요?

그러자 미하엘이 제안했다. 시장 집무실로 가보죠.

人

우리는 트루브키 중심가의 건물을 찾아냈다. 미하엘이 우리가 여기 온 이유를 설명하자 시장의 비서가 우리를 그의 집무실로 안내했다.

나는 무릎 위에 손을 깍지 끼고, 찬찬히 방을 둘러봤다. 빛바랜 벽지와 치렁치렁한 커튼이 눈에 들어온다. 몇 분 후, 드디어 시장이 들어온다. 50대인 듯한데 깔끔한 정장에 넥타이 차림이다. 그는 아빠, 미하엘과 차례로 악수하더니 살짝 고개 숙여 내게 인사했다.

모두 자리에 앉자 미하엘이 체코어로 설명하기 시작한다. 우리가 누구인지, 왜 여기 왔는지. 시장은 그의 말에 귀 기울이며 간간이 아빠를 쳐다본다. 그는 사뭇 진지한 사람인 것 같다. 우리의 방문에 대한 그의 속마음을 읽을 수가 없다.

잠시 후, 이번에는 시장이 미하엘에게 얘기하고 미하엘이 중간중간 통역을 해준다. 그는 기념비에 얽힌 얘기를 하고 있다.

그의 설명에 따르면, 기념비는 아빠의 전투기가 격추되고 딱 한 달 후인 1945년 초에 세워졌다. 마을 사람들은 그토록 많은 공군의 죽음에 깊은 슬픔에 빠졌다고 한다. 특히 마을 바로 바깥에 추락한 톰 웨스트의 전투기에 큰 충격을 받았다. 그들은 독일인들이 허락하지 않으리라는 것을 잘 알고 있었고 그로 인해 가혹한 처벌을 받을 수도 있다는 것까지 예상했지만, 우리가 오늘 본 그 아름다운 기념비를 만들기 위해 모금을 했다.

느릿느릿 새어나오는 아빠의 숨소리는 이제 다 들릴 지경이다. 아빠는 완전히 넋을 잃은 것 같다.

드디어 아빠가 입을 열 차례. 아빠는 몸을 꼿꼿이 세우고, 시장을 똑바로 보고 말하기 위해 의자 끝으로 바싹 다가앉았다. 말을 꺼내기도 전에 목이 메는 것 같았지만, 목청을 가다듬고 다시 입을 열었다.

모든 미국인 가족을 대신해서…… 아빠는 목소리에 힘을 주었다. 감사를 전합니다. 당신들이 추락한 우리의 전우들을 이렇게 기려주었다는 것이 저에게, 우리에게 얼마나 커다란 의미인지 말로 다 표현할 수가 없습니다. 조국의 그 누구도 이 사실에 대해 전혀 모를 겁니다. 여기서 전사한 전우들의 가족들이 이 사실을 안다면, 그건 정말 깊은 의미가 될 것입…….

아빠는 다시 목이 멘다.

그때 시장이 몸을 앞으로 기울이며 아빠의 말을 잘랐다. 미하엘이 통역을 해주었다.

저 그런데 선생님, 감사해야 할 사람들은 저희입니다. 선생님과 선생님의 친구분들, 그리고 가족들…… 모두 저희를 위해, 우리나라를 위해, 자유를 위해 싸워주셨잖습니까.

이제 시장의 목소리에도 눈물이 묻어난다. 미하엘은 둘 사이를 왔다갔다하며 통역을 하느라 진땀을 빼고 있다.

의자에 가만히 기대 있던 나는 이제야, 바로 지금 이 순간에야 마침내, 완전히 이해하게 되었다. 아빠가 그토록 오래전에 제2차 세계대전에서 무슨 일을 했는지.

人

일주일이 지나고, 우리의 여행도 막바지에 다다랐다. 우리는 시골마을을 누비고, 이 집 저 집을 방문해서, 1944년 12월의 그날과 관련된 모든 부류의 사람들의 이야기에 귀를 기울였다.

시원하고도 투명한 슬리보비츠slivovitz(헝가리 및 발칸 제국의 플럼 브랜디─옮긴이)를 얼마나 자주, 얼마나 많이 마셨는지 기억도 나지 않는다. 아빠는 예상보다 훨씬 잘 버텨내고 있다. 작은 피아트를 수없이 타고 내리며, 한 번도 쓰러지지 않고 하루하루를 무사히 지나왔다.

프라하로 돌아가기 전날, 미하엘은 한 군데 더 들를 곳이 있다고 고집을 부렸다.

결국 우리는 황폐한 아파트건물 밖에서 한참을 서성이며 미하엘의 들어오라는 신호를 기다렸다.

우리는 다 쓰러져가는 건물 안으로, 어두컴컴하고 쉰내 나는 어느 집 안으로 들어갔다. 희미한 불빛의 어질러진 거실에 한 노인이 서 있었다. 그는 다 낡은 쓰레기봉투 두 개를 꽉 쥐고서 아빠를 향해 무뚝뚝하게 고갯짓을 했다.

이 남자가 당신에게 주고 싶은 게 있다네요. 미하엘의 말에 아빠는 때 묻은 소파로 가서 그의 옆에 앉았다.

노인은 쓰레기봉투를 뒤적뒤적하더니 두 개의 나무판을 꺼내서, 하나는 자신의 무릎 위에, 다른 하나는 아빠의 무릎 위에 올려놓았다. 그 나무판은 각각 먼 훗날 내가 이 이야기를 타이핑하게 될 노트북 정도의 크기에, 색이 바랬지만 여전히 환한 노란빛을 머금고 있었다.

각각의 나무판에는 추락한 B-24 폭격기에서 떨어져나온 파편과 부품들이 붙어 있었다. 기껏해야 주먹 크기 정도로 다 자잘했고, 그저 볼트와 나사에 불과한 것들도 있었다. 하지만 여전히 케이스에 싸인 채 돌아가는 작은 숫자판도 있었고, 모두 그 나무판에 조심스럽게 부착되어 있는 데다가 그 주변으로 설명해주는 말까지 쓰여 있었다. 어떤 말들은 체코어로, 어떤 말들은 영어로. 그중 "나는 혼자다"라는 문구가 내 시선을 끌었다. 또는 "우리는 절대 잊지 않을 겁니다" 같은 것도.

노인은 어린 소년이었을 때 이 파편들을 전부 모았고, 그후로 쭉 이 나무판을 보관해왔다고 했다. 아빠는 놀라움에 가득 차서 그것들을 손가락으로 부드럽게 쓰다듬었다.

당신이 그걸 가져갔으면 좋겠대요. 미하엘의 말에 아빠가 고개를 들었다.

노인이 대답을 기다리는 듯 아빠를 쳐다봤고, 아빠는 이미 울고 있었다.

이제 누구도 그것들의 의미를 몰라요. 미하엘이 다시 통역했다. 젊은 사람들은 그 시절이 어땠는지, 그 모든 것이 우리에게 어떤 의미인지 모른다니까요. 나는 이것들을 내 평생 보관해왔는데 말이죠.

당신이 가져갔으면 좋겠어요. 이 말과 함께 노인은 기침을 하기 시작했다. 우리는 그의 연약한 몸이 주저앉는 걸, 기침을 할 때마다 몸이 떨리는 걸 지켜볼 뿐이었다. 아빠가 그의 어깨에 손을 얹더니 기침이 끝날 때까지 기다렸다. 이제는 그도 울고 있다.

감사합니다, 우리를 기억해주셔서…….

노인은 고개를 끄덕이며 말했다. 어떻게 잊을 수 있겠습니까?

人

다음 날 아빠와 나는 프라하의 공항에서 헤어졌다. 그 몇 분 전, 나는 너무나 초조했다. 이번이 아빠를 볼 수 있는 마지막 기회라는 느낌을 도무지 떨칠 수가 없었다.

우리는 작별인사를 하고 또 했다. 실은 둘 다 각자의 외로운 생활이 기다리고 있는 집으로 돌아가고 싶지 않은 것이다.

이후 4년간 아빠는 프라하에서의 경험을 수차례 기록으로 남겼다. 톰 웨스트와 다른 전우들의 가족들에게 연락을 하고, 그곳에서 발견한 사실들을 전하기 위해 최선을 다했다. 초등학교를 방문하는 프로그램에도 정기적으로 참가해서 아이들에게 제2차 세계대전에 대한 이야기를 들려주기도 했다.

하루는 나도 아빠를 따라갔다. 캘리포니아 남부의 깔끔한 현대식 초등학교에 가는 날이었는데, 아빠는 조종사 재킷에 461폭격전대 휘장이 새겨진 모자를 썼다. 그때쯤에는 산소탱크가 아빠가 가는 곳 어디든 따라다니며 아빠 뒤에 앉아 재빠르게 돌아가는 소리를 냈다.

아빠가 얘기를 하는 와중에도 아이들은 가만히 있지 못하고 산

만하게 움직였지만, 아빠는 거기까지 신경 쓸 여력이 없었다. 이윽고 아빠는 프라하에서 가져온 노란 나무판을 꺼내 아이들이 하나씩 일어나서 거기 부착된 낡은 B-24의 잔해들을 만져보게 했다.

나는 그때 문가에 서서 나를 스쳐가는 캘리포니아의 따뜻한 미풍을 느끼며 아이들을 바라보고 있었다. 아이들의 눈에는 알 수 없는 전쟁에 대해 주저리주저리 늘어놓는 한 노인이 비쳤을 테지만, 내게는 훨씬 많은 것이 보였다.

어느 따스한 6월 아침 우리 엄마를 홀딱 반하게 한 남자. 그 엄마가 사라지고 내가 잠 못 이루던 밤 내 등을 어루만져주던 남자. 나이 스물에 비행기 조종하는 법을 배우고, 자신보다 커다란 그 무언가를 위해 몸 바쳐 싸운 남자. 그토록 많은 사람이 전사한 곳에서 살아남은 남자.

내 눈에는 가치 있는 삶을 일궈온 한 남자가 보였다.

I2

아무도 나의 하루를 궁금해하지 않는다

2003년, 스물다섯

나는 지금 내 앞에 놓인 와인잔을 내려다보고 있다. 납작한 스타일의 텀블러잔에 옅은 선홍색 와인이 담겨 있다. 웨이트리스 하나가 가만히 서 있다가 우리 자리를 향해 다가오는 게 보인다. 나는 한입에 재빨리, 부드럽게 와인을 삼켰다. 그리고 내 잔을 다시 채워주는 그녀를 올려다보며 미소지었다.

나는 워싱턴대로에 있는 C&O트라토리아에서 친구 홀리와 케빈, 그리고 요즘 만나고 있는 라이언이라는 남자애와 시간을 보내고 있다. C&O는 매일 베니스비치로 모여드는 관광객들을 상대하는 시장통 같은 이탈리아식 패밀리 레스토랑이다. 값도 싸고 중독성 강한 꽈배기마늘빵 때문에 우리가 좋아하는 곳이다.

특히 나는 자리에 앉자마자 웨이트리스가 커다란 와인병을 테이블로 가져다주는 덕분에 저녁식사 내내 맘껏 와인을 따라 마실 수 있다는 게 맘에 든다. 나는 와인잔을 비우고 또 비웠다. 주문한 요리가 나왔을 즈음에는 얼마나 마셨는지도 까먹었다. 다섯 잔인가, 여섯 잔인가.

케빈과 라이언은 책에 대한 얘기를 하고 있고, 홀리와 나는 무슨 음모라도 꾸미는 것처럼 테이블 한쪽에서 몸을 숙여가며 이야기를 나누고 있다. 홀리와는 고등학교 때부터 친구인지라 할 얘기가 항상 끊이지 않는다.

클레어, 요즘은 어때? 홀리는 질문을 던지면서 두 눈을 부릅뜨고 나를 살핀다.

나는 와인을 한 모금 더 마시면서 고개를 끄덕이고는 대답했다. 잘 지내고 있어.

물론 완벽한 거짓말이다. 나는 정말 그런 것처럼 보이기 위해 밝게 웃었다. 하지만 홀리가 눈썹을 찌푸리며 나를 향해 더 몸을 숙이는 바람에 나는 얼른 와인을 한 모금 더 마셨다.

정말이야?

나는 다시 고개를 끄덕였다. 10년이라는 우정의 세월 덕분에, 홀리를 속이기란 쉽지 않다.

그럼, 정말이지. 잘 지낸다니까. 나는 와인을 한 모금 더 마시고 계속 말했다. 요새는 글을 많이 쓰고 있어. 아침마다 쓴다니까.

정말? 잘됐다.

다시, 거짓말이다. 몇 달 전 아빠가 돌아가신 직후에 한 거대 신문사에서 발표한 '세계의 베스트 블로그 20'에 내 블로그도 포함되었다. 그후로 감당하기 힘들 정도로 방문자가 늘어났고, 심지어 뉴욕의 한 에이전트는 책을 내자고 제안해왔다. 하지만 요즘은 텅 빈 워드문서의 꼭대기에서 깜박이는 커서를 마주하는 게 가장 큰 고역이다. 아무것도 못 쓰고 있다.

그럼! 게다가 아빠의 아파트랑 관련된 문제들도 착착 처리하고 있다고. 내가 이렇게 덧붙이며 다시 와인을 벌컥벌컥 들이켜자 홀리가 격려의 의미로 힘껏 고개를 끄덕여준다.

순식간에 거짓말에 재미가 붙은 것 같다. 내가 정말로 잘 살고 있다면 어떤 식의 말을 할지 직접 듣는다는 게 무척 흥미롭다. 슬픈 진실은, 내가 무엇보다 홀리와 같은 사람이 나타나주기를 기다리고 있다는 것이다. 너무 늦기 전에 그 사람이 나타나서 참견하고 간섭해주기를 원하지만, 이미 이렇게 엎질러진 이상 나는 되돌아갈 수 없다.

종업원이 와서 우리 접시를 치우자 케빈이 영수증을 달라고 했다. 아까 그 웨이트리스가 다가와 커다란 와인병에 금을 그어 체크하면서 합산하기 시작했다.

열네 잔이네요.

와우, 그렇게 많이 마셨는지 몰랐네. 라이언의 말에 케빈이 답했다. 우와, 나도.

난 서너 잔밖에 안 마셨는데. 이번에는 홀리가 말한다.

나도. 나는 웨이트리스의 계산이 정확하고, 실은 대부분 내가 마셨다는 걸 알지만 이렇게 웅얼거렸다. 그저 아무도 내가 얼마나 혀 꼬부라진 소리를 내고 있는지 알아채지 못하기만을 바랄 뿐이다.

웨이트리스는 어깨를 으쓱하더니 테이블 한가운데 영수증을 떨어뜨리고 간다.

하여간 이상해. 항상 느꼈던 건데, 이 와인병으로 계산하는 거 좀 사기 같단 말이지.

홀리가 투덜거렸지만 우리는 결국 계산을 하고 나왔다. 나는 길가에서 케빈과 홀리에게 작별인사를 했다. 그리고 그들이 사라진 다음, 해변 방향을 바라봤다. 가로등이 희미한 거 같긴 한데, 내가 너무 많이 마셔서 그런지 아니면 그냥 바닷바람 때문인지 모르겠다.

나는 다시 라이언을 향해 몸을 돌려서 함께 워싱턴대로를 따라 걷기 시작했다. 데이트한 지는 겨우 두세 달밖에 안 됐지만, 나는 베니스로 이사온 다음 대부분의 밤을 라이언과 보냈다.

라이언은 작가다. 이제 막 한 소설의 초고를 마쳤고, TV 리얼리티 프로그램의 PD로 일하고 있다. 그는 딱 보기에도 내가 지금까지 만나온 사람들 중 가장 똑똑하다. 결점이라고 해도 좋을 만큼 매우.

라이언은 지금까지의 모든 대통령 보좌그룹을 다 외운다. 1883

년, 이런 식으로 연도만 대면 당시 백악관에서 근무하던 사람들을 줄줄이 다 대고, 그해에 어떤 정치적인 사건이 벌어졌는지까지 술술 나올 때도 있다. 야구도 마찬가지다. 자동으로 인쇄되어 나오는 주가테이프처럼, 살짝만 건드려도 그의 입에서 각종 통계와 수치가 쏟아져 나온다.

그러니까 라이언은 콜린과 정반대다. 라이언이 내 주변에 울타리를 치고, 내 행동거지를 일일이 규율하는 일 따위는 절대 일어날 리 없다. 바로 그런 콜린과 몇 년을 함께한 직후라 그런지, 라이언과 사귀는 건 최고의 자유를 맛보는 느낌이다.

오늘 밤에 우리집으로 갈래?

라이언이 고개를 젓는다. 내일 아침 일찍 사무실에 나가봐야 해.

알았어.

나는 짐짓 실망을 감추려고 애썼다. 어차피 라이언은 그걸 눈치도 못 채는 것 같지만. 그의 화제는 벌써 오늘 회사에서 있었던 일로 넘어갔다. 거기 귀를 기울이며 비틀거리지 않으려고 안간힘을 쓰고 있지만, 나는 생각보다 많이 취했나 보다.

집에 가고 싶지 않다. 그저 계속 걷고 싶다. 내일이 안 왔으면 좋겠다. 그다음 날도. 완벽하게 화창한 날이 계속되고 있는 LA에서, 아빠의 아파트를 그대로 방치한 채 또 하루를 넘길 생각을 하니 구역질이 날 것 같다. 하지만 그런 내 생각에는 아랑곳없이 라이언은 아파트 입구까지 날 데려다주고는 굿나잇키스를 하고 다시 밤 속으로 걸어갔다. 순식간에 나는 다시 혼자가 되었다.

현관문을 들어서기도 전에 눈물이 쏟아져 나왔다. 이윽고 어두운 거실 한가운데 선 순간, 거센 공포와 분노의 물결이 나를 덮친다.

여기 있기 싫어.

혼자 있기 싫어.

못해.

못하겠어.

하지만 내 조용한 간청에 대한 응답은 오직 귓가에 피가 소용돌이치는 소리뿐이다.

나는 거친 숨을 깊이 들이마시고 거실을 대충 둘러봤다. 뭘 찾고 있는 건지는 잘 모르겠지만, 책상 밑의 컴컴한 공간이 눈에 들어온다.

결국 나는 두 손과 양 무릎을 바닥에 대고 기어가서 책상 아래에 머리를 쑤셔넣고, 등을 말았다. 몸을 벽에 바싹 붙이고 내 앞으로 의자를 끌어당긴 다음, 드디어 눈을 감고 숨을 내쉬었다.

몇 년 후, 나는 〈템플 그랜딘Temple Grandin〉이라는 영화를 보게 된다. 자폐증에 걸린 동명의 여주인공은 사방이 막혀야 안정감을 느끼기 때문에 외양간에 스스로를 가두기까지 한다. 물론 지금은 전혀 깨닫지 못하지만, 지금 나의 행동이 꼭 그것과 같다.

아무리 절망적일지라도, 바닥까지는 무너지지 않기 위해 어떤 식으로든 길을 찾아가는 것이다.

人

다음 날 아침, 나는 아빠의 아파트단지 차고에 차를 대고 현관까지 걸어갔다. 그리고 그 자리에 멈춰섰다. 아직까지는 그 문을 열어젖힐 마음이 내키지 않는다.

아파트 언저리를 지나는 미풍을 느끼며 나는 잠시 눈을 감았다. 오늘도 남부 캘리포니아는 23도 정도를 맴도는 온화한 날이다.

그리고 아빠가 돌아가신 지 세 달째 되는 날이다.

결국 나는 열쇠를 꽂아넣고 손잡이를 돌려 안으로 들어왔다. 그리고 거실을 향해 두 걸음을 옮긴 다음, 그대로 서서 퀴퀴한 공기를 들이마셨다.

모든 창에 블라인드가 쳐져 어둡다. 하지만 모든 게 아빠가 살아 계셨을 때 그대로다. 찬장에는 접시들이 얌전히 앉아 있고, 케이블은 그대로 연결되어 있고, 아빠의 틀니는 욕실 세면대의 작은 플라스틱통에 들어 있고…….

나는 아파트 안을 돌아다니기 시작했다. 블라인드는 그냥 내버려뒀지만 이 방 저 방 불을 켰다. 오래된 공기가 조용히 방 안에 가라앉아 있다. 아빠의 방문에 기대서니 그날의 기억들이 나를 뒤덮는다.

그 마지막 날 오후 내 손을 쥐던 아빠의 손. 익살스러운 짙은 눈썹. 입가의 주름.

아빠는 그날 너무나 빨리 자신의 몸을 떠나가버렸다.

아빠가 마지막 숨을 거둔 후 나는 아빠의 손을 풀어 무릎께로 떨어뜨리고 아빠의 침대에서 물러섰다. 아빠의 양손과 얼굴에서는 곧 모든 핏기가 사라지고, 단 한 번도 본 적 없는 하얀 대리석 빛깔만 남았다. 그리고 반쯤 감은 눈, 멍하니 커다랗게 벌린 입.

호스피스 간호사가 영화에서처럼 아빠의 얼굴 위로 손을 드리우자 아빠의 두 눈이 감겼다. 나는 그 자리에 그대로 서서 아빠의 시신을 바라봤다. 그건 내가 처음 마주한 모습이었다.

얼마 후 나는 몸을 돌려 거실을 지나 테라스까지 걸어나왔다. 담배를 꺼내 물면서 투박한 무선전화기를 들어 이복오빠를 불러내줄 전화번호를 꾹꾹 눌렀다.

아빠가 돌아가셨어. 나는 테라스의 플라스틱의자에 주저앉으며 말했다.

마이크는 아무 말도 하지 않았지만 내겐 그가 고개를 끄덕이는 게, 그런 식의 대답이 들려왔다.

장례업체에서 아빠의 시신을 가지러 오기 전에 나는 다시 아빠에게 돌아갔다. 아빠가 지난 몇 년간 사용해온 산소호흡기 돌아가는 소리가 그친 방 안은 비정상적으로 조용했다. 나는 아빠의 몸을 눈에 담으려고, 아빠의 침대 곁에 서서 아빠의 눈썹을 만지고 아빠의 두 손을 꼭 쥐었다. 하지만 아빠의 손은 이미 차갑게 식어가고 있었다.

아빠가 떠나갔다. 그의 몸, 그의 자아가 살던 익숙한 집, 내가 아이였을 때 오르락내리락했던 그의 팔다리…… 그것들은 이제 생명을 잃은, 무거운 물체일 뿐이다.

나는 이 기억들로부터 등을 돌려 부엌을 향해 걸어간다. 냉장고를 열어보니 반쯤 남은 마요네즈통, 샐러드드레싱, 아빠가 항상 마티니에 넣어 먹던 칵테일어니언이 들어 있는 호리호리한 병, 움푹 들어간 베이킹소다 박스, 약간 굳어버린 케첩 등이 보인다. 오늘은 냉장고 정리를 하겠다고 마음먹었는데…….

나는 냉장고 문을 닫고 거실로 가 소파에 몸을 누인다. 그리고 그대로 울다 지쳐 잠이 든 것 같다.

깨어보니 한 시간이 지나 있었다. 나는 몸을 일으키고 다시 찬란한 오후의 햇살 속으로 걸어나와 베니스비치에 있는 내 아파트를 향해 북쪽으로 50킬로미터를 달렸다.

人

이 작은 아파트는 아빠가 돌아가신 지 겨우 몇 주 지났을 때 임대한 것이다. 아빠의 아파트에서 혼자 잠들지 않아도 된다는 사실은 당장 내게 구원이었다. 그렇게 난 생애 최초로 나만을 위한 집을 꾸리기 시작했다.

베니스비치는 다양한 건축양식이 혼재된 해변마을이다. 그러니까 다른 로스앤젤레스 지역과는 확연히 다르다. 이탈리아의 진짜 운하를 본떠 1920년대에 지어진 운하들 역시 색다른 풍경이다. 내가 사는 아파트는 해변에서 두 블록 거리에, 운하 깊숙이 자리하고 있다.

밤이면 둑에 자리를 잡은 오리들이 꽥꽥거리고, 물고기들은 운하를 교차해 지나가는 자그마한 순백색 다리 밑에서 선잠을 잔다. 인도를 메운 부겐빌레아와 인동덩굴까지, 안개가 해안에서부터 밀려올 때면 이 모든 것이 꿈 같은 정경을 펼쳐 보인다.

나는 차고건물 위에 세워진, 테라스에 서면 다리가 보이는 원룸에 산다. 한 번도 혼자 살아본 적이 없기 때문인지, 자유가 너무 달콤하지만 외롭기도 하다. 그래서 거의 매일 밤, 친구들을 만나 술을 마시거나 같이 저녁을 먹고 다니는 것이다.

콜린과는 내가 고아가 되기 겨우 일주일 전에 헤어졌다. 당시 나는 아빠가 그렇게 빨리 돌아가실 줄은 몰랐다. 하지만 관계의 심각성이 나를 그 관계에서 빠져나오도록 부채질한 것 같다.

가장 이상한 건 아무도 나를 신경 쓰지 않는다는 사실이다. 지난 6년간, 나는 아빠와 콜린 사이에서 감시를 당하거나 감시를 하는 사람이었다. 하지만 이제 아무도 내게 뭘 할지, 어디로 갈지, 언제 일어날지, 어떻게 살지 말해주지 않는다.

아무도 내가 얼마나 무기력한지 알지 못한다. 내가 하루하루를 그저 선잠으로 소비하고 있다는 걸 아는 사람은 아무도 없다.

아빠의 아파트에서 또다시 실패한 아침. 난 거기서 빠져나와 집에 돌아오자마자 소파 한구석에 몸을 웅크리고 잠을 청했다. 두팔로 몸을 감싸고 환한 캘리포니아의 햇살 아래 눈을 감아본다. 미풍에 야자수 잎사귀들이 바스락거리고, 갈매기들이 공중을 선회하며 끼룩거리는 소리가 들린다.

잠이 오지 않는다.

눈을 뜨고 시계를 다시 본다. 2시 11분.

저쪽 부엌에 와인선반이 보인다. 한잔하기에는 너무 이른가.

나는 다시 눈을 감는다.

入

아빠가 죽은 지 1년쯤 되었을 때, 나는 유럽으로 날아갔다. 시칠리아에서 엄마 아빠의 친구를 만나고, 거기서 내 또래인 아저씨의 세 딸과 일주일을 보낸 다음, 엄마 아빠의 지인들과 그 가족들을 만나기 위해 로마로 향했다. 그리고 로마에 있는 동안 거기다 아빠의 유골을 뿌렸다.

일주일 후 나는 다시 스위스로 향했다. 로스앤젤레스의 집으로 돌아오기 전에 마지막으로 만나볼 가족들이 있었기 때문이다. 이들은 대개 내가 애틀랜타에서 자랄 때 엄마 아빠와 친분을 쌓은 사람들이다. 그래서 그들은 그 시절에 대해 얘기해주었다. 우리가 아기였을 때 밤늦게 열었던 저녁파티 같은 것들에 대해. 그리고 그 시절이 영원하리라 여겼던 믿음에 대해.

그 사고가 일어났을 때 나는 취리히로 가기 위해 기차를 타고 있었다. 아니, 사실 아무 사고도 일어나지 않았는지도 모른다.

나는 첫 번째 객차에 앉아서 막 읽던 책을 내려놨다. 책 속의 어떤 구절이 날 건드렸는지, 문득 고개를 들어 창밖을 바라볼 수밖에 없었던 것이다. 나는 내 인생에 대해 생각해본다. 이 여행을 떠나오기 직전, 나는 라이언에게 내 집으로 들어와서 같이 살아도 된다고 말했다. 이런 상황이 썩 내키지는 않았지만 달리 뾰족한 수가 떠오르지 않았다.

우리가 사귀기 시작한 지도 거의 1년이 다 되어가고, 사실상 우리는 거의 매일 밤을 함께 보낸다. 그는 여기서 더 관계를 발전시키길 원하고, 나도 마찬가지다. 하지만 난 아직 다른 누군가와 함께 살 준비가 안 됐다는 느낌을 떨칠 수가 없다. 내 생애 최초로 혼자 사는 게 이제야 편안해지기 시작했는데……

어느 날 오후, 우리는 중국음식을 앞에 두고 얘기를 나눴다. 라이언은 원하는 바가 확고했다. 나는 그저 포춘쿠키가 내가 구하는 답을 줄 거라고 기대하며 한 개를 집어 열어봤지만 쓸데없는 운세만 적혀 있었다.

좋아. 나는 결국 동의했다. 그리고 내가 여행간 사이, 그가 이사오는 것으로 시간이 맞춰졌다. 하지만 내키지 않는 마음은 가라앉지 않았다.

나는 창밖을 내다보며 이런 생각을 하고 있다. 기차가 갑자기 속도를 늦췄을 때, 어떤 소리가 내 귓가를 때리는 순간, 바로 이런 생각들이 내 머릿속을 채우고 있었다.

우두둑거리는 소리가 난다. 바위를 믹서기에 가는 것처럼.

그리고 기차가 완전히 멈춰섰다.

나는 앉은 자리에서 몸을 앞으로 내밀고 객차 안을 둘러봤다. 다른 사람들도 전부 고개를 내밀고 있다. 기차는 밀라노 외곽의 시골마을에 멈춘 것 같다. 창밖으로 온통 나무숲만 보이는 것으로 봐서는.

우두둑 소리가 귓속에서 다시 재생된다. 사람이었을지도 모른다는 생각이 문득 든다. 하지만 나는 재빨리 그 생각을 내쫓고, 그토록 잔인한 나를 꾸짖었다.

갑자기 차장이 급히 뛰어나간다. 얼굴이 새하얗게 질렸다. 이어 여러 관리자가 황급히 들락날락거린다.

그러고는 갑자기 그 소식이 모든 승객에게, 모든 객차로 퍼져나간다. 마치 우리가 성인 버전의 전화게임을 하고 있는 것처럼.

그건…… 자살이었다.

人

한 남자가 기차 앞으로 몸을 던졌다. 우두둑 소리의 근원은 내가 상상한 그대로였다.

결국 기차는 몇 시간이고 멈춰 있고, 승객들은 내리는 것조차 허용되지 않은 덕에 나는 환승 기차마저 놓쳐버렸다. 출동한 경찰이 한낮의 태양 아래서 등을 구부려가며 선로에서 잔해를 수습하고…… 승객들은 그저 지켜볼 뿐이다.

마침내 기차가 밀라노를 향해 나아가기 시작하고, 이후 승객들은 하차해도 된다는 안내가 들려온 순간, 나 역시 목을 길게 빼고 기차 맨 앞을 보려는 사람들의 행동에 동참했다. 하지만 기차 콧등을 따라가며 말라붙어 있는 핏자국을 본 순간, 깊은 후회가 밀려왔다.

밀라노에 도착해서 나는 막 역을 벗어나고 있는 취리히행 기차의 마지막 객실로 뛰어올랐다. 그리고 의자에 몸을 묻었다. 나도 모르게 두 팔로 몸을 단단히 감싸는 사이, 저 멀리 기차역이 점점 사라지는 게 보인다.

잠시 후 나는 혼자 있는 게 싫어서 담배나 한 대 피우려고 다른 객실로 찾아들었다. 텅 빈 객차에는 피곤한 얼굴로 구부정하게 앉아 있는 승무원과 책을 읽는 젊은 남자 한 명뿐이다. 나는 그 승무원 맞은편에 앉아 담배에 불을 붙였다. 그런데 그의 표정이 나만큼이나 좋지 않다. 나는 그를 잠깐 바라보다가 말을 건넸다.

아까 그 기차에 타고 계셨어요? 그 자살이 일어났던 기차 말이에요.

그는 보일 듯 말 듯 고개를 끄덕였지만 나를 바라보지는 않았다. 괜히 그 얘기를 꺼낸 게 미안한 마음이 들었다. 그 경험을 함께한 승객들의 공간에서 떨어져나온 게 벌써 아쉬운 마음에 그만……

그때 갑자기 젊은 남자가 일어서며 물었다. 무슨 자살이요?

그는 내가 그 사건에 대해 설명하는 사이 내 쪽으로 걸어왔다.

파트리크는 굉장한 미남이다. 품위 있는 콧대와 따스한 갈색 눈, 약간 헝클어진 머리. 스위스 사람으로, 취리히에 있는 자신의 집에 가는 길이라고 한다. 그는 이야기에 흥미를 보이며 내 맞은편에 자리를 잡았다.

나에게 그 자살은, 가만히 앉아 있다가 몸을 한껏 앞으로 내밀게 한 순간들 중 하나였다. 그냥 사고가 일어났다는 데 놀란 게 아니라, 예측할 수 없는 삶의 깊이에 놀랐던 것 같다. 단 한순간에 우리의 삶은 수백 가지 다른 방향으로 펼쳐질 수 있다는 사실에.

내가 오늘 그 기차에 앉아 있었다는 게 어떤 의미였을까? 환승 시간이 늦어지는 바람에 겨우 이 기차를 타서, 지금 이 자리에 앉아 있는 게, 이 낯선 남자의 맞은편에 앉아 취리히를 향해 빠르게 다가가고 있다는 게…… 어떤 의미일까? 내 인생의 가장 중요한 몇몇 순간은 오늘과 같은 순간들이 모여서 만들어지는 건 아닐까?

취리히까지는 꽤 오랜 여정이라 파트리크와 나는 몇 시간이나 대화를 나눴다. 그러다 식당칸까지 찾아가서 작은 와인병이나 초콜릿, 담배 같은 걸 사기도 했다. 그는 최근에 학교를 그만두고 여행을 하며 어떻게 살아야 할지 생각 중이라고 한다. 서로의 비밀을 다 털어놓는 게 얼마나 쉬운지. 어쩌면 쉬운 게 당연할지도 모르겠다. 앞으로 우리가 다시 볼 일은 절대 없을 테니까.

그는 최근 여자친구 때문에 겪은 혼란스러운 감정에 대해, 나는 라이언에게 느끼는 불편함에 대해 털어놓았다. 우리는 가느다란 담배연기를 길게 천장으로 내뿜으며, 덜컹덜컹 기차의 흔들림에 맞춰 점점 더 깊은 주제로 빠져들었다.

몇 시간이 지나 파트리크가 취리히에서 내리고 나만 남았다. 나는 부모님의 친구가 살고 있는 마을까지 좀더 가야 하기 때문이다. 나는 플랫폼에 가만히 서서 한 손을 들어 인사하는 그를 보며 가볍게 차창에 손을 댔다.

간단한 일이다. 낯선 이를 만나고 나를 열어 보이는 것. 하지만 그리 자주 일어나는 일도 아니다. 기차가 역을 빠져나가는 사이,

나는 버몬트에서 미셸과 함께했던 밤 그리고 스페인에서의 그 밤을 떠올렸다.

차가운 유리창에 이마를 대본다. 인생의 비밀 하나를 막 깨달은 것 같다. 그럴 것 같지 않은 순간에도 우리는 나아가고 있다는 걸. 앞으로, 한 걸음씩.

人

로스앤젤레스의 집으로 돌아오니 라이언이 짐정리를 끝냈다. 내서랍장의 반은 그의 옷으로 차 있고, 그의 책들이 내 책과 마구섞여 있고, 그의 재킷들이 내 옷장에 걸려 있다. 나는 저항감을떨쳐내기 위해 세차게 고개를 저었다. 하지만 이제는 앞으로 나아가기 위해 노력해야 할 것 같다.

아빠가 돌아가신 지 1년이 넘었지만, 여전히 나는 이따금 나도모르게 아빠의 아파트를 향해 차를 몬다. 사실 아빠의 아파트는진작 팔아치웠다. 그럼에도, 그 낡은 차고 근처에 차를 세워두고앉아 있는 것만으로도 묘한 위로가 된다. 앞으로 얼마나 오랫동안 이 행동을 반복할지······.

실은 그 아파트를 처분하기 위해 이복오빠 마이크가 애틀랜타에서부터 날아와야 했다. 나 혼자서는 절대 해낼 수 없는 일이란걸 나 스스로 깨달았기 때문이다. 우리는 주말 동안 순서대로 각방을 돌아다니며 마지막 정리를 했다. 그때 마이크는 물건을 하나씩 들어 보이며 참을성 있게 물어봐주었다. "버릴까, 팔까, 아님 보관할까?"

나는 그의 도움에 말도 못하게 고마웠지만, 동시에 죄책감이 들었다. 아빠는 네 자녀 중에서 나를 선택했던 것이다. 가장 어리고, 모든 걸 책임지기에는 가장 어리숙한 나를. 두 오빠와 언니는 모두 나보다 최소한 서른 살은 많은데도 말이다.

마이크는 애틀랜타에 살면서 델타에서 일한다. 큰오빠답게 무뚝뚝하지만 속은 따뜻하다. 앞으로 우리는 아빠가 살아 계셨던 그 어느 때보다도 가까워질 것이다. 몇 년 후 나의 결혼식에서 내 손을 잡고 입장해줄 사람도 그일 테고. 그의 얼굴은 내가 자신의 친딸인 양 자랑스러움으로 빛나겠지.

언니 캔디는 워싱턴에서 변호사로 일하며 남편, 아들 브라이언과 산다. 바로 언니네 집 입구에서 난 엄마를 마지막으로 봤다.

막내오빠 에릭은 사실 우리 중 가장 무능하다. 방황하며 비극적인 삶을 살다가, 결국 2년 후 캔디 언니네 집 지하실에서 그토록 사랑하던 블루스 레코드 컬렉션에 둘러싸인 채 심장마비로 죽었다. 그의 급작스러운 죽음을 언제쯤이면 편안히 받아들일 수 있을지 잘 모르겠다.

아빠의 아파트 밖, 차 안에 앉아서 나는 눈을 감고 조용히 아빠에게 말을 걸었다.

아빠, 여기서 어디로 가야 할지 모르겠어.

몇 주 후, 나는 답을 찾았다.

몇 년 전 홀리와 케빈은 데이브 에거스Dave Eggers의 첫 책 『비틀거리는 천재의 가슴 아픈 이야기』 낭독회에 갔다. 홀리는 그 책을 뉴욕에 있는 내게 우편으로 보내기도 했다.

나는 홀리가 동봉한 편지를 다 읽기도 전에 책을 먼저 훑어봤다. 사진으로 본 에거스는 나보다 고작 서너 살 많아 보였고, 책 내용은 그가 20대 초반에 부모님을 모두 잃고 살아온 얘기인 것 같았다. 나는 따끔한 희망 같은 걸 느끼며 다시 홀리의 편지를 펼쳤다.

> 네가 읽어보면 좋을 것 같아. 그 작가가 사인해줄 때 내가 옆에서 말했어. "이 사인을 받을 친구도 작가님과 비슷한 경험이 있어서, 그걸 글로 쓰고 있어요." 그랬더니 자기가 쓰려고 하는 책과 유사한 걸 읽는 건 좋은 생각이 아닌 것 같다는 거야. 하지만 난 그 말에 찬성하지 않아. 분명 네 맘에 들 거야. 그랬으면 좋겠다.

나는 고작 서너 번 만에 그 책을 다 읽었다. 나와 유사한 에거스의 이야기에 홀딱 빠져버린 것이다. 그 전까지 나는 한 명의 부모라도 잃은 사람을 만나본 적이 없었으니까.

종종 그런 생각이 든다. 부모님이 돌아가시지 않았다면 나는 어떤 사람이 되었을까? 친구들을 볼 때면 그들이 삶 속에서 느끼는 안정감이 부럽다. 내 친구들은 자기가 보호받고 있다는 걸 모르지만, 내 눈에는 보인다. 여러 진로와 관계를 탐색하면서 전진하는 그들의 몸에는 자신감이 배어 있다. 매순간 확실한 이정표가 자신들을 안내해주고 있다는 듯, 한 걸음씩 걸을 때마다 도착하면 안내표지판이 기다리고 있을 거라는 듯.

에거스도 나와 유사한 감정으로 자신의 친구들을 바라보지 않았을까?

홀리가 그 책을 보내고 몇 달 후, 내가 다니는 뉴욕의 대학에서도 에거스의 낭독회가 열렸다. 나는 혼자 가서 커다란 강당의 중간쯤에 앉았다. 그런데 내 주위를 둘러싼 젊은 여자들이 모두 그에 대해 속닥였다. 질투심으로 배가 팽팽히 조여왔고, 누군가 그가 멋있다고 큰 소리로 말할 때마다 머리털이 곤두섰다.

마침내 무대 위에 선 그의 모습은 정말로 좀 멋있었다. 하지만 그보다 그는 유쾌하고 털털한 사람이었다. 강당을 꽉 메운 청중들은 그의 낭독에 기립박수로 답했다. 그가 낭독하는 내내 내 심장은 미친 듯이 뛰었다. 내 절망을 분명히 이해할 것 같은 이 남자와 어떻게든 연결되고 싶은 마음뿐이었다.

슬픔에는 눈물나게 외로운 구석이 있다. 같은 언어를 사용하는 사람이 아무도 없는 나라에 사는 느낌이랄까. 그래서 혹시나 그 언어를 쓰는 사람을 마주치게 되면 몇 시간이고 얘기할 수 있을 것만 같은.

뉴스쿨에서의 낭독회 이후 몇 년이라는 시간이 흘렀지만, UCLA에서 에드거의 낭독회가 열린다는 소식을 듣자마자 나는 친구

애비도 데려갈 겸 티켓을 샀다. 그를 실제로 다시 본다는 생각만으로도 온몸이 근질거려 참을 수가 없었다.

낭독회는 훌륭했다. 록밴드 '데이 마이트 비 자이언츠They Might Be Giants'가 공연을 하고, 이어 에거스가 평소대로 무작위 관객 참여와 같은 예측할 수 없는 이벤트들을 선보였다. 청중들은 대개 전형적인 20~35세의 힙스터hipster(유행 등 대중의 큰 흐름을 따르지 않고 자신만의 고유한 스타일을 좇는 부류-옮긴이)들, 그중에서도 특히 에거스가 설립한 샌프란시스코 기반의 잡지왕국 맥스위니스McSweeney's의 광적인 신봉자들이었다.

낭독회가 끝날 때쯤, 에거스는 마이크에 몸을 바싹 갖다 대더니 자신이 운영하는 비영리문학단체 826발렌시아의 로스앤젤레스 지사를 설립할 거라고 발표했다. 그리고 바로 이메일주소를 읊어대기에 나는 그걸 필사적으로 외웠다. 어찌나 열심이었는지, 차라리 그걸 손목 안쪽에 문신으로 새기는 게 더 나을 지경이었다.

20분 후에 나는 또 다른 책에 사인을 받으려고 줄을 섰다. 얼마나 긴장했는지 어질어질했다. 나는 사인을 받기 위해 쭉 늘어선 다른 사람들을 획 둘러봤다. 남자든 여자든 모두 데이브 에거스와 결혼하고 싶어 안달이다.

드디어 내 차례. 나도 모르게 책을 떨어뜨렸다.

죄송해요. 긴장을 해서…….

긴장하지 마세요. 자, 펜이 필요하신가요? 아니면 물이라도 좀?

그의 친절한 말에 나는 웃음을 터뜨렸다.

그는 내 책에 이렇게 사인해주었다. "클레어…… 그분들은 항상 우리에게 자신만의 창작의 빛을 보내주십니다. 데이브 에거스."

나는 운전석에 앉자마자 참았던 울음을 터뜨렸다. 틀림없이 내 감정을 알아봐주는 누군가를 만났다는 사실이 나를 집요하게 끌어당긴다. 그가 내 질문들에 대한 답을, 내 상처를 치유할 연고를 가지고 있다는 느낌을 떨칠 수가 없다.

나는 집에 도착하자마자 그 주소로 이메일을 보냈다. 그리고 몇 주가 지난 오늘, 나는 직접 만든 라즈베리머핀 한 접시를 조심스럽게 들고 베니스대로를 걸어가고 있다. 곧 '826LA'의 조찬모임이 시작될 것이고, 나는 그 광적인 에거스 팬들의 물결 속에서 단연 돋보일 테다. 실제로 다음 날 이 머핀 덕분에 나는 그 인상적인 모임에 대한 〈로스앤젤레스타임스〉 기사에 살짝 언급된다.

내 존재조차 모르지만 너무나 오랫동안 쫓아다닌 사람과 보통 가정집에 함께 있게 되다니, 너무나 신난다. 물론 에거스의 아내인 벤델라 비다도 참석해서 적당한 현실감을 부여한다. 나는 모여든 서른 명 정도의 사람들과 마룻바닥에 자리를 잡고 앉았다.

에거스가 우리 앞에 서서 826LA의 계획에 대해 열변을 토하며 설명한다. 샌프란시스코와 뉴욕에서 이미 지사가 설립되어 운영되고 있으니까 이번이 세 번째가 될 것이다. 826LA의 주 기능은 무료 학습지원센터로 지역 아이들이 들러서 숙제 도움을 얻을 수도 있고 워크숍이나 수업도 열릴 것이다. 물론 지역 학교와 연계한 각종 행사나 작가 낭독회, 책 만들기 프로젝트도 함께 진행될 것이다…….

각 지사의 전면에는 상점이 배치되어 있다. 샌프란시스코 지사에는 해적선 골동품점이, 보스턴 지사에는 탐험용품점이 운영되고 있다. LA 지사에는 과거와 미래의 물품을 파는 상점이 들어설 예정이다. 에거스의 설명에 따르면, 이 아이디어는 사람들을 끌어모으는 독특한 방식이 될 것이다. 물론 궁극적인 목표는 사람들이 이런 상점에서 이것저것 구경하며 시간을 보내다가 무대 뒤에서 벌어지는 일들에 궁금증을 갖도록 하는 것이다.

이거 완전 처음 들어보는 얘긴데! 좋아, 나도 참여하겠어.

요상한 운명의 장난인지, 826LA는 내가 사는 아파트에서 겨우 몇 블록 거리다. 난 여전히 별다른 일자리가 없기 때문에 매일매일 얼굴을 보였다. 다른 몇몇 자원봉사자도 마찬가지 패턴이다. 매일 아침 낡은 공공건물의 2층 벽에 페인트칠을 하면서 학습지원센터의 보금자리를 만드는 데 힘을 모았다.

나는 다른 봉사자들과 수다를 떨거나 페인트롤러에 익숙해지는 데 최선을 다했다.

첫 주말에는 에거스도 함께한 덕분에 나는 곁눈질로 그를 감시하느라 정신이 없었다. 모두와 잘 어울리며, 열심히 책장을 만들고 간간이 철물점에도 다녀오는 그의 모습이 눈에 띄었다. 그리고 둘째 날, 우리는 작은 사무실의 페인트작업을 마무리했다. 옅은 크림빛 노랑이었는데, 벽에 칠해놓고 보니 굉장히 만족스러웠다. 페인트가 입혀지면서 방이 점점 환해졌다. 우리는 결국 따스한 금빛에 목욕한 꼴이 되었지만.

아직은 상상도 할 수 없다. 몇 주 후 자원봉사관리자 자리를 제안받으면서 바로 이 방이 내 사무실이 되리라는 것을. 그럼에도 난 이 방이, 이 빛깔이 너무나 맘에 든다. 무엇보다 바로 여기가 데이브 에거스에게 결국 내 얘기를 털어놓을 곳이니까.

우리는 페인트칠을 하면서 유쾌하게 얘기를 나눴다. 주로 그 공간이나 앞으로의 운영 계획에 대해. 그에게 826발렌시아에 대한 질문을 던지면 그는 시원스레 대답해주었다. 지금껏 해낸 일에 대한 상당한 자부심이 묻어난다. 그런데 그의 말에 귀를 기울이다 보면, 그가 해온 행동들에 의문을 품게 된다. 그러니까 우리 둘 다 부모님을 잃었고, 삶에서 어마어마한 상실과 슬픔을 경험했다. 그런데 에거스는 전혀 슬퍼 보이지 않는다. 사실 정반대다. 오히려 에너지가 넘치고 열정적이다. 단 하루라도 소파 같은 데 쓰러져서 자기연민에 빠져본 적이 있을까 싶다.

어떻게 이 남자는 그 모든 걸 지나왔을까? 나는 속으로 질문을 되뇌었다.

우리 부모님도 돌아가셨어요. 갑자기 내 입에서 불쑥 나온 말, 그리고 그 뒤에 이어지는 순간적인 침묵. 그의 손에 쥐어진 페인트 롤러의 끈적거리는 소리만 들린다.

많이 힘들었겠군요.

마침내 들려온 말에 나는 침을 삼켰다. 네.

갑자기 끔찍한 예감이 몰려온다. 수백만 명이 그에게 자신들의 상실에 대해 털어놓았을 텐데…… 내 고백, 그와의 커다란 공통점은 전혀 새로운 게 아닐 텐데…… 어마어마한 불안감과 함께, 그가 지금 얼마나 당황했을지가 보인다.

이 순간을 어떻게든 타개하고 싶은데, 되돌리기라도 하고 싶은데, 어떤 말을 해야 할지 도무지 모르겠다.

아니, 어떻게 지금의 모습에 이르게 되었는지 묻고 싶지만, 그저 너무 겁이 날 뿐이다.

우리 둘 다 아무 말도 꺼내지 못하던 그때, 누군가가 들어오더니 에거스에게 조립 중인 테이블들을 좀 봐달라고 했다.

잠시만요.

그냥 그렇게 끝이 나고 말았다.

人

에거스는 샌프란시스코로 돌아갔고, 나는 여전히 매일 826LA로 출근하다시피 하고 있다. 끊임없이 손길이 필요한 일들이 생겨났다. 커튼을 달거나 책장에 못을 박아 조립하거나 하는. 다행히 이제 페인트칠은 다 끝났고, 한쪽에 지구본도 매달아놓았고, 방 여기저기에 뾰족하게 깎은 연필들로 꽉 채운 통들도 갖다놓았다.

오픈 날짜가 다가오면서 826LA에 머무는 시간도 점점 늘어나고, 마지막으로 문을 닫고 나오는 날도 많아졌다. 매일 밤 집으로 걸어오는 길에 스니커즈에 묻은 노란 페인트를 내려다보면 내 안에서 새로운 감정들이 마구 일렁였다.

충족감 같은.

어쩌면 행복감 같기도 한.

공식 오픈 직전에 총책임자가 와서 자원봉사관리자로 일해보지 않겠냐고 제안했다. 나는 곧장 받아들였다. 사실상 센터가 아직 시작도 안 한 단계지만, 이 조직의 공식적인 일원이 된다면 더 바랄 게 없을 터였다.

드디어 첫 월요일, 우리 몇몇이 초조하게 창밖을 내다보는 사이, 아이들이 학교버스에서 내려 우르르 몰려오는 게 보인다. 학부모들과 학교들에 센터를 알리려고 노력한 끝에 한 지역 학교 선생님이 오늘 오후 여기서 에세이수업을 진행하기로 한 것이다. 학생들은 뭘 기대해야 할지 모르겠다는 의심스러운 눈초리로 방 안을 둘러봤다. 다행히 그들이 뒷걸음질치기 전에 자원봉사자 하나가 그 안으로 뛰어든다.

어, 얘들아, 여기 잠깐 엉덩이 좀 붙여볼래?

하나둘씩 아이들이 방 안을 채우며, 최신식 테이블 위에 가방 속

물건들을 여기저기 꺼내고, 우리가 공들여 준비해놓은 작은 통에서 연필을 집어들었다.

나는 세 명의 남자아이와 한 테이블에 앉았다. 11학년인 프레디와 이스마엘, 그리고 쑥스러움을 좀 많이 타는 귀여운 9학년 로버트. '팀워크'에 초점을 맞춰 에세이를 써야 한다기에 나는 먼저 각자 돌아가며 지금까지 쓴 걸 읽어달라고 했다. 오늘은 선생님께 제출하기 전 최종 마무리를 도와주는 자리인 것이다.

그들이 시작하기 전, 나는 초조한 기색을 억눌러야 했다. 그들이 어떤 내용을 읽을지, 거기 나는 어떤 식으로 반응해야 할지, 또 내가 소리내 읽어달라고 해서 짜증난 건 아닌지, 알아서 자원해서 읽을지, 아니면 내가 지정을 해줘야 할지…… 끝없이 걱정이 일었기 때문이다.

그때 프레디가 갑자기 어깨를 으쓱해 보이더니 몸을 앞으로 숙이고 꾸깃꾸깃한 종이에 써놓은 글을 소리내 읽기 시작했다. 나는 그의 생생한 묘사에 곧바로 매료되었다. 열네 살 때 지나가는 헬리콥터들을 향해 레이저를 쏜 죄로 체포되었을 때의 상황, 자신의 손목을 감싸던 수갑의 느낌…… 그는 써놓은 부분을 다 읽은 다음, 어떻게 이 글에 팀워크를 녹아내려 했는지 설명했다. 그와 친구들이 팀으로 뭉치지 못했기 때문에 LA 경찰을 피하는 데 실패했다는 점을 알려주고 싶었다는 것이다.

그다음은 이스마엘. 그는 멕시코에 사는 '열넷보다는 적지만 여덟보다는 많은' 자녀를 가졌다고 알려진 자신의 할아버지에 대해 썼다. 하지만 어떻게 팀워크라는 주제를 담아낼지 난감해했다. 결국 우리 넷의 열띤 토론 끝에, 그는 할아버지가 가족이라는 한 팀의 리더 역할을 해내셨다는 깨달음에 도달했다.

마지막으로 로버트는 고작 열네 살이지만 벌써 타고난 작가의 재능을 보였다. 에세이도 끝까지 다 써왔다. 그는 어느 여름날 미드 호수 위 보트에 갇혔던 경험을 썼다. 무시무시한 폭풍이 그들의 배를 전복시킬 듯 위험한 상황이었다고 한다. 로버트의 에세이는 우리 모두를 감동시킬 만했다. 특히 그는 배 위에서 모든 가족을 지켜내기 위해 요구되었던 팀워크를 너무나 명확하게 잘 묘사했다.

그렇게 한 시간이 지나고, 세 남자아이는 신나서 서로를 향해 미소지었다. 에세이에 쓸 새로운 아이디어가 넘쳐나서 기운을 얻은 것이다. 우리는 이 공동작업을 앞으로 몇 주간 계속하기로 하고 헤어졌다.

한 시간 후 센터를 걸어나오는데, 몸이 행복감에 들썩거린다. 아빠가 돌아가시고 처음으로, 나 자신에 대해 어떤 연민도 느끼지 않은 채, 오후 한나절이 지나간 것이다.

아니, 나 자신에 대한 생각은 전혀 하지 않았다.

몇 달이라는 시간이 흐르고, 나는 다시 826LA의 내 사무실에 앉아 있다. 복도에서 울리는 한낮의 수업소리에 나는 컴퓨터에서 고개를 들어 하던 일을 멈췄다. 그리고 내 사무실의 벽을 둘러본다. 아주 오래전에 데이브 에거스와 함께 칠한 이 벽들을. 이제야 알겠다. 그는 결국 나를 위한 답을 가지고 있었다는 것을.

V

수용

치유의 방식은 참 묘합니다. 슬픔을 헤치고 나아가다 보면,
어느새 당신을 사랑했던 사람들 곁에 돌아와 있는 것입니다.
새로운 관계가 시작됨과 동시에 당신은
사랑했지만 잃어버렸던 사람들과 함께 살아가는 법을
배울 것입니다.

엘리자베스 퀴블러 로스

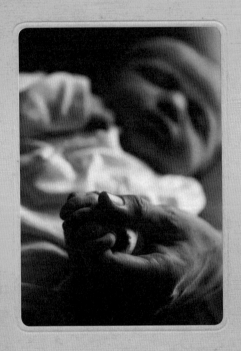

나의 딸

13

나는 나에게 가장 소중한 사람이다

2007년, 스물여덟

그 사고가 일어났을 때, 나는 저녁 7시 정신약리학수업을 들으러 가는 길이었다. 막 요가수업에 갔다 온 참이라 내 몸은 따스하게 이완되어 있었고, 나는 세풀베다대로를 순항 중이었다. '피터 비욘 앤드 존Peter Bjorn & John'의 노래를 들으며, 내일 밤 클럽 록시에서 드디어 그들을 만날 생각에 들떠 있었다.

나는 잠시 휴대폰 또는 스테레오의 작은 액정버튼 혹은 어쩌면 둘 다를 내려다보았다. 그런데 다시 고개를 들어보니 내 앞에 있는 차가 더 이상 움직이지 않는 것이었다.

나는 급정거하기에는 너무 빠른 속도로 주행하고 있었다. 브레이크를 있는 힘껏 밟았는데도 차에 충격이 울렸다.

책들과 가방들이 조수석에서 들썩들썩 날아올랐다. 탁, 탁, 탁. 자동차 후드가 찌그러지고, 머리가 앞으로 다시 뒤로 크게 요동쳤다.

모든 게 정지했다. 나는 재빨리 스테레오를 껐다.

일단 사지가 멀쩡한지 확인해야 했기에 내 몸을 쓰윽 훑어본 다음, 주저주저하며 액셀에 다시 발을 올려 앞차를 따라 근처 주유소의 주차장으로 갔다.

상대 차의 운전자는 여성이었다. 우리는 동시에 차에서 내렸다. 그 여자의 차는 비교적 괜찮아 보인다. 사고의 충격을 보여주는 건 바로 내 차다. 전면유리 쪽으로 뭉개진 후드에서 작은 연기줄기가 밤하늘을 향해 치솟고 있다. 다가오고 있는 여자를 향해 미소를 지어보려고 애썼지만, 이미 숨 쉬는 것조차 너무 가쁘다. 벌써 목 안쪽에서부터 뭔가 울렁인다. 눈물이 터지려는 신호가 느껴진다.

숨을 쉬어, 클레어. 넌 할 수 있어. 울 때가 아니야. 제발, 지금은 울면 안 돼. 넌 할 수 있어.

우리는 정보를 교환하기 시작했다. 그런데 그 여자는 자기 차 뒷좌석을 난장판으로 만들면서 보험카드를 찾아 각종 숫자들과 정보를 휘갈겨 쓰느라 한참을 보내고 있다.

가세요, 가세요, 내가 맘 편히 울 수 있게 제발 그냥 가주세요. 나는 그녀가 서류를 작성하는 사이, 이 말을 머릿속에서 수없이 되풀이했다.

마침내 그녀가 종이 한 장을 건넸고, 나 역시 내 서류를 줬다.

V 수용

괜찮겠어요? 같이 있어드릴까요? 그녀는 걱정스러운 눈빛이다.

아니, 아니에요. 괜찮아요. 정말. 고맙습니다.

나는 다시 운전석에 주저앉아 문을 닫고 울음을 내보냈다. 울면서 나는 휴대폰을 찾아 쥐었다. 순간, 내 엄지는 어떤 번호라도 누를 태세였다.

그런데 갑자기 모든 게 와르르 무너져내렸다. 쓰나미처럼 거대한 것이 몰려와서 모든 걸 무너뜨렸다.

내가 지금 도대체 뭣 때문에 이러고 있는 거지? 이게 다 무슨 소용인데?

오늘 하루 난 좀 슬펐다. 뭔가가 슬그머니 날 내리누르는 게 느껴졌고, 그래서 온종일 그저 버텨내고 있었던 것이다. 괜찮아, 클레어. 이 말을 머릿속에서 몇 번이나 반복했는지.

괜찮아, 넌 할 수 있어. 이미 잘 하고 있잖아. 잘 되고 있는 거야. 넌 변하고 있어. 나아지고 있다고.

하루종일 내가 나 자신에게 내뱉었던 말들이다. 나는 고개를 높이 들고, 침착하게 고른 숨을 내쉬려 부단히 애썼다.

그런데 갑자기, 여기 차 안에서, 한 손에 휴대폰을 쥐고 있는 지금, 모든 게 무너져내린다. 내가 매일, 언제나 싸워온 것들이.

바로 이 순간, 시원한 로스앤젤레스의 밤 속에 있는 스물여덟의

나. 나의 엄지는 어떤 번호라도 누를 태세를 갖추고 있다. 나를 그에게로 연결해줄, 이런 일이 일어나면 부르는 그 사람에게로 연결해줄 번호를.

다만, 내게는 더 이상 그런 사람이 없다. 그들은 모두 떠나버렸다.

나는 그 누구에게도 가장 소중한 사람이 아니고, 내게도 마찬가지로 가장 소중한 사람이 없다. 눈물이 양 볼을 타고 흘러내린다.

이거야. 비로 이거야.

내 온몸이 고래고래 소리지르게 만드는 바로 그것.

나는 그 누구에게도 가장 소중한 사람이 아니다.

라이언과 헤어진 지 어느덧 몇 달이 지났다. 그가 이사 나가고 얼마 되지 않아 나는 내가 중요한 연결고리를 잃어버렸다는 걸 깨달았다. 무조건적인 애정을 잃어버린 것이다. 이런 일이 터졌을 때 부를 그 누군가를.

나는 매일 맞서 싸우고 있다. '괜찮아'라고 다짐한다. 혼자라고 느끼는 것, 아무도 없다고 느끼는 것, 괜찮아. 함께하고픈 누군가를 원하는 것도, 사랑받길 원하는 것도. 그런 감정들 때문에 내가 하찮은 사람이 되는 건 아니잖아, 괜찮아.

하지만, 괜찮지 않다.

나 자신이 싫다.

V 수용

이런 순간들이 닥치면 나 자신이 너무나 싫다. 내가 아는 사람들 중 누구에게든 특별하지 않은 사람은 없다. 내 친구들 중 딸이나 여동생 혹은 아내 또는 여자친구가 아닌 사람은 없다. 교통사고가 나거나 암에 걸리거나 복권에 당첨되었다는 소식을 들었을 때, 그런 상황에서 전화를 걸, 가장 소중한 사람이 없을 만한 사람은 단 한 명도 생각해낼 수가 없다.

오직 나만 그 누구에게도 특별한 사람이 아니다. 그러니까 나에게 어떤 문제가 있는 게 아닐까?

나는 망가져버린 게 아닐까?

나는 누군가의 가장 소중한 사람이 될 가치가 없는 게 아닐까?

잠시 후 울음이 잦아들자 나는 친구 팀버에게 전화를 걸었다. 그녀는 15분 만에 와서 나를 힘껏 안아주었다. 왜 내 기분이 이토록 엉망인지 설명할 필요조차 없었다. 그녀는 알고 있으니까. 그녀는 사랑을 내어줄 줄 아는 멋진 친구니까. 견인차를 부르고 이것저것 처리하더니, 내가 제시간에 보고서를 내고 올 수 있도록 남편의 차까지 내주며 말했다.

뭐든, 내 친구. 네가 필요하다면 뭔들 못 주겠니.

나는 그녀 남편의 차를 몰고 학교까지 가는 길에 다시 울음을 터뜨릴 수밖에 없었다. 너무 고마워서……

내가 이 상황을 잘 헤쳐나가리란 걸 이제 알겠다. 언제까지나 혼자는 아닐 거란 걸, 언젠가는 누군가의 가장 소중한 사람이 되리란 걸. 그러니까 내가 지금 하고 있는 이 일이 나를 더더욱 소중한 사람으로 만들어주리란 걸, 이제 알겠다.

人

팀버 남편의 차를 몰고 학교에서 집으로 돌아오는 길, 나는 내 안에 부풀어오르는 감정들을 틀어막으려 안간힘을 썼다.

집에 가고 싶지 않다. 이 차를 몰고 계속 가고 싶다. 어디든. 해안까지. 더 세게, 더 세게, 더 세게, 있는 힘껏 액셀을 밟고 싶다. 태평양 해안 고속도로의 컴컴하고 굽이진 길들이 떠오른다. 대지에서는 산맥이 굉음을 내며 솟아오르고 바다는 거품을 내며 소용돌이치고 달빛이 넘실대는 파도 위에서 반짝이는 그 길……

나는 내 아파트 입구까지 층계를 걸어올라 나무테라스에 얹혀 있는 아마존 택배를 집어들고, 열쇠를 돌려 침착하게 문을 열고, 고양이에게 인사를 한 다음, 문에다 요가가방을 받쳐놓고, 핸드백은 부엌 조리대 옆의 스툴 위에 올려놓고, 편지를 뜯었다.

그러고 나서 부엌으로 들어가 딸깍, 불을 켜고 선반 위의 와인 한 병을 올려다본다. 코르크마개를 제거하고 한 병을 통째로 내 목에 쏟아붓는 상상을 한다. 내 몸에 그 선홍빛 자국이 서서히, 아름답게 새겨지는 걸 그려본다. 마시고, 마시고, 채우고, 유리까지 깨물어서 오도독 씹어가며, 그 병을 통째로, 말 그대로 다 먹어버리는 모습이 그려진다.

31일 동안 나는 한 잔도 안 마셨다.

나는 두 손으로 차가운 조리대의 타일을 짚었다. 내 안에서부터 외침이 들려온다. 마시고 싶다, 죽고 싶다, 달아나고 싶다.

못하겠어.

더 이상은 못하겠어.

숨을 쉬어, 숨을 쉬어, 숨을 쉬어. 그래, 넌 할 수 있어.

두 눈이 아파트 안을 배회한다. 항복하기 전에, 저 와인병을 따 버리기 전에 뭔가를 찾아야만 한다. 나는 욕실의 샤워기를 돌려 뜨거운, 더 뜨거운 물을 틀었다. 그리고 옷을 벗고 펄펄 끓는 그 물 속으로 발을 내디뎠다.

망했어. 망했어. 망했어.

할 수 있어. 할 수 있어. 할 수 있어.

나는 샤워기를 잠근 다음, 욕조에 물을 채워 그 안으로 기어들어갔다. 그리고 그 물이 담요라도 되는 듯 파고들었다. 억세고 기다란 두 팔로 욕조의 벽을 힘껏 밀어내며 울음을 터뜨렸다. 아니, 눈물은 흐르지 않으니까 우는 게 아니다. 그저 숨이 가빠오고 내 안의 비탄이 솟구칠 뿐이다.

두 팔로 내 몸을 감싼다. 할 수 있어. 할 수 있어. 망했다 해도 상관없잖아.

망했어. 망했어. 망했어.

상관없어. 괜찮아. 할 수 있어.

망했어.

할 수 있어.

망했어.

숨을 쉬어.

할 수 있어.

숨을 쉬어. 숨을 쉬어. 숨을 쉬어.

바로 그때 나는 일어섰다. 온몸에서 물이 뚝뚝 떨어진다. 어지럽다. 부드러운 수건으로 뜨거운 내 몸을 꼬옥 감싼다.

그리고 침대로 기어들어가서 잠에 빠졌다. 머리는 여전히 젖어 있고, 저기 물 빠지는 소리가 들려온다.

人

나는 크리스마스이브에 처음 알코올중독 모임에 나갔다. 나 혼자 보내는 첫 크리스마스. 그날 밤 나는 유대인 친구 폴과 그의 아빠와 저녁을 함께했다. 우리는 크리스마스이브에 대해서는 한 마디도 하지 않으며, 멕시코 오악사카 지방의 음식을 먹었다.

저녁을 먹은 다음, 폴이 알코올중독자들의 정기모임에 참석하기 전에 나를 집에 데려다주려 했다. 하지만 내가 고개를 가로저으며 함께 가겠다고 했다. 몇 달째 그가 함께 가자고 했던 것이다.

아무것도 할 필요 없어. 술을 끊을 필요도 없다니까. 그냥 오면 돼. 뒤에 앉아만 있으면 된다고. 폴은 항상 이렇게 말했다.

폴과는 지난여름 요가수업에서 처음 만났다. 그는 다소 여윈, 다정한 사람이다. 온 팔에 문신을 새기고 커다랗고 촉촉한 갈색 눈을 가진. 그때 나는 한창 라이언과 이별의 과정을 겪어내고 있었다. 폴과는 한 번도 말을 섞지 않았지만, 폴은 그 요가수업에서 가장 친절한 사람이라는 인상을 풍겼다. 그에게 매력을 느꼈다고 할 순 없지만, 그의 어떤 면인가가 나를 끌어당겼던 것 같다.

몇 번인가 복도에서 말을 하기는 했다. 내가 같이 요가수련을 가지 않겠느냐고 물었다. 수련원에서 몇 주 과정의 요가수련을 한창 광고하고 있던 차였다. 꽤 그럴듯해 보였지만, 그렇다고 혼자 가긴 싫었다.

폴은 한참 나를 바라만 보더니 대답했다. 좋아요.

우리는 번호를 교환했고, 2주 후 그의 차 안에 앉았다. 일주일 내내 요가만을 하기 위해 북부의 오하이로 향하는 그 차 안에서 우리는 서로를 알게 되었다.

나, 3년간 동거하던 남자친구랑 얼마 전에 헤어졌어.

아, 그럼 아직은 좀 그렇겠구나.

응, 그런 것 같아.

아, 그래서 같이 가자고…… 이런 식으로 날 꼬시고 있는 거야? 그가 눈을 빛내며 웃음을 터뜨렸다.

이보세요, 그쪽이 오케이한 거라고요.

우리는 두 시간 내내 얘기를 나눴다. 그에 대한 내 예감은 딱 들어맞았다. 폴은 지옥 같은, 너무나 끔찍한 시간을 겪고 있던 터라 사실상 그에게 남은 거라곤 다정함뿐이었던 것이다.

라이언이 집에서 나간 후 그 몇 달간 날 지탱해준 건 폴의 다정함이었다. 우리는 일주일에 서너 번 요가수업을 함께 들으며, 가끔은 채식식당에서 저녁을 먹었다.

하지만 폴과 다른 친구들의 우정에도 불구하고, 난 엉망이었다. 내가 정말로 혼자였던 적은 한 번도 없었다. 그때까지 내 성인기는 온통 관계 속에서 소비되어왔다. 처음에는 콜린과, 그다음에는 라이언과.

결국 나는 요가와 음주를 무리하게 섞어 사용하며 외로움에 맞서 싸웠다. 훌륭한 조합은 아니었지만, 라이언에게 이별을 고하기 전부터 내 주량은 사상 최고치를 달리고 있었고, 나는 더 이상 통제할 수 없는 지경에 이르렀다.

V 수용

첫 알코올중독 모임 이후 난 집에 와서 와인 반병을 마셨다. 그 다음 날, 크리스마스에는 훨씬 많이 마셨다. 그리고 그다음 주에는 와인 한 짝을 샀다.

하지만 그 모임에서 뭔가가 날 건드렸다. 모임은 샌타모니카의 낡은 집에서 이루어졌고, 난 폴이 제안한 그대로 맨 끝줄에 앉아서 듣기만 했다.

믿을 수 없는 이야기들이 흘러나왔다. 내가 아는 중독의 수준을 훨씬 뛰어넘는 이야기들이. 하지만 나와 비슷한 단순한 얘기들도 있었고, 그런 이야기들에는 일종의 공식이 있었다. 어떤 나쁜 일이 벌어지면서 술을 마시기 시작한다. 처음에는 그냥 조금만. 그렇게 술로 무뎌지면서 가슴속 뭔가가 풀어지는 게 좋은 것이다. 그렇게 몇 년이 흐르고, 어느 날 갑자기 마지막으로 술을 마시지 않은 날이 언제인지도 기억할 수 없게 된다. 그렇게 몇 년이 더 지나고, 이제는 내뱉지 않았어야 할 말들과 하지 말았어야 할 행동들의 리스트만 남는다.

나의 하강곡선 역시 그것과 한 치의 오차도 없었다.

나는 여전히 엄마가 돌아가시고 처음 맞이한 여름, 내 젊은 몸뚱이를 바에 기대고 있던 순간을 기억한다. 진토닉의 익숙지 않은 맛. 내 몸에 느긋하게 퍼져가던 열기. 내 슬픔을 녹여주고 내 공포를 지워주던 그 맛.

그 첫 모임에서 한 남자가 자신의 첫 30일에 대해 얘기했다. 그 이정표에 도달한 느낌에 대해.

30일. 그래, 30일이라면 할 수 있어.

그렇겠지?

人

술을 끊으니까 확실히 삶이 약간은 수월해졌다. 지역사회 정신건강클리닉에서 풀타임으로 일하고 있고, 대학원에 다니면서 임상심리 석사과정도 밟고 있다. 826LA에서 일한 지도 1년이 넘었다. 자원봉사자들을 모집하고 교육하면서 새 친구도 잔뜩 사귀고, 문을 열고 걸어들어오는 모든 아이와 사랑에 빠지고 있다.

1년 사이, 첫날 느꼈던 그 감정은 점점 자라나서 마침내 마지막으로 슬펐거나 외로웠던 때를 기억조차 할 수 없게 되었다. 그저 그때가 아이들과 함께하기 전이었다는 것만, 나보다 중요한 무언가에 나를 내던지기 전이었다는 것만 기억한다. 그러니까 학교로 돌아가서 카운슬러 과정을 밟겠다는 건 당연한 결정이었다.

내 학위 과정에 따라 나 역시 상담치료를 받아야 했기 때문에, 나는 몇 달 전부터 정신과의사를 만나고 있다. 의사는 나보다 나이 많고 예리한 영국 여자다. 나는 그녀의 사무실과 의자들과 불빛과 경사진 천장이 맘에 든다. 금요일 아침이면 나는 그녀를 만난다.

초기의 상담 과정에서 대부분을 차지한 대화 주제는, 다가오는 나의 스물여덟 번째 생일이었다. 나는 곧 스물여덟이 된다는 사실을 믿을 수 없었다. 그날은 갑자기 불쑥 튀어나온 것 같았다. 나는 MTV 화면을 바라보듯 별 관심 없이 있을 수 없었다. 내가 곧 스물여덟이 된다는 사실은 정말로 충격이었던 것이다. 그건 불가능한 일이었다. 하지만 아무리 더 생각해봐도, 그게 왜 그토록 불가능해 보이는지, 아니 왜 그 숫자만 생각하면 울음이 터지는지 이해할 수 없었다.

스물여덟.

몇 번의 상담을 거듭하며 그 얘기를 해봤지만, 그 숫자와 연결된 내 감정을 설명하려고 하면 목구멍이 턱 막혀버렸다.

당황스럽군요. 사람들은 대개 서른이 되기 전에 초조해집니다. 그런데 스물여덟에 대체 뭐가 있는 거죠? 내 의사가 말했다.

마침내 나는 내 스물여덟 살이 엄마가 돌아가신 지 10년이 되는 해라는 걸 깨달았다.

그러니까 내가 열여덟살이던 해, 그때 엄마뿐 아니라 나의 일부도 함께 죽었다는 걸 깨달았다. 내 안에 어떤 사건이 벌어지면서, 뭔가가 계속되지 못하고, 나의 일부가 멈춰버린 것이다. 나는 자라기를, 상상을 펼치기를, 뭔가가 되기를 멈춰버렸다.

엄마가 없이는 더 이상 나아갈 수 없었던 것이다. 나는 자랄 수도, 한 여성이 될 수도 없었다. 엄마가 알지 못하는 것들을 할 수 없었고, 엄마가 가보지 못한 곳에 갈 수 없었고, 엄마한테 말할 수 없는 것들을 생각할 수 없었다.

그래서 바로 지금 이 순간에도 내 안의 일부는 이렇게 자라온 나라는 한 여자를 받아들이길 거부하는 것이다. 다만, 이따금 나는 힐끔거린다. 그 모습이 거울을 스쳐갈 때 보이기도 하고, 그 억눌리고 거친 목소리가 스쳐가는 웃음 속에 들리기도 하고…… 그렇게 나는 복도에 메아리치는 발걸음 속에서 발견되기도 한다. 이따금 두 개의 내가 서로를 마주볼 때도 있다. 반대편의 내가 어떻게 생겨난 건지 잔뜩 의심하면서.

오늘 아침에도 나는 나를 봤다. 이불 아래 뜨끈한 나의 몸이 뒤척이고, 고양이는 오르내리는 내 배 위에 몸을 웅크리고 있다. 커튼이 쳐진 어두운 방 안, 7시 20분이 되자 알람이 울린다. 내가 몸을 뒤집으며 한 손으로 얼굴에서 머리를 쓸어내는 게 보인다.

나는 깊이 숨을 내쉬고, 뭉그적대다가 겨우 이불을 들추고, 침대에서 나온다.

그렇게 거기 내가 있다. 로스앤젤레스의 태양이 이미 넘실거리는 아파트 안 거실로 스물여덟의 내가 걸어들어간다. 블라인드를 열고, 음악을 틀고, 좁은 주방에서 커피를 만든다. 수요일이니까 출근을 해야 한다.

나는 머리를 앞으로 살짝 기울이고 물은 한껏 뜨겁게 틀어 샤워를 한 다음, 옷을 입는다. 서랍을 열어 펜슬스커트(무릎까지 덮는 길이의 타이트한 일자형 스커트-옮긴이)에 몸을 집어넣고, 하이힐에 발을 밀어넣고, 침대를 정돈한다.

이 모든 일이 벌어지는 사이, 한 발 물러서서 겁에 질린 채 바라보는 내가 있다. 어떻게 저 여자는 이런 걸 다 할 수 있는 거지? 어떻게 화장을 하고, 휴대폰을 켜고, 점심을 만들고…… 그렇게 하루하루를 살아갈 수 있는 거지?

나는 현관을 걸어나와 계단을 내려오고 주차장 문을 열고 차에 앉는다. 운전을 하며 NPR 라디오를 듣고 커피를 마신다. 그리고 주차장에 차를 댄 다음, 계단을 걸어올라 클리닉으로 들어간다. 열쇠로 현관문을 열고, 또각또각 소리를 내며 복도를 지나간다. 한 손에는 커피를 들고, 어깨에는 핸드백을 메고, 파일을 가슴에 안고서.

이 장면을 보는 순간 또 다른 나는 소리를 지른다. 멈춰. 거기 서. 그냥 멈추라고.

하지만 그럴 수 없다. 나는 저 여자를 멈출 수 없다.

그 여자가 자기 사무실 문을 따고, 불을 켜고, 컴퓨터를 켜고, 책상 안에 다리를 꼬고 앉아 머리를 어깨 뒤로 쓸어넘기며 메시지들을 확인한다.

여기서 내가 할 수 있는 건 없다.

9시 30분, 나는 동료들과 상사와 함께하는 이번 주 스태프회의에 참석한다. 여전히 커피를 마시고, 단백질스낵바를 먹으면서, 무릎 위에 메모판을 올려놓고, 어느 환자에 대한 얘기에 고개를 끄덕인다.

정오에는 지겨운 터키샌드위치를 먹고, 답메일을 보내고, 보이스메일을 듣고, 동료와 잡담 좀 하고, 상사와 의견을 나누고, 연봉 조정 양식을 프린트하고, 실존주의 심리치료에 대한 글을 읽는다. 그리고 3시에 다시 차를 타고 세풀베다대로를 달린다.

이쯤에서 나는 피곤하다. 그리고 슬프다. 집에 가서, 이불 밑으로 기어들어가서 눈을 감고 싶다. 모든 걸 꺼버리고 싶을 뿐이다. 휴대폰과 컴퓨터와 머릿속에서 끔찍하게 외쳐대는 소리까지.

하지만 나는 그렇게 하지 않는다.

그저 주차를 하고 뒷좌석에서 요가가방을 꺼낸다. 웨스트우드대로의 한쪽에 하이힐을 신고, 펜슬스커트를 입고, 한쪽 어깨에 요가가방을 메고, 머리카락이 눈가까지 내려온 채 서 있는 내가 보인다. 스물여덟의 내가.

잠시 후 나는 다시 발을 내디딘다. 웨스트우드대로를 건너, 요가수련원 안으로 들어가서 계단을 오르고, 회원 확인을 위해 멈춰서는 나. "클레어 스미스요"라고 말하며 한 발씩 힘겹게 하이힐을 벗고, 탈의실로 가서 맨발에 닿는 기분 좋은 타일의 촉감을 느끼는 나. 처음에는 다른 여자와 같이 있다가, 그녀가 문을 휙 닫으며 나가버리면, 나는 거울 속 나를 올려다본다.

나는 그녀를 본다.

순간, 그녀가 보인다.

이 여자가, 이 스물여덟 살의 여자가.

내 몸이 얼어붙는다. 움직이면 이 여자를 잃을 게 뻔하다. 이 여자가 내가 생각하는 그 여자애로 돌아가면서, 내 앞에 서 있는 이 여자를 다시는 볼 수 없을 것이다.

그래서 나는 바로 지금, 로스앤젤레스 웨스트우드대로에 위치한 요가수련원의 거울 앞에서 꼼짝 않고 있다. 수요일 오후 4시, 저기 보이는 스물여덟의 나. 그러니까 실상 내 삶은 계속되어온 것이다.

人

내 생애 첫 요가수업은 말버러대학을 다니던 열아홉 살 때였다.

난 요가가 싫었다.

다른 사람들이 신경 쓰이고 뭔가 어색했다. 내 몸은 선생님이 요구하는 대로 따라주지 않았고, 호흡에 집중하기도 어려웠다. 머릿속을 맴도는 끝없는 생각의 물결을 멈출 수가 없었다.

그리고 이후 거의 10년가량 시도조차 하지 않았다.

샌타모니카에서 첫 수업을 들었을 때도 여전히 어색하고 불안했다. 하지만 동시에 뭔가 다른 게 느껴졌다. 라이언과 헤어지기 몇 달 전이었던 그때, 나는 머릿속의 소음을 잠재워줄 뭔가를 필사적으로 찾아 헤매고 있었다.

첫 요가수업을 마치고 메인스트리트를 따라 친구 엘리자베스와 함께 집까지 걸어오는데, 아주 미세한 평안함이 느껴졌다. 아주 작은 안도감이. 몇 주 만에 처음으로 마음이 편안해진 것이다.

그 기분은 오후에 아이들을 가르치고 나면 찾아오는 그 감정과 별반 다르지 않았다. 항상 내 안에 지니고 다니는 모든 분노와 좌절, 모든 자기혐오와 절망이 순식간에 사그라지는.

그 감정에는 중독성이 있었다. 그다음 날 아침 나는 다시 요가수업에 앉아 있었다. 그다음 날도 마찬가지였다. 그렇게 나는 그 주에 거의 매일 요가를 하러 갔다. 내 안에서 자라나는 그 감정이 너무 좋아서 그냥 놓을 수가 없었다.

그럼에도 요가는 어려웠다. 요가는 습관적으로 내 삶을 채워온 온갖 유희를 급작스럽게 걷어냈다. 결국 폴과 함께한 요가수련의 첫날 밤, 나는 바깥의 해먹에 앉아 그저 울었다. 평소의 내 모든 유희가 부재한 자리. 와인이 있는 저녁식사는 사라지고, 휴대폰은 서비스되지 않았다. 내가 있을 곳은 어디에도 없었다.

나는 해먹에 앉아 계곡 위에서 빛나는 별들을 올려다봤다. 그 순간, 내 안의 모든 것에 직면하는 것 외에 다른 선택은 없었다.

돌아가신 부모님. 병원, 수술, 환자용 요강, 산소탱크와 함께한 그 모든 시간. 술을 마시던 그 모든 시간. 관계들과 일자리, 파티들로 숨어버리던 그 모든 시간.

V 수용

잠시 후, 나는 어느새 밤하늘을 올려다보는 게 아니라 내 안을 들여다보는 나 자신을 발견했다. 그간 내가 그토록 외면하기 위해 애써온 그 모든 것을 똑바로 들여다보고 있는 나를.

얼마나 오랜 시간을 정신없이 달려왔는지, 무엇을 피해 달아난 건지도 나는 몰랐던 것이다.

하지만 집에 돌아왔을 때 나는 다시 바로 예전의 습관으로 돌아갔다. 빡빡한 스케줄, 정신없는 사회생활과 폭음이 사라졌던 그곳에서 그대로 다시 시작되었다. 다만 차이점이 있다면, 이제는 다른 선택사항이 있다는 사실을 내가 알게 되었다는 것이다.

그런 깨달음은 내게 용기를 주었다. 마침내 라이언을 떠나도록. 술을 끊을 수 있도록. 하지만 여전히 쉽지만은 않다.

교통사고가 일어난 밤, 나는 또다시 욕조에 들어갔다. 이번에는 델 듯한 물에 그저 앉아만 있었다.

아파트는 조용하다. 나는 무릎을 가슴까지 끌어당기고 앉아 욕실을 둘러봤다. 금이 간 창을 타고 넘어온 바닷바람 내음이 넘실거리며 샤워커튼을 살랑살랑 흔든다.

샴푸병과 수건걸이에 걸려 있는 수건과 받침대에 놓여 있는 비누가 보인다.

실망의 물결이 나를 덮친다. 내가 누구인지 도무지 모르겠다. 내 일생은 그저 부모님의 죽음에 대한 일련의 반응일 뿐이었나?

과연 내가 제대로 살아갈 수 있을까?

아니, 아직 자각하지 못할 뿐이다. 그냥 이렇게 여기 앉아 있는 것만으로 제대로 살아가는 첫걸음을 내디뎠다는 것을.

人

나는 매일 밤 욕조에 들어간다. 처음에는 내 머릿속의 생각을 듣는 게 싫었다. 일어나 나가서 TV를 켜고, 누군가에게 전화를 하고, 어딘가로 가버리고 싶은 충동과 끊임없이 싸워야 했다.

앉아, 클레어. 네 얘기를 들어봐. 널 위해 그 정도는 해줘야 하지 않겠니?

그래서 나는 귀를 기울였다.

처음에는 별로 새로운 게 없었다. 회사에서 다음 날까지 끝내야 하는 보고서. 성격이론수업의 과제로 그 주에 제출해야 할 리포트. 현재 상담 중인, 똑같은 파괴적 관계를 끊임없이 되풀이하는 환자.

그리고 더 오래전 일들.

라이언과 함께했던 마지막 몇 달. 우리 둘 다 부정했던 우리 관계의 상태. 떠나던 마지막 아침 그의 얼굴에 비친 표정.

나는 그 뜨거운 물 안에서 몸부림쳤다. 그 기억들을 되살려내야 한다는 불편함. 나는 머리를 차가운 타일에 기대고 천천히 깊게 숨을 내쉬었다.

더 많은 기억이 나를 찾아왔다.

아빠와 함께했던 마지막 날들. 아빠가 떠나버린 후 내 손에 남겨진 아빠 손의 감촉.

눈물이 흐른다. 하지만 난 두 눈을 감고, 그대로 가만히 있도록 나를 눌렀다.

그다음은 엄마. 엄마를 마지막으로 본 날 엄마 피부의 빛깔. 우리가 나눴던 그 어색한 포옹. 아련한 엄마의 목소리.

이제 나는 똑바로 앉아서 볼을 무릎에 댄다.

엄마가 놓쳐버린 모든 것이 생각난다. 내 대학 졸업식. 내가 처음으로 쓴 레스토랑 리뷰. 아빠의 죽음.

나는 욕조 바깥으로 헛구역질을 했다. 내 안 깊숙이 소용돌이치는 슬픔의 호수, 그게 믿을 수 없을 만큼 날 아프게 한다.

결국 나는 일어서고야 말았다. 수건으로 물기를 닦고 침대에 몸을 누인다. 하지만 다음 날 밤이 되면 난 나 자신에게 같은 행동을 되풀이시킨다.

몇 주가 흐르면서 목욕은 정말로 치유가 되었다. 나쁜 기억들이 좀더 부드러운 것들로 대체되었다.

어느 오후 나는 비누거품이 가득한 샴푸병들을 치우고, 그 자리를 양초와 천연 해면스펀지로 채웠다. 이제 나는 밤바람에 흔들리는 샤워커튼의 움직임에 익숙해졌다. 그리고 왔다 가는 내 생각들의 흐름에도 서서히 편안해졌다.

나는 새로운 나의 조각들을, 고통 아래 자리했던 공간들을 찾아내기 시작했다. 존재하는 줄도 몰랐던 그것들을.

그렇게 매일 밤 침대에 몸을 누이고 아침에 일어나면 뭔가가 조금씩 더 느슨해져 있었다.

人

매일의 일상은 여전히 그대로지만, 내 안의 뭔가가 깨지고 열리는 게 느껴졌다.

뭔가가 바뀌고 있다는 게.

엄마의 10주기에 나는 엄마에게 편지를 썼다. 늘 하던 대로.

사랑하는 엄마!

엄마가 죽은 지 10년이 지났어.

이 편지는 이전 것들과는 다를 거야. 더 이상 모든 게 예전 같지 않으니까. 내가 나란 사람을 소중하게 받아들이기까지 10년이라는 시간이 걸린 것 같아. 저번 편지에서 엄마한테 말했잖아. 올해는 내 인생에서 정말 중요한 한 해가 될 거라고. 다른 사람들을 돕는 시간이 될 테니까. 그런데 실은 나를 돕는 시간이었어.

난 내가 나를 얼마나 싫어하는지도 몰랐어. 얼마나 겁에 질려 있었는지도. 그런데 지난 1년이 나를 끔찍하게 힘들게 하면서 놀랍게도 날 치유해준 거야. 이제 나는 혼자야. 완전히 혼자. 더 이상 남자도, 알코올도, 자기혐오도, 도피도 없어.

엄마가 너무 그리워. 10년이 평생 같았어. 한때는 어린 소녀였던, 엄마와 함께하던 그 여자애를 이제는 잘 모르겠어.

하지만 무엇보다 중요한 건, 내가 더 이상 그걸 원치 않는다는 거야. 엄마 아빠의 죽음에 집착하는 거. 그 경험들이 내 인생의 전부가 되는 게 싫어. 나는 감사해. 그 상실로 인해 지금의 내가 있다는 사실에 마음 깊이 감사해. 하지만 더 이상 그 상실에 기대 살아가고 싶지는 않아.

나, 더 이상 끔찍한 내가 되고 싶지 않아. 숨고 싶지도, 절망이나 외로움이나 자기혐오에 빠지고 싶지도 않아. 나는 이제 성큼성큼 걸어갈 거야. 지난 상실의 모든 무게를, 뜨거운 여름날 코트를 벗듯 벗어던질 거야. 이제는 다 지긋지긋해. 그냥 내가 되고 싶을 뿐이야.

이제 엄마를 놓아줄게.

아마도, 그러니까 어쩌면 엄마를 붙잡았던 손을 놓아야만 내가 평화로워질 것 같아. 엄마, 난 평온했던 적이 없어. 지난 10년 내내 난 항상 깊은 고통 속에 살았어. 너무나 힘들었어. 그러니까 더 이상은 싫어. 이제 엄마도 나를 놓아줘.

엄마, 난 이제 내가 너무나 자랑스러워. 난 스물여덟이고, 로스앤젤레스에 혼자 살고 있어. 괜찮은 작은 집에서, 반려동물들과 식물들과 음악에 둘러싸여서. 아침이면 일어나 커피를 만들고, 고양이들한테 먹이를 주고, 출근 준비를 해. 밤이면 커튼을 치고, 문을 잠그고, 침대에 몸을 뉘어. 이제 석사과정도 거의 끝나가. 매일 사람들을 돕고 있어. 결국 이 일이 나 자신을 돕는 법을 가르쳐준 거야.

그리고 작년에 알게 된 요가 덕분에 난 내 몸을 새롭게 알아가고 있어. 이제 난 더 이상 내 몸이 두렵지 않아. 어쩌면 조금은 사랑하게 된 것 같아. 너무나 오랜 시간 미워하고, 두려워하고, 부끄러워했는데. 이제 다시 내 것으로 돌아온 내 몸은 젊고 강하고 아름다워.

엄마, 10년이 흘렀어. 이제 더 이상 엄마가 날 자랑스러워하지 않아도 돼. 내가 날 자랑스러워할 테니까.

올해 난 엄마를 놓아줄 거야.

엄마의 외동딸 클레어가.

人

봄이, 동시에 행복이 밀려왔다. 내 인생에서 처음으로 난 자유를 느낀다.

V 수용

나는 모든 것에 응했다. 앞으로 몇 달은 더 한 잔도 입에 대지 않겠지만, 설사 술을 마신다 해도 절대 예전 같지는 않을 것이다. 파티에도 가고 매번 다른 사람들이랑 어울리고, 데이트도 하기 시작한다. 다만 천천히, 조심스럽게. 어떤 한 사람과 너무 깊어지는 건 아직은 두려우니까.

한번은 한 이웃의 베스트프렌드와 밤새 얘기를 나눴다. 젊은 영화제작자였는데, 말할 때 손짓을 하는 모습이나 나를 바라보는 모습이 좋았다. 팀버의 남편 친구와 소개팅도 했다. 잘 되지는 않았지만 그래도 재미있었다. 내가 글을 올리는 한 문학사이트에 마찬가지로 글을 올리는 시카고의 한 남자와 길고 긴, 정직함으로 무장한 이메일을 주고받기도 했다.

모든 게 이상하리만큼 마법 같았다. 어떤 것도 심각하게 느껴지지 않았다.

할머니가 나의 스물아홉 번째 생일에 돌아가셨다. 이상하게도 그날 돌아가셨다는 게 내게는 다소 아름답게 느껴졌다. 우리 엄마의 엄마, 그녀는 유일하게 생존해 계신 나의 조부모였다. 할머니는 팸 이모, 데이비드 이모부와 케이프코드에 사셨고, 나는 엄마가 죽은 후 지난 10년간 적어도 1년에 두 번은 반드시 할머니를 찾아뵈었다.

엄마 없이 케이프코드에 찾아가는 게 편안해지기까지는 오랜 시간이 필요했다. 하지만 나를 위해 부모의 역할을 자청한 이모의 끈질긴 노력 덕분에, 케이프코드는 정말로 이 세상에서 집의 온기가 가득한 유일한 곳으로 느껴지기 시작했다.

물론 할머니의 역할도 컸다.

항상 네 생각을 했단다. 할머니는 내가 찾아뵐 때마다 이렇게 말씀하셨다.

할머니가 정말로 그랬다는 걸 난 잘 알고 있었다. 누군가 그렇게 해주는 사람이 있음을 안다는 건 기분 좋은 일이었다.

올해 아흔셋이셨으니까 할머니의 삶이 끝났다는 게 슬프지는 않지만, 더 이상 할머니를 볼 수 없다는 게 슬프다. 나는 그날, 내 생일날 아침 테라스에 앉아서 지붕 너머로 비치는 따스한 햇살을 향해 머리를 뒤로 기댔다.

내가 더 거대한 무언가의 일부라는 느낌을 지울 수가 없다. 이 모든 것에 어떤 목적이 있을 것만 같은. 나는 혼자가 아닌 것만 같은.

며칠 후, 나는 케이프코드에서 열리는 할머니의 장례식에 참석하기 위해 비행기를 탔다. 봄 들어 어디로도 떠난 적이 없어서인지 비행기가 하늘 위로 날아오르는 느낌이 좋다. 나는 작은 창 너머로 대륙의 끄트머리에서 깜빡이는 로스앤젤레스를 바라봤다.

이 위에서는 내 인생을 다 볼 수 있을 것만 같다. 비행기가 점점 높이 올라가자 지난 1년간 내가 세상을 향해 내디뎠던 모든 발걸음이 보였다. 모든 요가수업과 욕조 안에서의 시간들, 어스름한 불빛이 비치던 알코올중독 모임의 뒷자리. 행복해하는 내 모습도 보인다. 아침에 아파트 안을 거닐며 커피를 만들고 음악을 트는 내 모습이. 홀로, 하지만 행복한 내 모습이.

날아갈 듯한 기분이 내 안에 가득 퍼진다.

人

그 기분은 케이프코드에 도착할 때까지 계속 자라났다. 가족들을 다시 만나서 정말 기쁘다. 내 가족들. 팸 이모와 페넬러피 이모, 데이비드 이모부, 사촌들, 그리고 어렸을 때부터 날 맞아준 이 해변의 낡고 오래된 집들.

할머니의 장례식에서 주위를 둘러본 순간, 감사함이 나를 가득 채웠다. 그리고 내가 갖지 못한 것들에만 집착했던, 가진 것들에 감사할 줄 몰랐던 그 모든 시간이 떠올랐다.

장례식이 끝나고 모두 함께 팸 이모의 집으로 갔다. 나는 마당의 해먹에 자리를 잡았다. 현충일memorial day(미국의 경우 5월 마지막 월요일 – 옮긴이) 주말이라 나들이객이 하나둘 해변으로 가는 모습이 보인다. 사촌들은 이미 바닷가에 나가 있다. 나도 곧 합류할 거지만, 지금은 그저 잠깐 가만히 있을 시간이 필요하다.

지금으로부터 딱 1년 후 바로 이 뒤뜰에서 결혼하게 될 거란 건 상상도 못하지만. 그날은 내 생애 가장 행복한 날이 될 거란 것 역시 상상도 못하지만.

당연히 그건 알 수도 없지만, 그럼에도 난 알고 있다.

지난 몇 달 동안 내 삶에서 일어난 모든 일이 정말 마법과도 같았다는 걸.

이제 나는 변했다는 걸.

이제 나는 행복하단 걸, 나는 안다.

마침내 나는 내 목소리에 귀 기울이는 법을 익힌 것이다.

지난 6개월간 내가 받아들인 모든 것, 내가 겪은 모든 모험, 내가 만난 모든 사람을 생각하니 미소가 번진다.

그런데 순간, 갑자기 내 얼굴이 찌푸려졌다.

아직 내가 받아들이지 못한 일이 하나 있다.

요즘 이메일을 주고받고 있는 시카고의 한 남자, 그레그. 그가 몇 주 전부터 시카고에 놀러 오라고 조르고 있다.

하지만 나는 매번 안 된다고 했다.

그레그와는 지난 4월에 처음 알게 되었는데, 얼마 지나지 않아서 우리는 거의 매일 이메일을 주고받는 사이가 되었다. 스물여덟 살의 그레그는 갈색 곱슬머리에 푸른 눈을 가졌다. 현재 시카고에 살면서 내가 절대 기억 못할 어느 따뜻한 직장에 다니지만, 그는 작가다.

나는 금세 그가 아침마다 보내는 이메일에 중독되었다. 그가 출근해서 보내는 유머 가득한 글귀가 너무나 마음에 든다. 무엇보다 우리 둘 다 대도시에서 싱글로 살면서 정체성에 대한 고민을 거듭하고 있었기에 우리 사이에는 절대 화제가 끊이지 않았다.

결국 우리는 전화로 얘기를 나누기 시작했다. 나는 허스키하면서도 다정한 그의 목소리가 좋았다. 얼마 지나지 않아 우리는 서로의 모든 것을 알게 되었다. 그가 오하이오주 북동부의 농장에서 자랐고, 형제자매가 다섯이며, 예술학 석사학위를 취득한 것까지. 그리고 우리 아빠랑 생일이 같은 것까지.

그로부터 또 얼마 지나지 않아 그는 직접 만나자고 제안했다.

주말에 내가 LA로 갈게요. 아니면 클레어 씨가 시카고로 와도 좋고요.

나는 전화기에 대고 고개를 가로저었다.

안 돼요, 위험해요. 실제로 만나보면, 서로에 대해 가지고 있는 이미지에 못 미칠 수도 있잖아요. 그러면 더 이상 통화도 못하게 될 거라고요.

그러지 말고요. 그레그는 웃으며 간청했다.

안 돼요.

그래서 우리는 깨졌다. 아니, 어떻게 표현해야 할지 모르겠지만, 여하튼 온라인으로만 알던 두 사람 사이에 통화가 중단되었다.

그게 2주 전이다. 그런데 그가 그립다. 그의 이메일들과 목소리가 그립다. 그의 이야기들과 나의 어처구니없는 LA 모험기를 꿰뚫어 보는 그의 센스가 그립다.

왜 그를 만나고 싶지 않았던 거지? 잘 알지 못하는 사람들과 요가수련도 가고, 상어를 보겠다고 필리핀까지 찾아다니는 내가 말이지.

사실 나는 잘 알고 있다. 이제 막 발견한 혼자 사는 능력을 잃는 게 두려웠던 거다. 또 다른 관계 속으로 숨어버리는 게 두려운 거다. 하지만 그렇다고 해서, 그것 때문에 평생을 뒷걸음질할 수는 없다는 것도 나는 잘 안다.

언젠가는 나의 새로운 능력을 시험해봐야 할 것이다.

나는 해변으로 시선을 돌렸다. 부드러운 바람이 짠 내와 선크림 냄새를 실어왔다.

나는 휴대폰을 꺼내 그레그에게 문자를 보냈다. 내일 케이프코드에서 집에 가는 길에 시카고에 잠깐 들러도 될까요?

1분도 채 지나지 않아 내 휴대폰이 그의 답문으로 울렸다. 네, 제발 그렇게 해줘요.

人

V 수용

다음 날 아침, 어느새 나는 LA로 돌아가는 비행기가 아니라 시카고행 비행기 안에 앉아 있다.

초조하다. 창밖으로는 저 아래 보스턴항구가 점점 멀어지고 있다. 지난밤에는 사촌들과 어울려 놀았는데, 시카고행 계획을 털어놓았더니 크리스가 웃음을 터뜨리며 말했다.

니네 엄마랑 똑같구나.

크리스 말이 맞다. 엄마는 아빠랑 첫 데이트를 한 날 오후에 아빠를 따라 비행기에 올랐다. 엄마도 지금 나랑 같은 심정이었을까, 궁금하다.

그러니까 지금 내가 어떤 심정이냐면, 뭔가 진로 변경을 하고 있는 것 같다. 지금쯤 LA로 돌아가는 비행기를 타고 있어야 하는데…… 오늘 밤에 갈 파티도 있고, 친구 루시도 애틀랜타에서 오기로 했고, 2주 후면 석사과정 졸업도 할 테고.

그런데 나 지금 시카고로 가는 이 비행기 안에서 뭐 하고 있는 거지?

최악의 경우, 한 번도 가본 적 없는 도시를 구경한 셈 치면 되잖아. 그렇게 생각하기로 했다. 그레그가 완전 별종이라 해도 딱 열여섯 시간만 참으면 돼. LA로 돌아가는 비행기 출발 시각은 내일 아침 8시니까.

그사이 비행기는 호수를 가로질러 선회하고, 강어귀에 굽이진 도시가 서서히 빛나는 모습을 드러냈다. 그러고는 이게 잘하는 짓인지 판단을 내리기도 전에 착륙했다. 나는 비행기가 활주로를 가로질러 공항 입구로 향하는 동안, 그레그에게 문자를 보냈다. 착륙했어요.

수하물 찾는 곳에 있을게요. 그레그의 답문이 왔다.

초조하다.

괜찮을 거야.

안전벨트 표시등이 딸깍, 꺼지며 사람들이 일어섰다. 나는 달랑 하나뿐인 가방, 리즈 결혼식에 들러리 서주고 선물로 받은, 내 이름까지 새겨진 캔버스 가방을 잽싸게 들고 비행기에서 내렸다.

쿵쾅거리는 심장을 뒤로하고, '수화물 찾는 곳'이라는 표지판을 따라가다가 내려가는 에스컬레이터를 탔다. 앞으로 나는 바로 이 에스컬레이터를 수백 번은 타게 될 것이다. 그때마다 놀라움에 차서 바라보겠지. 그레그와 내가 진짜 첫 만남을 시작하기 직전의 순간, 그 순간이 움직이는 은빛 층계 위에서 맴돌던 때를 떠올리면서.

그때 한 남자가 나를 향해 걸어오는 게 보였다. 그리고 내 머릿속에 든 생각은 단 한 가지, 당신이군요.

당신이군요.

기분이 이상하다, 너무나 간단해서일까?

우리는 가볍게 포옹을 했다. 그의 몸에서 나온 열기가 에어컨으로 차가워진 내 살결에 섞여들었다. 이후 우리는 같은 에스컬레이터를 세 번이나 타야 했다. 둘 다 너무 긴장하고 너무 얼이 빠져서인지, 공항을 빠져나오는 데도 한참을 헤맨 것이다.

마침내 우리는 그레그가 차를 세워둔 자리를 찾아냈다. 그는 곧바로 레이크뷰에 있는 자신의 아파트로 차를 몰았다. 그렇게 해서 우리는 그의 아파트 주방에 서서 딸기 한 접시를 먹었다. 그레그는 나의 방문에 대비해 아침에 딸기를 미리 손질해놓았는데, 평소에는 잘 하지 않는 행동이라는 걸 알 수 있었다. 활짝 열린 창문으로 여름 공기가 스며들었고, 우리는 아무 말 없이 길 건너 바에서 들려오는 행복한 웃음소리에 귀를 기울였다.

그리고 우리는 첫 키스를 나눴다. 그 주방에서. 내가 그 키스를 기억하는 데는 수많은 이유가 있다. 그중 하나는 정말 오랜만에 처음으로, 공허함을 채우기 위한 키스가 아니었다는 것이다.

다시 말해서, 그보다 훨씬 단순했다.

한 소년과 소녀, 따스한 여름날 어느 주방에 서 있는 우리, 그리고 우리의 입속에 맴도는 달콤한 딸기향.

열여섯 시간 후 나는 로스앤젤레스로 돌아가는 비행기에 올랐다. 내가 사랑에 빠졌다는 걸 인정하려면 몇 주의 시간이 더 필요할 테지만, 창밖으로 저 아래 시카고의 스카이라인이 멀어져가는 사이, 엄마가 돌아가시기 몇 달 전 편지에 써놓은 말이 기억난다.

클레어, 너는 정말 많은 남자를 만나게 될 거야. 네 주변에는 벌 떼처럼 남자들이 몰려들 테니까. 우리 딸에게는 남자가 반하게 만드는 수줍음과 사랑스러움이 있거든. 그렇다고 돈, 명성, 집안 때문에, 어떤 조건에 이끌려 결혼하지는 말거라. 네가 누군지, 네가 정말로 원하는 게 뭔지 끝없이 고민해야 해. 그럼 된단다. 그때 네 반쪽이 나타날 거야.

네 자아를 찾아가면 너의 또 다른 자아도 찾을 수 있을 거야. 물론 서로의 공간을 인정하고 서로 존경해야겠지. 그리고 정말 네 짝을 찾은 거라면, 거기 의심하는 마음은 끼어들 수도 없단다. 이탈리아 사람들이 자주 하는 말이 있는데, 엄마가 정말 좋아하는 말인데, 기억이 나지 않는구나. 벼락맞은 것처럼, 이런 표현 같은데.

그러니까 네 확신 외에 다른 어떤 것도 믿지 말거라.

14

나는 이제 정말 혼자가 될 것이다

2003년, 스물다섯

따스한 캘리포니아의 저녁, 나는 가든그로브를 향해 22번도로를 타고 서쪽으로 운전 중이다. 조수석에는 아빠가 타고 있다. 아빠는 지난 6주간 병원에 입원해 있었다. 다리가 말을 듣지 않아 알아보니 암이 엉덩이까지 퍼져 있었다.

다시 밖에 나오니까 좋지, 아빠?

아무 대답이 없어 아빠 쪽을 힐끗 쳐다봤다. 아빠의 시선은 창밖으로 유유히 흘러가는 차량과 고속도로 한쪽에서 빛나는 광고판을 향해 있다. 마치 모든 게 생전 처음인 양 세상을 바라보고 있는 것이다.

그때, 내 안에서 뭔가가 무너져내렸다. 갑자기 공포가 밀려왔다.

엄마 역시 돌아가시기 전에 몇 주간 같은 표정을 하고 있었다.

나는 두 손으로 운전대를 꼭 잡고서 지나온 길을 돌아보며 다짐했다. 반드시 아빠를 집으로 모시고 갈 거라고. 반드시 아빠가 건강을 되찾게 할 거라고.

아파트단지에 들어서서 나는 입구까지 8미터 정도 떨어진 갓돌 옆에 차를 세웠다.

아빠, 내가 후다닥 뛰어가서 보행기 가지고 올게. 알았지?

응.

초저녁이라 하늘에는 아직 빛이 남아 있다. 나는 아파트 안으로 들어가 몇 군데만 불을 켜고 아빠의 보행기를 얼른 집어들었다. 그리고 다시 밖으로 나와 조수석의 문을 열었다.

아빠, 준비됐지?

아빠는 고개를 끄덕이지만 표정에는 불안함이 묻어난다.

나는 아빠가 문밖으로 두 다리를 뻗는 걸 도왔다. 그다음에 아빠의 두 다리가 바닥의 아스팔트를 완전히 디딘 걸 확인하고, 보행기를 그 앞에 놓았다. 그러자 아빠가 보행기 양쪽 손잡이를 꽉 잡는다.

아빠, 좋아. 하나, 둘, 셋!

아빠의 팔근육이 긴장되고, 목의 힘줄에 힘이 들어간다. 하지만 아무 일도 일어나지 않는다. 아빠는 일어서지 못한다.

애야, 네가 이 아빠를 좀 도와줘야 할 것 같은데.

나는 몸을 숙여 아빠의 양 겨드랑이 아래로 손을 넣었다.

하나, 둘, 셋…… 위로 당겨보지만 아빠를 들어올리기에는 역부족이다. 결국 여전히 아무 일도 일어나지 않는다.

두려움이 목구멍까지 차오른다. 나는 그걸 꿀꺽 삼켜서 다시 내려보냈다.

아빠 역시 점점 더 불안해하고 있다.

괜찮아, 아빠. 내가 어떻게든 해볼게.

나는 돌아나가서 이번에는 운전석 쪽으로 차에 올라탔다. 그다음 무릎을 꿇고 앉아서 두 손을 아빠의 엉덩이 밑으로 쑤셔넣었다. 좀 불편한 자세다. 벌써 이 각도에서는 제대로 힘을 쓰기가 어렵겠다는 감이 온다.

하나, 둘, 셋…….

아빠를 들어올리기 위해 온 힘을 다했다. 아빠가 자리에서 5센티미터 정도 일어난다. 아빠의 두 팔이 떨린다. 내 팔도 떨린다. 쿵, 아빠가 다시 주저앉는다.

에이씨, 클레어. 우리 이제 어떻게 하지?

괜찮을 거야, 아빠. 내가 약속할게.

아빠가 마구 숨을 헐떡인다. 푸우푸.

어제 나는 방 안을 가득 채운 의사들 앞에 앉아서 그들 모두에게 잘해낼 수 있다고 약속했다. 사회복지사는 회의적이라는 듯 펜을 톡톡 쳤고, 그중 한 의사는 소리가 다 들릴 정도로 한숨을 내쉬면서 말했다.

클레어 씨, 전문 간호인력이 있는 시설을 정말 진지하게 고려해보시는 게 좋을 것 같습니다.

내가 반대하기도 전에, 이번엔 사회복지사가 입을 열었다.

이게 얼마나 어마어마한 일인지 잘 모르시는 것 같은데요. 이건 누구에게나 버거운 일이에요. 스물다섯 살짜리 여자 혼자 한다는 건 차치하더라도요. 아버님은 매우 약한 상태라고요.

나는 목청을 가다듬으며 깊숙이 박혀 있던 두려움의 거품을 삼켜버렸다.

아빠를 집으로 모시고 갈 거예요.

아빠는 내 말에 희망찬 표정으로 고개를 들었다.

난 울지 않을 거야. 울지 않을 거야. 울지 않을 거라고.

나는 이를 악물고, 이번에는 그저 시간을 벌기 위해 다시 목청을 가다듬었다. 할 수만 있다면, 감정의 동요 없이 해낼 수 있었다면 나는 엄마 이야기를 했을 것이다. 우리 모두 함께 지나온 그 모든 시간을. 엄마가 돌아가시던 밤에 내가 그 자리에 없었다는 것까지.

V 수용

전 할 수 있습니다. 대신 이 말이 내가 간신히 입 밖으로 내뱉을 수 있는 전부였다.

하지만 이제는 그토록 자신할 수가 없다. 아빠를 아직 집 안까지 모시고 가지도 못했는데 벌써 실패하고 있으니.

아빠, 이번에는 앞쪽에서 해볼게.

나는 운전대 뒤로 기어나와 다시 조수석 쪽으로 갔다. 그런데 갑자기 내가 번쩍하고 보인다. 마치 내가 이 모든 상황을 다른 곳에서, 다른 시간에 내려다보는 것 같다. 스물다섯의 내가, 캘리포니아 남부의 따스한 6월 밤에, 죽어가는 여든셋의 아빠를 조수석에서 들어올리려고 안간힘을 쓰는 게 똑똑히 보인다.

이제 눈물이 두 볼을 타고 흘러내린다. 나는 그걸 재빨리 닦아내면서 가슴에서부터 차오르는 공포를 억눌렀다.

좋아, 아빠. 하나, 둘, 셋!

나는 아빠의 양 겨드랑이 아래를 단단히 잡고 젖 먹던 힘까지 짜내 아빠를 들어올렸다.

아무 일도 일어나지 않는다.

아빠의 숨소리가 거칠다. 이제 아빠는 고개를 설레설레 젓는다.

괜찮을 거야, 아빠. 괜찮을 거야. 괜찮을 거야. 아빠를 안으로만 데리고 가면 다 괜찮을 거라니까. 그럼, 괜찮을 거야.

나는 점점 히스테릭해지고 있다. 그래, 내 이럴 줄 알았지.

아빠, 여기서 기다려봐.

나는 보도로 가서 아파트단지의 가장자리를 빙 돌았다.

제발, 제발, 누가 날 좀 도와줘요.

결국 나는 한 이웃의 현관문을 두드렸다. 제발 집에 있기를. 제발, 제발, 제발.

그 집은 마이크와 멜러니라는 젊은 커플의 집이었다. 이들은 나보다 고작 두세 살 많은데 결혼해서 벌써 아이가 둘이다. 아빠와 항상 가깝게 지내온 가족이고, 마이크는 이전에도 몇 번 우리를 거들어주었다.

문이 열리고 마이크가 나온다. 그는 체격이 좋은 남자다. 나는 바로 그의 팔근육과 튼튼한 어깨를 살폈다.

울지 마. 울지 마. 울지 마.

목에 너무 힘을 줘서 말소리가 속삭이듯 흘러나온다.

마이크, 저 좀 도와줄 수 있어요?

차로 다시 돌아오자 아빠는 마이크를 향해 희미한 웃음을 보였다. 마이크, 왔나.

안녕하세요, 스미스 어르신.

마이크는 단번에 아빠를 일으켜세웠다.

아빠가 안도의 한숨을 내쉬며 보행기에 체중을 잔뜩 싣는다. 하지만 아빠는 다리를 후들거리며 여전히 숨을 헐떡였다.

푸우, 푸우, 푸우.

나는 사무실용 회전의자를 보도에 올려놓고, 마이크와 함께 재빨리 아빠를 거기 앉혔다. 그렇게 아빠를 아파트 입구까지 밀고 가면서 나는 반사적으로 뒤를 힐끔거렸다. 누군가 날 지켜보고 있다는 느낌 때문에. 누군가 내가 다 망쳐버리기만을 기다리고 있는 것 같은 느낌 때문에. 아니, 이미 망쳐버린 것 같아서.

人

그다음 주 내내 나는 아빠가 다시 일어설 수 있도록 갖은 애를 썼다. 여전히 나는 아빠의 상태가 호전되리라고 확신한다. 이제 아빠는 집에 돌아왔으니까, 책들과 화분들이 아빠를 둘러싸고, 벽에는 엄마의 모든 사진이 걸려 있으니까. 매일 밤 내가 저녁을 짓고, 아빠가 제일 좋아하는 영화들을 빌려오니까.

물리치료사가 매일 찾아온다. 우리는 함께 아빠가 복도를 왔다 갔다 걷는 연습을 하도록 도왔다. 하지만 아빠가 천천히 한 발 한 발 내딛는 걸 보는 건 고역이다. 똑, 똑, 똑, 시간이 흐른다. 내가 할 수 있는 건 숨죽이고 지켜보는 것뿐이다.

나는 엄밀히 말하면 여전히 콜린과 할리우드에 살고 있지만, 집에 안 간 지 며칠이 지났다. 끊임없이 도움의 손길이 필요한 아빠를 혼자 놔둘 수는 없는 노릇이다. 나는 매일 밤 복용약들과 간호법들이 적힌 기나긴 체크리스트를 확인하고, 아기모니터와 함께 잠자리에 든다. 그리고 새벽 2시 아빠의 호출소리가 들리면 멍하니 잠에서 깬다.

집에 돌아온 지 일주일, 호전의 기미가 보이지 않는다.

퇴원 전, 의사들은 호스피스의 필요성을 몇 차례나 언급했다. 그때마다 내 몸은 그 단어에 뻣뻣해졌고, 나는 고개를 가로저었다.

우리 아빠는 아직 안 죽을 거야. 그럴 수는 없어. 집으로 모셔가기만 하면 된다고.

아빠는 나아질 거야. 두고보라지.

하지만 일주일이 지난 지금, 작은 의심의 가시가 내 안에서 움트기 시작한다.

클레어, 너무 피곤하구나.

알았어, 아빠.

일요일 밤이니까 이제 야간 체크리스트를 확인하며 아빠가 잠들 준비를 해야 한다. 먼저 아빠가 틀니를 빼서 내가 건넨 작은 받침대에 떨어뜨린다. 오늘은 아빠가 침대 밖으로 나오려고 하지 않았기 때문에, 우리는 TV 퀴즈쇼 〈제퍼디〉를 보며 아빠 방에서 저녁을 먹었다. 아빠의 파자마 앞섶에 냅킨을 쑤셔넣고서.

나는 욕실로 들어가 세면대에 틀니를 던졌다. 그러고는 직접 손을 대지 않으려고 칫솔 두 개를 사용해 문질렀다. 그러다 문득 고개를 들어 내 얼굴을 본다. 그런데 내가 어떻게 생겼었더라?

그렇게 뚫어져라 나를 보고 있는데, 갑자기 의문이 든다. 내가 이걸 얼마나 오래 버틸 수 있을까? 마음을 굳게 먹을수록 앞으로의 일들이 더욱 두렵게만 느껴진다.

나는 무섭다. 내가 이대로 캘리포니아 남부에 있는 이 아파트 안으로 사라져버릴까 봐. 그리고 두렵다. 친구들은 점점 멀어지고, 막 피어오르던 내 커리어는 바로 내 눈앞에서 자취를 감추고, 결국은…… 내가 나조차 못 알아보게 되지는 않을까?

나는 거울 속 나에게서 시선을 거두고 아빠의 틀니를 야간 케이스에 담아 잠가버린 다음, 크게 소리를 질렀다.

오늘 밤에 잘 자두세요. 내일 아침에 물리치료 받아야 하잖아요.

딸!

아빠가 한 마디 더 하기도 전에 내게는 이미 들린다. 그다음 어떤 말이 나올지 감이 온다. 나는 방문 앞에 서서 아빠를 바라봤다.

물리치료는 이제 그만 받았으면 좋겠구나.

나는 아빠의 방으로 가서 침대 끄트머리에 앉았다. 그러고는 어린 여자애처럼 이불을 쥐어뜯었다.

아빠가 내 손을 잡는다.

아빠 말 무슨 뜻인지 알지?

대답할 말이 떠오르지 않는다. 아빠가 내 손을 더욱 꼬옥 쥔다.

딸, 이 아빠는 충분히 살았단다. 너도 잘 알잖아. 아빠는 여든셋이야.

목이 메어온다.

울지 마. 울지 마. 울지 마. 우는 건 이제 진절머리가 난다.

그런데도 막을 수가 없다.

딸, 우리에게 시간이 얼마 남지 않았다는 걸 잘 알고 있었잖니. 그렇지만 우린 최고의 시간을 보냈잖아, 그치? 최근 몇 년간……

아빠의 목소리가 잦아든다.

나는 얼굴을 들고 아빠를 향해 고개를 끄덕였다.

아빠도 나를 향해 고개를 끄덕인다. 마치 우리 사이에 막 거래가 성사되었다는 듯이.

아침에 전화를 걸었더니 이른 오후 즈음에는 우리집 거실에서 호스피스 간호사를 맞이할 수 있었다. 그녀는 시간이 지나면 나 스스로도 할 수 있도록 훈련이 될 거라는 안내와 함께, 아빠가 호스피스팀으로부터 받게 될 일상적인 요양서비스에 대해 설명했다. 그리고 이제는 아빠를 돌보는 손길이 충분한 만큼 아빠가 집에 머물러도 괜찮다는 말을 덧붙였다.

나는 그녀의 말에 고개만 끄덕였지만 속으로는 고마움에 눈물이 흘렀다. 병원 사회복지사 말이 맞았다. 이 일은 나 혼자 감당하기에는 너무 버거웠다.

호스피스를 신청한 다음부터 아빠는 아예 침대에서 나오는 걸 그만뒀다.

간호사가 며칠에 한 번씩 방문해서 아빠의 건강상태를 체크하고, 복용약들을 확인하고, 침대에서 아빠의 자세를 바꿔주는 방법과 소변통을 비우고 욕창을 확인해야 할 부위들을 내게 교육시켰다.

그리고 2주 동안 이복형제들이 동부 해안에서부터 차례로 와주었다. 가장 먼저 마이크 오빠, 그리고 캔디 언니, 마지막으로 에릭 오빠가.

그들이 아빠를 대하는 태도는 진지하고 조심스러웠다. 그에 비하면 장난기 어린 아빠와 나의 친밀함은 깜짝 놀랄 만한 것이었다. 그들의 방문은 내게 똑같은 한 남자와 맺어진 상반된 두 관계를 다시 일깨워주었다.

나는 그들의 방문을 틈타 나의 옛 생활을 찾아갔다. 일주일여 만에 처음으로 할리우드의 집에 가서 콜린과 밤을 보내기로 한 것이다. 떠나기 전, 나는 마이크에게 아빠의 복용약들을 다시 일러주고, 산소탱크 작동법을 보여주고, 잠자기 전에 체크해야 할 것들을 설명했다.

아빠는 새로 산 환자용 침대에 누워 나를 바라봤다. 아빠의 두 눈이 아이의 그것처럼 커다랗다.

해 뜨자마자 돌아올게. 나는 이 말을 되뇌며 아빠에게 인사했다.

차는 고속도로로 진입하며 속도를 내더니 끝없이 북쪽으로 흘러갔다. 드라이브가 끝내준다. 하늘은 탁 트이고, 이 세상은 다시 한 번 재빠르게 돌아간다.

드디어 나는 할리우드대로로 입성했다. 이 도시는 초현실적이다. 모든 게 아직도 여기 있다는 게 좀 믿기 어렵다고 해야 하나.

저녁에는 콜린과 멕시칸 레스토랑에서 식사했다. 나는 사지가 축 늘어지고, 아빠가 죽어가고 있다는 게 아무렇지 않을 때까지 마르가리타를 마셨다. 아니, 콜린과의 사랑이 끝난 게 아무렇지 않을 때까지.

캔디 언니가 왔다 가고 에릭 오빠가 아빠를 보러 왔을 때, 난 할리우드에 3일째 머물고 있었다. 나는 몇 시간마다 아파트에 확인 전화를 걸었지만 달라진 건 없었다. 그저 아빠와 떨어져 어떻게 지내야 할지, 내 집에서 어떻게 시간을 보낼지 모를 뿐이다.

셋째 날 아침에는 일찍 눈이 떠졌다. 나는 지난밤의 숙취로 머리가 지끈거려서 방이 제대로 보일 때까지 침대 끄트머리에 앉아 있었다. 콜린은 내 옆에 잠들어 있다. 베개에 얼굴을 묻고 편안히 숨을 내쉬며.

나는 침대에서 기어나와 뒷계단으로 갔다. 이 아파트로 처음 이사왔을 때 항상 여기 앉아 있었는데. 나는 계단 꼭대기에 걸터앉아, 담배를 물고, 이른 아침의 할리우드를 내려다봤다. 내 두 눈이 캐피틀레코드빌딩을 지나 웅크린 빌딩들 사이로 퍼져나가는 도시를 향했다. 지도에 꽂아놓은 압정처럼, 그 풍경 속에는 야자수들이 점점이 박혀 있었다.

그때 아빠가 떠올랐다. 자신의 아파트, 자신의 침대에 누워 있을 아빠의 얼굴이. 그리고 바로 지금 이 순간에도 우리는 밀접하게 연결되어 있다는 데까지 생각이 미쳤다.

그래, 결국 이거구나. 나는 이 순간을 향해서 지난 모든 시간을 건너온 거야. 더 많은 시간이 있을 줄 알았는데, 서른이 되기 전에는 아빠를 잃지 않을 거라고 생각했는데. 하지만 이제는 알겠다. 더 이상 그건 사실이 아니라는 걸. 아빠는 곧 죽을 거고 나는 혼자가 될 것이다.

마치 그건 나의 선택인 것 같다. 물론 나는 그렇지 않다는 걸 잘 알지만.

하지만 몇 년이 흐르면 깨닫게 되겠지. 정말로 그건 선택이었을지도 모른다는 걸. 그날 밤 뉴저지의 크리스토퍼 집에 들른 것처럼, 바로 지금 이 순간 이 자리에 다다른 것도 나의 선택이라는 것을.

아니, 그다음 나의 행동을 보면, 이미 지금 이 순간부터 난 알고 있는지도 모른다.

나는 담배를 다 피우고 꽁초를 비벼끈 다음, 침실로 가서 콜린을 팔꿈치로 찔렀다. 콜린이 눈을 뜬다.

나 아빠 집으로 이사가려고.

알아. 그가 눈을 감으며 대답한다.

아니, 아예 간다고.

그가 다시 눈을 떴다.

人

가든그로브로 돌아오는 길에 나는 콜린과의 대화를 되짚어봤다. 대화는 짧고 형식적이었다. 할 말이 많지 않았던 것이다.

그럼에도 내 몸이 덜덜 떨린다. 몇 년 동안이나 콜린을 떠날 방법을 생각해내느라 갖은 애를 썼는데, 결국 그렇게 간단히 끝났다는 게 충격적이다. 우리는 다투지 않았다. 조금도. 그에게도 명백하게 이미 끝난 일이었다는 의미다. 그의 두 눈에는 아무 감정도 비치지 않았다. 그저 천장을 향해 담배연기만 피워올릴 뿐이었다.

내가 이번 주에 짐을 빼기로 합의를 보고 우리는 문 앞에서 헤어졌다. 그리고 우리 사이에는 황량함이, 푸드덕 날아오르는 새처럼 무섭고도 생생한 뭔가가 놓여 있었다.

하지만 나는 다시 양손으로 핸들을 움켜잡고 아빠 일에만 집중하려고 애썼다.

이제 된 거야. 내가 정말로 해냈다고. 그사이 차는 101번 고속도로로 들어서서 남쪽으로 속도를 낸다. 다 끝나버리고 나면 그냥 아무도 내가 누군지 모르는 어딘가로 확 떠나버릴까. 완전히 다시 시작하는 거야. 다른 사람인 척. 이 모든 걸 다 잊어버리고.

그런데…… 45분 후 아파트로 들어선 순간, 뭔가가 잘못되고 있음이 직감적으로 느껴졌다. 이틀치 신문이 현관 앞에 놓여 있고, 싱크대에는 접시들이 쌓여 있고, 블라인드는 한낮의 태양을 피하기 위해 완전히 내려져 있다.

테라스에 에릭의 실루엣이 비친다. 그의 손가락 사이 담배에서 피어오르는 미세한 연기도. 복도를 지나 아빠의 방으로 향하는데, 심장이 미친 듯이 뛴다. 아빠 방에도 역시 블라인드가 쳐져 있고 방 안은 어둑어둑하다. 이불 아래 있는 2미터의 아빠 몸체가 어쩐지 작아 보인다.

아빠! 나는 아빠의 손을 잡으며 아빠를 불렀다.

아빠의 눈꺼풀이 실룩이지만 열리지는 않는다. 거친 숨소리만 새어나올 뿐이다.

아빠?

나는 아빠의 손을 빼서 옆구리 쪽으로 가만히 놓고, 에릭을 찾아 뒤뜰로 향했다.

내 목소리가 높고 크게 흘러나온다. 아빠한테 무슨 일이 일어난 거야?

무슨 말이니? 에릭의 목소리는 건조하다.

완전히 의식이 없잖아. 숨도 거의 쉬지 않으신다고.

클레어, 아버지는 죽어가고 있어.

나는 그에게서 등을 돌려 아빠 곁으로 돌아갔다. 그리고 회전의자를 최대한 침대에 바싹 붙여 앉은 다음, 다시 아빠의 손을 잡았다.

한 시간쯤 흘렀을까. 아빠의 두 눈이 초점을 회복하고, 아빠의 두 발이 움직인다. 나는 아빠의 손을 더 꽉 쥐었다. 콜린과의 일은 당분간 말하지 않기로 이미 마음먹었다.

잠시 후 아빠는 방 안을 둘러보더니 내가 왔음을 알아채고는 거친 목소리로 말했다.

이제는 그저 잠들어버렸으면, 다시는 깨지 않았으면 좋겠구나.

나는 가슴께까지 무릎을 끌어당겨, 입술을 깨물며 그 안에 턱을 묻었다. 어떤 대답을 해야 할지 모르겠다.

우리 딸, 이제는 아빠를 놔줘야지. 그래야 해.

눈물이 작고 투명한 원이 되어 탱크톱 위로 뚝뚝 떨어진다.

그렇게 해야지, 우리 딸.

내 안에서는 비명이 터져나오지만······ 아빠 말이 맞다는 걸 나도 안다.

아빠는 눈을 감더니 다시 스르르 잠에 빠져들었다.

결국 참았던 울음이 터지지만 아빠는 알아채지 못하는 것 같다. 아빠가 돌아가시기 전에 아빠에게 해야 할 말들이 있는데······ 하지만 난 그 말을 하기가 두렵다. 그 말을 하는 게 아빠를 놔준다는 의미가 될까 봐.

미셸과 함께했던 그 밤, 그리고 엄마와 단둘이 보냈던 밤이 떠오른다. 왜 우리 삶에는 그런 말들을, 그런 단순한 것들을 어떻게든 입 밖에 소리내어 말해야만 할 것 같은 순간들이 있는 걸까?

말들. 그것들은 살아 있는 생명체니까. 그러니까 반드시 존중해 줘야 한다.

아빠! 나는 아빠가 눈을 떠서 나를 바라볼 때까지 손을 꼬옥 쥐었다.

정말 많이 사랑해.

아빠가 보일 듯 말 듯 고개를 끄덕이며 나를 향해 미소지었다.

앞으로 매일매일 아빠가 보고 싶을 거야.

아빠가 눈을 깜박인다. 천천히, 신중하게, 그러니까 긍정의 의미로……

나는 가까스로 아빠에게 마지막 문장을 전했다. 목이 다 잠겨 알아듣기도 힘든 목소리로.

내가 인생에서 뭔가 멋진 일을 하게 된다면, 그건 다 아빠와 엄마 덕분일 거야.

아빠가 다시 고개를 끄덕인다. 나는 아빠 눈동자의 빛깔을, 채석장의 돌 같은 그 회색빛을 머릿속에 담으려고 애썼다.

이제 됐어. 세 문장이면.

아빠는 다시 잠이 들었다. 나는 아빠가 숨 쉬는 걸 지켜보며, 창밖의 풀장에서 아이들이 뛰어노는 소리를 들으며 몇 시간이고 아빠 곁을 지켰다.

人

V 수용

이후 며칠간 아빠는 반복적으로 의식이 흐려졌다. 하지만 아빠는 어떤 위기든 다 이겨내고 다시 안정적인 상태를 회복했다. 비록 그러다 더 이상 듣지 못하게 되었지만. 호스피스 간호사는 갑자기 귀가 안 들리는 증상은 죽음에 임박한 환자들에게 나타나는 징후라고 설명했다.

이제 나는 소리를 질러야만 한다. 그럴 때의 내 목소리가 너무 싫다. 그래서 가끔은 내가 의도하는 바대로, 그러니까 부드럽고 순하게 들리도록 평상시 톤으로 질문을 반복하기도 했다. 그러다 결국에는 단어카드를 만들어서 대신 들어 보였다.

아빠, 아파? 아빠, 배고파? 아빠, 추워?

에릭이 떠나기 전, 나는 하루 더 할리우드에서 시간을 보냈다. 내 소지품을 챙겨와야 했기 때문이다. 리즈와 홀리는 LA에 살고 있어서 내가 짐 싸는 걸 도와주기 위해 하던 일을 내려놓고 달려왔고, 애비는 그걸 다 싣고 아빠의 아파트 창고까지 와서 짐 내리는 걸 도와주었다.

이제 됐다. 이제 내가 사는 곳은 오렌지카운티의 방 두 개짜리 아파트다. 나는 침착하게 내 소지품들을 손님방의 서랍장에 풀었다. 그런데 욕실에 칫솔을 꽂는 순간, 께름칙한 마음이 들었다. 아빠가 얼마나 오래 살지, 내가 얼마나 오래 이 짓을 할 수 있을지 아무도 내게 말해줄 수 없다는.

몇 주가 될 수도, 몇 달이 될 수도 있어요. 호스피스 간호사만이 이렇게 말해주었다.

그날 밤, 아빠는 세 시간마다 나를 깨웠다. 나는 방 안의 불빛에 눈이 부셔 실눈을 뜨고 아빠 침대의 발치에 대기하고 있었다. 그러다 아빠의 혀에 모르핀을 떨어뜨려주거나 더 이상 아빠 혼자서는 들어올릴 수 없는 두 다리를 들어 위치를 바꿔주었다.

그다음 날 아빠는 조용했다. 우리 둘이 자리잡은 방 안을 침묵이 지배했다. 나는 턱을 무릎 사이에 묻고, 물끄러미 방 안 이곳저곳을 바라봤다. 그때 아빠가 손을 내밀었고, 나는 몸을 숙여 아빠의 손을 잡았다.

이불 밑에서 아빠의 몸이 들썩이고 두 발이 수축했다.

아빠가 죽는 게 싫다. 그렇다고 이런 식으로 계속되는 걸 원하는 건 아니다.

오후에는 콜린이 할리우드에서 와주었다. 우리는 아빠가 잠든 사이 뒤뜰에 앉아 오래전에 해야 했던 말들을 나눴다.

우리가 처음 만난 때와 함께한 첫 여름에 대해. 그때 너무나 어리고 너무나 슬픔에 잠겨 있던 우리에 대해. 그가 나를 한참 안아주었다. 내 눈물이 그의 셔츠를 적시고, 나의 어린아이처럼 뜨거운 숨결이 그의 목에 닿았다.

그가 떠나고 다시 아빠의 침대 옆 의자로 돌아오니 아빠는 여전히 자고 있었다. 나는 아빠의 한 손을 잡았다. 그러고는 나 역시 눈을 감았다.

V 수용

살면서 이토록 외로웠던 적은 단 한 번도 없다.

人

며칠이 흘렀다. 리즈는 매일 찾아왔다. 그녀는 점심을 챙겨왔고, 아빠가 잠들어 있으면 아빠의 침대를 지키는 내 곁을 지켜주었다. 지금으로부터 몇 년 후 리즈의 아름다운 여동생이 암으로 죽게 된다. 그때 슬픔은 우리 우정 깊숙이 자리하겠지.

지금으로서는 그녀의 존재만으로도 말할 수 없을 만큼 고맙다. 우리 둘 다 이제는 스물다섯이지만 나는 여전히 우리가 10대인 것만 같다. 그래서일까, 여기서 우리 둘만이 아빠를 돌보고 있다는 게 더 비현실적으로 느껴진다.

어느 날, 리즈가 직장으로 돌아간 후 내 흉골에서 공포가 피어올랐다. 아빠는 여전히 잠들어 있고, 아파트는 조용하다. 나는 복도의 카펫 위를 살금살금 걸어다니거나, 아빠 방 문가에 서 있거나, 아빠의 가슴이 오르내리는 걸 지켜본다. 산소호흡기가 구석에서 거친 소리를 내뿜고 있다.

아빠는 그날 밤 딱 한 번 깼다.

다음 날 나는 아빠를 조심스럽게 깨운 다음, 옆에 앉았다. 아빠는 방 안을 둘러보며 정신을 가다듬었다. 내가 물을 권했지만 아빠는 고개를 가로저으며 종이와 펜을 달라고 손짓했다.

왜? 나는 소리를 질렀다. 말로 하면 안 돼?

아빠가 고집을 부리기에 나는 펜 한 자루와 종이쪽지를 건넸다. 아빠는 꼬불거리는 글씨체로 숫자들을 적어나갔다. 그렇게 언뜻 무의미해 보이는 순서로 숫자들이 죽 이어졌다.

18

8

6

487

8

0 0

13

.88

0.6

18

088.7

나는 숫자들을 쭉 훑어보며 어떤 의미인지 머리를 굴렸다. 아빠가 엔지니어 출신이라는 것과 내가 중학생 때 수학숙제를 도와주곤 했던 일들까지 떠올려봤지만 답이 나오지 않았다.

이게 다 뭐야?

자, 여기 숫자 하나만 써봐. 마침내 아빠가 종이를 내게 내밀며 말했다.

나는 숫자 3을 쓴 다음 아빠에게 들어 보였다.

다 어디서 나온 숫자들이람? 아빠 얼굴에 경외심 어린 표정이 비쳤다.

나는 웃음을 터뜨렸고 아빠도 웃었다. 우리는 서로를 향해 어깨를 으쓱해 보였다.

잠시 후 나는 방을 나와서 호스피스에게 전화를 걸었다.

정신착란은 마지막에 일반적인 증상이에요.

마지막이요?

클레어 씨, 아버님은 지금 실질적으로 죽어가고 있잖아요.

人

이제는 방을 나서기도 두려워서 나는 아예 아빠 침대 옆에 의자를 갖다놓고 자리를 잡았다. 이틀째 샤워도 못했지만, 아빠 곁을 1~2분 이상 비우는 게 겁이 난다.

아빠는 정신이 오락가락했다. 눈을 반쯤 뜨고 숨은 거의 끊어질 듯 내쉬며, 이제는 거의 잠만 잔다.

친구들이 하나씩 찾아왔다. 홀리는 잡지를 보며 거실을 지켰다. 애비가 와서, 아빠한테 무슨 변화가 생기면 바로 알려주겠다는 약속을 한 다음에야 나는 겨우 샤워를 했다. 델 듯 뜨거운 물이 상쾌해서 나는 생각보다 오래 욕실에 머물렀다. 나와보니 애비가 어둠 속에 앉아서 아빠의 손을 잡고 노래를 불러주고 있었다. 애비가 우리 아빠를 본 건 딱 한 번뿐이었다. 그런데도 이 순간 이런 행동을 하다니, 그녀의 마음이 얼마나 넓은지 난 가늠할 수도 없을 것이다.

애비가 떠난 후, 나는 다시 의자에 자리를 잡고 아빠의 손을 붙잡으며 되뇌었다. 아빠가 마지막 숨을 거두는 순간 난 여기 있을 거라고, 아빠의 손을 꼭 잡고 있을 거라고. 아빠가 나를 위해 해주었던 모든 것이 끊임없이 떠올랐다. 아빠가 살면서 다른 사람들을 위해 했던 모든 일. 내가 아빠를 위해 할 수 있는 건 고작 여기 있어주는 것뿐이다.

아빠의 입이 벌어지고, 숨이 점점 가빠온다. 아빠는 눈을 살짝 뜨고 있지만, 이미 의식은 없다. 잠결에 아빠의 손가락 힘줄이 씰룩이며 경련을 일으킨다. 아빠의 몸속에서는, 머릿속에서는 지금 무슨 일이 일어나고 있는 걸까?

몸에게도 기능을 정지한다는 건 어려운 일일 것이다. 모든 조직과 신경과 시냅스가 83년간 해오던 것을 단박에 멈춰야 하니까.

잠시 후, 나는 기도 비슷한 걸 하기 시작했다.

'기도'라는 말이 정확한 건지는 모르겠다. 사실은 어떻게 하는지도 모르니까. 어쨌든 난 눈을 감고 엄마를, 그리고 할머니와 할아버지를 생각했다. 그들을 불러모으기 위해.

제 말 들리세요?

엄마?

할머니?

제발, 제발, 제발요. 제 말 들리세요?

아빠는 여기 있어요.

나는 그들에게 속삭였다. 아빠는 이제 준비가 됐어요.

엄마가 아빠를 마중 나오는 게 보인다. 엄마는 아빠에게 바싹 다가가서 내가 아빠의 손에 남긴 온기를 느낀다.

몇 분 후 눈을 떠보니 아빠 역시 눈을 뜨고 있다.

아빠는 갑자기 몸을 굽히더니 내 얼굴과 머리, 두 눈에 차례로 손을 갖다 댔다. 나는 눈을 감고 가만히 있었다. 아빠가 이렇게 나를 어루만져준 건 내가 어린애였을 때 이후론 없었던 것 같다. 아빠가 손을 떼자 나는 아빠를 바라봤다. 아빠의 두 눈에 눈물이 고여 있다.

그때, 그러니까 거의 하루 만에 처음으로 아빠가 입을 열었다.

인생은 살 만한 거란다. 툭 내던져진 그 말소리는 오랜만에 또렷했다.

몇 년이 지나서도, 이 말들을 받아적은 메모장을 볼 때마다 나는 정신이 번쩍 든다.

삶과 죽음은 너무나 달콤한 슬픔 같은 것이다. 죽음이 없다면, 우리는 인생이 얼마나 달콤한지 절대 알지 못하리라. 어느 현자가 자신의 비명에 새겨놓은 말이란다.

.人

그 말들이 그의 마지막이었다. 그다음 날 아빠가 내뱉은 것들은 아무 의미도 없고, 알아들을 수도 없는 말들이었다. 아빠는 이제 정말 죽음에 다다랐다.

그날 밤 콜린이 다시 할리우드에서 찾아왔다. 우리는 아무 말 없이 아빠의 침대 옆에 앉아서, 아빠의 가슴이 오르락내리락하는 걸 지켜보며 아빠의 호흡을 세었다. 호흡 사이의 간격이 점점 길어지고 있다.

자정이 지나 콜린은 자러 가고, 나는 의자에 앉아 담요를 덮었다. 이제 정말 지쳤다. 하지만 어떻게 아빠의 손을 놓아야 할지 모르겠다.

어떻게 아빠를 놔줘야 할지 모르겠다.

아빠를 아기처럼 번쩍 안아서 달아나버리고 싶다. 이건 내가 원하는 게 아니다. 나는 작별인사를 하고 싶지 않다.

하지만 그래야만 한다는 걸 난 잘 안다. 여기서 앞으로 나아가기 위해서는 그래야만 한다는 것을. 지난 몇 년간의 모든 것이 내 안에서 솟구쳤다. 엄마와 버몬트, 콜린과 뉴욕, 로스앤젤레스와 다가올 모든 것이.

나는 가만히 서서 침대에 몸을 기대고 아빠의 가슴 위에 머리를 얹었다. 아빠의 심장소리가 들린다. 저 멀리서, 겹겹이 아빠의 모든 것과 뒤섞여서. 나는 아빠의 숨결을 따라 내 머리가 오르락내리락하는 대로 내버려두었다. 여기 영원히 머물고 싶다.

나는 눈을 감고 잠에 빠져들었다.

몇 시간이 지나 깨어보니 콜린이 곁에서 내 어깨를 어루만지고 있었다. 나는 다시 의자로 돌아갔다. 침대 난간에 기댄 손목이 욱신거린다. 하지만 난 여전히 꼭 잡은 아빠의 손을 놓지 않고, 아빠의 얼굴을 슬쩍 보았다.

아빠가 숨을 들이쉰다.

나는 일어나서 기지개를 켜고 침대 건너편의 블라인드를 열어 빛나는 캘리포니아의 아침을 내다봤다. 아이들 몇몇이 풀장에서 놀고 있었지만, 우리를 가로막은 유리창이 그들의 외침과 첨벙대는 소리를 지워냈다.

나는 다시 아빠 곁으로 가서 그의 뺨에 한 손을 얹었다.

아빠?

아빠?

아무것도 없다. 아무런 떨림도, 아무런 박동도…… 아빠는 반응하지 않는다. 여전히 힘겨운 숨만 들이쉴 뿐이다.

나는 주방으로 가서 호스피스센터에 전화를 걸어 상황을 알렸다. 저녁까지는 간호사 한 명을 보내주겠다는 답이 돌아왔다.

콜린이 이제 나설 준비를 한다.

이따가 다시 올까?

나는 대답 없이 어깨를 으쓱했다. 지금은 제정신이 아니다. 지쳐버렸다. 더 이상은 못하겠다는 생각뿐이다.

그가 떠나고 나는 다시 지친 몸을 이끌고 나의 회전의자에 자리를 잡았다. 그러고는 아빠의 손을 꼭 쥐고 숨을 세었다.

V 수용

애비, 홀리, 리즈가 차례로 아파트에 들렀다. 친구들은 숨죽인 채 거실을 지키고 앉아 있다가, 내가 들어서면 혹시나 하는 걱정 어린 눈으로 벌떡 일어섰다.

저녁 7시가 거의 다 되어서야 호스피스 간호사가 도착했다. 애비와 홀리는 이미 가고, 콜린이 다시 와서 리즈와 함께 거실을 지켰다. 나는 간호사를 데리고 다시 아빠 방으로 갔다.

간호사가 아빠의 상태를 체크하는 사이, 나는 아빠의 손을 잡고 있었다. 그녀는 차분하고 친절하다. 나를 향해 따스한 눈으로 웃어주기까지 한다. 어떻게 이런 일을 매일 할 수 있는지 의아할 따름이다. 아빠의 기저귀를 갈아야겠다는 말에 나는 일어나서 그녀를 도왔다. 먼저 아빠의 몸을 옆으로 뉘어야 한다.

주의 차원에서 말씀드리는 건데요. 가끔은 이러다가, 그러니까 환자들이 이런 상태에 있을 때 몸을 움직여주다가 사망에 이르게 할 수도 있어요.

갑작스러운 그녀의 말에 나는 동작을 멈추고 그대로 서서 아빠를 내려다봤다. 내 몸이 그대로 땅속으로 빨려들어가면서 마룻바닥에 거대한 구덩이가 생겼다.

내가 그렇게 만들 수도 있다는 걸까? 아닌 걸 알면서도 그런 생각이 들었다.

준비됐어요.

속삭이는 듯한 내 목소리를 시작으로 우리는 조심스럽게 아빠를 옆으로 뉘었다. 간호사가 기저귀를 벗겨서 한쪽으로 치우고는 새 걸 갖다 댔다. 나는 아빠의 얼굴이 보이는 쪽으로 서서, 아빠의 두 눈만을 바라보며 입으로 들어오고 나가는 숨소리에 귀를 기울였다.

괜찮아, 아빠.

내가 지금 이 말을 입 밖으로 소리내어 하고 있는 걸까?

괜찮아, 아빠.

괜찮아, 괜찮아, 괜찮아.

이번에는 아빠의 몸을 반대쪽으로 뉘었다. 난 다시 그쪽으로 돌아가서, 간호사가 기저귀 가는 걸 마무리하는 사이 아빠의 한 손을 잡았다. 주름과 자줏빛 실핏줄로 뒤덮인 그 손을.

수천 가지 기억이 나를 덮쳤다. 눈 깜짝할 사이에 아빠가 이 생애에서 보여준 모든 모습이 스쳐간다. 아들이자 형이자 아버지. 발명가이자 전투기 조종사. 포로이자 수호자. 그리고 엄마가 돌아가신 후 언제나, 어떻게든 날 붙들어주던 아빠의 모습들. 내가 그 보답으로 할 수 있는 건 고작 지금 이렇게 아빠를 붙들고 있는 것뿐이다.

기저귀 가는 게 끝나고, 우리는 다시 아빠의 몸을 침대 가운데로 돌려놓았다. 간호사는 이불을 올려서 아빠의 가슴께까지 덮어주었다. 그러고는 우리 둘 다 아빠가 숨을 들이쉬는 걸 가만히 지켜봤다. 이제 안도해도 되는 건가.

그렇게 몇 초가 지났다. 아무 일도 일어나지 않는다.

또 몇 초가 지난다. 너무 길다. 아빠의 눈꺼풀은 반쯤 닫혀 있고, 입은 완전히 벌어졌다.

아빠?

아빠가 숨을 삼킨다.

그때 간호사의 목소리가 나를 놀라게 했다.

저, 클레어 씨. 때가 된 것 같아요. 친구들을 불러올까요?

나는 가만히 고개를 끄덕였다. 아빠를 향한 시선을 조금도 거두지 않은 채.

침대에 몸을 기대 내 두 손으로 아빠의 한 손을 잡았다.

아빠, 아빠, 아빠, 아빠, 아빠, 아빠, 아빠, 아빠……

눈물이 아빠의 가슴을 덮고 있는 이불 위로 뚝뚝 떨어진다.

그때 콜린과 리즈가 들어왔다. 리즈는 맞은편에 서서 아빠의 다른 손을 잡았다. 콜린은 내 곁에서 두 팔로 나를 꼭 감싸안았다.

나는 다시 아빠의 손을 꼭 쥐었다. 여전히 따스하고 여전히 부드러운 아빠의 손을.

지금 이 순간, 모든 게 한데 소용돌이친다. 나, 엄마 그리고 아빠.
부서지는 황금빛을 함께 나누던 오후의 시간들. 미래, 과거, 현재.
그 모든 것이, 단 한순간에.

바로 여기서, 바로 지금.

아빠는 다시 숨을 삼키더니 부드럽게 내뱉었다.

아빠, 아빠, 아빠, 아빠, 아빠, 아빠, 아빠, 아빠……

아빠가 떠났다.

15

엄마를 잃은, 언젠가는 엄마를 잃을 당신에게

2011년, 서른둘

나는 시카고 링컨공원 인근을 미친 듯이 뺑뺑 돌고 있다. 주차할 자리를 찾고 있지만, 지난주의 눈보라로 허리까지 쌓인 눈이 온 땅을 뒤덮고 있다. 동물원의 이야기공부는 이미 10분 전에 시작되었을 것이고, 내 딸 베로니카는 어서 카시트에서 내려주지 않으면 목숨이 끊어질 것처럼 떼를 쓰고 있다.

아싸! 드디어 나는 눈으로 뒤덮인 주차공간에 차를 쑤셔넣고 베로니카를 유아용 카시트에서 풀어주기 위해 몸을 돌렸다.

5분 후, 우리는 추위에 초토화된 몰골로 이야기공부 교실에 들어섰다. 나와 딸의 모자, 스카프, 벙어리장갑을 벗기면서 겨우 방 안을 둘러보니, 10여 명의 엄마와 유모들이 막 걸음마를 뗀 아기들과 바닥에 앉아서 음악에 맞춰 머리를 흔들거나 손뼉을 치고 있다.

우리 역시 카펫 위에 털썩 주저앉았다. 그런데 베로니카가 황급히 날 꼭 껴안는 게 아닌가. 갑자기 낯선 사람들에 잔뜩 둘러싸여 불안한 모양이다. 나는 베로니카의 등을 쓰다듬으며 〈맥도날드 할아버지는 농장을 가지고 있었죠Old MacDonald Had a Farm〉를 따라불렀다. 베로니카는 여전히 내 품속에서 나오려 하지 않았다. 하지만 몇 분이 지나자 슬며시 팔을 느슨하게 풀더니 목을 쭉 빼고 주변을 둘러봤다. 나도 모르게 슬며시 미소가 번진다.

바로 지금 이 순간, 나는 그저 딸과 함께하는 놀이그룹에 참여한 젊은 엄마일 뿐이다.

지금 이 세상의 어떤 것도 내 머릿속에 존재하지 않는다. 그저 나와 내 딸, 그 작은 몸이 지그시 나를 누르는 느낌, 내 목에 닿는 딸의 따뜻한 입김, 우리 사이의 유대만 있을 뿐이다.

지금의 내가 이전의 나와 얼마나 달라졌는지 알아채려면 한참 시간이 흘러야 할 것이다.

나는 갖지 못한 것에 집착하느라 내 성인기의 대부분을 소비했다. 오랜 시간 나는 과거의 렌즈를 통해서만 나의 현재와 미래를 볼 수 있었다. 부모님의 죽음이 내가 보는 모든 것을 채색했다.

하지만 슬픔에는 이면이 존재한다. 나는 지금 그 이면을 바라보고 있다.

人

다음 날 아침, 출근 준비를 하는데 휴대폰이 울렸다. 베로니카는 높은 유아용 의자에 앉아서 조잘거리며 스크램블에그를 포크로 찔러대느라 정신이 없다. 그레그는 자다 일어나 부스스한 머리 그대로 그 앞에 앉아서는 신이 나 베로니카를 부추기고 있다.

음, 아빠도 좀 먹어도 될까?

베로니카는 환하게 웃더니 기분 좋게 계란을 집어서 툭, 마룻바닥에 떨어뜨렸다.

찾았다! 마침내 가방 밑바닥에서 휴대폰이 만져진다. 전화를 건 사람은 상사 알렉스다.

클레어, 출근 전에 허친슨 씨 집에 좀 들렀다 올래요? 조지가 지금 3단계라, 그 부인한테 위로가 절실한 것 같아요.

네. 나는 대답과 동시에 급히 하이힐을 신고 주방의 코트걸이에 걸어놓았던 핸드백을 낚아챘다.

나는 호스피스센터의 사별 전문 상담가이고, 조지 허친슨 씨는 우리 팀이 돌보는 환자 중 한 사람이다. 3단계는 그가 실질적으로 죽어가고 있다는 것을, 며칠 안에 죽음을 맞이할 거라는 사실을 의미한다. 그의 부인 주디와는 몇 번 통화만 했을 뿐, 직접 얼굴을 본 적은 없다.

3년 전 시카고로 이사왔을 때, 나는 막 석사과정을 졸업한 터라 어떤 일을 하고 싶은지도 잘 모르는 상태였다. 그저 몇 주 동안 인터넷 구직사이트를 뒤지거나 여기저기 면접에 얼굴을 내밀거나 지역 내 정신건강클리닉들을 알아봤다.

그러다 어느 날 밤 사별 전문 상담가를 구한다는 호스피스센터의 구인광고를 본 순간, 뭔가가 딸깍, 울렸다. 우리 부모님이 겪은 모든 의학적 접근법들 중에서 호스피스는 유일하게 긍정적인 결과를 보여주었다. 비록 그 결과가 아빠의 죽음이었다 해도.

처음 '호스피스'란 단어를 들은 건 엄마가 돌아가시기 몇 달 전이었다. 하지만 엄마는 그 길 대신 워싱턴DC의 병원으로 갔고, 거기서 몇 번의 수술을 더 겪었다. 나는 엄마가 그때 호스피스를 선택했더라면 하는 미련을 평생 지울 수 없으리라.

호스피스는 죽음에 임박한 환자들에게 간호와 심리적 위안을 제공한다. 간혹 병원이나 센터에서 호스피스 서비스가 제공되기도 하지만, 대부분의 호스피스 환자들은 자신의 집에 머문다. 기본 철학은 한 사람의 죽음을 최대한 평화롭게 맞이하도록 돕는 것이다. 가족뿐 아니라 환자 본인을 위해서도.

호스피스팀은 의사와 간호사, 환자를 목욕시키고 청결을 유지해주는 건강보조사, 사회복지사, 목사, 자원봉사팀, 사별 전문 상담가로 구성된다. 모두가 합심해서 환자와 가족들을 잘 돌볼 수 있도록 최선을 다한다. 물론 육체적인 간호뿐 아니라 감정적이고 정서적인 부분도 함께 돕는다.

내 딸이 태어났을 때, 나는 '죽음'의 정반대를 경험했다. 나는 한 생명을 이 세상으로 데려오는 데 얼마나 많은 노력이 필요한지,

그리고 침착하게 준비된 그 경험은 얼마나 값진지를 깨달았다.

죽음도 마찬가지다.

사별 전문 상담가로서 내 임무는 환자의 사망 후 가족들에게 연락을 취하는 것이다. 그들이 어떻게 지내는지 방문해서 확인하고, 상담과 가이드를 제공한다. 슬픔치유 그룹을 활성화하거나 직접 워크숍을 열기도 하고, 일대일 상담도 진행한다. 때로는 환자가 죽기 전에 가족들과 환자를 만나기도 한다.

오늘, 조지 허친슨 씨의 경우, 나는 그의 부인을 위로하기 위해 최선을 다해야 한다.

나는 오헤어공항 근처 교외지역에 자리한 허친슨 씨 가족의 단조로운 이층집 진입로에 차를 세웠다. 조용한 동네. 쓰레기통이 밖으로 나와 있고, 한 남자가 보도를 따라 자신의 개를 산책시키고 있다.

나는 잠시 차 안에 앉아서 그 집을 바라봤다. 스쳐 지나가는 어느 동네의 거리에서, 그곳의 평범한 어느 가정집에서, 누군가 마지막 숨을 거두고 있다 해도 우리는 절대 모를 것이다.

나는 초인종을 누르고 몇 분가량 기다렸다. 다시 도로 쪽을 봤더니 개를 산책시키던 남자는 사라졌다. 그리고 마침내, 피곤한 얼굴의 여자가 문가에 모습을 드러냈다.

주디 씨인가요?

그녀가 고개를 끄덕인다.

안녕하세요. 저는 호스피스센터에서 나온 클레어입니다. 몇 번 전화상으로 인사를 드린 것 같은데요, 저는 사별 전문 상담가입니다.

그녀의 두 눈에 눈물이 그렁그렁 맺힌다. 그녀는 고개를 끄덕이고는 내가 들어갈 수 있게 문을 좀더 열었다.

그녀를 따라 희미하게 불이 밝혀진 거실로 들어서니 한 남자가, 주디의 아들로 보이는 사람이 주방에 있다. 그는 살며시 손을 들어 인사하지만 자신을 소개하지는 않았다.

조지는 잠들었어요. 쟤는 브라이언, 우리 큰아들이에요.

주디의 말에 나는 소파에 자리를 잡으며 고개를 끄덕였다.

간호사가 막 왔다 갔는데요. 주디가 갈라진 목소리로 말하고는 한 번 숨을 들이쉬더니 다시 말을 이었다. 간호사가…… 간호사 말이…… 며칠, 어쩌면 몇 시간밖에 안 남은 것 같대요.

나는 그녀의 두 손 위로 내 손을 포갰다. 그녀의 손이 따스하다.

그녀는 몇 분간 조용히 울었다. 그리고 우리는 그 조용한 방에 그렇게 함께, 가만히 앉아 있었다.

주디가 지금 겪고 있는 것에 해결책은 없다. 내가 어떤 말, 어떤 행동을 한다 해도 바뀔 건 없다. 여기 이렇게 있어주는 것만이 내가 해줄 수 있는 전부인 것이다. 하지만 이건 보기보다 훨씬 값어치 있는 일이다.

그 모든 슬픔의 시간과 사별 전문 상담가로서의 경험을 통해 내가 발견한 유일무이한 치유법은, 그저 같이 있는 것이다. 인생에서 가장 외로운 순간의 한가운데를 지날 때, 그걸 보고 들어줄 누군가가 있다는 건 굉장한 효력을 발휘한다.

다음 달이면 우리가 결혼한 지 서른두 해가 돼요.

주디는 중간중간 숨을 멈추며 겨우겨우 말을 내뱉었다.

우리에겐 언제나 시간이 많을 줄 알았어요.

모든 게 너무 급작스러워요.

그이가 진단받은 게 겨우 여섯 달 전이란 말이에요.

조지가 아프기 전에는 얼마나 쌩쌩했는데요.

이어서 한 시간 내내 주디는 그들이 함께해온 삶에 대해 이야기해주었다. 그녀와 조지가 어떻게 처음 만났는지, 그들의 아이들에 대해, 그들이 함께 여행했던 곳들에 대해. 그녀는 간간이 울음을 터뜨렸고, 잠들어 있는 남편을 체크하기 위해 두 번 자리에서 일어났다. 결국 나는 그의 얼굴을 보지 못했다.

내가 일어날 시간이 되자 주디가 더듬거리며 사과했다.

내내 제 얘기만 해서 죄송해요. 그러려고 한 건 아니었는데……

아니에요, 미안해하지 마세요. 그것 때문에 제가 온 거잖아요.

나는 주디를 다시 보게 될 것이다. 아마도 토요슬픔치유 그룹의 멤버가 되겠지.

우리는 현관에서 포옹했다. 그리고 나는 차를 타고 진입로에서 후진해 허친슨 씨 집을 빠져나왔다.

몇 시간 후, 간호사 중 한 명이 내게 조지가 세상을 떠났다는 말을 전했다.

人

허친슨 씨의 집을 나와서 나는 다른 환자를 방문하러 알링턴하이츠의 요양원으로 차를 몰았다.

환자의 이름은 에설 제임스다. 그녀의 아들은 3시 전에는 도착하지 못할 것 같다면서, 그녀의 죽음이 임박한 것 같으니 자신이 도착할 때까지 누군가 곁에 있어달라고 요청했다. 나는 에설을 만난 적도, 그녀의 아들과 얘기를 나눠본 적도 없다.

나는 요양원 2층으로 올라가, 기다란 복도 끝에서 그녀의 방을 찾았다. 불 꺼진 방 안에서 에설은 침대 위에 담요를 덮고 누워 있었다. 두 눈을 감은 채 의식불명에 빠져 있었다.

그녀는 간간이 거친 숨을 몰아쉬었지만, 평화로워 보였다.

V 수용

나는 의자 하나를 침대 옆으로 끌어다 놓고 조심스럽게 에설의 한 손을 잡았다. 그녀의 살갗에는 온기가 남아 있지만, 손가락을 꽉 쥐어도 아무런 반응이 없다.

한 번도 만난 적이 없는 사람의 손을 잡는다는 건, 좀 이상한 일이다. 나는 그녀의 가슴이 오르락내리락하는 걸 지켜보다가, 그녀의 얼굴과 입가의 주름, 눈가의 잔주름을 찬찬히 훑었다.

그녀는 어떤 삶을 살았을까? 누구를 사랑하고, 누구를 잃었을까? 그녀의 가장 원대한 꿈은 무엇이었을까? 그 꿈은 이루어졌을까? 인생의 너무나 단순한 항로에서 우리 모두가 얼마나 깊이 연결되어 있는지, 가슴이 먹먹해진다.

나는 의자로 물러나 앉아서 눈을 감았다. 여전히 에설의 따스한 손을 잡은 채로.

人

며칠 후 나는 병원 지하주차장에 차를 대고 뒷좌석에서 가방과 갑티슈를 챙겨들었다. 토요일 아침, 막 10시가 지났으니까 이제 곧 토요슬픔치유 모임을 진행해야 한다. 엘리베이터로 향하는 하이힐 소리가 또각또각 복도에 울려퍼지는 사이, 나는 반팔셔츠가 어깨의 문신을 잘 가려주고 있는지 연신 확인했다.

유치찬란한 문신. 이 표창 모양의 문신은 내 어깨선 바로 위에 새겨져 있다. 열여덟 살 때, 엄마가 죽은 지 일주일도 안 돼서 새

긴 것이다. 처음에는 그냥 동그라미 모양이었는데, 몇 달 후 리즈
와 유럽에 갔을 때 그 위에 별을 덧입혔다. 당시에는 특별한 생각
없이 그저 내게 일어난 최악의 사건을 기록하기 위한 거였는데,
이제는 내가 절대 민소매셔츠를 입지 않는 이유가 되었다.

땡, 엘리베이터 도착 소리가 울린다. 나는 10층 복도로 발을 내
디뎠다. 모임은 30분은 더 있어야 시작되니까 좀 일찍 온 셈이다.
사람들이 다 오기 전에 준비해놓고 싶었다. 나는 가방을 구석에
던져놓고 휴대폰을 끈 다음, 눈 덮인 일리노이의 탁 트인 풍경이
내려다보이는 창가에 섰다. 나는 잠시 이 모임의 목적과 오늘 이
시간 해내야 할 일들에 대해 생각했다. 그러고는 몸을 돌려 탁자
위에 출석부를 올려놓았다. 두 갑의 티슈와 함께.

마지막으로 난 두 손을 포개고 탁자에 앉아 속속 도착하는 멤버
들을 미소로 맞이했다. 마시가 첫 번째로 도착했다. 50대에 들어
선 그녀는 짧고 스타일리시한 머리에, 치렁치렁한 갖가지 보석을
온몸에 달고 다닌다. 6개월 전 남편이 세상을 뜬 후로 그녀는 늘
모임에 나오지만 항상 고개를 숙이고 있다. 게다가 단 한 번도 그
녀가 울지 않고 모임이 끝난 적이 없다.

마시 옆에는 세라가 자리를 잡았다. 그녀는 두 달 전에 아버지를
여의었다. 아버지를 집에서 간호했기에, 아버지가 돌아가신 후 그
녀는 극심한 고독감에 삶의 방향을 잃어가고 있다. 그다음으로
제임스가 도착했다. 그의 노모는 바로 이 병원에서 돌아가셨다.
어느 날 그는 친숙한 이 병원의 복도를 지나 어머니의 병실로 가
고 싶은 마음을 주체할 수 없다고, 어머니가 여전히 거기 있었으

면 하는 바람을 거둘 수 없다고 고백했다. 케이티는 제시간에 딱 맞춰 도착했다. 그녀의 남편은 5년 전 끔찍한 교통사고로 숨을 거뒀다. 그녀에게 아이들만 남겨둔 채. 케이티는 이제 겨우 자신의 슬픔을 마주할 용기를 내고 있다. 요전에는 아직도 남편의 휴대폰 요금을 낸다고 고백했다. 계속 그에게 전화하기 위해, 발신 메시지에서 그의 목소리를 듣기 위해.

이어 트루디가 와서 마시 옆에 앉았다. 그녀는 1년쯤 전 급작스러운 심장마비로 남자친구를 잃었다. 그는 그들이 함께 산 아파트에서, 그녀의 품 안에서 숨을 거뒀다. 그가 죽고 몇 주 후, 그녀는 그의 양말서랍에 처박혀 있던, 그가 그녀에게 주려고 준비해두었던 약혼반지를 발견했다. 그녀는 그것을 약지에 끼고 다니며 그를 피앙세라고 부른다. 트루디의 설명에 따르면, 그것이 자신의 상실감에 더 적법성을 부여한다는 것이다.

내가 남자친구를 잃었다고 하면 아무도 심각하게 받아들이지 않아요. 그런데 그를 피앙세라고 부르면 모든 게 달라져요. 그제야 사람들은 내가 정말로 뭔가를 잃었다고 생각하는 거예요.

다른 멤버들이 트루디의 말에 대한 대답으로 고개를 끄덕였다.

아무도 겪어보지 않고는 모르죠. 세라가 맞장구를 쳐주었다.

그렇게 우리 모임이 시작되었다. 대개는 일상적인 안부를 주고받으며 모임의 문을 연다. 이렇게 자발적인 토론으로 시작하지 않는 경우에는.

맞아요. 내 옆자리 여직원이 지난주에 나한테 뭐라고 했는지 내가 얘기했나요? 아직도 화가 치밀어오른다니까요.

마시의 말에 멤버 전원이 동시에 고개를 저었고, 나는 의자에 더 깊이 몸을 묻었다.

글쎄, 내가 요즘 너무 부정적이라는 거예요. 내가 좀더 행복한 일들에 주의를 기울이면 그렇게 항상 슬프지는 않을 거라나요. 씨발, 나는 내 남편을 잃었다고!

그 여자한테도 그렇게 말한 거죠? 제임스가 기대감에 찬 표정으로 마시를 바라본다.

아뇨, 당연히 그렇게 못했죠. 아무 말도 못했다니까요. 그냥 걸어나왔어요.

나는 이제 몸을 앞으로 기울이고 말했다. 마시, 그 여자가 당신에게 그런 말을 했을 때 기분이 어땠는지 좀더 얘기해봐요.

그녀가 울음을 터뜨린다. 제임스가 그녀 쪽으로 갑티슈를 밀어주었다.

나는 너무 화가 나고…… 그녀는 두 손을 움켜쥐며 말을 이었다. 그런데 또 너무 슬펐어요. 그리고 너무…… 너무…… 외로웠어요. 아무도 내가 어떤 세상 속에서 살고 있는지 이해하지 못하는 것 같았어요.

다른 멤버들도 동조한다는 듯이 고개를 끄덕였다.

V 수용

이제 마시의 목소리는 점점 커진다.

매주 여기 오는 게 큰 위안이에요. 당신들만이 유일하게 날 이해해주는 것 같아요. 여기 오면 아무런 설명도 필요없이 울 수 있잖아요.

저도 마찬가지에요. 세라가 덧붙였다. 저는 이 모임을 하고 나면 재충전되는 기분이에요. 다시 밖으로 나가 세상을 마주할 수 있을 것 같다니까요.

맞아요. 마시가 말했다.

이제 모두가 고개를 끄덕이며 자유롭게 대화가 이어졌다. 나는 다시 의자에 등을 기대고 창밖에 힐끗 눈길을 주었다. 바람에 휘날려 창턱에 쌓인 눈송이들이 햇빛에 반짝인다.

이 모든 고통과 슬픔의 한가운데에도 뭔가 아름다운 게 보인다. 근본적인 인간적 교감이. 상실과 사랑으로부터 창조된 유대가. 이제 삶을 헤쳐나가는 게 어떤 의미인지 보이는 것 같다.

우리 모두 얼마나 약하고 또 얼마나 강인한지, 이제 나는 볼 수 있다.

人

나는 잘 모른다. 우리가 죽고 나면 어떤 일이 벌어질지.

그걸 생각하느라 10년을 소비했지만, 여전히 나는 어떤 결론에도 도달하지 못했다.

내가 어렸을 때, 우리 부모님은 장로교와 감리교가 적절히 섞인 교회에 다니셨다. 나는 주일학교에도 가고 청소년모임에도 참여했지만 어떤 것도 내게 와 닿지는 않았다. 그러다 10학년 때 세계사 수업 시간에 종교가 인구 조절에 기여하는 역할에 대해 배운 날, 나는 집에 와서 엄마한테 더 이상 교회에 가지 않겠다고 선언했다.

3년 후 엄마가 돌아가셨을 때 난 엄마가 어디 있는지 도통 알 수 없다는 사실을 깨달았다. 결국 엄마가 죽고 얼마 되지 않았던, 슬픔과 공포로 가득 차 있던 그 시절, 난 엄마가 어디에도 없다는 결론에 이르렀다. 엄마는 그냥 사라져버린 거라고, 인생은 아무 의미도 없는 황량한 것이라 단 한순간에 끝나버릴 수 있다고 믿는 게 더 쉬웠던 것이다. 그 반대는, 엄마가 어딘가에 있을지도 모른다는 생각은, 어쩐지 더 받아들이기 고통스러웠다.

해가 가면서 내 견지는 누그러들었다.

그건 사소한 순간들로 인해 일어난 변화였다.

와이오밍주에서 어느 날 밤 새까만 밤하늘 아래 서 있었던 게 기억난다. 그때 나는 고등학교 친구 로라와 함께 자동차 횡단여행 중이었다. 밤공기는 시원했고 별들은 그 어느 때보다도 더 반짝였다. 그리고 문득, 삶이란 게 그동안 내가 인정했던 것보다 훨씬 거대하게 보였다.

그 순간, 나는 겸허해질 수밖에 없었다. 내 인생이 너무나 중요하다며, 그게 세상 전부라고 여겼던 게 부끄러웠다.

아빠가 돌아가시던 밤, 나는 아빠가 마지막 숨을 거둘 때 아빠의 한 손을 잡고 있었다. 아빠의 가슴이 마지막으로 오르락내리락하는 걸 지켜보고, 다시 아빠의 얼굴을 향해 고개를 들었을 때 아빠가 떠나갔다.

아빠가 떠나갔다.

그 순간 급작스러운 나의 깨달음은 간단한 것이었다. 이 몸뚱이가 전부가 아니라는.

7년 후 시원한 6월의 밤, 시카고에서 내 딸이 태어났다. 나는 진통제도 없이 아홉 시간째 산고를 치르던 중이었다. 아이의 뜨겁고 미끄덩한 몸이 내게서 빠져나오는 순간, 나는 온몸으로 그 아이의 도착을 알리는 리듬을 느꼈다. 동시에 나보다 훨씬 거대한, 부인할 수 없는 어떤 힘의 존재가 느껴졌다.

人

직업을 묻는 질문에 호스피스센터에서 일한다고 대답하면, 사람들은 보통 공포심에 움찔하면서 선의를 표하는 탄성을 차례로 내뱉는다.

어머, 힘들지 않아요?

너무 슬플 것 같아요.

저라면 못할 것 같은데요.

진실을 말하자면, 내게 그건 전혀 슬프지 않다. 사별의 슬픔에 빠진 사람들과 이야기를 나누는 건 음화陰畵 영상을 보는 것과 같다. 그들의 슬픔이 클수록, 내 눈에는 더 큰 사랑의 증거가 보인다.

아빠가 돌아가시고 나는 사별 전문 상담가의 후속 전화를 무시해버리고, 나만의 대처법을 찾아다녔다. 술에 취하거나 그저 사람들 속에 파묻히는 형태였지만, 나는 사별의 슬픔에 대한 지식을 있는 대로 습득하는 데 심취했다.

상실과 관련된 건 과학적 텍스트부터 에세이에 이르기까지 모조리 읽었고, 죽음과 관련된 영화나 특히 부모님의 죽음에 관한 특정 정보에 몰두했다. 심리적 외상과 그것이 발달에 미치는 영향에 대해 찾아 읽었고, 불안과 그 극복방법을 공부하기도 했다. 그리고 애착이론attachment theory에 대해 공부하면서 그걸 내 현재의 애정관계에 적용시켜보기도 했다.

내 감정이 정상인지에 대한 질문을 멈출 수가 없었다. 다른 누군가의 이야기를 접할 때마다, 나 혼자만이 이 슬픔 속에 있는 게 아니라는 확신이 들 때마다 나는 조금은 더 안도할 수 있었다.

나는 내담자들에게 언제나 이 과정이 되풀이되는 걸 본다. 슬픔 치유 그룹의 한 멤버가 다른 사람에게 감정이입을 할 때면, 누군가 다른 사람의 사별에 공감을 표할 때면, 그들의 어깨가 아주 살짝 내려앉으며 들릴락말락한 안도의 한숨이 포착된다. 슬픔에 빠진 사람은 "슬퍼해도 괜찮아요"라는 말만으로도 자신의 감정을 한껏 표출할 수 있고, 그 표출을 통해 평화의 순간에 이르는 것이다.

요는 슬픔의 과정을 정의하는 단 하나의 방법 같은 건 존재하지 않는다는 것이다. 하지만 아이러니하게도, 내가 만난 거의 모든 슬픔에 빠진 사람이 자신들이 제대로 하고 있는 건지 걱정하는 것처럼 보였다.

슬퍼하는 데 정답 같은 건 없다. 그걸 치유하는 쉬운 방법도, 지켜야 할 시간적 틀 같은 것도 없다. 그런데도 백이면 백, 대다수의 사람들은 자신이 풀어나가는 방식에 대해 의문을 품는다.

거의 모든 사람이 엘리자베스 퀴블러 로스가 말한 '상실의 다섯 단계'를 언급한다.

저는 지금 분노 단계에 있는 것 같아요.

타협 과정이 이해가 안 돼요.

하지만 나는 그녀가 말한 상실의 단계를 순서에 따라 겪었다고 생각하지 않는다.

엘리자베스 퀴블러 로스 자신도 『상실수업On Grief and Grieving』의 도입부에서 이렇게 말했다. "슬픔의 다섯 단계(부정, 분노, 타협, 절망, 수용)는 30년 전 처음 소개되어 지금까지 이어오는 과정에서 잘못 이해된 점이 많았다. 이것은 우리 마음속에 복잡하게 뒤섞인 감정들을 각 단계별로 깔끔하게 정리해놓은 것이 아니다. 인간이 상실을 겪게 될 때 보이는 반응들을 나타낸 것이지만, 전형적인 상실의 모습이 정해져 있지 않듯 전형적인 반응도 존재하지 않는다. 우리의 삶이 다양하듯 슬픔 역시 그렇다."

각 단계들은 그저 여러분에게 참고할 만한 하나의 틀을 제공해줄 뿐이에요. 나는 이렇게 설명한다. 이 모든 단계를 하나도 거치지 않을 수도 있고, 순서가 뒤죽박죽된 채 각 단계를 통과할 수도 있고, 동시에 여러 단계에 놓일 수도 있어요.

어떻게 상실의 슬픔을 이겨내야 하는지에 대한 판단은 대개 그 당사자가 아니라 주변 사람들로부터 도출된다. "이제 여섯 달이 됐잖아." 이렇게 말하는 친구도 있을 테고, "1년이 됐으면 이제 좀 정리해야지"라고 말하는 친척도 있을 것이다.

심지어 미국 정신의학협회에서 발간한 『정신질환 진단 및 통계 편람Diagnostic and Statistical Manual of Mental Disorders』은 각 단계별 평가에서, 상실의 슬픔을 겪는 시간에 단 두 달만 할당했다.

한창 슬픔 속을 헤매던 그때, 나는 나 자신이 엉망진창이라는 생각에서 벗어날 수가 없었다. 하지만 지금 와서 돌이켜보면, 부모님을 상실한 데 대한 나의 반응은 충분히 이해되고 공감할 만한 것이었다.

스물둘, 뉴욕의 나 자신을 떠올리면 가슴이 찢어지는 것 같다.

그때 얼마나 외로웠던지. 나 자신과 나를 둘러싼 세상이 얼마나 두려웠던지. 그때 콜린과 비정상적인 관계에 빠져들었던 건 당연한 일이었다. 그렇게 술에 취해 산 것도, 주기적으로 울다 지쳐 잠들곤 한 것도 다 당연한 일이었다.

누군가 있었다면, 그 누구라도 그 시간 동안 나를 이끌어주고 내 감정이 정상적인 거라고, 난 혼자가 아니라고 말해주었더라면, 달라졌을지도 모르겠다. 하지만 그런 깊은 상실을 직접 겪어보지 않았다면, 우리는 그걸 겪고 있는 사람에게 무슨 말을 해야 할지도 잘 모른다.

이제 나는 슬픔은 하나의 과정이라는 걸, 그것을 지나오기 위해서는 우선 거기 나 자신을 내줘야만 한다는 걸 잘 안다. 나는 오랫동안 그저 수많은 사람과 유희로 내 삶을 채워가며 슬픔에 맞서 싸웠다. 하지만 아빠가 돌아가시고 몇 년이 지나서 수없이 욕조에 앉아 시간을 버티고 나서야, 나는 슬픔이 정말로 가버린 게 아니란 걸 깨달았다. 그건 그냥 뒤덮여 있었던 것이다.

나는 수십 년간 슬픔을 가슴속에 감춰온 사람들을 모임에 나오게 했다. 한 남자는 13년 전에 아내를 잃었다. 아내가 죽었을 때 그들의 딸은 생후 6개월이었기에, 그는 한창 그 어린아이를 돌봐야 했기에, 자신에겐 슬퍼할 시간조차 없다고 생각했다. 그 딸이 고등학교에 입학하고 나서야 그는 이제 자신의 잃어버린 감정을 돌볼 여유가 생긴 것 같다고 느꼈다. 그러자 그 슬픔은 언제 감춰져 있었냐는 듯 급속히, 강하게 모습을 드러냈다.

하지만 그건 고통 속으로 들어가는 거나 마찬가지 아닌가요?

최근 모임의 한 멤버가 어떻게 슬픔과 마주할 수 있는지에 대한 토론 와중에 불쑥 이런 질문을 던졌다.

왜 굳이 고통 속으로 들어가야 하는 거죠?

분명히 난 그렇게 하지 못했었다. 하지만 일단 그렇게 한 순간, 생각만큼 고통스럽지 않았다. 그걸 지나오고 보니, 그렇게 한 게 회피하는 것보다 결과적으로 훨씬 날 편하게 해주었다는 걸 알 수 있었다.

부모님을 잃은 슬픔은 내게 영원히 남을 것이다. 최근 몇 년 사이, 나는 한 남자의 아내와 한 아이의 엄마가 되었다. 그래서 그들이 어느 때보다도 더 그립다. 하지만 이제 나는 더 이상 그 슬픔 속에 살지 않는다.

사랑하는 누군가를 잃는다는 건 몸에 깊은 상처를 입는 것과 같다. 결국은 낫겠지만 그 흉터는 영원히 남는다.

상실은 사라지는 것이 아니다. 우리는 그저 그것과 함께 사는 법을 배울 뿐이다.

人

모임이 끝나고 나는 갑티슈와 출석부를 챙겨서 다시 주차장으로 갔다. CD플레이어를 끄고 집으로 차를 몬다. 구불구불한 시카고 교외도로를 지나고 나서야 너른 들판이 인도와 건물들에 자리를 내줬다.

나는 시카고 북부에 위치한 링컨광장 근처의 조용한 동네에 산다. 그레그와 이 집에 살기 시작한 건 3년 전이지만, 이 집은 내가 한 남자의 아내이자 한 아이의 엄마가 된 곳으로 영원히 기억될 것이다.

아침이면 우리는 강둑에서 오리가 꽥꽥거리는 소리에 잠에서 깨고, 오후에는 시간만 잘 맞추면 흙빛 강물을 거슬러 북쪽으로 향하는 조정팀도 구경할 수 있다. 나무로 된 마룻바닥과 아르데코 양식의 옛 스토브가 갖춰진 아파트 내부에는 언제나 햇살이 가득하다.

나는 차고에 주차를 하고 계단을 올라갔다. 뒷문으로 걸어들어가니 그레그와 베로니카의 모습이 나타나기 전에 목소리가 먼저 들린다. 거실 창가에서 티파티놀이를 하고 있는 것이다.

이른 오후, 태양이 거실에 넘실대며 그들을 금빛으로 감싼다. 나의 젊고 멋진 남편과 우리 어여쁜 작은 딸.

그레그와 베로니카는 단숨에 내가 온 걸 알아챘다. 난 바로 그 찰나에 간절히 시간이 멈추기를 소망한다. 영원히 이 순간 속에 머물고 싶다.

하지만 그럴 수 없다는 걸 안다.

우리는 모두 끝없이 나아간다는 걸 난 알고 있다. 어느 날 베로니카는 한 여자가 될 것이고, 그레그와 나는 늙어가겠지.

그리고 언젠가 우리 셋 모두 죽음에 이르겠지.

하지만 어떻게든, 어디선가 이 순간이 영원히 계속될 것만 같은 느낌이 든다. 이 순간이 온 우주를 가로질러 계속될 것만 같은 느낌이. 우리 셋을 사랑으로 그리고 우리를 사랑한 사람들로 한데 묶어 한낮의 완벽한 금빛 방울에 넣어서……

감사의 말

✤

이 에세이의 탄생과 관련해 어디서부터 감사의 인사를 시작해야 할지 모르겠다. 이 책을 만드는 건 단지 글을 쓰는 게 아니라, 한 개인으로서 수많은 사람의 도움을 받아 앞으로 나아가는 과정이었다.

우선 존경하는 펭귄출판사, 특히 클레어 페라로와 캐럴라인 서턴, 그리고 편집자이기 이전에 내 아이디어의 소울메이트인 데니즈 로이에게 감사한다. 또 나의 에이전트 웬디 셔먼에게 무한한 감사를 전한다. 당신은 다른 사람들이 나를 인정하지 않을 때 나를 믿어줬어요. 당신은 모든 여성이 간절히 닮고 싶어 하는 능력 있고 당당한 멘토인 거 알죠?

시카고의 애드버킷호스피스 우리 팀과 토요슬픔치유 그룹의 멤버들에게도 너무나 고맙다. 당신들과의 시간은 내게 인생과 사랑에 대해 많은 걸 가르쳐줬어요. 당신들이 예상하는 것보다 훨씬 많이.

나에게 가장 큰 영향을 미친 글쓰기선생님 두 분, 펄 맥해니 선생님과 조앤 덜친 선생님께도 깊이 감사드린다. 펄 선생님, 제게 문학의 문을 활짝 열어주셔서 고맙습니다. 조앤 선생님, 제가 이겨낼 수 있도록 힘을 주셔서 감사합니다.

또 수많은 친구와 가족에게도. 글쓰기친구인 질리언 로렌, 윌리 엄 리히터, 브래드 리스티, 정말 고마워. 출판의 여정 내내 날 도와 줬잖아. 이 글들을 먼저 읽고 값진 비평을 해준 친구들. 제시카 허 먼, 에밀리 쟁거, 엘리자베스 개릿, 특히 리엔 타, 고마워. 너희는 최 고의 친구들이야. 그리고 애슐리 알렉산더, 로라 도슨, 챈나 그레이, 앰버 호퍼, 애비게일 프리먼, 프란체스카 매카프리. 오랜 시간 단단 한 사랑과 지지를 보내줘서 고마워. 홀리 본드 패럴과 루시 커티스, 최악의 순간에 나를 붙들어주고 그럼에도 날 사랑해줘서 정말 고 마워. 항상 방콕의 추억 함께 간직하자. 리즈 길리스, 내 삶에 여자 형제가 있다면 바로 너야.

그리고 나의 모든 헌신적인 블로그 독자에게도 진심으로 고마 움을 전한다. 몇 년에 걸친 답글, 이메일과 지지는 정말 놀라웠어요. 인터넷세상의 이웃들만이 만들어낼 수 있는 신비한 마법으로 내 삶을 가득 채워주셔서 고마워요.

마지막으로, 나를 친딸처럼 대해준 팸 이모와 데이비드 이모부, 아무리 감사를 표해도 제게 해주신 걸 다 보답할 수는 없을 거예 요. 나의 오빠 마이크 스미스, 고마워. 내가 오빠를 얼마나 사랑하 는지 말할 수 있다는 게 언제나 큰 행복이야. 페넬러피 이모와 나의 사촌들. 론, 제시카, 크리스틴, 크리스, 스테파니, 알렉스. 우리가 한 가족이라는 게 자랑스러워. 그리고 시부모님, 저를 가족으로 품어주셔서 감사해요. 부스 성을 갖게 돼서 얼마나 으쓱한지요.

끝으로 나를 치유해준 그레그와 베로니카. 나의 남편과 우리 딸의 가장 소중한 사람이라는 게 얼마나 감사한지.

옮긴이 후기

✤

    영원히 어린아이로 살고 싶다고들 말하지만, 어른다운 어른이 되는 것만큼 멋진 일도 없다. 사람들은 어른이 되면서 인생이 내 뜻대로만 되지 않는다는 사실을 깨닫는다. 인생이란 '어쩔 수 없는' 것이다. 진짜 어른은 그런 인생을 회피하지 않는 사람이라고 생각한다. 저자는 돌고 돌아 자신의 '어쩔 수 없는' 슬픔 속으로 걸어들어갔다. 그럼으로써 슬픔에 갇히지 않고, 슬픔을 '지나는' 법을 배웠다. 이것은 상처투성이 소녀가 상처를 보듬어주는 카운슬러로, 딸이 엄마로 성장하는 이야기다. 이토록 아름다운 성장기에 누군들 매료되지 않을 수 있을 것인가.

    번역을 마무리해갈 즈음, 할리우드로부터 뉴스가 전해졌다. 소설도 아닌 이 이야기가 2013년 아카데미 여우주연상을 수상한 제니퍼 로렌스 주연의 영화로 제작된다는 것이었다. 게다가 이 신예 배우가 제작자로 나선다고 한다.

    당연히 이 책의 가치를 알아본 사람은 그녀만이 아닐 것이다. 그 많은 사람들 속에 나도 속하는 것 같아 영광스럽다. 무엇보다 국내에 영화로 소개되기 전에 이 책의 감동을 독자들에게 온전히 '책'으로 먼저 전해줄 수 있게 되어 기쁘다.